大河小說 주역 ⑧

기습당한
옥황상제

김승호 지음

도서 출판 선영사

차례 • • •

세상에 둘도 없는 보물

이로부터 또 얼마간의 시간은 흐르는 물과 같이 끊임없이 지나갔다. 더욱이 속계의 시간은 그 흐름이 더 빨랐다. 그동안 역성 정우, 즉 현생(現生)의 건영이가 사는 정마을은 아무 탈도 없이 평화롭게 지냈다.

현생의 건영이는 아침마다 풍곡림에서 규칙적으로 일정한 시간을 정해 보냈으며 박씨는 매일 강가에 나가서는 해 질 녘까지 능인이 전해 준 무술을 꾸준히 수련하고 있었다. 그리고 밤이면 촌장의 방, 다시 말해 지금은 박씨 자신이 관리하게 된 수련장에서 면벽을 계속했다. 인규 또한 자신의 공부에 차츰 몰두해 가고 있었다. 그는 자신의 수련장에서 좌공(坐功)을 닦는 한편, 박씨와 함께 무술 동작을 연구하기도 하고, 때로는 건영이로부터 주역 강의를 듣곤 했다.

마을 사람들은 모두 다 평상 생활을 되찾았고, 또 며칠 전 정마을을 떠난 서울 청년들도 무사히 자신들이 몸담고 있던 곳으로 돌아가 주어진 생활에 다시 복귀했다. 이들의 귀환에 대해 조합장이 특히 반가워했음은 물론이다. 조합장은 이들이 아무 소식도 없이 생각보다 너무 오랫동안 정마을에 머물러 있음으로 해서 상당히 궁금해 했을 뿐만 아니라 불안하기까지도 했었다.

그들이 서울을 떠날 때에는 정마을에 얼마 동안 머물러 있다 와도 좋다고 말하기는 했지만, 이 청년들은 결코 시골에 오래 있을 체질이 못 됨을 그 누구보다도 조합장이 더 잘 알고 있었다. 하기야 그 청년들 자신도 본의 아니게 정마을에서 머무르는 기간이 길어져 무척 답답해 했었지만, 서울로 다시 돌아온 이들에게는 정마을에서의 경험이 너무나 희귀한 것이 되어버린 셈이었다.

"……남선생님께서 위기의 순간에 이상한 주문을 외우셨지요. 괴인은 그 주문에 꼼짝 못 하고 그대로 어디론가 떠나버렸어요."

남씨가 괴인과 마주쳤던 순간을 한 청년이 자신의 동료들에게 얘기했다. 당시 남씨는 얼떨결에 궁여지책으로 《황정경》을 외워 위기를 모면했는데 이들이 보기에는 신비한 주문으로 괴인을 퇴치하였다고 믿고 있는 것이다. 조합장은 자기 부하들이 번갈아 얘기하는 것에 크게 흥미를 느끼며 귀를 기울였다.

그 청년이 또 건영이에 대해서도 이야기하기 시작했다.

"……청년 도사가 정신력으로 괴인을 제압했어요. 이번에도 괴인이 정신력으로 버텼지만 도사를 당할 수는 없었습니다. 도사는 상당히 멀리 있는 괴인을 정신으로 공격했어요. 그래서 괴인은 결국 도망을 치고 말았지요."

그 청년은 제법 신이 나서 얘기했고, 그 말을 듣고 있던 조합장의 표정도 사뭇 진지했다. 이번에는 또 다른 청년이 다시 말을 이었다.

"그 도사가 남선생님보다 지체가 높으신가 봐요. 그분은 모르는 게 없었어요. 그 청년 도사의 이름은 건영이라 했는데 우리의 운명도 알려줬습니다."

"뭐, 자네들 운명도 알려줬다고?"

조합장은 운명이란 말에 귀가 솔깃했다. 다가올 미래를 안다는 것보다 더 편리한 일이 있을까? 순간 조합장의 마음속에는 자신의 앞날이 궁금하게 생각되었다. 그러는 사이 청년이 다시 말을 이었다.

"저희 운명을 따로따로 적어줬어요. 남에게 절대 말하지 말라고 했지만 조합장님이 보고 싶으시다면 나중에 보여 드리겠습니다. 그리고 그 청년 도사 말이에요……."

조합장은 가끔 고개를 끄덕이며 그들의 이야기에 빠져들고 있었다. 청년들은 건영이의 말투나 모습에 대해서도 길게 자세히 설명했다.

하지만 숙영이가 그 꽃다운 육체로 괴인에게 맞섰던 일은 얘기해 주지 못했다. 왜냐하면 그 일은 정마을 사람들조차도 알지 못했던 일이었고, 다만 건영이만 느낌으로 알고 있었기 때문이었다.

그런데 조합장이 부하들의 얘기를 진지하게 듣던 도중 갑자기 불안한 생각이 머리를 짓눌러 왔다.

'그렇다면 괴인의 정체는 도대체 무엇이란 말인가? 그리고 그 괴인에 대해 박씨나 남씨 모두 다 속수무책이었고, 그 신통하다는 청년 도사마저도 어떤 뚜렷한 대책도 세우지 못한 채 쫓겨 다니기만 하지 않았는가!'

물론 맨 마지막에는 청년 도사가 정신력으로 괴인을 쫓아버리기는 했다지만 죽여 버렸다는 말은 없었다. 그 점이 바로 조합장을 불안케 했다. 조합장은 부하들의 이야기에서 정마을의 누군가가 괴인을 아예 죽여 없애기를 기대했었다. 조합장에게 있어서 정마을, 혹은 정마을 사람들은 자신의 수호신인 셈이었기 때문이다.

'그 수호신이 괴인이란 존재에게 그토록 맥을 못 추다니! 만일 괴인

이 다시 나타난다면 정마을은 또 위기에 빠져들 수밖에 없지 않은가?'

이런 생각 때문에 조합장의 얼굴은 굳어져 있었는데, 부하들의 다음 이야기에서 그의 얼굴빛은 다시 밝아졌다.

"……조합장님! 그 정마을이란 곳은 정말 대단한 곳이에요. 신선도 나타났으니 말이에요."

"신선이라니?"

풀기가 없던 조합장의 목소리가 커졌다.

"예, 신선이랍니다. 이름이 능인이라나요."

한 청년이 능인에 대해 자세히 얘기하기 시작했다. 이들은 피난처인 산등성이에서 모닥불을 쪼이며 능인과 함께 시간을 보냈던 것이다.

"능인이라고? 남선생과는 어떤 사이 같더냐?"

조합장은 남씨에 대해 특별히 존경심을 갖고 있었기 때문에 신선과 남씨를 우선 관련 지어 물어본 것이었다.

"아주 공손하고 친절하게 대했어요! 어쩌면 박씨의 무술도 그분이 가르치신 것 같았어요."

청년은 자신의 추측까지 섞어가며 말했다. 사실 박씨에게 무슨 무술이 있단 말인가? 박씨는 그저 힘만 셀 뿐이다. 조합장은 이 부분에 대해 듣는 둥 마는 둥하면서 능인에 대해서만 관심을 집중했다.

"그 능인이란 분이 서울에도 오셨다더냐?"

조합장의 이 물음에는 다른 의미가 포함되어 있었다. 조합장은 자신의 적, 즉 땅벌파의 배후에 있는 강리 선생을 의식하고 있는 것이다.

강리 선생은 천상의 선인들의 적이기도 했지만, 땅벌파에 자신의 제자들인 칠성을 들여보내 조직을 장악하고 있는 사실상 두목인 셈이다. 강리 선생의 실력은 이루 말할 수 없이 뛰어났다. 괴력의 소유자인 박씨조차도 강리 선생 앞에는 있으나마나한 존재였다.

조합장은 지금 강리 선생의 상대가 능인인지를 생각하는 중이었다. 정마을에 강리 선생을 상대할 만한 분이 있다는 것은 익히 들어 알고 있었다. 조합장의 부하들은 이러한 두목의 마음은 까맣게 모르는 채 자신들이 정마을에서 들은 바를 열심히 설명하기에 바빴다.

"인왕산에 왔었다는 말을 얼핏 들었습니다. 그리고 남산에도 한번 다녀갔다고 하더군요. 남산에서는 결투까지 했었나 봐요."

"음, 결투라고? 어떻게 되었다고 하더냐?"

조합장은 결투라는 말이 나오자 귀가 번쩍 트였다. 청년은 조금 망설이며 대답했다.

"결판이 나지 않은 것 같습니다. 서로가 피신을 했답니다. 적이 무척 강한가 봐요."

대담한 청년은 남씨가 능인에게 묻고, 이에 능인이 대답해 주는 것을 얼핏 들었던 것이다. 조합장은 이 부하들의 말에 크게 실망하는 표정을 지었다. 그렇다면 적의 괴수인 강리 선생이 아직까지도 건재하고 있는 것이다. 조합장의 부하들은 정마을 얘기를 계속하고자 했으나 조합장이 갑자기 그들의 말을 막았다.

"다른 일은 없었나?"

"예? 아, 예…… 조합장님께 안부 전하라고 하셨습니다. 그리고 일이 있으면 급히 연락하라고요."

"음, 알겠네. ……나는 좀 나갔다 와야겠어."

조합장은 상당히 무거운 마음으로 자리에서 일어났다.

현재까지는 땅벌파와 자신의 조직 사이에는 어떠한 충돌도 없이 그런대로 세력의 균형을 이루고 있지만, 만일 적이 다시 싸움을 걸어

온다면 조합장 측이 크게 불리할 것은 자명한 사실이었다. 왜냐하면 조합장을 돕고 있는 정마을은 아주 먼 곳에 있지만 칠성, 즉 적의 주력은 바로 눈앞에 있기 때문이었다.

하지만 조금이나마 다행한 일이 있다면 적의 괴수인 강리 선생은 표면적으로 직접 나서지 않는다는 점이었다. 그 괴수는 다만 능인과 상대할 뿐이다. 이것은 조합장 나름대로 심사숙고해서 얻은 결론인데 사실과 완전히 부합된 생각이었다. 그리고 능인 쪽에서도 이와 마찬가지로 적의 괴수인 강리 선생만 상대할 뿐이다.

능인도 오로지 혼마 강리만을 제거하려는 것이지, 그 제자들인 칠성이나 칠성이 속해 있는 땅벌파에는 응징을 가할 생각은 없었다. 그것은 인간의 일로, 능인 같은 도인이 관여할 바가 못 되는 것이다.

지금 조합장은 능인이 서울에 나타나 시원하게 자신을 도와줬으면 하는 심정뿐이었다. 그렇지만 그것은 당치도 않은 일임을 조합장 자신도 잘 알고 있었다. 단지 지금 심정으로는 칠성들에게 대항할 힘만이라도 갖추어 주었으면 하고 바랄 뿐이었다.

최근에 와서 칠성들이 종종 그들에게 모습을 나타내곤 했다. 그렇다고 별다른 사건을 일으키는 것은 아니었지만, 그들의 씩씩하고 여유 있는 모습들이 조합장의 마음을 불안하게 만들었다.

명랑하고 여유 있는 모습, 이는 배경이 튼튼함과 아울러 근심이 없다는 뜻으로 해석된다. 다시 말해 적은 별 탈 없이 커가고 있다는 증거였다.

아니나 다를까 땅벌파는 이러한 조합장의 우려대로 되어가고 있는 것이 사실이었다. 무엇보다도 강리 선생은 자신의 은밀한 도장에서 그 실력을 키우고 있는 중이었다. 이러한 사실을 조합장이 직접적으로 파악하고 있는 것은 아니었지만 간접적인 징후가 쉽게 파악되었다.

그 징후로는 가장 먼저 칠성들의 기분을 들 수가 있다. 가끔 땅벌파 회장도 모습을 나타내곤 했지만, 그는 워낙 교활하여 그 표정만 살펴서는 내적 형편을 파악할 수 없다. 오히려 잘못하면 속기 십상인 것이다. 그렇기 때문에 조합장은 칠성들의 행동만을 관심에 두고 있었다. 칠성들은 요즘 들어 자주 눈에 띄었고, 유난히 명랑해 보였다.

이러한 상황을 조합장의 생각은 '적은 이제 서서히 재정비가 끝나가고 있으며, 이쪽의 상황을 예의 주시하고 있다'고 나름대로 해석하였다. 이 모든 상황의 뿌리를 파헤쳐보면 적의 우두머리인 강리 선생이 무언가를 태동시키고 있다는 답이 나오는 것이다.

이즈음 혼마 강리는 인천에 있는 어느 한적한 바닷가에서 요양을 하고 있었다. 강리 선생, 즉 혼마 강리는 남산에서 능인과 좌설을 상대로 결투를 벌인 직후 중상을 입고 얼마 동안 사경을 헤매었지만, 이를 운 좋게 극복했다. 이 점에 있어서는 능인의 사정과 비슷했다.

이를테면 능인의 경우에는 감히 상상조차도 할 수 없었던 염라대왕이 출현함으로써 죽음의 늪에서 구출되었고, 강리 선생 역시 절체절명의 위기에서 한 여인의 출현으로 죽음의 늪에서 벗어날 수가 있었다.

이 여인은 무덕이라는 이름을 가진 광녀(狂女)였지만, 강리 선생을 구할 수 있는 유일한 힘이 그녀에게는 있었다. 만일 이 여인이 아니었다면 강리 선생에게 있어서는 설사 염라대왕 같은 선인이 힘을 베풀어주었다 할지라도 목숨을 구할 수는 없었을 것이다.

강리 선생은 혼마로서 몸이 보통의 사람들과는 현저히 달랐다. 더욱이 마음의 구조조차도 인간하고는 다른 것이다. 아무튼 이러한 혼마에게는 선인의 묘약이나 비방도 통하지 않는데 이상하게도 인간의 여체(女體)만은 그에게 유일한 힘이 되어 주었다.

보통의 인간이라면 그렇게 큰 중상을 입었을 때 여체를 접하면 상처가 더 심해지거나 심지어 죽음에까지 이를 수가 있다. 그러나 강리 선생에게는 여체가 바로 둘도 없는 약인 것이다. 강리 선생은 남산의 그 결투에서 중상을 입은 채 급히 도주하여 자신의 은신처인 바닷가로 돌아왔으나 상태가 매우 위급하였다.

때마침 무덕이라는 여인을 만남으로써 구사일생으로 목숨을 되돌려 받을 수 있었다. 그러므로 무덕은 흔히 볼 수 있는 그런 세속의 여자는 아니었다. 미쳤는지 아닌지는 알 길이 없었으나 몸은 아주 뛰어났다. 우선 그 겉모습이 절색이었고, 건강 또한 특별하게 지닌 존재였다.

강리 선생의 말에 의하면 세상에 둘도 없는 여자로서 이런 여자를 만난 것이 기적이라고까지 했다. 그렇다면 무엇이 그토록 기적을 낳게 한 여자일까? 지금 무덕은 강리 선생이 거처하고 있는 방으로 막 들어서는 중이었다. 이제 무덕의 자태는 전날의 거지였던 시절과는 아주 딴판으로 변모해 귀티마저 풍기고 있었다.

옷차림은 분홍색의 얇은 치마를 입었으며, 웃옷 역시 가벼운 블라우스 차림으로 초겨울의 옷차림으로써는 다소 어울리지 않았다.

마침 강리 선생은 누워서 휴식을 취하고 있는 듯 무덕이 들어오는 쪽을 살펴보지 않았다. 무덕은 조용히 들어왔으나 전혀 거리낌이 없었다. 그동안 친숙하게 지낸 탓일까?

현재 강리 선생은 중태에서 벗어나 시시각각으로 건강을 회복하고 있는 중이었다. 강리 선생의 혈색은 아주 생기가 넘쳐흘렀는데, 이는 아직도 그의 상태가 온전하지 못하다는 뜻이었다.

왜냐하면 강리 선생은 건강할 때는 오히려 약간 창백해 보이지만,

화가 났을 때나 기분이 우울할 때는 혈색이 맑아지는 특이한 체질을 타고났기 때문이다.

무덕은 강리 선생의 곁에 와서 무릎을 꿇고 앉았다. 강리 선생은 아무것도 덮지 않은 상태로 그냥 파자마 차림으로 누워 있었고, 아주 낮은 베개를 베고 있었다. 무덕이 지금 앉아 있는 위치는 강리 선생의 머리맡이 아닌 허리 아래쪽 부근이었다. 이는 곤히 잠들어 있는 듯한 강리 선생의 잠을 깨우지 않으려는 의도에서일까? 그런데 갑자기 강리 선생의 다리를 더듬는 것이 아닌가!

그때 강리 선생의 눈은 감겨져 있었지만, 무덕이 들어와 앉아 있다는 것을 벌써 알고 있었다. 강리 선생은 잠이 든 것이 아니고 그저 평온한 마음으로 휴식을 취하고 있었을 뿐이었다. 그런데 무덕이 느닷없이 이 휴식을 방해했다.

무덕의 손이 다리를 주물러 주는가 싶었으나 그게 아니었다. 그녀의 뜨거운 손길이 강리 선생의 다리 쪽을 가볍게 쓰다듬듯이 위쪽으로 타고 올라왔다.

원래 사람을 쓰다듬는 것은 어느 경우라도 위쪽에서 아래쪽으로 향하는 법이다. 그런데 지금 무덕의 행동처럼 아래쪽에서 위쪽으로 향하는 것은 거스른다는 뜻이 있어 사람을 피곤하게 만들거나 짜증나게 할 수도 있다. 그리고 그 상징은 미움이었다.

그러나 무덕의 표정을 살펴보면 이런 숨겨져 있는 사실을 전혀 모르는 것 같았다. 무덕의 표정은 강리 선생에게 무한한 사랑을 담고 있는 듯 보였고, 손놀림 또한 매우 부드러웠다. 고개는 약간 갸우뚱하게 숙였는데, 그 모습이 무척 애교 있게 보였다. 무덕의 손이 다리에서 점점 더 위쪽으로 올라왔다. 무릎을 거쳐 다시 허벅지로 향하였다.

그러나 강리 선생은 미동도 하지 않았다. 그러는 사이 무덕의 손은 강리 선생의 허벅지에 다다랐지만, 표정이나 손은 아무런 거리낌이 없었다. 오히려 손을 안쪽으로 더 뻗어 양쪽 허벅지가 손바닥에 닿는 쪽으로 이동했다.

말하자면 인체의 중앙선을 타고 올라오는 것이다. 강리 선생은 이를 허용하는 것인지 여전히 꼼짝 안 하고 누워 있었다. 무덕은 머리 쪽, 그러니까 사람의 정신이 깃든 쪽은 아예 신경도 쓰지 않았다. 무덕에게는 오직 허벅지 부근에만 자신의 관심 대상이 있는 듯 보였다.

무덕은 조심스럽고도 정성스럽게 손을 천천히 위쪽으로 움직이다가 잠깐 멈추는 듯했다. 그것은 바로 위쪽에 중요 부분이 있기 때문이었다.

"……."

만일 누가 이 광경을 보고 있었다면 긴장되는 순간이었으리라! 하지만 이 집 안에는 무덕과 강리 선생 이외에 아무도 없었다. 집 주변도 적막하고 음산한 느낌을 줄 뿐 한 줄기 빛조차 흘러나오지 않았다. 집 앞쪽으로는 가까이 개펄과 바다가 시원스레 펼쳐져 있었다. 날씨는 약간 흐려 있었는데, 바람이 불어 파도가 출렁거렸다. 근처에 인가라든가 사람의 그림자는 보이지 않았다.

들리는 소리라곤 파도소리와 바람소리, 그리고 방 안에서는 무덕의 점점 더 거칠어져 가는 숨소리만 들릴 뿐이었다. 그런데 강리 선생의 숨소리는 전혀 들리지 않았다. 누군가가 코앞에서 귀를 기울인다 해도 들리지 않을 것이다. 이는 강리 선생의 호흡이 지극히 안정되어 있기 때문인데, 거친 운동을 할 때나 결투 중이라 해도 마찬가지였을 것이다.

무덕도 숨결이 비록 거칠어져 가기는 했지만, 보통 사람과 비교해 안정되어 있는 편이었다. 그러나 강리 선생의 그것과 비교할 바는 아니었다. 이제 무덕의 숨소리는 점점 더 거칠어지고 있었다. 무덕은 손으로 슬그머니 강리 선생의 사타구니를 쓸어 잡았다. 그러고는 눈을 감았다.

이와 동시에 강리 선생은 눈을 떴다. 섬뜩한 느낌을 주는 눈이었다. 무덕의 손놀림은 점점 더 노골적으로 변해 갔지만 매우 조심스럽고 부드러웠다. 이윽고 무덕은 몸을 밀착시켜 왔다.

이때였다. 갑자기 무덕의 정신을 맑게 하고 동작을 멈추게 하는 소리가 귀를 파고들었다.

"……."

깜짝 놀란 무덕은 자세를 수습하며 들려오는 말소리를 애서 확인했다. 그것은 강리 선생의 목소리였는데, 무덕은 스스로에게 도취되어 있다가 뒤늦게 들은 것이었다.

"피곤하지 않아?"

무덕은 여전히 강리 선생의 허벅지에 손을 그대로 놔둔 채로 대답했다.

"아니에요, 피곤할 게 뭐가 있다고 피곤하겠어요!"

무덕의 말소리는 은근한 애교가 서려 있었다. 강리 선생도 부드러운 음성으로 다시 말했다.

"정말 괜찮단 말이냐?"

"그까짓 거 가지고 뭘 그래요, 오히려 선생님이 피곤한 모양이지요. 시시하게……."

무덕은 이렇게 말하면서 강리 선생의 허벅지를 다시 더듬었다. 강리 선생은 이 무례하고도 장난스러운 무덕의 행동에 화를 내는 표정이 아니었다. 하기야 지금 같은 무덕의 애교 있는 유혹에 화를 낼 남자가 그리 많지는 않을 것이리라.

강리 선생이 웃음을 지으며 말했다.

"대단하구나, 그래 원하는 게 뭐지?"

"원하는 게 뭐긴 뭐예요, 난 지금 심심하단 말이에요."

무덕은 뾰로통하게 말하며 응석을 부렸다. 이 와중에도 무덕은 손을 기묘하게 움직이면서 강리 선생의 허벅지를 계속 더듬었다. 그러나 이때 강리 선생은 속으로 다른 생각을 하고 있었다.

'대단한 아이야, 아직도 이만한 힘이 남아 있다니…… 하지만 일을 너무 무리하게 시키면 위험할 거야. 어쩌면 두 번 다시 구하지 못할 보물인데……'

원래 남녀 간의 육체 교섭에 있어서 남자의 몸이 상할지는 몰라도 여자의 몸은 상하는 법이 아니다. 그렇지만 강리 선생은 비록 남자일지라도 손상을 입는 몸이 아니었다. 오히려 여체를 사용하면 할수록 약이 되겠지만 아무래도 무덕에게는 한계가 있을 것이다. 설령 무덕이 남자보다 강한 여자이고, 또한 강력한 몸을 소유하고 있다고 하더라도 혼마를 당할 수는 없는 일이다.

무덕은 지난밤도 꼬박 새웠지만 잠시 동안의 휴식으로 다시 욕정이 발동한 것이다. 그러나 강리 선생은 세상에 둘도 없는 보물 같은 무덕의 몸이 상할까 봐 걱정하지 않을 수 없는 입장이었다.

그렇기 때문에 어떻게 하든 무덕을 달래 놓아야 한다. 오래 써먹을 몸을 단번에 다 사용해 버려 손상이라도 입힌다면 어리석은 일이다. 그래서 강리 선생은 여전히 누운 자세로 부드럽고 다정하게 말했다.

"얘야, 피곤할 텐데 그만 쉬는 게 어떻겠니?"

"싫어요, 조금도 피곤하지 않단 말이에요."

무덕은 이렇게 말하면서 강리 선생의 몸 위로 덮쳐왔다. 그러자 강리 선생은 무덕을 밀치지도 않고 끌어안지도 않은 상태로 말했다.

"무리하면 못 써."

"아이, 지금이 좋단 말이에요. 선생님."

무덕은 아양을 떨며 고집을 피웠다. 아니 육체의 욕구가 그녀를 그럴 수밖에 없게 만드는 것이다.

강리 선생이 생각하기에는 참으로 어처구니가 없었다. 이는 분명 꿈같은 일이다. 보통 여자라면 강리 선생과 하룻밤을 지내면 지쳐 죽거나 힘이 탈진하여 운신을 못 하곤 했다. 하지만 무덕의 경우에는 지난밤 동안 쉬지 않았어도 멀쩡했다. 그뿐이 아니라 또다시 이렇게 스스로 원하고 있기까지 한 것이다.

강리 선생의 입장에서는 이럴수록 큰 도움이 되지만 과연 무덕이 견딜 수가 있을까? 강리 선생은 정녕 희한한 일이라고 생각하면서 될 수 있는 대로 무덕의 힘을 덜 소모시킬 방법을 궁리했다.

이윽고 강리 선생은 부드럽게 말했다.

"얘야, 네 마음대로 하거라. 나는 누워서 조금만 더 쉴 테니……."

강리 선생이 이렇게 말하는 것은 결코 피곤해서가 아니었다. 단지 그렇게 하면 무덕의 육체적인 힘을 덜어줄 수 있기 때문이었다.

무덕은 강리 선생의 말에 애교 있는 불평을 하면서 서슴없이 다음 행동으로 옮겼다. 무덕은 상체를 일으켜 강리 선생의 윗옷을 벗기기 시작했다. 그리고 아무 거리낌도 없이 강리 선생의 파자마를 끌어내렸다. 그러자 강리 선생의 하얀 피부와 균형 잡히고 건강미 넘치는 넓적다리가 드러났다. 무덕은 야릇한 미소와 함께 얼굴에 홍조를 띠었다. 호흡이 이미 거칠어지고 있었다.

처음 무덕이 이곳으로 올 때는 밥과 고깃국, 더 나아가서는 평생 살 집과 옷·물건 등 많은 돈을 주겠다는 제안을 받았었다. 하지만 강리 선생과 며칠을 지내고 나서부터는 인생의 행복이 무엇인지 깨달았다. 이 순간부터 그녀에게는 밥이나 돈이 문제가 아니었다. 만일 강리 선생이 무덕을 쫓아낸다면 무덕은 결사적으로 매달릴 생각뿐이었다. 무덕은 하루하루가 행복에 겨웠다.

무덕은 어려서 천당이란 말을 들은 적이 있었다. 그곳은 아주 행복한 곳이고 착한 사람이 가는 곳이라고 했다. 그때 무덕은 착한 사람이란 자기 자신처럼 가난한 사람으로 이해했었다. 그리고 그 천당이란 바로 지금처럼 행복한 생활을 계속할 수 있는 곳이 아닌가!

성적 쾌감, 이것은 강리 선생에게는 유일한 공력(功力) 증진의 방법이었다. 강리 선생은 언젠가 말했듯이 생명의 근저에 잠자고 있는 자신의 원기를 일으켜 세우기 위해서는 성적 자극만이 최상의 방법이었다. 보통 선인들의 경우에는 안정, 즉 무자극을 통해 자신의 근원을 일으켜 세우지만 강리 선생은 그와는 정반대였다.

강리 선생의 이 방법을 주역의 괘상으로 나타내면 뇌지예(雷地豫:☲☲)에 해당된다. 그리고 다른 모든 선인들의 방식은 지택림(地澤臨:☲☲)에 해당되는 것이다. 이는 직접 방식과 간접 방식의 차이지만 저마다의 취향에 달려 있다. 단지 강리 선생의 방식은 직접 방식으로 위험도 많고 결과적으로 볼 때 폐단도 아주 크다.

위험이란 성적 자극이 단순히 쾌감에만 흘러 자신의 생명력을 탈진시키는 일이다. 물론 강리 선생은 성적 자극에서 자신의 생명력을 소진하는 쾌감 그 자체에 몰두하는 것이 아니다. 강리 선생에게 있어서 성적 자극은 단순히 하나의 방법일 뿐이다. 그 방법을 통해 생명력의 원천에 자신을 안으로 몰입시킬 수 있는 것이다.

보통 사람들의 경우에는 자신의 생명 밖으로 온 힘을 쏟아낸다. 이는 쾌감에 따라 자신을 소모하기 때문이다. 이를 흔히 쾌감에 중독된다고 말할 수 있지만 강리 선생의 경우에는 일반인들처럼 쾌감에 중독되는 법은 결코 있을 수 없다. 강리 선생에게 쾌감이란 자신의 소모가 아니라 자신의 확인 내지 발견이다.

자신을 확인한다는 것이 바로 원기를 이끌어내는 원리인 것이다. 그런데 강리 선생의 이 방법에 의한 공력 증진은 마음의 평정과 인격은 완전히 도외시하는 것이기 때문에, 도인들이 일상적으로 사용하는 방법은 아니다.

물론 혼마인 강리 선생에게는 인격이 꼭 필요한 것은 아니기 때문에 아주 이상적인 방법이기도 하다. 사실 선인들도 강리 선생처럼 일시적인 공력 증진 방법의 하나로 여체를 이용하는 수가 종종 있다. 단지 이는 편법이기 때문에 자주 사용하면 도가 궁색해진다.

아무튼 강리 선생은 지금 쾌감을 생명의 근저로 주입시키는 중이었다. 이에 따라 강리 선생의 힘의 원천은 조금씩 감응하기 시작했다.

'자극이 좀 더 강했으면 좋으련만!'

그러나 침착한 강리 선생은 결코 서두르지 않았다. 만일 직성이 풀리지 않는다고 해서 강리 선생 스스로가 무덕이라는 육체를 자신의 방식대로 무작정 사용한다면 무덕은 금방 기운을 탕진할 것이리라. 어쩌면 죽을지도 모를 일이다.

강리 선생은 무덕을 너무나 소중하게 생각하기 때문에 이렇게 조심스럽게 사용하고 있는 것이다. 두 번 다시 못 구할 보물을 무리하게 사용하는 것은 어리석은 일이므로. 그런데 무덕은 아직도 갖춰야 할 조건이 많았다. 또한 힘도 더욱 보강해야만 했다.

지금 무덕이 잘 견뎌주는 것은 강리 선생이 절제하여 무덕을 봐 주었기 때문이었다. 물론 그동안의 약한 자극으로도 상처를 치료하는 데는 절대적인 도움이 되었지만, 강리 선생의 큰 목표는 그게 아니었다.

강리 선생의 궁극적인 목표는 생명의 원천을 막아서고 있는 최후의 장애물을 완전히 제거하는 일이었다. 인간의 몸은 황정(黃庭)에서 그 힘을 공급받고 있는데, 황정은 또한 우주 자연의 기운을 공급받아야만 하는 것이다. 대개 인간의 황정은 우주 자연과 통로가 막혀 있다. 하기야 인간은 자신의 몸에 잠재되어 있는 황정의 기운을 깨닫지 못하므로 조금도 사용하지 못하고 죽는다.

그러나 강리 선생의 경우 이미 황정은 완전히 소통시킨 상태였고 우주의 근원과도 연결이 되어 있다. 단지 그 과정과 근저에 두터운 장애물이 존재할 뿐이었다. 선인이라면 마음의 평정으로 이를 극복하겠지만, 혼자인 강리 선생에게는 여체를 통한 자기 자극의 방법이 존재할 뿐이다.

따라서 자기 자극에 훌륭한 여체가 필요함은 물론이다. 그 여체란 바로 무덕 같은 여자를 뜻하는 것이리라! 강리 선생은 무덕을 발견하자마자 하늘이 내려준 기적 같은 선물이라고 속으로 기쁨을 감추지 못했다.

그렇기 때문에 단계를 높여 이 보물을 잘 키워서 자신의 궁극적인 목표를 달성하고자 했다. 그러기 위해서는 무엇보다 무덕의 육체를 강화시키고 성적 자극에 관한 적응력도 증진시켜야 하는 것이다.

그런데 무덕은 그토록 거지 생활을 오래 했음에도 불구하고 건강에는 이상이 없었다. 오히려 그 생활로 인해 육체와 정신이 단련되어 어느 힘센 남자보다도 더욱 강한 체력이 되어 있었다. 그리고 성교의 능력 면에 있어서도 지금 보이고 있는 것처럼 극강의 힘을 소유하고 있지 않은가! 보통 남자라면 무덕을 결코 감당할 수 없을 것이다.

강리 선생이 이런 여자를 만난 것은 분명 행운에 해당될 것이다. 그러나 이 보물은 어느 날 우연히 굴러 들어왔다. 이에 대해서 강리 선생은 시간이 흐를수록 다행스럽게 여기고 있었다.

당초 무덕을 찾아낸 땅벌파 회장도 이 여인으로 인해 강리 선생의 은혜를 조금이나마 갚을 수 있다고 생각하고 있었다. 그렇게 따진다면 회장이 강리 선생에게 입은 은혜를 무덕이 대신 갚고 있는 중이리라.

그런데 여기서 아주 재미있는 사실은 그것을 유지하는 데 비용이 매우 적게 든다는 사실이다. 아니 전혀 비용이 들지 않았다.

무덕은 회장이 달랠 필요도 없이 자청해서 강리 선생에게 매달리고 있는 것이다. 오히려 이러한 무덕의 행동을 말리기라도 한다면 힘센 그녀에게 걷어 채일 수도 있다.

회장은 이 점을 흐뭇하게 생각하면서 한동안 강리 선생의 집에 발길을 끊고 있었다. 무덕 편에서도 누가 찾아오는 것을 귀찮게 생각하였다. 어쩌면 강리 선생을 다른 곳으로 데려가기라도 할까 봐 두려워하는 것이리라.

강리 선생은 지금 바위처럼 누워 있는 상태였지만 끊임없이 쾌감을 공급받고 있었다. 무덕의 전신은 땀에 젖어 있었고 얼굴빛은 더욱 요염하게 보였다.

입을 벌렸다 오므렸다 하면서 눈에는 가끔씩 검은 눈동자가 완전히 사라졌다. 그야말로 몰아지경으로 가고 있었다. 그러자 강리 선생은 무덕의 지칠 줄 모르는 탐닉에 제동을 걸기로 결정했다. 더 이상 내버려두었다가는 무슨 일이 일어날지도 모를 일이었다. 무덕은 이미 인간의 마지막 한계에까지 접근하고 있는 중이었다.

무덕도 한낱 인간에 불과할 뿐이다. 무덕이 이토록 강한 데는 물론 강한 몸의 소유자이기 때문이기도 하겠지만 정신에 이상이 있기 때문일 것이다. 이상이 생긴 정신은 스스로를 자제하지 못하기 때문에 누군가의 도움이 필요하다. 강리 선생은 슬쩍 팔을 뻗어 무덕의 둔부를 은근히 잡아주었다. 무덕의 둔부는 풍만했고 매끄러웠다. 혈색은 강리 선생의 피부만큼이나 희고 고왔다.

무덕은 강리 선생의 손이 자신의 둔부에 닿자 묘한 쾌감을 느끼며 더욱 요동하기 시작했다. 강리 선생은 잠깐 동안 무덕의 쾌감을 부추겨주고 손을 다시 허리 쪽으로 이동시켰다. 무덕은 쾌감에 전신을 떨며 상체를 강리 선생의 가슴에 파묻었다.

이때 강리 선생은 손끝으로 한 가닥의 기운을 무덕의 몸에 주입시켰다. 이것은 일시적으로는 쾌감을 증강시키는 것이었지만, 다음 순간 절정과 탈진, 그리고 졸음으로 연결되는 것이었다.

무덕은 잠깐 사이에 동작이 누그러졌다. 드디어 지친 것이다. 아니 강리 선생이 억지로 지치게 만든 것이었다. 무덕은 강리 선생의 가슴에 엎어진 채 이내 혼곤히 잠 속으로 빠져들었다. 강리 선생은 무덕을 그대로 둔 채 사랑스럽게 끌어안아주었다.

"……."

무덕은 깊은 잠에 떨어져 자신이 강리 선생으로부터 사랑을 받고 있다는 것을 느끼지 못하고 있었다. 하지만 이로부터 무덕은 더욱 큰 사랑, 혹은 은혜를 입기 시작했다.

강리 선생은 무덕의 둔부를 끌어안은 채 한 손을 등 위쪽으로 이동시켰다. 무덕의 윗옷은 유혹스럽게 젖혀져 가슴 앞부분이 드러나 있었는데, 강리 선생의 손이 등으로 파고들었다. 그러더니 목과 가슴 높이의 뒷쪽 등 중간 지점에서 멈추었다. 이곳은 상단전(上丹田)에 기운을 공급하는 비밀한 혈처가 자리 잡고 있는 곳이다.

강리 선생은 한 줄기의 생기를 발출시키기 시작했다. 이 기운은 무덕의 몸에 빨려들 듯 흡입되었다.

지금 무덕은 미동도 하지 않고 엎드려 있지만 기운이 보충되고 있는 것이다. 사실 강리 선생이 주입하는 기운은 무덕의 몸을 회복시켜 원래 상태로 환원시키는 정도가 아니라 그 이상의 기운을 갖도록 증강시켜 주는 것이다. 강리 선생은 그동안 이 기운을 무덕의 몸에 공급시켜 주었었다.

그리고 오늘은 더욱 많은 기운을 주입시켜 줄 수가 있었다. 왜냐하면 그것은 며칠 사이에 무덕의 몸이 눈에 띄게 강해졌기 때문에 가능한 것이었다. 다시 말하자면 받는 그릇이 커졌기 때문에 더욱 많이 담을 수 있는 것과 같은 이치이다. 강리 선생은 자신의 궁극적인 목표를 달성하기 위해 무덕을 큰 그릇으로 몸을 키우고 있는 중인 것이다. 물론 이 일은 갑작스럽게 진행시킬 수가 없는 법이다. 상대의 능력에 따라 분명 한계가 있다.

무덕의 몸은 강리 선생이 만족할 만한 수준이었다. 사실 무덕 정도라면 색마공(色魔功)을 닦아 무술의 고수가 될 수도 있다. 이 점에 관해서는 강리 선생이 특별히 생각해 둔 것이 있다. 강리 선생은 자신의 목표를 달성하는 한편 무덕을 제자로 키우고 싶은 것이다.

'훌륭해, 잘 키워야 할 것이야. 귀여운 것, 오래오래 자 두라고!'

강리 선생은 속으로 중얼거리며 자신의 몸에 엎어져 있는 무덕의 몸을 조심스럽게 들어냈다. 무덕은 몸을 늘어뜨린 상태로 전혀 느끼지 못하고 있었다.

강리 선생은 가만히 몸을 빼낸 후 옷도 걸치지 않고 맨몸으로 방문을 나섰다. 밖에는 시원한 바람이 불고 있었다.

강리 선생은 전신을 노출한 그대로 개펄로 향했다. 방에는 그 사랑스러운 무덕이 둔부를 하얗게 드러낸 채 잠에 빠져 있었다.

해는 중천에 떠오르고 있었다.

실패로 끝난 두 번째 탐색

오후가 되자 날씨는 더욱 흐려졌다. 이 때문에 주변이 온통 우중 충해졌는데, 이는 오히려 강리 선생의 기분을 밝고 명랑하게 해 주는 것이었다. 강리 선생은 이렇게 음산하고 적막한 분위기를 좋아했는데, 특히 폭우나 장맛비라도 내려 외부와의 단절된 환경을 좋아한다. 그것은 항상 사람의 시선을 피하고자 하는 성격 때문일 것이다.

무덕이 강리 선생처럼 음산한 분위기를 좋아하는지 어떤지는 모르겠지만 지금은 단절된 환경을 좋아하는 것만큼은 틀림없었다. 왜냐하면 그래야 마음껏 제가 미치도록 좋아하게 된 강리 선생과의 육체적 향연을 누구 눈치 볼 것 없이 마음껏 즐길 수 있을 테니까……!

무덕은 해가 떠 있는 모든 시간 동안 잠들어 있었다. 그리고 밤이 되자 비가 내리기 시작했는데, 이 비는 며칠간 계속 됐다. 이로써 혼마가 거주해 있는 가옥은 더욱 음산히 단절되었다.

이 무렵 멀리 서울에 있는 강리 선생의 제자들은 새로운 활동에 착수했다. 강리 선생의 제자들, 즉 칠성들은 땅벌파 회장으로부터 은밀한 명령을 받았다. 칠성 두 명은 부하들을 몇 명 거느리고 춘천을 향해 출발했다. 회장은 이들의 출발에 앞서 특별한 당부를 해 두었다.

"그곳 현지인들을 이용하게, 서두를 필요는 없어……. 조심스럽게 해야 되네! ……충돌이 있어서는 절대 안 돼, 알아들었겠지?"

"예, 잘 알아서 하겠습니다……. 너무 심려 마십시오. 저희 나름대로 방법이 있습니다……."

칠성들은 믿음직스럽게 대답하고 원정길에 올랐다. 이들의 임무는 정마을의 소재를 파악하는 것으로써 앞으로 있을 싸움에 전략적으로 이용하기 위함이다.

땅벌파의 회장은 원래 용의 주도하고 집요한 사람으로 조직적인 싸움에 있어서는 아주 탁월했다. 이 사람은 적과 싸움을 벌임에 있어 눈앞의 일시적인 승리에 집착하지 않고 근원적인 승리를 쟁취하고자 한다.

지금 정마을을 탐색하고자 하는 것도 조합장의 배경을 사전에 분쇄하려는 철저한 의도에서 나온 것이다. 어차피 언젠가는 사생결단을 해야만 할 싸움, 이 싸움이 전면적으로 확대되면 조합장 측에서는 틀림없이 정마을의 도움을 얻으려고 할 것이고, 그렇게 되면 맨처음의 싸움처럼 별 의미가 없어지고 만다.

그럴 바에는 처음부터 아예 그 원뿌리와 정면으로 맞닥뜨려 싸우는 것이 현명한 일인 것이다. 생각이 여기까지 미치자 결단을 내린 땅벌파 회장은 공격의 목표를 정마을로 정하였다. 회장의 계획은 우선 정마을의 소재를 파악해 놓은 뒤 시간을 두고 차차 적의 약점을 캐보려는 생각인 것이었다.

그런데 조합장 측에서는 땅벌파의 이러한 움직임을 전혀 감지하지 못하고 있었다. 땅벌파 측에서는 이미 전부터 정마을의 소재를 파악하기 위해 한 차례 수색을 시도한 바 있었는데, 그 당시에는 예기치 못했던 이상한 한 괴인을 만나 그만 계획이 좌절되었던 것이다.

땅벌파 회장은 그 한 번의 실패로 포기할 사람이 아니었다. 그리고 언제까지나 조합장과 세력을 나누어 갖고 만족할 사람도 또한 아닌 것이다. 회장은 전부가 아니면 전무(全無)를 택할 뿐이다.

이러한 면에서는 칠성들도 마찬가지였다. 칠성들은 원래 싸움만을 삶의 목표로 정하고 살아가는 사람들은 아니지만 박씨에게 패한 것에 대해 언젠가는 설욕하리라는 마음을 품고 있었다.

이는 무인(武人)의 자세이다. 무인은 싸움에서 패하면 다시 그 상대에게 이기려는 목표를 세워야 한다. 이는 복수하고자 하는 의미와는 성질이 좀 다르다. 단지 이루고자 하는 목표의 달성을 의미할 뿐이다.

현재 칠성들은 실력이 향상 일로에 있다. 그렇다고 해서 당장에 박씨와의 대결을 서두르는 것은 아니다. 아직 박씨와 겨루기에는 자신들의 실력이 역부족임을 느끼고 있었다. 다만 칠성들이 전날에 비해 공력이 상당히 증진되어 거의 박씨의 수준까지 와 있는 것이다. 아마 칠성 두 명이 박씨와 대결한다면 이번에는 전처럼 쉽게 패하지는 않을 것이리라.

아니, 어쩌면 박씨가 일방적으로 패할지도 모른다. 박씨는 무술을 전혀 모른 채 겨우 힘만 가지고 칠성들을 격파했지만, 이제 칠성들은 그 힘마저 갖추면서 명실공히 무술의 고수가 되어 가고 있었다.

무술인은 원래 힘과 기술을 함께 단련해야 하는 법이다. 칠성들이 기술에 비해 힘이 떨어지는 것은 사실이었다. 하지만 최근에는 스승인 강리 선생이 그 점에 신경을 많이 써주었다. 강리 선생의 말에 의하면 힘이란 기술처럼 급격히 향상될 수 없는 것이고, 또 때가 있는 것이라고 했다.

물론 힘도 끊임없는 수련을 통해 증진된다. 칠성들은 그동안 공력 증진에 역점을 두고 수련해 왔거니와 기술도 그에 비례해 많이 향상되어 있었다. 그러나 최근에 와서 칠성들은 자중하는 인격도 갖춰가고 있기 때문에 밖으로 볼 때는 오히려 차분해지는 중이다.

　얼굴빛도 전보다는 훨씬 온화해져 있었다. 칠성들은 지금 한가한 기분으로 차 창 밖을 내다보고 있었다. 칠성들이 탄 기차는 서서히 춘천역으로 미끄러져 들어섰다. 이와 함께 세차게 쏟아지던 빗발도 약해지고 있었다. 기차가 역에 완전히 도착하기도 전에 승객들은 일어서기 시작했다. 그러나 칠성들은 기차가 정지하고도 한참 동안 그 자리에 앉아서 승객들이 다 빠져나가기를 기다렸다.

　이윽고 기차 안이 한산해지자 칠성들도 천천히 일어나 기차 밖으로 나왔다. 그러는 사이 비는 어느덧 멈추어 있었다. 때는 늦은 오후, 칠성들이 역 구내를 빠져나오자 마중을 나온 청년들이 몇 명 있었다. 이들은 고개를 숙여 씩씩하게 인사를 건넸다.

　"어서 오십시오, 고생은 안 하셨나요?"

　"음, 오랜만이군…… 잘들 있었나?"

　칠성 중 한 명이 이들을 잘 알고 있는 듯 친절하게 안부를 물었다.

　"예, 덕분에…… 그럼 가시지요……."

　청년들은 칠성 일행을 데리고 시내 쪽으로 사라졌다.

　이 시간 정마을에서는 박씨가 강가로 천천히 걸어 나오고 있었다. 박씨는 요즘 들어 평소보다 일찍 강가에 나와 나루터를 살펴보는 한편, 무술 수련에 임하고 있었다.

　지난 며칠간은 계속해 비가 내려 불편하기도 했지만 날씨 따위에는 연연하지 않고 자신이 해야 할 일은 한 번도 거르지 않았다. 오늘은 오랜만에 비도 그치고 해서 발걸음도 매우 가벼웠다.

박씨는 하루에 두 번 강가에 나오는데, 저녁때는 항상 인규도 함께 나오곤 했다. 이는 인규가 자청해서 시작한 것이지만, 함께 지내다 보니 박씨에게는 여간 도움이 되는 것이 아니었다.

인규의 도움이란 도대체 무엇일까……?

실은 이렇다. 박씨는 능인으로부터 무술 책자를 받은 적이 있었다. 하지만 자신의 힘만으로 책에 그려져 있는 그림을 보고 정확한 동작을 찾기란 여간 어려운 일이 아니었다. 그런데 이것을 인규가 해독 (解讀)해 주고 있는 것이다. 인규는 능인이 그린 그림과 설명을 주의 깊게 연구해서 정확한 동작을 밝혀내고 있었다.

알고 보니 인규는 이 분야에 탁월한 실력이 있는 것 같았다. 아니 어쩌면 천재임이 분명했다. 인규는 그림의 앞뒤를 연결하여 연속 동 작도 펼칠 줄 알 뿐 아니라, 그에 대한 습득도 아주 빨랐다.

인규는 자신이 연구한 동작이 정확하다는 것을 논리적으로도 규 명하고 있었다. 이는 대단한 능력으로 박씨에게는 절대적인 도움이 되어 주고 있는 것이다.

만일 인규가 그림을 해독해 주지 않는다면 아마도 박씨 혼자서 무 술을 수련한다는 것은 거의 불가능할지도 모른다. 박씨로서는 인규 의 숨은 실력에 크게 감명을 받고 있는 터인데, 인규 자신도 자신에 게 그러한 능력이 있었다는 것에 크게 놀라워하고 있었다. 그리고 무 척이나 다행스럽게 여기고 있는 것이다.

'희한한 일이야, 내게 그런 능력이 있었다니……. 열심히 수련을 해야 지! ……능인 할아버지의 책을 만나게 된 것도 크나큰 행운이야……!'

인규는 이런 생각을 하고 있었다. 그리고 현재 능인의 책자는 아예 인규 손에 있었다. 어차피 인규의 연구를 통해서만 그림의 뜻을 알 수 있으니 박씨는 마음 편히 인규에게 책을 맡긴 것이다.

인규는 아침 수련을 마치고는 하루 종일 그 그림 연구에만 몰두했다. 그래서 그 내용을 저녁때 강가에 나와 박씨에게 설명하고 함께 수련에 임했다. 비가 그친 오늘은 수련 조건이 훨씬 좋을 것이다.

두 사람은 숲을 막 빠져나와 강변에 도착했다. 하늘은 푸르게 맑아졌지만 날이 저물어 조금씩 어두워지고 있었다. 강가에 도착한 박씨는 우선 강 건너편을 바라봤다.

"……."

숲은 싱싱한 기운을 머금고 침묵을 지키고 있었다. 숲의 이러한 침묵은 불안을 주는 것이 아니라 휴식과 평화의 느낌을 주었다. 박씨는 이어 자기의 나룻배를 쳐다보는 것으로써 강변에 나온 일차적인 임무를 마쳤다. 오늘도 여전히 강을 건네줘야 할 사람은 없었다.

이제부터는 마음 놓고 무술 수련을 시작하면 된다.

"어제 동작을 다시 한 번 해 볼까?"

박씨는 인규를 천천히 쳐다보며 서두를 꺼냈다. 인규는 몸을 풀면서 대답했다.

"예, 함께 해 보지요……."

두 사람은 각자 동작을 전개하기 시작했다. 모양과 자세는 인규가 단연 돋보였다. 박씨는 엉거주춤한 자세에다 동작을 자주 잊어버리곤 했다. 인규는 오늘 수련할 동작을 뛰어넘어 한참 앞서 있는 동작을 연구하고 있었다.

"……."

박씨는 자신의 동작을 멈추고는 인규의 동작을 바라봤다. 부드럽

고 자연스러운 인규의 동작! ……박씨는 자신의 둔중한 동작과 비교
해 보고는 멋쩍은 표정을 지었다. 그나마도 다음 동작을 그만 잊어먹
은 것이다.

"여기서 어떻게 하지?"

박씨는 이렇게 물을 수밖에 없었고, 인규는 그 동작을 다시 한 번
시범해 보였다. 두 사람은 이런 식으로 두 시간여를 수련했다. 날은
어느새 어두워지고 있었다. 비구름은 완전히 사라진 듯 어두워지는
중에도 청량한 하늘의 기운을 느낄 수가 있었다.

"이만 들어갈까?"

박씨는 하늘을 한번 올려다보고는 말했다. 이로써 두 사람은 오늘
의 수련을 마친 것이다. 이들은 편안한 마음으로 정마을로 향해 느
긋하게 걸어갔다. 정마을까지는 20분 남짓, 이들이 정마을의 입구에
도착하자 뜻밖에도 건영이가 마중을 나와 있었다.

"아니, 건영이, 웬일인가……?"

박씨는 몹시 반가워했다. 그로서는 사흘 만에 보는 건영이었다. 그
동안 피곤한 일은 없었던 듯 건영이의 얼굴은 아주 맑아 보였다. 건영
이는 인규에게 미소를 보내고 박씨에게 말을 건넸다.

"아저씨, 하시는 일은 잘 되고 있나요?"

"글쎄, 인규가 많이 도와주고 있어……."

박씨는 멋쩍어하며 대답했다. 건영이는 고개를 끄덕이고는 다시 말
했다.

"그렇군요! ……그런데 아저씨, 읍내에 좀 나갔다 오셨으면 하는데
요……."

"읍내? ……지금 말인가?"

박씨가 가볍게 놀라며 반문했다. 그동안 하도 많은 일이 일어나 뒤숭숭했기 때문에 새로운 일에는 무조건 놀라곤 했다. 그러자 건영이는 미소를 지으며 대답했다.

"아니에요, 내일 아침에 말이에요!"

"그러지 뭐, 무슨 일인데?"

"시멘트가 좀 필요해요……. 우물을 고치려고요!"

"우물? ……그래, 전부터 우물을 고치려 했었지?"

"예, 그리고 임씨 아저씨 소식도 좀 알아볼 겸 해서……."

"뭐? 임씨? ……그렇지!"

박씨는 가볍게 놀랐다. 그러고 보니 임씨를 한동안 잊고 지냈던 것이다. 임씨가 집을 나가 돌아오지 않은 뒤로 많은 날이 흘렀다. 그동안 서울 일도 바빴고, 그 일이 끝나자마자 또다시 피난길에 나서지 않으면 안 되었던 것이다. 그야말로 경황이 없었다.

괴인이 물러가고, 능인이 떠나가고, 한동안 비도 내렸다. 이제 겨우 한가해지자 건영이가 먼저 말을 꺼낸 것이다.

"어디 가서 무얼 알아보지?"

박씨가 다시 건영이를 바라보며 물었다. 건영이는 심각하게 대답했다.

"글쎄요, 그저 임씨 아저씨가 다닐 만한 곳을 탐문해 보세요……. 아저씨의 흔적을 알아보려는 것뿐이에요……."

"그래, 전에 잘 다녔던 곳을 찾아보지……. 그런데 나 혼자 가야 되나?"

박씨는 자신이 안 서는 듯 망설이며 물었다. 건영이의 부탁은 임씨가 행방불명되기 전의 행적을 찾아보라는 것인데, 박씨로서는 어디서부터 찾아봐야 하는지 언뜻 묘안이 서지 않는 것이다. 그러자 건영이가 다시 말했다.

"남씨 아저씨와 함께 가세요……."

"아 참, 그래, 그게 좋겠다!"

박씨는 고개를 끄덕이며 대답했다. 남씨와 함께 간다면 박씨가 스스로 결단내리고 생각해야 할 일은 없는 것이다. 일은 총명한 남씨가 알아서 할 것이고, 박씨는 그저 그의 뒤만 따라 다니면 된다. 말하자면 박씨의 임무는 남씨를 호위하는 것이다.

"저는 그만 올라갈게요, 내일 잘 다녀오세요……."

건영이는 이렇게 말하고 자기 집 쪽으로 사라졌다. 박씨와 인규는 남씨 집으로 향했다. 날은 이미 어두워져 있었고, 먼 하늘에는 별이 하나둘 보이기 시작했다. 밤이 더욱 깊어지자 마을 사람들은 저마다 잠자리에 들었다. 그리고 밤이 지나자 정마을의 아침은 조용히 밝아왔다.

지난밤 박씨는 남씨와 의논을 해 두었던 대로 평소보다 이른 새벽에 강가로 나섰다. 이번 출행의 안정성에 대해서는 아무런 염려가 없었다. 박씨로서는 건영이가 지시한 내용이었기 때문에 으레 안전을 먼저 고려했을 것으로 믿고 있었다.

물론 안정성이란 것은 무엇보다 괴인에 대한 위험으로부터 벗어남을 의미한다. 그리고 괴인 외에는 정마을 주변에 위험이 있을 턱도 없다. 이것은 정마을이 생긴 이래 마을 사람들의 생각이었다.

하지만 사실상 괴인의 출현으로 한때 정마을을 위기에 빠뜨렸다고는 하지만 인명 피해는 주지 않았다. 정마을이 실제적으로 인명 피해를 입었던 것은 호랑이의 출현으로 인한 것이었지만, 지금은 이미 잊혀진 사건이다. 그리고 현재는 괴인의 사건도 급속히 잊혀져가는 중이다.

박씨와 남씨는 강변에 도착했다. 그런데 강변에는 이미 마중 나온 사람이 있었다. 바로 인규였다.

"음? 인규구나, 웬일이야?"

박씨는 의외라는 듯이 물었다. 인규는 얼굴에 미소를 지으며 대답했다.

"저도 함께 가려고요……. 답답하기도 하고, 또 임씨 아저씨의 일이 궁금하기도 해서요……."

"그래? 잘됐군……. 그럼 함께 가보지!"

박씨는 별 생각도 없이 동행에 찬성했다. 그러나 남씨만은 속으로 잠깐 무엇인가를 생각하는 듯했지만 내색은 하지 않았다.

남씨로서는 인규가 갑자기 외출에 동행하게 된 일 그 자체는 반대할 것이 못 되었지만, 건영이가 그 일을 알고 어떻게 생각할 것인가를 잠깐 짚어 봤던 것이다. 그러나 잠시 후 별로 문제될 것이 없는 일이라고 판단했다. 어차피 위험스런 요소가 없으니까 건영이가 정마을이 아닌 바깥세상으로 나가보도록 했을 것이고, 그렇다면 인규가 그들과 동행한다 해도 무슨 불상사가 생기리라고는 생각하지 않았다.

"자, 이제 떠나볼까?"

박씨는 닻줄을 들고 남씨와 인규를 배에 태웠다. 배는 즉시 출발했다. 사방은 아직도 어두웠으나 강물 빛은 선명했다. 강변에는 약간 쌀쌀한 바람이 불고 있었다. 계절은 이미 겨울로 한 걸음 다가선 느낌이었다.

강물은 예나 지금이나 변함없이 여전히 한가롭게 흐르고 있었지만 막상 바깥세상으로 나가는 일행의 마음속에는 일종의 긴장감이 일고 있었다. 이번 출행에는 각별한 임무가 주어졌기 때문이었다. 그 임무란 바로 임씨의 탐문 수색 작업으로 반드시 성공해야 할 중대한 일이었다. 그래서 이들 모두는 큰 사명감을 느끼며 강을 건너고 있었다.

다시 정마을로 돌아올 때는 임씨와 함께 강을 건널 수 있다면 얼마나 좋으랴……! 남씨 일행의 마음은 모두 한결 같았다. 배는 강의 중간 지점을 넘어섰다. 이때 갑자기 인규가 남씨를 향해 말을 건넸다.

"찾을 수 있을까요? ……뭔가 단서를 이번에는 잡아야 할 텐데요."

"음, 글쎄……. 하는 데까지 해 봐야지……."

남씨는 혼자 생각에 잠기면서 가볍게 말했다. 이때 박씨가 조금 큰 목소리로 끼어들었다.

"잘될 거야……. 건영이한테 무슨 생각이 있겠지……."

"예? 생각이라니요?"

인규는 궁금하다는 듯이 물었다. 박씨는 다른 쪽으로 시선을 돌려 노를 저으면서 대답했다.

"뭐, 단지 운수가 좋다는 뜻이야……. 건영이가 갑자기 우리에게 임씨를 찾아보라고 한 것은 이제 때가 되었다는 뜻일지도 모르지……."

박씨는 매우 낙관적으로 생각하고 있었다. 그러나 인규는 방금 전 박씨의 말을 듣기 전까지는 단지 우물을 고칠 시멘트를 구하러 가는 길에 임씨의 행방을 탐문해 보라는 정도로 생각하고 있었다.

사실 임씨가 행방불명된 지가 너무 오래 되어 어떤 소식을 탐지한다는 것이 그리 쉬운 일은 아닐 것이다. 하지만 인규는 실망감을 얼굴에 나타내지 않고 고개를 끄덕이며 조용히 대답했다.

"글쎄요, 그랬으면 오죽이나 좋겠어요!"

박씨와 인규가 이렇게 말을 주고받는 사이 배는 강 건너편에 닿았다. 박씨가 배를 고정시켰다. 이어 세 사람은 말없이 강가를 걸어 나와 숲 속으로 들어섰다. 숲 속은 아직 캄캄했지만 그들에게는 익숙한 길이었기 때문에 걷는 데 별다른 지장은 없었다.

이들은 춘천을 목표로 걸음을 조금 빨리해서 걷기 시작했다. 빨리 서두른다면 오늘 중에 다시 정마을로 되돌아올 수 있을 것이다.

이들을 떠나보낸 강물은 아무 변화 없이 유유히 계속 흐르고 있었다. 어둠을 내모는 아침 해는 먼 곳으로부터 뜨기 시작했다.

남씨 일행은 동이 떠오르는 숲 속을 빠져나갔다. 이들이 숲 속을 빠져나가 다다른 곳은 춘천의 외곽 지역이었다. 이곳에서 다시 버스를 타고 곧바로 춘천으로 직행했다. 왜냐하면 남씨는 예전에 임씨와 함께 춘천에 종종 나온 바 있고 때마침 떠오르는 한 가지 생각이 있었기 때문이었다.

날이 완전히 밝자 청명한 하늘이 나타났다. 오랜만에 보는 맑은 날씨였다. 그동안 시간은 끊임없이 흘러 이젠 제법 으스스한 한기를 느낄 수 있었다.

그 무렵 남씨 일행이 떠난 숲의 입구, 즉 버스의 종점에는 또 다른 한 대의 버스가 막 도착했다. 이 버스에는 대부분 새벽 첫차로 춘천에 나갔던 주민들이 타고 있었지만, 낯선 사람들도 여러 명 보였다. 행색으로 보아 도시 사람 같았다. 이들은 버스에서 내린 후 한동안 주춤거렸다. 그 사이 이곳의 주민들은 자신들의 마을로 사라져 갔다.

"어디로 가지?"

한 청년이 물었다.

"저쪽으로 가자고, 이 근처는 다 알아봤네……."

"그래? 길은 알고 있나?"

"바보 같은 소리! 모르니까 찾으라는 것 아니야?"

"……"

청년들은 웅성거리며 숲 속 길로 들어섰다. 이들은 모두 여섯 명이었는데, 두 명은 이곳에 사는 사람들이었고 네 명은 서울에서 파견된 땅벌파 소속 대원들이었다. 칠성들은 보이지 않았다. 이들은 단지 기본적인 조사를 하러 온 것이다. 칠성들은 이들이 먼저 다녀간 후 천천히 나서기로 이미 계획되어 있었다.

지금 청년들이 들어선 곳은 마을 사람들이 좀처럼 가지 않는 길로써 바로 정마을로 가는 입구였다. 이들은 어느 정도 이미 파악을 하고 찾아온 것이 분명했다. 땅벌파에서는 얼마 전 정섭이를 추적한 바 있었으므로 이미 기본 조사는 되어 있었던 것이다.

그리고 이들에게는 몇 가지 단서가 있었다. 첫째는 정섭이를 추적하다 놓친 지역을 알고 있었고, 둘째는 근처의 마을을 모조리 탐문 조사한 바 있었으며, 셋째는 괴인이 출현했던 지역도 알고 있었다. 땅벌파에서는 괴인이 정마을 사람이라고는 생각하지 않았지만 어느 정도 연관이 있는 것으로 느끼고 있었다.

숲에 발을 들여놓은 청년들은 숲 속의 길로 한참 가다보면 정마을이 나타날 것으로 기대하고 있었다. 그러나 정마을은 이곳에서도 꽤 오랜 시간 동안 가야 하는 곳이고, 또 길다운 길도 없어서 찾는 것이 거의 불가능하다. 그 이유는 정마을이 여러 갈래의 길 가운데 제대로 방향을 잡고 찾아가더라도 도중에는 길이 아닌 숲을 통과해야만 하기 때문이다.

아무튼 이들의 수색은 시작되었다. 이들은 서울에서 떠나기에 앞서 미리 치밀한 계획을 세워가지고 온 듯했다. 수색대의 차림새를 살펴보면 마치 전문 등산인의 모습처럼 등에 무엇인가 잔뜩 짊어졌는데, 분명히 야영 장비인 것 같았다.

아마 숲에서 야영까지 하며 기필코 임무를 성공시키려는 모양이었다. 숲길은 한적했다. 수색대는 거리낌 없이 걸어 들어갔다. 그런데 얼마 가지 않아서 그들은 대단한 것을 발견했다. 숲길은 풀과 자잘한 돌멩이들과 낙엽 등으로 이루어져 있었는데, 간간이 부드러운 땅도 있었다.

바로 이곳 땅에서 발자국이 발견된 것이다. 이토록 외진 숲 속에 발자국이 있다는 그 하나만으로도 이는 매우 심상치 않은 일이었다. 발자국은 아주 선명했는데, 그것은 어제까지도 비가 온 땅이기 때문이었던 것이다.

이 발자국으로 보아 바로 얼마 전 사람이 지나간 흔적이 틀림없었다.

"야, 이것 봐……. 수상한데!"

"그래! 이런 곳에 발자국이 있다니!"

"얼마 안 됐나봐!"

"세 사람인 것 같은데……."

청년들은 잔뜩 기대를 가지고 저마다 한 마디씩 떠들면서 땅바닥을 자세히 들여다봤다. 그러자 한 청년이 주의를 환기시켰다.

"야, 떠들지만 말고 이 발자국을 한번 쫓아가 보자고, 조심해야겠는데……."

"……."

조심하자는 말에 모두들 갑자기 긴장했다. 이들은 정마을 사람들에게 만일 잘못 걸리면 맞아 죽는 줄 알고 있었다. 이들이 생각하기에 정마을은 조합장의 뒷배경으로, 무시무시한 사람들만 사는 것으로 알았다.

그것도 그럴 것이 이 모든 짐작들은 괴인에게서 비롯된 것이다. 지금이라도 괴인이 불쑥 나타난다면 이들은 맞아 죽을 것이 틀림없다.

"가보자, 떠들지 말고……."

청년 일행은 발자국을 따라가기 시작했다. 발자국은 숲 속에서 밖으로 걸어 나온 모양으로 찍혀 있었지만, 이들은 그 반대로 따라나선 것이다.

발자국은 숲으로 길게 이어졌다가 종종 끊겨 있었지만 그곳에서 앞으로 조금 더 가보면 이김없이 발자국이 다시 나타났다. 이제 청년들은 이 발자국이 정마을로 안내할 것이라고 믿어 의심치 않았다. 그리고 이 믿음은 시간이 지날수록 굳어졌다. 이곳 자리를 어느 정도 아는 청년이 이곳에는 인가가 없다고 말함으로써 이 수상한 발자국이 정마을에서 나온 것이라는 믿음이 더욱 굳어졌다.

그런데 한참 동안 이어졌던 발자국이 또 끊어졌다. 그들은 당황하지 않고 일단 사람이 다니기 좋은 쪽으로 나아가 보면 된다고 생각했다. 그리고 흙이 없는 곳이라도 자세히 살펴보면 미세한 흔적이 나타나리라 여겼다. 그래서 청년들은 몇 시간을 그렇게 헤맸다. 그러나 발자국을 도저히 찾을 수가 없었다. 이미 훨씬 전부터 흐려져 있어서 길인지 숲인지 분간할 수가 없었다.

발자국은 숲으로 연결된 직후 사라졌다. 숲 속은 바위 더미도 있고 낙엽도 많이 쌓여 있는데다가 바람까지 불었다. 날은 수색을 시작할 때보다 약간 어두워져 있었다. 청년들은 이곳에서 여러 방향으로 한동안 발자국을 찾아봤지만 끝내 흔적을 놓치고 말았다.

"어떻게 하지? 조금 있으면 해가 질 텐데……!"

한 청년이 근심스레 말을 꺼냈다. 아닌 게 아니라 해가 질 시간이 다가오고 있었으므로 미리 야영 준비를 해 둬야만 할 것 같았다. 그러자 한 청년이 다시 말했다.

"근처에 텐트를 치고 계속 찾아보자고…… 아니면 내일 또 찾아보면 되잖아!"

"하지만 위험할 것 같애. 그럴 게 아니라 빨리 돌아가서 형님들한테 알리자고……."

"글쎄, 이곳까지 왔는데……."

다른 한 청년이 망설였다. 그러나 또 다른 청년이 계속해서 만류했다.

"아니야, 충분히 찾아봤어. 정마을은 분명 이 근처에 있을 거야."

"……."

일행은 잠시 망설였다. 그러나 결론은 쉽게 나왔다. 주위를 둘러보니 공연히 불안한 생각이 들었기 때문이다.

"그래, 내일 다시 오자…… 형님들하고 같이 와야지!"

"좋아, 빨리 가자."

이리하여 청년들은 되돌아서고 말았다. 그런데 이들이 서 있던 곳은 정마을로 들어가는 나루터가 멀지 않은 곳이었다. 만일 이들이 오른쪽으로 올라서서 10여분만 더 앞으로 갔더라면 다시 왼쪽으로 꺾어 들어가는 길을 쉽게 발견할 수 있었을 것이리라. 그 길을 발견한다면 강가로 나가는 것은 매우 쉬운 일이다. 강가에 도착하면 배가 보일 테니 그곳에서 정마을로 찾아가기는 매우 쉬운 일이 되는 것이다.

청년들은 빠른 걸음으로 숲을 빠져나가고 있었다. 그러는 사이 날은 어느새 어둑어둑해지고 있었다. 청년들이 조금 더 지체했다면 숲에서 밤을 맞이했을 것이다. 날이 어두워지자 이들의 걸음은 한결 느려졌다. 하지만 오래 가지 않아 숲을 빠져나올 수 있었다.

"빨리 나오기를 잘했어. 벌써 밤이 됐는데……."

한 청년이 다행이란 듯이 말하자 다른 청년들도 그 말에 고개를 끄덕이며 수긍했다.

"빨리 가자, 만일 숲에 더 오래 머물러 있었다면 큰일 날 뻔했을지도 모르지!"

청년들은 급히 버스 정류장으로 향했다. 정류장에는 아직 막차가 떠나지 않고 있었다. 이들이 타자 버스는 곧 출발했는데, 승객은 이들 외에는 없었다. 버스를 놓쳤으면 그야말로 야영을 해야 했을 것이다.

버스는 시원하게 달리기 시작했다. 이로부터 하늘은 점점 더 어두워져 수많은 별이 돋아나고 있었다.

버스가 춘천역에 도착한 시각은 밤 10시 20분, 땅벌파 수색 대원들은 버스에서 내리자마자 곧장 가까이에 있는 여관으로 찾아들었다.

이 여관은 이들이 미리 잡아놓은 곳으로, 이곳에서는 두 명의 칠성이 대기하고 있었다.

"다녀왔습니다……."

수색 대원들은 방에 들어서서 고개를 숙이고 되돌아왔음을 정중히 알렸다.

"……."

칠성들은 부하들의 기색을 살피며 잠시 침묵하였다. 원래 이들은 오늘 정마을의 수색 지역에서 야영을 하고 성과가 있을 때만 칠성에게 연락하기로 되어 있는 것이다. 그런데 이렇게 갑자기 찾아온 것을 보면 상당한 성과가 있었거나 일에 차질이 생겼다고 볼 수 있다.

칠성의 직감은 첫 번째 경우로 기울고 있었다. 다만 겉으로는 내색을 하지 않고 있었는데, 수색에 참여했던 청년 하나가 미소를 머금으며 말했다.

"형님, 발자국을 발견했습니다……."

"발자국이라니?"

칠성은 의아스럽다는 듯이 물었다. 그러자 다른 청년이 조리 있게 대답했다.

"외딴 지역이었습니다……. 근처에 인가가 전혀 없는 곳이어서 아주 수상합니다……."

"그래? 어느 곳인데?"

"옛날에 괴인이 나타났던 바로 그 근처였습니다……."

"뭐? 숲 속 말인가?"

칠성들은 크게 관심을 나타내며 목소리를 높였다. 청년은 다시 힘있게 대답했다.

"예, 숲 속으로 계속 발자국이 찍혀 있었습니다……."

"좋아, 발자국을 따라가 봤나?"

"예, 먼 곳까지 갔었습니다. 그런데 그만 놓쳐버리고 말았습니다……."

"……."

칠성들은 말없이 얼굴을 찡그렸다. 그 표정을 말없이 살펴보던 한 청년이 급히 둘러댔다.

"다시 가보면 찾을 수 있을 겁니다……. 날이 어두워진데다가 근처에 누가 나타날까 봐 그냥 돌아왔습니다……."

"음, 잘했군. 그런데……."

칠성 중 한 명이 고개를 끄덕이며 잠깐 생각에 잠겼다가 다시 물었다.

"발자국은 어디서부터 시작되던가?"

"예? 아, 예……. 그 발자국은 들어간 것이 아니라 어딘가에서 밖으로 나온 모양의 것이었습니다……. 저희는 거꾸로 추적해 본 셈이지요…….”

“그렇군, 다시 들어간 발자국은 없고?”

“예, 없었습니다. 그런데 그 발자국은 모두 세 사람의 것이었어요…….”

“뭐? 세 사람? ……그거 재미있군……. 나온 발자국만 있고 들어간 발자국은 없단 말이지?”

칠성 하나가 교활한 미소를 지으며 물었고, 청년은 자기 동료를 흘끗 돌아보며 대답했다.

“그렇습니다…….”

“발자국이 끊긴 곳이 숲의 입구에서 많이 들어간 지점인가?”

“예, 몇 시간이나 들어가서였습니다…….”

“좋아, 나오는 동안 부딪친 사람은 없었지?”

“물론입니다…….”

“그 시간이 언제인가?”

“숲에서 빠져나온 시간 말입니까? ……9시쯤이었어요.”

“그 발자국은 분명 숲 밖으로 나온 것이지?”

“예…….”

“그것 참, 나오기만 하고 들어간 자국이 없단 말이지?”

“그렇습니다…….”

“이상하군, 그 발자국이 정마을에서 나온 것이라면 들어간 발자국도 있어야 할 텐데…….”

칠성은 자기 동료를 돌아보며 의견을 구했다. 그러자 다른 한 명의 칠성이 말했다.

"뭐, 이렇게 생각할 수 있겠지……. 그 발자국이 정마을에서 나온 것이라면 누군가 떠나간 것이고……. 아니면 그곳 사람들이 밖으로 나와서 아직 안 들어간 것이고."

"그래, 내 생각도 그래……. 아무튼 우리가 내일 직접 가보자구."

"음, 그래야겠어……. 얘들아, 너희들은 이제 그만 가서 쉬어라."

칠성들은 어떤 방침을 굳히고 부하들을 내보냈다. 그리고 두 사람의 칠성만이 남게 되자 다시 얘기를 계속했다.

"숲 속의 발자국이라니 수상하지?"

"음, 그런 것 같아, 내일 새벽에 가보자고……."

"그래야겠지, 첫 버스가 몇 시에 있지?"

"여관 주인한테 물어보면 될 거야……. 내가 물어보지."

칠성은 이렇게 말하고 잠시 밖으로 나갔다가 다시 들어왔다.

"4시 반이 첫차라는구먼……."

"좋아, 그걸 타자고……. 그만 잘까?"

칠성들은 잠시 후 잠을 청했다. 칠성들은 금방 잠이 들었지만 잠들기 전 그들의 육감은 이번에야말로 정마을을 찾게 되리라는 것이었다. 밤은 점점 더 깊어갔다. 칠성의 부하들도 다른 방에서 이미 잠에 떨어진 상태였다.

그런데 하나 공교로운 일은 이들 땅벌파 일행이 잠든 여관 근처의 또 다른 여관에는 남씨 일행이 잠들어 있었다. 남씨 일행은 춘천에 나와 임씨의 행적을 탐문하다가 늦은 시간에 여관에 들었다. 이들은 현재 아주 평화스럽게 잠을 취하고 있지만 내일 새벽 일찍 정마을로 떠날 예정이었다.

시간은 쉬지 않고 계속 흘러 이윽고 새벽이 조용히 찾아왔다. 칠성들은 어느새 일어나 앉아 있었고 다른 방에서는 그들의 부하들이 부지런히 옷을 챙겨 입고 있었다. 잠시 후 이들은 밖으로 나와 여관 마당에서 합류했다. 하늘은 아직 캄캄하고 별들도 간간이 보였다.

"출발할까요?"

부하가 말하자 칠성들은 고개만 끄덕이고는 앞장서서 문을 나섰다. 밖으로 나오자 여관 앞에는 아직 가로등이 켜 있었고 거리는 어두워서 차량이나 행인은 보이지 않았다. 칠성 일행은 부지런히 걸어 차도를 건넜다. 버스 정류장은 길을 건너자마자 바로 나타났는데, 넓은 주차장에는 여러 대의 버스가 줄지어 세워져 있었다.

칠성 일행은 무심코 그 방향으로 걸었다. 많은 버스들 중 한 대는 이미 출발선으로 나와 대기하고 있었다. 이 차가 바로 소양강으로 떠나는 첫차인데 거의 매일 승객이 없는 편이었다. 이 차는 오히려 소양강변으로 가서 거기서 마을 사람들을 태우고 다시 시내로 돌아온다.

마을 사람들은 이 차를 타고 생업을 위해 춘천으로 나오는 것이다. 오늘은 칠성 일행이 타게 되어 있으므로 손님이 상당히 많이 타게 된 셈이다. 그런데 이들 말고도 손님은 또 있었다. 저만치에 세 사람이 서서 버스 문이 열리기를 기다리고 있는 것이 아닌가!

버스에는 아직 운전사가 타고 있지는 않았지만 시간이 되면 어김없이 나타날 것이다. 칠성 일행은 얼핏 세 사람을 바라보며 그쪽으로 걸었다. 사방이 어두워서 누가 서 있는지는 잘 보이지 않았다. 이때 칠성 하나가 조용히 속삭였다.

"조용히 내 말 들어, 그냥 걸으면서……."

또 다른 한 명의 칠성과 부하들은 순간적으로 목소리를 죽였다. 그러나 걸음은 멈추지 않고 일정하게 유지했다. 조용히 하라는 말이 너무 진지했기 때문에 즉각적으로 심상치 않은 느낌을 받았던 것이다. 칠성은 걸으면서 다시 말했다.

"저기 누군가 있어……. 태연히 지나치자고……."

"……."

부하들은 영문을 몰랐지만 칠성이 하는 대로 태연히 따랐다. 칠성 일행은 자연스럽게 각도를 바꾸어 다시 도로 쪽으로 걸어갔다. 버스 정류장을 스쳐 지나간 것이다. 버스 정류장에 서 있는 세 사람은 이들의 행동은 전혀 의식하지 않은 채 버스만 바라보고 서 있었다. 칠성 일행은 정류장과 어느 정도 거리를 두고 멈추어 섰다.

이미 벽이 가로막혀 버스 앞에 서 있는 세 사람과는 완전히 격리되어 있는 상태였다. 이때 칠성이 긴장된 목소리로 속삭였다.

"잘 들어, 너희 둘은 저 사람들을 모르지?"

"예? 누군데요?"

"조용해, 바로 정마을 사람들이야……. 너희 둘이 저들을 미행해야 돼……. 저들은 우리 얼굴을 안다고, 알겠어?"

"따라가라고요?"

두 청년은 칠성을 빤히 쳐다보며 물었다. 지시를 받은 이들은 서울에서 내려온 사람이 아니고 이곳 춘천 지역의 패거리들이었다. 한 칠성은 이들의 팔을 잡으며 더 작은 목소리로 말했다.

"쉿, 조용해……. 시간 없으니 잘 들어."

"……."

청년들이 말없이 귀를 기울이자 칠성이 속삭였다.

"너희 둘이 저 버스를 타……. 태연하게 행동하라고, 그곳 근처 마을 사람인 것처럼 해야 돼……. 촌티를 내라고…… 에이, 옷이 이래서야……."

칠성은 급히 말하면서 그들이 입고 있는 옷에 대해 불평했다. 옷이 너무 깔끔해서 도시 사람 티가 물씬 풍기기 때문이었다. 칠성은 고개를 가로젓고는 말을 이었다.

"아무튼 할 수 없지……. 멀리 거리를 두고 뒤따라가도록 해. 만약 그들에게 걸리면 시치미를 떼라고……. 저들은 분명 그 숲으로 들어갈 거야. 우리는 다음 차로 가지, 알겠나? 빨리 가……."

칠성은 청년 둘을 급히 밀쳐냈다. 두 사람은 내용을 알아듣고는 태연스럽게 버스 있는 곳으로 걸어갔다. 버스는 마침 천천히 출발하는 중이었다.

"어이 ──."

청년 두 사람은 황급히 손을 들었고 버스는 섰다. 청년들이 올라타자 버스는 다시 출발했다. 이제 버스 안에는 운전사 외에 승객이 다섯 명이나 되었다. 이들 중 세 사람은 정마을 사람인 남씨와 박씨, 그리고 인규였다. 나머지 두 명은 물론 땅벌파의 패거리로 바로 앞에 앉아 있는 남씨 일행을 미행하는 것이다.

정마을의 세 사람들은 버스의 앞쪽에 앉아 있었으므로 칠성의 부하들은 자연스럽게 버스의 뒤쪽에 자리를 잡았다. 하지만 정마을의 세 사람들은 이들에 대해 전혀 관심을 두지 않고 자신들의 세계 속에 몰입해 있었다. 박씨는 아직 어두운 창밖을 보고 있었고, 남씨는 언제나처럼 고요히 눈을 감고 명상에 잠겨 있었다.

남씨는 버스나 기차 혹은 전차를 타면 으레 눈을 감았다. 박씨는 언제나 창밖을 열심히 보는 편이고, 인규는 남씨와 박씨의 중간적인 자세를 취하곤 했다. 그러나 오늘은 인규도 남씨처럼 눈을 감고 있었다. 버스는 빠른 속도로 도심을 빠져 나갔다.

 이른 새벽이라 도로는 한산했고 버스는 그 사이를 거리낌 없이 달렸다. 잠시 후 버스는 비포장도로로 들어섰고, 갑자기 차체가 심하게 흔들리기 시작했다. 땅벌파의 패거리는 눈을 감은 채 졸고 있었다. 그러나 버스가 속도를 줄이거나 정지하면 어김없이 눈을 떴다. 이들은 제법 신경이 예민해서 누구를 미행하는 일에 매우 익숙했다.

 버스는 개울을 건너 논길을 달렸다. 정마을의 세 사람들 중 남씨는 어제 탐문한 임씨에 대해 생각을 했고 인규는 깜빡 잠이 든 것 같았다. 박씨는 눈을 똑바로 뜨고 창밖을 계속해서 바라보고 있었다. 그러나 어두컴컴한 들판만 시야에 펼쳐질 뿐 선명한 정경은 들어오지 않았다.

 버스는 속도를 줄여 커브 길을 돌고 나서 다시 속도를 높였다. 멀리 들판의 끝자락에서는 하늘이 조금씩 밝아오고 있었다. 하늘의 별은 벌써 사라졌는지 보이지 않았다. 그때 덜컹거리던 버스가 속도를 줄였다. 길이 좁아졌기 때문이었다.

 조금 지나자 왼쪽에 개울이 나타났는데 버스가 가는 방향에서 반대쪽으로 흘러나오고 있었다. 박씨는 먼 곳으로 향했던 눈길을 개울에 던졌다. 개울은 다른 곳보다 먼저 해를 받아들여 점점 밝아오고 있었다. 버스는 또다시 개울을 건넜다. 이제 개울은 오른쪽으로 꺾여 박씨의 시야에서 사라졌다.

 박씨는 가까운 논밭으로 시선을 던졌다. 이 무렵 칠성 패거리는 완전히 잠에서 깨어나 가끔씩 조심스레 정마을 사람들을 살펴보고 있었다. 날은 잠깐 사이에 현저히 밝아졌다. 오른쪽에는 간간이 시골집들이 나타났고, 왼쪽에서는 산들이 점점 다가왔다.

 이제 인규도 잠이 깼다. 그리고 얼마 지나지 않아서 버스는 정지했다. 종점에 도착한 것이다. 박씨가 제일 먼저 일어났다. 그리고 뒤이어 인규와 남씨가 차례로 일어났다. 땅벌파의 패거리는 일부러 늑장을 부리면서 천천히 일어났다. 정마을의 세 사람들은 벌써 저만치 앞서가고 있었다. 그들은 막 숲으로 들어서기 직전이었다.

땅벌파의 패거리는 뒤늦게 그 방향으로 움직이기 시작했다. 가는 길이 빤하기 때문에 천천히 뒤따라가도 놓칠 염려는 없었다. 앞서가던 사람들이 숲으로 들어섰다. 그러자 땅벌파의 패거리는 걸음을 빨리해서 급히 숲의 입구로 바짝 접근했다. 먼저 숲에 들어선 사람들은 뒤쪽이 보이지 않기 때문에 마음 놓고 따라붙은 것이다.

땅벌파의 패거리는 일단 숲의 입구에서 몸을 감추었다. 그러고는 조심스럽게 숲길을 관찰했다. 정마을의 세 사람들은 아무런 낌새도 채지 못하고 부지런히 앞으로만 갈 뿐이었다. 숲 밖의 들판은 밝은 햇빛이 드리우기 시작했지만 숲은 아직도 어두웠다.

미행자도 숲 속으로 들어섰다. 이들은 길이 구부러지거나 높낮이 차이로 남씨 일행의 모습이 보이지 않으면 뒤쫓는 속도를 높였다. 그리고 약간이라도 그들의 모습이 보이는 듯하면 큰 나무 옆으로 몸을 감추고 기다렸다. 이렇게 미행은 순조롭게 이루어지고 있었다.

한편 이들을 먼저 보낸 칠성 일행도 이곳 숲으로 그 다음 버스를 타고 오는 중이었다. 버스는 한 시간 간격으로 발차하기 때문에 현재 춘천을 떠난 지 20분 정도가 되었다. 이제 40분 정도만 지나면 숲의 입구에 당도할 것이다.

지금 미행을 하고 있는 패거리들은 남씨 일행에게 더욱 접근했다. 길이 자주 꺾였기 때문에 가까이 다가가도 들킬 염려는 없었다. 하지만 이들은 적당히 간격을 유지하면서 조심스럽게 뒤를 따랐다. 그런데 그들의 뒤를 밟기에 아주 편리한 사실이 하나 있었다. 그것은 앞서가는 사람들이 별다른 길로 가지 않는다는 점이다.

지금 남씨 일행이 가는 길은 어제 발견된 발자국의 경로를 그대로 따라갈 뿐이다. 물론 어제 발자국을 놓친 지역에 이르면 상황이 달라지겠지만, 그 지점까지는 아직도 한참이나 가야 한다. 날은 점점 더 밝아오기 시작했다. 이에 따라 숲 속의 나무들 사이사이로 밝은 햇살이 쏟아지고 있었다.

이즈음 땅벌파의 후발대가 숲의 입구에 도착했다. 칠성 일행은 급히 버스에서 내려 곧장 숲으로 향했다. 이들은 숲으로 들어서자 거의 뛰다시피 하면서 속도를 높였다. 선발대와 합류하기 위해서였다.

후발대의 인원은 칠성을 포함해서 여섯 명, 이들은 아무 거리낌 없이 앞으로 전진했다. 필경 이렇게 가다보면 선발대를 만날 수 있으리라 생각되기 때문이었다. 만약 앞서가는 선발대에게 무슨 사고가 났다면 구원을 할 수도 있을 것이다. 칠성들은 먼저 박씨에게 달려들 생각은 없지만 만약 미행이 탄로 나서 부득이 싸움을 하게 되면 이제는 위축되거나 망설이지 않을 것이다.

칠성들은 박씨를 두려워하는 것이 아니라 오히려 은근히 한 번 실력을 겨루고 싶은 정도였다. 그것도 그럴 것이 그동안 자신들의 실력이 많이 향상되었기 때문에 이런 마음이 드는 것이리라! 그런데 현재 칠성들은 스스로 자제하는 인격도 아울러 갖추고 있었다. 그리고 박씨와의 대결은 언제나 가능한 것으로 문제는 실력의 향상이지 대결이 아니었다. 단지 지금 위험한 미행을 하는 중에는 어떠한 각오도 되어 있는 것이다. 더구나 두 사람의 칠성이 함께 행동하고 있기 때문에 두려움은 더더욱 없었다.

숲길은 계속 이어졌다. 칠성 일행은 그동안 상당히 속도를 높여 왔기 때문에 선발대를 만나는 시간도 많이 단축된 것 같았다.

이때부터 칠성 일행은 속도를 약간 늦추고 예의 민감한 신경을 곤두세웠다. 갑자기 칠성들은 부하 네 명에게 거리를 좀 두고 따라오라고 명령했다. 이것은 자신들 여러 명의 발자국 소리 때문에 앞쪽에서 들려오는 소리를 못 들을 수도 있기 때문이었다. 그리고 만약의 사태를 생각해 보면 여러 명의 움직임이 적게 감지될 수도 있기 때문이었다.

칠성들은 거의 소리를 내지 않고 전진하였다. 이에 비해 남씨 일행은 태평스레 대화까지 하면서 걷고 있었다. 그 뒤를 가까이서 미행하고 있는 두 패거리는 긴장을 풀지 않고 조심조심 뒤따르는 중이었다.

그러는 사이 한낮이 되었다. 항시 울창해서 어둡던 숲도 환해져 멀리까지 보였다. 이에 따라 미행은 거리가 자연 벌어질 수밖에 없었다. 마침 직선길이 나타나는 바람에 미행하던 패거리가 나무 뒤에 숨어서 대기하게 되자 남씨 일행과의 거리는 더욱 벌어졌다.

그러나 발자국이 있고, 또 그들의 모습이 약간씩이나마 보이기 때문에 놓칠 염려는 없었다. 게다가 어제 발자국을 놓친 지점까지는 다다르지 않았기 때문에 아직은 예정된 길을 가고 있는 것이다. 그 지점에 이르면 가까이 접근하여 미행해야겠지만 미리 서두를 필요는 없었다.

미행하는 패거리는 나무 뒤에 숨어가면서 뒤따라가 조금씩 앞으로 전진할 수 있었다. 숲 속의 길은 분명히 정해진 것이 아니기 때문에 옆으로 비켜서서도 길 비슷한 것이 있게 마련이다. 패거리들은 남씨 일행이 보이지 않으면 길로 나와 속도를 내고, 다시 보이게 되면 숲 속으로 비켜서서 천천히 전진했다.

이들과 그리 멀지 않은 지점에 있는 칠성들은 무조건 속도를 높여

도 상관없었다. 칠성들의 시야에는 숲길이 멀리까지 뻗어 있는 것도 보이고 바로 눈앞에는 앞서갔던 사람들의 발자국도 보였다. 칠성들은 속도를 조절하며 가끔씩 그 발자국을 확인하였다. 현재 칠성들이 뒤쫓고 있는 길은 남씨 일행이 지나간 길이자 자신의 동료들이 지난 길임이 틀림없는 것이다.

발자국은 분명 다섯 종류이고, 그 중 둘은 자기 패거리들 것이 분명했다. 시간은 쉴 사이 없이 흘러갔다. 이제 숲 속의 길은 직선으로 나타나고 있었다. 칠성들은 한눈에 이상이 없음을 간파하고 더욱 속도를 높였다. 그리고 선발대를 만나는 것이 더욱 가까워졌음을 느끼고 있었다.

직선 길은 한동안 계속되었다. 칠성들은 틈틈이 발자국을 확인하면서 전진을 계속했다. 그러던 중 길은 갑자기 넓어졌고 길다운 길도 시야에서 완전히 사라지고 말았다. 이 지점이 바로 어제 발자국이 끊어졌던 곳으로, 여기서부터는 길 아닌 숲으로 들어서야 하는 것이다.

'어느 방향으로 사라졌을까?'

두 칠성은 각각 흩어져 숲 속을 살폈다. 이 사이 뒤에 처져 따라오던 부하들도 합류했다.

"……?"

부하들은 소리를 내지 않고 두리번거렸는데, 이 순간 칠성 하나가 흔적을 발견했다.

"이쪽이야! ……너희들은 천천히 따라와!"

칠성들은 부하들을 다시 늦추어 뒤쫓아 오도록 하고 자신들은 잽싸게 숲으로 들어섰다. 숲에 들어서자 흔적은 더욱 확실해졌다. 칠성들은 속도를 약간 높였다. 하지만 가능한 한 조심을 하고 있었다. 분명 얼마 가지 않아 선발대를 만날 것이고, 그 앞에는 정마을 사람들이 가고 있을 것이 분명하기 때문이었다.

칠성들은 숲을 헤치며 계속 앞으로 나갔다. 숲은 맨땅이 보이지 않고 낙엽들이 가득 깔려 있었다. 하지만 칠성들의 뛰어난 관찰력은 사람이 지나간 흔적을 놓치지 않았다. 숲길은 얼마간 계속되다가 길다운 곳이 나타났다. 그와 함께 선발대의 모습이 보였다.

드디어 합류한 것이다. 그런데 앞에 있는 선발대의 자세가 좀 이상했다. 한 사람은 주저앉아 있는 반면, 또 한 사람은 엎드려 있었다. 지쳐 있는 것인가? 엎드려서 무엇인가를 살피고 있는 것인가? 아니면 이미 미행을 끝내고 돌아와서 쉬고 있는가……?

"……?"

칠성들은 조심스럽게 그들에게 접근했다. 소리를 내어 불러보고 싶었지만 그들이 뒤쫓던 남씨 일행의 사정을 모르기 때문에 조심조심 접근한 것이다. 두 패거리는 칠성들의 접근에 전혀 반응을 나타내지 않았다. 이는 칠성들이 너무 조용히 움직여서 낌새를 채지 못하고 있거나 아니면 그동안 너무 피곤했던 나머지 잠에 곯아떨어져 있을지 모를 일이었다.

"……?"

칠성들은 바로 그들 앞까지 다가섰다. 그런데도 이들은 꿈쩍도 하지 않았다.

'이런! ……기절해 있는 것이 아닌가!'

칠성의 관찰력은 두 동료가 기절해 있음을 즉시 간파했다. 이와 동시에 불안한 느낌이 엄습했다. 이들이 진정 기절해 있는 것이라면 누군가의 공격을 받았을 것이고, 그들이 아직 이 근처에 있을지도 몰랐다.

칠성들은 마음속으로 즉각 싸울 준비를 갖추었다. 이제 이들은 발각된 것이므로 곧 숨어 있는 적이 나타나리라! 칠성들은 단단히 각오를 했다. 어차피 결투는 피할 수 없게 된 것이 아닌가! 만일 끝까지 발각되지 않았다면 미행만 하고 돌아가려 했었다. 하지만 이미 일이 어그러진 이상 위축될 필요는 없었다. 이같이 생각한 칠성들은 오히려 마음을 편안히 갖고 몸속의 기운을 일으켰다.

"……."

숲은 조용했다. 칠성들은 잠시 동안 주위를 둘러보았으나 적은 나타나지 않았다. 어딘가에 숨어서 동정을 살피고 있는지도 모를 일이었다. 그러나 일단은 쓰러져 있는 동료들을 살펴볼 여유가 있었다. 칠성 중 한 명이 여전히 주위를 경계하는 가운데 다른 칠성은 쓰러진 패거리를 살펴봤다.

죽지 않은 것은 분명했다.

'치료부터 해 줘야 할까? ……아니면 탐색을 계속해야 할 것인가?'

칠성들이 망설이는 동안 뒤에 처져 있던 패거리 네 명이 도착했다. 칠성들은 탐색을 먼저 하기로 작정했다.

"얘들아, 너희들은 여기에 있어라. 그리고 이 약을 갖다 먹이고……."

한 칠성이 품에서 가루약 봉지를 꺼내주면서 큰 소리로 말했다. 이제 조용히 말할 필요는 없었다. 칠성들은 오른쪽으로 난 숲길로 들어섰다. 이때쯤 멀지 않은 강가에서는 한가한 일이 벌어지고 있었다. 남씨와 인규는 이미 배에 탔고, 박씨는 한창 배를 밀고 있는 중이었다.

이들은 별일 없다는 듯이 막 강을 건널 준비를 하고 있었다. 배는 즉시 출발했다. 배 위에 시멘트와 몇 가지 물품이 놓여 있었는데, 세 사람들의 얼굴빛은 태연했다. 단지 남씨의 얼굴이 좀 어두울 뿐. 어쩌면 임씨를 생각하고 있기 때문인지도 모른다.

배는 순조롭게 강을 가로지르고 있었다. 박씨는 한가롭고 평화롭게 보였는데, 그는 노를 젓고 있을 때면 언제나 이런 표정이었다. 인생을 건너듯, 혹은 험난을 건너듯, 정성스럽게 노를 젓곤 했다. 박씨는 사공이라고 불리는 것을 좋아했으며, 사람 이외에 강을 벗으로 삼고 있었다.

노 젓는 소리는 마음을 아주 평안하게 만들어 주었다. 강물은 더할 수 없이 맑았고, 하늘도 시원스레 푸르렀다. 가볍게 불어오는 바람은 어떤 희망을 느끼게까지 했다. 배는 어느덧 강의 중앙을 넘어 이제 정마을의 영역에 들어서고 있었다.

강의 맞은편 숲에서는 칠성들이 독기 가득한 눈으로 헤매고 있었다. 그들의 시야에서 발자국이 또 사라진 것이다. 그러나 방향을 잡는 데 어려움은 없을 것 같았다. 길은 양쪽으로 길게 뻗어 있었는데 그곳에는 발자국이 없었다. 그렇다면 방향은 두 곳뿐, 오른쪽 아니면 왼쪽인 셈이다.

왼쪽은 나무들로 꽉 막혀 있어 왠지 사람이 다니는 곳 같지가 않았다. 칠성들은 오른쪽으로 올라섰다. 그러자 쉽게 흔적을 발견할 수 있었다. 낙엽이 헤쳐진 것이 보인 것이다. 칠성은 거침없이 전진했다. 마른 낙엽 부서지는 소리가 발아래에서 사각거리며 짓밟혔다.

칠성들은 이에 전혀 개의치 않고 날카롭게 주변을 경계했다. 이런 곳이라면 갑작스런 습격이 있을 수 있기 때문이었다. 그러나 낙엽이 깔린 지역을 다 지나가도록 아무런 일이 없었다. 숲은 약간 가팔라지더니 세 갈래의 틈이 벌어졌다. 한 곳은 직선으로 나 있는 곳이었지만, 사람이 다닐 만한 길이었다.

오른쪽은 깊은 숲으로 들어서면 바로 진로가 막혀 있었다. 칠성들은 왼쪽을 돌아봤다. 전진 아니면 왼쪽으로 가야 할 상황에서 우선 오른쪽을 살펴본 것이다. 느낌에 왼쪽 길은 강으로 나가면서 끊겨 있을 것 같았다. 하지만 왠지 이 방향이 심상치 않았다.

칠성 중 한 명이 의심에 가득 찬 눈초리로 바닥을 살펴봤다. 그러더니 이내 소리쳤다.

"찾았어! ……저쪽이야!"

"그렇군! 빨리 가보자."

칠성들은 이렇게 말하고 급히 움직였는데, 이미 마음속에서는 싸움을 각오하고 있었다. 적은 세 명이지만 두 명은 있으나마나 한 존재이다. 상대가 될 법한 사람은 오직 박씨뿐인데, 이쪽은 두 명이니 승산이 있었다. 칠성들은 이런 생각을 하면서 잠깐 회심의 미소를 떠올렸다.

숲은 갑자기 환해졌다. 울창했던 나무들이 사라졌기 때문이었다. 나무들은 엉기성기 서 있었는데, 그 넓은 틈새로 길이 보였다. 아니 길이라기보다 강변이었다. 칠성들은 성큼성큼 숲을 빠져나왔다. 앞쪽으로 강물이 보였다. 드디어 찾은 것이다.

강 저쪽에는 나루터가 보이고, 배도 한 척 매어져 있었다. 남씨 일행은 이미 강을 건너 사라진 뒤였다. 칠성들은 천천히 강가로 내려섰다. 그런데 바로 이 순간 뒤에서 인기척이 느껴졌다.

부하들인가? 하지만 아니었다. 누군가가 날카로운 기운을 내뻗고 있었다. 칠성들은 순간적으로 무엇인가 섬뜩한 것을 느꼈다. 부하들이라면 태평하고 소란스런 느낌을 받았을 것이다. 그러나 지금의 기분은 날카롭고 삭막한 느낌이었다. 어떻게 보면 신비한 느낌마저 드는 것이다. 두 칠성은 동시에 돌아봤는데, 사람은 보이지 않았다.

"……?"

'잘못 본 것일까?'

칠성들은 서로 바라보며 고개를 갸우뚱했다. 바로 이 순간이었다. 나무 위에서 거대한 물체 하나가 떨어졌다. 그런데 이상한 것은 아무 소리가 나지 않은 점이었다. 마치 새 한 마리가 소리도 없이 착지한 것 같았다. 그러나 섬뜩한 느낌과 함께 나타난 물체는 태산처럼 육중하게 서 있었다.

"……."

칠성은 눈으로 살피는 동시에 마음속으로는 필사적으로 생각했다. '출현한 이것은 과연 무엇이란 말인가? ……사람이다! ……무서운 사람이야!'

칠성들은 자기도 모르게 기세가 꺾이는 것을 느꼈다. 일부러 힘을 내려고 했는데도 앞에 서 있는 존재에 의해 저절로 힘이 빠져나가는 것이었다.

칠성들은 떨리는 다리로 겨우 서 있을 뿐이었다. 얼굴빛은 이미 공포에 질려 있었다. 상대방이 자신들을 노려보는 것도 아닌데 그 살기를 느끼기에 충분했다. 칠성들은 무술의 고수로서 이런 감각을 이미 갖추고 있었다.

"……."

칠성들은 다리와 입이 한동안 마비되었다. 그 와중에 앞에 서 있던 물체가 먼저 말을 건네 왔다.

"너희들은 누구냐?"

"……."

칠성들은 들려오는 말소리에 머리가 짓눌리는 느낌을 받으면서도 대답할 말을 재빨리 생각해 봤다. 칠성들은 최대한 공손하게 말을 해서 상대방의 마음을 누그러뜨리려 했다. 그런데 그들은 생각이 좀 길어지는 바람에 대답이 늦어졌다.

"이놈들!"

괴물체, 아니 무서운 인간임이 분명한 존재가 호통을 쳤다.

"어른이 묻는데 대답을 안 해! 혼 좀 나야겠군!"

이어 앞에 서 있던 괴인이 가볍게 손가락을 펴는 순간 칠성의 무릎에서는 격렬한 통증이 느껴져 왔다.

"윽 —— 억 ——"

칠성들은 자기도 모르는 사이에 앞으로 고꾸라지면서 두 손으로 땅을 짚었다. 그러자 괴인이 다시 호통을 쳤다.

"어서 대답을 못 해! 목에 구멍이 뚫리기 전에……."

괴인은 눈으로 살기를 내뿜으면서 냉엄하게 말했는데, 좀 전에 다리를 향해 발출했던 기운을 이제는 목에다 공격하겠다는 뜻이었다. 칠성들에게는 그것은 곧 죽음을 뜻했다. 현재 다리에 맞은 기운은 정체를 알 길이 없었지만 뼈가 상한 것 같았다. 그것은 물체가 날아왔는지 그냥 기운만 뻗쳐온 것인지 도무지 갈피를 잡을 수 없었지만 통증은 매우 심했다.

한 칠성이 겨우 말을 꺼냈다.

"그냥 놀러 나왔습니다!"

"뭐, 이놈들…… 거짓말을 하다니, 죽어야겠군……. 어서 바르게 대답 못 해!"

괴인은 그 자리에 꼼짝 않고 다시 불호령을 내렸다. 칠성들은 공포를 느끼면서 기어드는 목소리로 대답했다.

"저, 누군가의 뒤를 쫓아왔습니다……."

"그럴 테지, 몹쓸 놈들! ……너희들은 내가 누군지 아느냐?"

괴인은 눈을 가늘게 뜨고 냉혹하게 물었다.

'어떻게 대답해야 목숨을 구할 수 있을지…….'

하지만 칠성들은 생각과 동시에 대답했다.

"잘 모르겠습니다, 이곳 어른이 아니신지요?"

괴인은 고개를 끄덕였다. 그러고는 다소 누그러진 태도로 말했다.

"너희들 제법 똑똑하구나, 나는 정마을을 지키는 신령이시다…….
그런데 너희들은 나쁜 놈들이지?"

"예? 아, 예…… 그렇습니다."

칠성들은 순순히 시인했다. 괴인의 말에 거스르게 대답했다가는
그야말로 당장 목에 구멍이 뚫릴 것 같았기 때문이었다. 그리고 괴인
은 모든 일을 다 알고 있는 듯싶었다. 칠성들의 대답에 괴인은 만족
했는지 다시 부드럽게 말을 건네 왔다.

"돌아들 가거라. 그리고 다시는 이곳에 오지 마라. 누구든 이곳에
다시 오는 날에는 죽음을 면치 못할 것이야, 알아듣겠느냐?"

괴인은 이렇게 말하며 땅을 향해 손을 뻗으며 손바닥을 폈다. 그러
자 땅바닥에 뒹굴던 큼직한 돌덩이가 제 스스로 날아올랐다. 돌은
신비스럽고 희한하게도 괴인의 손바닥 안으로 곧장 들어갔다. 칠성
들은 이 광경을 놓치지 않고 바라보았다. 괴인이 다시 입을 열었다.

"이놈들아, 이것이 뭔지 아느냐? 너희 놈들 머리통보다 더 단단한
돌이야! ……알겠지?"

"……."

칠성들은 영문을 몰라 주춤거렸다. 이 순간 돌은 저절로 산산조각

이 났다. 괴인이 돌을 움켜쥐었는지는 알 길이 없었다. 단지 돌은 한 손에 올려진 채 박살이 난 것이다. 괴인의 말소리가 다시 들려왔다.

"너희들이 다시 오면 이렇게 되는 것이야. 그만 돌아들 가거라! 이번만은 내 특별히 용서해 줄 테니."

괴인은 칠성들을 지그시 바라보고 있었다. 지금 괴인이 말한 내용은 매우 냉혹한 것이었지만 그 느낌은 상당히 온화해서 칠성들의 마음속에는 얼핏 이러한 생각이 떠올랐다.

'착각일까?'

어쨌거나 괴인은 칠성들이 여기에서 물러날 것을 조용히 지시하고 있었다.

"……."

칠성들은 괴인의 말뜻을 알았으나 괴인이 바로 앞을 가로막고 서 있어서 일어서기가 거북했다. 그리고 무릎의 통증이 심해 쉽게 움직일 수도 없었다. 모든 말을 끝낸 후 괴인은 뒤돌아서서 성큼성큼 왼쪽 숲으로 사라졌다. 칠성들은 그제야 조심스럽게 천천히 일어났는데 겨우 걸을 수는 있었다.

칠성은 괴인이 떠난 숲 속을 바라보며 오른쪽 숲을 향해 움직이기 시작했다. 급할 것은 없었다. 무서운 존재가 나타나 위기에 봉착했었지만 그 존재는 너그러움을 갖추고 있었던 것이다. 칠성들은 커다란 감명을 받은 반면 또한 공포를 느끼면서 강가를 떠났다.

칠성이 조금 걸어가자 근처에서 기다리던 부하들을 만났다. 기절해 있던 두 동료도 마침 깨어 있었다. 이들은 칠성들이 나타나자 반가워하며 물었다.

"형님, 어떻게 됐나요? ……아니, 다치셨나요?"

이들이 칠성들의 걸음걸이를 살펴보며 묻자 칠성들은 맥없이 고개를 끄덕이며 대답했다.

"음, 다쳤네…… 어서 돌아가자!"

"……"

부하들은 기운이 쭉 빠져 있는 칠성들을 보고는 아무런 할 말도 찾지 못했다. 칠성들은 말없이 앞장을 섰고, 부하들은 그 뒤를 따라 움직이기 시작했다. 이렇게 되어 정마을에 대한 땅벌파의 두 번째 탐색도 실패로 돌아갔다. 하지만 정마을의 소재는 거의 파악한 셈이었고 무서운 존재가 정마을의 문턱을 지키고 있다는 것도 알려지게 되었다.

칠성은 다시 숲을 빠져나가면서 생각에 잠겼다.

'생각만 해도 끔찍해…… 저런 존재가 세상에 있다니. 다행히도 목숨을 건졌군……'

칠성들은 자신들이 살아 돌아가게 된 것을 다행스럽게 생각하며 고개를 가로저었다.

'지난번에도 어떤 괴인이 나타나 무참히 살인을 저지르며 정마을을 지켰다고 하던데……. 이번에 나타난 괴인이 바로 지난번의 그 괴인일까?'

칠성들은 이런 생각이 떠올랐지만 정확히는 알 길이 없었다. 다만 이번의 괴인은 자기 스스로 정마을을 지키는 신령이라고 말했다. 그렇다. 괴인의 능력은 신령이라고 할 만큼 강력했다. 그 신령은 어떻게 대적해 볼 마음마저도 앞질러 분쇄시키지 않았던가!

칠성들은 무술인으로서 혹은 수행인으로서 많은 생각을 하면서 숲을 떠났다. 이들은 밤늦게 춘천으로 돌아와서 다음날 일찍 서둘러 서울로 철수했다.

다시 솟는 정마을의 우물

정마을은 여전히 평화로웠다. 아침이 되자 박씨는 나루터를 살피러 나왔고, 또 함께 따라 나온 인규와 열심히 운동도 마쳤다. 다시 정마을은 아침이 시작된 것이다. 오늘은 우물을 고치는 날이었다. 이는 건영이가 정한 것이지만 마을 사람들에게는 중요한 행사가 된 것이다.

'마을의 이름이 정마을인데 무너진 우물을 계속 방치해 두었다니!'

그동안 예기치 못했던 사건들 때문에 경황이 없어 잠시 잊고 지냈지만, 우물은 마을을 지키는 신령한 존재였다.

촌장이 마을에 있었을 때에는 우물 앞에서 치성도 드렸었다. 그러나 촌장이 사라짐에 따라 치성을 드리던 일도 차차 잊혀졌고 그 후 마을에 여러 차례 불상사가 생김에 마을 사람들은 허전함 또는 불안함조차 느끼던 차였다. 이에 건영이가 이번에 우물을 보수해 놓고는 치성을 드리자고 강노인에게 말했던 것이다.

마을 사람들은 크게 기뻐하며 모두 건영이의 의견에 찬성했다. 우물을 고치고 난 뒤 그 앞에서 정마을의 행운을 기원하는 행사는 사실 그들이 고대하던 터였다. 촌장이 떠나간 이후 마을은 수많은 사건에 휩쓸려왔는데, 그 모든 것이 우물과 관련된 조화로 여겨져 왔기 때문이었다. 물론 마을 사람들이 서로 꺼내놓고 얘기한 바는 없지만 그러한 생각이 어느덧 마을 사람의 마음속에 자리 잡고 있었던 것은 사실이었다.

박씨와 인규가 새벽 일정을 마치고 우물가에 도착해 보니 그 옆에 시멘트와 모래, 그리고 자갈이 수북이 쌓여 있었다. 이제 얼마 안 있으면 공사가 시작될 것이리라!

박씨는 우물 쪽을 흐뭇한 표정으로 바라보다가 언덕길로 올라갔다. 박씨와 인규가 지금 향하는 곳은 바로 임씨의 집인데, 오늘 아침 식사를 그곳에서 하기로 되어 있었다. 임씨 부인은 우물의 보수 공사에 앞서 그 일을 하게 될 사람들을 위해 아침 식사를 특별히 차리겠다고 자청했다.

임씨 부인의 이 행동에는 나름대로의 사정이 깃들어 있었다. 그 사연은 바로 남편이 행방불명된 이래 항상 천지신명께 남편의 귀환을 빌어 왔는데, 그때마다 마을을 지켜온 우물물로 정한수를 떠놓고 싶었던 것이다. 그렇게 되면 소원이 빨리 이루어질 것이라는 믿음이 자신도 모르게 자연스레 생겼다. 그러던 중 우물을 고친다고 하니 그 일은 마을의 신령을 받들 뿐만 아니라 자신을 위한 일이라고도 생각되었기 때문이다. 그래서, 그 일을 주관하는 사람들에게 공양을 하고 싶었던 것이다. 말하자면 하늘에 제물을 바치듯 아침상을 차리겠다는 것이다.

이에 대해 건영이는 각별한 의미를 부여하면서 좋은 생각이라고 말해 주었다. 건영이도 오늘 아침 식사를 임씨의 집에서 하기로 되어 있었다. 건영이는 공사에 직접 참여하지는 않았지만, 자신의 제안으로 우물의 보수 공사가 이루어졌기 때문에 감독격인 셈이었다. 평소 같으면 우물 보수에 그토록 큰 의미를 두고 법석을 떨 일은 아니었지만 마을 사람들은 그동안 숱한 사건으로 지쳤던 마음을 우물 공사에서 회복하고자 했다. 일종의 보상 심리에 의한 행사라고 생각할 수도 있다. 그뿐만 아니라 건영이도 우물 보수 공사는 중대한 뜻이 있다고 말했었다.

오늘 우물 공사는 강노인의 지휘 아래 박씨가 하게 되어 있었다. 인규도 이 일에 신명이 나서 가담하려는 중이다. 원래 마을의 각종 공사는 주로 임씨가 나서서 해 왔는데, 오늘 우물 보수 공사도 임씨가 있었다면 그의 차지가 되었을 것이다. 그러나 지금은 그 임씨가 없을 뿐 아니라 오히려 우물 공사는 임씨를 돌아오게 하려는 기원 형식처럼 되어 있었다. 다른 사람들도 마을의 안녕과 임씨의 귀환을 염원하고 있는 중이었다. 그리고 우물 공사와 관련 지어 큰 기대를 품고 있는 것이다. 따라서 임씨를 찾는 일은 때늦게 건영이에 의해 제안되었고 서서히 진행되었다.

그 첫 번째 행동으로 건영이는 남씨를 춘천으로 나가보게 했던 것이다. 남씨는 건영이의 지시에 따라 임씨의 행방을 탐문했고, 하루 만에 정마을로 다시 돌아왔다. 그런데 별소득은 없었다. 임씨가 행방불명된 지는 상당한 세월이 지나 있었고, 또 춘천에 임씨를 아는 사람이 그리 많은 것도 아니었다. 다만 임씨의 흔적만은 포착되었다. 그 당시 임씨는 인규를 따라 즉흥적으로 정마을을 떠났다고는 하지만 갈 길은 이미 정해져 있었던 것 같았다. 임씨가 그 날 강을 건넌 김에 춘천까지 나갔지만 분명 볼 일은 있었다. 그 볼 일이란 며칠 앞으로 다가온 출산에 대비한 몇 가지 물품과 부인에게 줄 선물 등을 준비하려 했던 것이다.

그 외에도 임씨 자신이 그려서 표구하기 위해 맡겨놓은 그림을 찾아야 할 일도 있었다. 이 모든 일은 반드시 인규가 서울로 떠나는 그날에 꼭 구입할 필요는 없었지만, 임씨는 인규가 떠나는 김에 서둘러 따라 나갔던 것이다. 이것이 결과적으로 커다란 운명의 차이를 만들어 내었다.

그 길로 임씨는 정마을로 돌아오지 못했다. 그런데 이번 남씨 일행의 탐문 조사에서 몇 가지 사실이 드러났다. 임씨는 표구점에서 그림을 찾아갔고, 붓과 종이 등도 구입했다. 그뿐만 아니라 산모를 위한 몇 가지 물건도 가지고 있었다는 사실이다. 임씨는 산모를 위한 물건을 미리 사가지고 표구점에 들렀는데, 사람 좋은 임씨는 화방 주인에게 자랑을 늘어놓았다.

얼마 안 있으면 아버지가 된다는 둥 아들을 낳을 것 같다는 둥. 화방 주인의 말에 의하면 임씨는 역전에 가서 하룻밤을 보내고, 다음날 일찍 정마을로 돌아간다고 했다는 것이다. 남씨는 이 말에 따라 여관들도 탐문해 봤다. 역전에 있는 여관은 그리 많은 것도 아니므로 임씨가 투숙할 만한 여관을 남씨는 짐작할 수 있었다.

마침 임씨를 기억하고 있는 여관 종업원이 있었다. 평소 임씨는 어딜 가나 잘 웃고 친절하기 때문에 표가 나는 사람이다. 그날도 임씨는 가끔 다니는 여관에 투숙하면서, 종업원과 재미있게 말을 나누었고, 또 그 종업원은 임씨에게 그림을 그려달라는 등의 대화를 기억하고 있었다.

종업원의 말에 의하면 임씨는 아침 일찍 여관에서 식사를 마치고 정마을로 떠났다는 것이다. 이러한 사실들이 이번 탐문 조사에서 드러났지만 남씨는 자신이 이미 추리했던바 그대로라고 말했다. 하지만 남씨의 추리가 사실 그대로 드러난 것이 이번 탐문 조사의 소득이었다.

이에 대해 건영이는 상당한 성과가 있었다고 말했지만 앞으로 어떻게 할 것이라는 계획은 얘기해 주지 않았다. 그러나 남씨를 비롯해 마을 사람들도 더 묻지 않았다. 임씨를 찾는 문제는 현재로서는 아주 난감한 일로써 건영이 자신도 무척 애를 태우고 있는 중이었다.

남씨는 때가 되면 건영이 스스로가 자신의 계획을 털어놓을 것이라고 믿고 있었다. 그래서 묵묵히 건영이의 행동을 지켜보고 있을 뿐이었다. 그런데 건영이는 이번 탐문 조사에 대해 상당히 만족하는 것 같았다.

"그렇다고 생각하고 있었어요!"

건영이의 반응은 남씨의 생각과도 일치하고 있었다. 건영이는 이 말 외에는 더 이상 하지 않았고 즉시 화제를 우물 고치는 일로 돌렸던 것이다.

박씨와 인규가 임씨 부인 집에 도착하고 보니 이미 몇 사람이 와 있었다. 그들은 바로 숙영이 어머니와 숙영이, 그리고 정섭이었다. 여인네들은 이번 우물 보수 공사를 마치 경사라도 난 듯이 즐거운 마음으로 음식을 마련하고 있었다.

잠시 후 남씨가 나타났고, 이어 건영이도 도착했다. 우물 보수 공사에 관련된 사람들은 다 모인 셈이다. 이들은 엄숙한 분위기 속에서 아침 식사를 시작했다.

공사 현장을 지휘할 강노인은 지금 집을 막 나서고 있는 참이었다.

강노인의 팔에는 커다란 물통 하나가 들려 있는데, 이것은 오늘 공사에 꼭 필요한 물품이었다. 이는 할머니가 내놓은 것으로 그녀가 언제나 스스로 흡족하게 여기는 물건이었다. 그것은 바로 두말할 것 없이 술로써, 곡차(穀茶)·반야탕(般若湯)·태극수(太極水)·혼돈수(混沌水)·대약(大藥), 천식(天食) 등으로 불리는 영물(靈物)이다.

이 영물은 오늘 공사가 끝나면 치성을 드리는 데 쓸 것이고, 아울러 잔치를 벌이는 데도 쓰일 것이다. 강노인은 힘겹게 걷다가 잠시 멈추어 서서 하늘을 올려다보았다. 하늘은 화창했다. 기온은 약간 쌀쌀했지만 정마을 사람들은 추운 것을 잘 견디는 편이다.

오늘은 모든 면에서 길일(吉日)이었다. 천지의 순환은 봄에 싹이 트고, 여름에 성장하고, 가을에 결실을 맺는다. 그리고 겨울은 쉬는 계절인데, 그 겨울을 앞두고 우물을 고치는 것은 크게 상서로운 일임에 틀림없다. 우물은 잠겨 있는 것을 소통시키고, 흘러넘치는 것을 모이게 하는 것이므로 이런 일은 바로 겨울을 앞두고 할 일이다.

현재 계절은 겨울의 문턱에 들어서 있다. 강노인은 다시 걷기 시작했다. 강노인은 술을 나르면서 마치 행운을 배달하는 기분까지 들 정도였다. 술이란 바로 그런 물건이 아니더냐! 술은 사람의 마음을 일으키고 새롭게 하고 소통을 시킨다. 사람이 이렇게 술의 운행을 잘 따른다면 운명도 이에 상응할 것이다.

강노인은 열심히 걷다가 잠시 걸음을 멈추었다. 마침 오른쪽에는 박씨의 옛 집터가 있었다. 집의 잔해는 아직 약간은 남아 있었으나 거의 평평해졌다. 박씨의 집이 없어짐으로 해서 그 아래쪽에 펼쳐져 있는 숲이 보였다. 강노인은 비로소 전망이 좋음을 느꼈다. 그러고 보니 박씨의 집은 마을의 기운을 막아서고 있었던 셈이었다.

지금은 바람이 시원하게 불고 천지의 기운도 거침이 없는 것 같았다. 그동안은 박씨가 그 기운을 다 맞이하고 있었던 것일까? 만일 그렇다면 박씨는 그 기운에 손상을 입었을지도 모를 일이다. 하지만 영혼의 힘이 강한 사람은 거센 기운에도 상하지 않고 오히려 거기서 힘을 얻을 수 있다.

'박씨가 그 힘을 얻었을까?'

강노인은 속으로 그렇다고 생각하고는 고개를 끄덕였다. 강노인도 예전에 어른들로부터 들은 얘기가 있었으므로, 기운의 흐름과 인간의 운명과 건강 등을 어느 정도 알고 있었다. 지금에 와서야 확연히 깨달은 것이지만 집에서 마을로 들어설 때는 언제나 가슴이 답답해 옴을 느꼈었다. 그것이 바로 박씨의 집 때문이었던 것이다. 그리고 박씨의 집은 엉뚱하게도 외따로 떨어져 있었을 뿐만 아니라 심하게 노출되어 있었다. 자그마한 오두막집이 그런 위치에 있다면 그 집에 사는 사람이 외로워질 것은 당연한 이치이다.

'그래서 박씨는 외로웠던 것일까?'

강노인의 능력으로는 그것까지는 생각할 수 없었다. 단지 박씨에 대한 연민에 잠기면서 다시 걷기 시작했다.

강노인의 목적지는 우물가였는데 얼마 안 가서 우물이 나타났다. 강노인은 들고 온 술통을 내려놓고 다시 집으로 돌아갔다. 이번에는 돗자리와 술병과 술잔 등을 챙겨 가지고 할머니와 함께 우물가로 나올 예정이었다. 우물에 치성을 드리는 일은 할머니가 그 절차를 잘 알기 때문에 주관할 것이고, 마을의 대표격으로 제주(祭主)로 나서는 사람은 건영이로 지명되었다. 이는 촌장이 있을 당시부터 건영이가 마을에서 가장 중시되어 왔기 때문이다. 비록 박씨에게 촌장의 모든 재산이 남겨졌지만, 박씨의 임무가 건영이를 보호하는 데 있고 보면 건영이가 제주로 나서는 것이 당연한 것 같았다. 이에 대해 건영이 자신도 마다하지 않았기 때문에 더 말할 나위도 없었다. 강노인이 집으로 돌아가 할머니와 다시 나올 때쯤 공사를 맡을 일꾼, 즉 남씨와 박씨 그리고 인규가 우물가로 모여들었다. 공사는 즉시 시작되었다.

"자, 그럼 시작할까? 우선 저것부터 고쳐야 할 거야……."

강노인은 우물벽이 허물어진 것을 가리키며 공사의 순서를 지시했다. 공사는 급속히 진행되었는데 어려운 점은 없었다. 우물은 깊지 않았고, 또 새로 만드는 것도 아니었기 때문이다. 벽이 허물어져 내린 것을 돌과 시멘트로 다져 세우고 바닥을 파내면 그만이었다. 우물 바닥에는 무너져 내린 흙이 쌓여 있었지만 박씨가 내려가서 퍼 올렸다.

인규는 흙을 받아내고 시멘트를 나르는 등 신명이 나 있었다. 인규는 우물 공사가 자신이 수도 생활을 시작한 이래 처음으로 갖는 신령한 행사로 여기고 있는지도 몰랐다. 어느새 무너진 흙은 다 퍼 올려지고 흙과 뒤섞인 물이 퍼 올려지기 시작했다. 우물 바닥은 단단한 흙과 자갈이 깔려 있었는데 그것까지 퍼 올릴 필요는 없었다.

우물물은 드디어 맑아지기 시작했고, 물 높이는 일정하게 고정되고 있었다. 이제 우물벽은 원래 부서진 곳 말고도 철저히 보수되었다. 이어 우물가 주변도 자갈과 시멘트로 말끔히 다져지기 시작했다. 마침내 우물 공사는 끝이 났는데, 예정 시간보다 훨씬 이른 시간이었다. 원래 계획은 도중에 한 번 쉬고 점심 식사 후 다시 진행하려 했었지만, 일이 워낙 쉬웠으므로 쉬지 않고 그대로 진행된 것이다.

공사가 끝난 시간은 정오가 막 지난 시각, 건영이는 곧바로 치성을 드리자고 했다. 마침 오시(午時 : 오전 11시에서 오후 1시 사이)가 되었

으므로 치성 드리기에 안성맞춤이라는 것이다. 대체로 수행을 목적
으로 하는 예배는 하루의 시작인 인시(寅時 : 오전 3시부터 5시 사이)
에 지내고, 고인의 조상을 모시는 제사는 자시(子時 : 밤 11시부터 오
전 1시 사이)에 치러진다. 그리고 천지신명을 받드는 치성이나 종교 행
사 등은 오시가 좋다. 그 이유는, 오시는 태양이 중앙으로 떠오르는
시간으로서 천지의 활동이 가장 왕성할 때이기 때문이다. 남씨 등은
건영이의 제안에 따라 근처 개울에 가서 정중히 목욕을 하고 몸과
마음을 정돈했다. 치성에 필요한 술과 음식 등은 이미 마련되었으므
로 행사는 차질 없이 신속히 진행될 수 있었다.

먼저 술을 잔에 부어놓고 절을 하는 것으로 순서는 시작되었는데,
이는 촌장이 하던 방식 그대로 따른 것이다. 건영이는 할머니에게 물
어서 이를 알아두었고 거기에 몇 가지 형식을 더 추가했다. 술을 따
르고 절을 마친 다음 우물물을 떠서 우물 주변의 땅에 쏟아 부은 뒤
이어서 마을 사람들이 골고루 한 모금씩 마셨다.

건영이는 묵념을 하고 절을 아홉 번이나 하는 등 온 정성을 다 기
울였는데, 우물을 향하고 하늘을 우러러보는 자세는 모든 사람들을
숙연하게 만들었다. 원래 치성의 뜻은 몸과 정신을 모아 하늘에 예배
하고 천지의 운행에 화합하겠다는 것이므로 건영이의 모습에는 신성
한 기운이 흘러넘쳤다.

그리고 치성의 형식은 하나의 상징으로써 천지의 뜻을 기리는 데
그 큰 뜻이 있다. 이러한 형식을 두려워하거나 비웃는 사람은 천박한
정신의 소유자들이 대부분이리라. 또한 치성은 천지의 뜻을 음미하
고 자신을 낮추며 거대한 흐름에 화합하고자 하는 것이다.

마을 사람들은 치성을 다 마치고 우물가에 둘러앉아 술과 음식을

먹으며 이야기를 나누었다. 오랜만에 찾아온 마을의 평화, 이는 마을 사람들이 애써 이룩해 놓은 결실처럼 보였다. 시간은 조용히 흘러갔다. 그리고 마을의 잔치도 조용히 무르익어 가고 있었다. 예전 같으면 임씨가 있어서 다소 시끄럽거나 흥겨웠을 것이다. 그러나 지금의 잔치는 너무 차분하다고나 할까, 일종의 무게가 서려 있는 것 같았다.

오늘은 정섭이조차도 어른스럽게 보였다. 하기야 정섭이가 정마을의 식구가 된 이래 겪은 일들은 정섭이를 어른답게 만들기에 충분한 것이었다. 오늘 유난히 안색이 좋은 사람은 임씨 부인으로 시종일관 미소로써 대화에 참여했고, 아기도 울거나 보채지 않았다. 물론 마을 사람들의 기분도 지난 여름날 이후 그 어느 때보다도 즐거웠다.

한편 깨끗하게 단정되고 수리된 우물은 상서롭고 신비스런 운치를 자아내고 있었다. 마을 사람들에게는 우물의 물이 필요하다기보다는 우물 자체가 소중했기 때문에 이 느낌은 현실적인 안정감을 주었다. 건영이는 얼핏 우물을 쳐다보고는 마을 사람들이 기뻐할 말을 꺼내었다.

"마을에 식구가 늘어나겠군요!"

건영이의 이 말은 일종의 예언이었는데도 마을 사람들은 당장 그 일이 실현된 듯이 좋아했다.

"음? 식구가 늘어난다고? ……그럼 임씨가 돌아오나?"

강노인이 기뻐하며 즉시 반문했다. 이때 임씨 부인도 건영이를 빤히 바라봤는데, 건영이는 구체적으로 꼬집어 얘기하지는 않았다.

"글쎄요……. 때가 되면 임씨 아저씨도 돌아오시겠지요!"

건영이의 말에는 '글쎄요……'라는 서두가 붙어 있었고, 또 '때가 되면……'이라는 단서마저 붙어 있었다. 게다가 '돌아오시겠지요!'라는 불확실성의 어투가 있는 것이다. 임씨 부인은 건영이의 그 말에 다소 실망한 듯 보였으나 우울해하지는 않았다. 건영이가 그 정도까지 스스럼없이 얘기하는 것을 보면 비관적이라는 느낌은 들지 않았기 때문이다.

임씨 부인의 이러한 기분을 마을 사람들이 눈치를 챘는지는 모르지만 박씨가 먼저 반기며 끼어들었다.

"좋아, 식구가 늘어난다는 말이지? ……그걸 어떻게 알 수 있니?"

이제 박씨는 마을에 식구가 늘어난다는 사실보다 그것을 아는 방법이 더 중요했던가 보다. 건영이는 다소 멋쩍어하며 대답했다.

"잘 모르겠어요……. 느낌이 그래요. 하지만 방치해 두었던 우물이 고쳐졌다는 사실을 보면 사람이 나타날 조짐인 것 같아요."

"그건 또 어째서 그렇지?"

박씨가 다그쳐 물었다. 우물을 고친 사실과 관련 지어 사람이 나타난다면 그러한 징조를 해석하는 방법을 알고 싶은 것이다.

"우물은 통(通)하고 모이는 것입니다……. 이제 마을의 우물이 고쳐졌으니 식구가 더 늘지 않겠어요?"

"그렇겠군!"

건영이의 설명에 할머니가 느닷없이 끼어들었다. 할머니는 박씨와 건영이를 번갈아 쳐다보다가 이제 제법 이치를 깨달았다는 얼굴로 말했다.

"새 물이 생겼으니 마을 사람도 다시 나타난다? 옳은 말이야! …… 그런 것을 주역에서는 뭐라고 하지?"

"할머니 말씀이 맞아요, 물은 곧 생명이니까 새 물에는 생명, 즉 사람이 생기겠지요. 주역으로는 문자 그대로 수풍정(水風井:䷯)이에요……."

"좋아, 좋아…… 수풍정이라! 아무튼 마을에 식구가 늘면 좋은 일이지!"

할머니는 고개를 끄덕이고는 술을 한 모금 들이켰다. 이로부터 마을 사람들은 좀 더 활기를 띠게 되었다. 우물의 보수, 이는 우물이 막힌 것과 비교하면 얼마나 유쾌한 일이냐! 막혀있던 대지가 뚫리고, 이제 그 속에서 생명에 절대 필요한 물이 다시 솟는 것이다.

마을의 잔치는 해가 지자 자연스럽게 끝났다. 마을 사람들이 모두 보금자리로 돌아간 뒤에도 우물 속에서는 새로운 물이 생기고 흘러가고 또 생기면서 통하고 모이는 작업이 끝없이 이어지고 있었다.

풍곡선의 또 다른 제자

밤이 깊어가자 하늘에서는 곳곳에 빛의 우물이 생겨나기 시작했다. 별들은 검푸른 저 하늘이 끝없이 열려 있다는 것을 보여주며 반짝였다. 하늘의 별들, 그리고 땅에 있는 모든 것이 스스로 변하고 어우러져 한 현상을 일으키고 난 뒤 이윽고 시간 속으로 사라져 가는 것이다. 그리고 시간은 언제나 새로운 것을 만들며 영원히 앞으로 나아간다.

무한한 허공과 언제나 새로운 시간 속에 사는 대부분의 사람들은 존재의 내밀한 그 뜻을 찾으려고 자신의 인생을 보람 있게 살아가고자 한다. 정마을 사람들은 또 다른 하루를 맞이했다. 새벽이 되자 인규는 조용히 일어나 강가로 향했다. 박씨와는 강가로 가는 도중이나 혹은 강가에 도착해서 만날 것이리라!

오늘은 인규가 박씨보다 먼저 강가에 도착했다. 새벽 공기는 더욱 차가웠다. 하지만 이것이 인규의 마음을 더욱 기쁘게 해 주고 있었다. 차가운 공기는 피부의 자극을 통해 의욕을 일으키고 반성을 촉구한다. 인규의 마음은 의욕과 반성을 통해 향상의 길로 나아가고 있는 중이다. 지금 새벽 도장으로 향하는 인규의 가슴은 결의와 정성으로 가득 차 있었다.

요즘 인규는 자신의 인생에 커다란 보람을 발견했다. — 인생에 있어서의 큰 도리는 하루아침에 이루어지는 것이 아니다 — 인규는 이러한 생각을 얻어내고 서서히 넓은 곳으로 나아가고 있는 중이다. 이것은 마치 숲 속의 길을 걷다가 드넓은 강가에 도달하는 것과도 같은 일이다. 강가의 바람은 먼 곳을 향해 지나가고 있었다.

인규는 갑자기 확 트인 벌판에 서자 자신의 마음도 그만큼 넓어진 것을 느꼈다. 천지자연! 인규의 마음은 어느새 이것과 화합하고자 노력하고 있었다. 인규는 고개를 들어 하늘을 바라봤다. 컴컴한 하늘은 자신의 무한한 깊이를 감추며 서서히 모습을 드러내고 있었다. 강물은 아직 채 밝지 않은 새벽길을 쉼 없이 흘러가고 있다.

인규는 강물을 무심코 바라보다가 이내 현실로 돌아왔다. 자신의 수련장에 들어섰으니 이제 정신을 집중할 때인 것이다. 얼마 안 있으면 박씨도 나올 것이리라. 인규는 몸을 이리저리 움직이며 준비 운동을 시작했다. 박씨가 나오기 전에 본 동작을 한번 연습해 볼 요량이었다.

그동안 인규의 연구는 상당히 진전되어 있었다. 능인의 무술 책자를 끝까지 해독하여 이미 암기해 놓은 상태였던 것이다. 물론 그 동작을 완전히 습득하기까지에는 얼마간 시간이 걸릴 것이다. 인규는 잠깐 눈을 감고 호흡을 가다듬으며 암기한 무술 동작을 음미했다. 그리고는 그것을 처음부터 천천히 전개하기 시작했다.

"……."

인규의 동작은 신속하고 유연했을 뿐만 아니라 도중에 멈추는 법도 없이 시원하게 진행되었다. 이때쯤 박씨는 정마을을 빠져나오고 있었다. 인규는 전 동작을 거침없이 연출해 낸 뒤 잠시 쉬다가 또다시 시작하곤 했다. 아직 날이 완전히 밝지 않았으므로 인규의 이러한 동작이 확실하게 보이는 것은 아니었다.

그러나 인규는 최선을 다해 나름대로 정확한 동작을 전개하고 있었다. 어둠 속이라고 적당히 하지 않았다.

인규에게는 많은 장점이 있는데, 그 중의 하나는 자신을 속이지 않는다는 것이다. 그리고 실행력이 있다. 인규의 실행력은 조급하지 않고 최선을 다하는 특징을 갖추고 있었다. 그런데 지금 정성을 다 기울이는 인규의 동작을 숨어서 살펴보는 그림자가 있었다.

이 그림자는 어둠과 관계없이 인규의 동작을 자세히 파악하였다.

"……."

인규는 아무런 낌새도 느끼지 못하고 자신의 할 일에만 온 정신을 집중하고 있을 뿐이었다. 숨은 그림자는 혼자 생각하였다.

'……음, 제법이야……. 혼자 익힌 것 같은데 저렇게 정확하다니……. 그런데 아직 힘이 없구나! 능인 사형께서 책자만 주었겠지……. 아까운걸!'

숨은 그림자는 미소를 지었다. 인규의 동작 하나하나가 가상하기 때문이다. 인규는 아무것도 모른 채 동작을 마치고 가쁜 숨을 몰아쉬고 있었다. 이때 멀리서 인기척이 들려왔다. 박씨가 강변으로 오고 있는 중이었다. 인규는 박씨가 걸어오는 방향을 바라봤다. 날은 어느덧 밝아져서 강변의 물체들도 제 모습들을 나타내고 있었다.

"일찍 나왔구나……. 날씨가 좋지?"

박씨는 급히 다가오며 반가운 인사를 건넸다.

"예, 시원한데요!"

인규도 인사말을 건네고 곧이어 박씨와 함께 아침 수련을 시작했다. 이와 동시에 숨어 있던 그림자는 멀리 사라져 갔다. 이 그림자의 이름은 중야(中野)로서 좌설의 사제, 즉 촌장의 제자였다. 중야는 우연찮게 정마을을 방문해서 어제는 칠성을 쫓아버렸고 방금 전에는 인규의 수련을 지켜봤다. 그뿐만 아니라 엊그제는 풍곡림에 가서 건영이의 수련, 즉 명상을 살펴보았다.

중야는 마을 사람들의 생활을 두루 살펴보고 우물가에도 다녀갔다. 말하자면 중야는 정마을에 머물면서 모든 사물들을 구경하며 지내는 중이었다. 물론 마을 사람들이 중야의 이러한 은밀한 행동을 알 턱이 없다.

중야는 강변을 떠나 정마을의 뒷산 쪽으로 이동하였다. 뒷산은 풍곡림과 멀리 연결된 높은 산으로 정마을의 촌장, 다시 말해 풍곡선(風谷仙)이 머무른 바 있는 곳이었다. 풍곡선은 이곳에서 옥황부 특사를 맞이한 적이 있었고, 태상노군을 배견하기도 했다. 그리고 최근에는 소지선이 다녀간 적도 있었다. 이곳에 서면 정마을 전체가 한눈에 내려다보인다. 그러나 정마을에서 이곳까지는 아주 험난하고 길이 없어서 비록 가까운 곳이라도 찾아올 수가 없다.

중야는 정마을에 온 이래 이곳을 휴식처로 사용하였다. 물론 이곳은 중야의 스승인 풍곡선이 거주한 적이 있는 곳으로 자신에게는 정감이 서려 있는 곳이었다. 게다가 태상노군까지 이곳을 다녀갔으니 상서로움은 이루 다 말할 수 없었다. 중야는 이곳에 도착하자마자 강과 정마을 쪽을 은근하게 바라봤다.

마침 태양이 강의 상류 쪽에서 떠오르고 있어 정마을은 밝게 드러나고 있었다. 지금쯤 정마을 사람들도 깨어나고 있으리라! 중야는 바위에 걸터앉아 잠시 상념에 잠겨 있었다.

'과연 심상치 않은 마을이군……. 스승님께서는 완전히 떠나가신

것일까?'

중야는 정마을과 풍곡선을 생각하면서 가슴이 답답해 옴을 느꼈다. 중야로서는 그 무엇보다도 스승이 그리웠다. 중야가 이곳을 찾아왔을 때는 이미 스승이 없다는 것을 알고 있었다. 하지만 스승의 발자취라도 더듬기 위해 정마을을 찾았을 뿐이었다. 풍곡선이 지금 어디에 가 있는지는 자신으로서는 전혀 알 길이 없었다.

풍곡선의 원래 거처는 치악산의 진동(眞洞)이지만, 어느 날 갑자기 정마을로 이주하게 된 것이다. 이는 태상노군을 배견하기 위함이었다는 것이 나중에 밝혀졌는데, 그 후에도 풍곡선은 진동으로 돌아가지 않았다. 이에 대해서는 중야의 사형(師兄)인 좌설도 크게 따진 바 있는데, 풍곡은 차일피일 시간을 미루다가 종래는 어디론가 또 사라지고 만 것이다.

좌설과 함께 생각해 보기에는, 멀리 천상에 불려간 것이 아닐까 짐작도 해 보았다. 그러나 막연한 생각일 뿐이었다. 그래서 지금이라도 이유 불문코 풍곡선이 돌아오기만을 바랄 뿐이다. 중야가 정마을을 찾게 된 것은 요즘 심정이 더욱 예민해졌기 때문이다. 그에게는 그만한 사정이 있었다. 중야는 진동에서 스승이 돌아오기를 기다리며 수도에 전념하고 있었는데, 최근 급격한 상황 변화가 발생했다. 아니 환경 변화라고 할 수도 있고 어쩌면 아무런 변화가 아닐 수도 있다. 하지만 중야의 마음은 예민해지기에 충분했다.

그 내용은 이렇다. 최근 좌설은 수도 생활을 통틀어 가장 극적인 변화를 맞이했는데, 그것은 다름 아닌 인간에서 선인으로의 비약이었다. 이것은 일생일대의 경사가 아닐 수 없었다. 중야도 자신의 사형인 좌설의 초월적 향상에 내심 기쁨을 금치 못하고 있었다.

하지만 좌설이 성도(惺道) 후 수련을 위하여 폐관에 돌입하자 중야는 고독한 심정이 되었던 것이다. 중야로서는 자신의 수련이 원만치 못한 현실 속에서 스승은 떠나 있고, 이제 사형마저 자신의 곁을 떠나는 것으로 여겨졌다. 좌설은 폐관에 앞서 그에게 좋은 말로 타일렀다.

"중야, 나는 좀 쉬고 싶어. 열심히 정진하게……. 앞으로 스승님께서도 돌아오실 거야……."

좌설은 중야의 심정을 어느 정도 이해하고 있었다. 그래서 스승님의 귀환에 대해서도 한마디 덧붙였지만 그 말이 중야의 심정을 더욱 서글프게 만들었다. 결과적으로 중야는 더욱더 스승이 보고 싶어졌다. 물론 좌설의 말이 단순히 자기를 위로하기 위한 것이었다는 점을 중야는 잘 알고 있었다.

"……"

중야는 허탈한 표정을 지었을 뿐 더 이상 따져 묻지는 않았다. 좌설은 진동 안에 있는 깊은 밀실로 들어가 외부와의 인연을 단절했다. 혼자 남은 중야는 고독이 엄습해 오는 것을 느꼈다.

'사형마저 내 곁에서 떠나는 것일까……?'

중야는 잠깐 이런 생각이 들기도 했다. 그렇다고 누구를 원망하는 것은 아니었다. 중야는 좌설 사형의 입장을 충분히 이해하고 있었다. 좌설은 자신의 급한 공부로 인해 중야와 함께 있어 줄 시간마저 없었던 것이다. 그래서 그는 스승이 더욱 그리울 뿐이었다. 중야가 스승으로부터 직접적인 가르침을 받지 못한 지는 20년이나 되었다. 길다면 긴 시간이다.

항상 반성하고 초인적 노력을 기울이는 중야로서는 스승의 말 한마디가 너무나 아쉬운 것이다. 아니 말이 없어도 좋았다. 다만 스승의 모습을 한 번 보는 것으로도 발전을 이룩할 수 있을 것 같았다.

급기야 중야는 치악산을 떠나 잠시 여행을 하기로 마음을 굳히기에 이르렀다. 특정한 방향은 없었다. 발전도 수련도 모두 떠나 아무 곳으로나 흘러가고 싶은 마음뿐이었다.

어떻게 보면 방랑일 수도 있었다. 그러나 중야는 이렇게라도 하지 않으면 마음속에 북받치는 심정을 억제할 수 없었던 것이다. 중야는 길을 나섰다. 그리고 자기도 모르는 사이에 발길이 정마을로 향했던 것이다. 잠재의식 속에서 스승이 거쳐했던 곳으로 자연스레 이끌렸기 때문일 것이다.

'혹시? 스승님께서 나타나시지는 않을까……?'

중야는 정마을에 도착한 이래 이런 생각을 여러 차례 해 보았다. 그러나 시간이 지날수록 부질없는 희망이라는 것을 깨달았다. 정마을에서의 느낌은 스승이 완전히 떠나 다시는 돌아오지 않을 것이라는 느낌뿐이었다. 이유는 몰랐다. 그저 마을의 모습, 마을 사람들의 생활에서 그렇게 느껴졌다. 그렇다면 어떤 징조를 느꼈던 것일까?

버려진 마을! 약한 인간들이 스스로 살아가는 모습들, 중야로서는 무엇보다도 우물의 보수에 대해 묘한 기분을 느꼈다. 새로운 시작, 옛것의 떠나감, 인간들의 역사 등등……. 우물이 처음부터 성스러운 존재였다는 것을 중야는 이미 알고 있었다. 이것이 수리되었다는 것은 한 시대의 마감을 의미하는 것이었다.

건영이는 이 점을 알았을까? 과연 건영이가 지나간 성스러운 역사를 기리는 마음에서 우물을 보수했을까? 어쨌든 중야의 느낌은 새로운 시대, 즉 스승인 풍곡선 이후의 역사가 시작된다는 사실이다. 박씨가 살던 집도 지금은 없어졌다. 이것은 또 무슨 징조일까? 박씨의 집은 정마을과 세상을 가로막는 존재였을까? 그리고 지금은 이것이 없어졌으니 정마을은 공개되고 훼손되어간다는 뜻인가! 중야의 마음속에는 많은 상념들이 일어나고 있었다.

'스승님께서는 돌아오지 않으실 거야……. 지금은 어디에 계실까? ……저 하늘? 혹시 불운한 일은 아닐까?'

중야는 자신도 모르게 한숨을 내쉬었다. 발아래 정마을은 더욱 밝아지고 있었고, 사람의 움직임도 느껴져 왔다. 정마을은 아무 일 없다는 듯이 삶을 꾸려나가고 있는 것이다.

중야는 휴식을 위해 바위틈으로 들어섰다. 이곳은 풍곡선이 기거했던 곳이었으며, 굴속이 너무 비좁기 때문에 하늘의 특사가 들어오지 못했던 곳이었다. 하지만 한 사람 정도는 앉을 수 있고, 비바람을 피할 수는 있었다.

중야는 미소를 지었다. 이곳이야말로 스승의 정취가 물씬 풍기는 곳이 아닌가. 저 아래 정마을의 촌장 방은 이제 인간인 박씨가 살고 있기 때문에 스승의 자취는 벌써 사라졌을 것이리라. 중야의 마음속에는 동굴 벽을 바라보고 앉은 스승의 모습이 떠올랐다.

중야는 무릎을 꿇고 고개를 숙였다. 동굴 벽은 그저 잠잠할 뿐이었다.

"……."

중야는 이곳에서 명상에 들기로 마음먹었다. 벽의 고요는 마치 스승의 평정을 닮은 듯 보였다.

'스승님은 내가 이곳에 올 줄 알고 계셨을까?'

중야는 명상에 잠기기 전 스승인 풍곡선의 모습을 잠깐 그려보았다. 그러고는 이내 명상으로 깊숙이 가라앉았다. 동굴 밖에는 간간이 바람이 지나가고 있었다. 멀리 하늘은 드넓게 전개되고 바깥세상은 무한히 활동하고 있는 중이었다.

측시선, 옥황부에 체포되다

　중야가 마음의 평정을 위해 명상에 잠겨 있던 그 시간, 스승인 풍곡선은 옥황부의 영역을 급히 벗어나는 중이었다. 풍곡선은 평허선공을 기만하는 작전을 교묘히 꾸며 그것이 성공을 거두었다. 그리고 현재는 또 다른 거대한 운명에 도전하고 있었다. 풍곡선의 임무는 단정궁에 가서, 서왕모(西王母)를 배견하는 일이었다. 서왕모를 배견하는 이유는 현재 우주의 혼란에 대해 자문을 구하려는 뜻이었다. 하지만 단정궁은 위험으로 가득 찬 곳이었다.

　이곳은 어떠한 선인이라도 유혹하여 파멸로 이끌어내는 요녀들의 본거지인 곳이기도 하다. 풍곡선은 이러한 위험한 곳으로 거리낌 없이 나섰다. 이는 풍곡선의 마음에 처음부터 계획됐던 것인지는 모른다. 이를테면 평허선공으로부터 도피하는 방법의 일환으로 풍곡선 자신이 제안하고 허락을 받았던 것이다. 풍곡선의 현재 공식 직책은 옥황부 특사인데, 세상에 나서서 이보다 귀한 직책은 없다.

　하지만 풍곡선의 실제 입장은 도망자인 셈이다. 상대는 이 우주에서 더할 수 없이 막강하고 괴이한 평허선공이다. 평허선공은 필경 풍곡선을 체포하여 큰 벌을 내릴 것으로 판단되고 있다. 풍곡선은 한 편으로는 평허선공으로부터 도피를 해야만 하고, 또 한편으로는 위험한 단정궁에 뛰어들어야 하는 것이라 그야말로 진퇴양난인 위기를 맞이하고 있는데 그 결과는 다만 운명에 맡길 뿐이다.

아직 그 운명의 모습은 겉으로 드러나지 않고 있었다. 함께 죄를 저지른 묵정선이나 측시선 등도 현재 최선을 다하는 중이었다. 이들 세 선인은 한 가지 사안(事案)으로 평허선공의 처벌에 대응하고 있는 중이지만, 그 방법은 선인들마다 각각 달랐다. 이 가운데에서도 풍곡선은 가장 격렬한 방법, 즉 도피로써 평허선공에게 정면으로 도전했다. 이는 적극적인 대응책으로 성질상 양에 속하는 천책(天策)에 해당된다. 이는 초지일관의 방법으로, 가는 데까지 가보자는 것이다. 대개 세상의 복잡한 상황에 대처하는 데는, 삼책(三策)이 있는데, 풍곡선의 방법은 삼책 중에서도 상책(上策)이다.

이에 비해 묵정선의 방법은 가장 온순한 음의 방법, 즉 지책(地策)에 해당되는데, 이는 하책(下策)에 속한다.

하책은 처음에 추구했던 방향을 중도에 바꾸는 것으로 성과를 최대로 하는 것보다는 피해를 최소로 하는 방법이다. 따라서 이 하책은 어떻게 보면 처음의 방향을 바꾸는 것이니, 경솔했던 점을 인정하고, 또한 후회를 포함하고 있는 것일 뿐만 아니라 착오를 수정하는 살아 움직이는 방식이기도 하다. 단지 겉에 나타난 모양이 소극적일 뿐이다.

그러나 평허선공의 보복을 피하는 방법으로 상책과 하책 중 어떤 것이 나은지는 쉽게 판단해 말할 수는 없는 일이다. 단지 저마다의 취향이나 입장, 판단, 혹은 운명에 맞게 스스로가 결정할 문제인 것이다.

그런데 옥황부 안심총의 대선관인 측시선은 상책도 하책도 아닌

중책(中策)을 선택하고 있었다. 이는 양도 음도 아닌 방법으로 인책(人策)에 해당되는데, 양면(兩面)을 다 취하는 것이다. 즉 주어진 상태로부터 도피를 하는 것도 아니고, 그렇다고 가만히 앉아서 당하겠다는 것도 아니다. 중책은 이른바 수습인 것이다.

초지일관하여 밀고 나가는 방식과 무조건 잘못을 시인하고 운명의 처벌을 받겠다는 방식이다. 그리고 수습의 방식은 저마다 일장일단이 있다고 볼 수 있다. 다만 측시선의 입장에서는 부득이 중책을 취할 수밖에 없었던 것 같다. 안심총의 대선관으로서 도피나 처벌을 감수하기가 곤란했던 것이다.

그런 이유로 해서 측시선은 우선 평허선공에게 사죄를 올렸지만 이를 거부당했다. 다음으로 측시선은 곡정선으로부터 점을 친 적이 있었고, 가르침도 받은 바 있었다. 곡정선은 수산건(水山蹇:☵☶)이라는 괘상을 뽑아주었고 또한 수습책을 일러주기도 했었다. 수산건은 체포되어 구금당하는 것으로 최악의 상태를 예시하고 있다.

측시선은 이를 피하기 위해 염라대왕을 만나 구원을 요청했거니와 그 일은 뜻밖에도 잘 풀려나갔다.

염라대왕은 순순히 평허선공에게 잡히겠다고 했다. 당초 측시선의 죄는 평허선공으로부터 염라대왕을 피신시킨 일이니, 이를 만회하고 나면 피해는 원상 복구해 준 셈이 된다. 아직 괘씸죄가 남기는 했지만 반성하는 모습을 보이면 피해를 복구시켜 준 시점에서 큰 벌이 내릴 것 같지는 않았다.

이로써 수산건 괘가 예시했던 체포되어 구금당하는 것은 면하게 되는 것일까?

'분명히 그럴 것이다. 그래도 벌은 받겠지만 아주 가벼운 것이겠

지……. 다행한 일이 아닐 수 없다.'

측시선은 이렇게 생각하며 마음 편하게 옥황부로 돌아가고 있었다. 지금쯤 옥황부에서는 옥황상제의 평허선공 접견 행사를 마치고 있을 것이리라!

측시선과 그 휘하 선인들은 인연의 늪을 떠나 남선부를 경유, 매우 빠르게 행군하여 어느덧 옥황부 외곽에 도착했다. 여기서부터는 신족 운행이 금지되어 있었다. 측시선은 옥황부 외곽 경비대 청실에서 잠깐 휴식을 취하고 입성을 서둘렀다. 그런데 바로 이때 옥황부 특구로부터 대기하라는 전언(傳言)이 당도했다.

"기다리라고? 무슨 일인가……?"

측시선은 대수롭지 않게 물었다. 측시선이 생각하기에 전언은 안심총으로부터 온 것이므로 그동안 옥황궁 내에서의 일을 요약해 보고하려는 것이려니 짐작했다. 측시선은 직책상 옥황궁 내에서 일어나는 모든 상황을 알고 있어야 했다. 또한 자신의 부하가 평허선공과 관련된 비밀 보고를 하려는 것으로 생각하였기에 아무런 걱정이 없었다. 평허선공의 일이라면 이미 최선의 수습책을 마련해 놓고 있지 않은가? 전언을 가지고 온 선인이 대답했다.

"저는 잘 모르겠습니다. 하지만 중요한 일이니 필히 이곳에서 기다려 달라고 했습니다……."

"그런가?"

측시선은 전언을 보낸 곳이 어디인지 굳이 더 묻지 않았다. 어차피 안심총 관계 부서에서 보냈을 것이기 때문이었다.

"잘 알겠네……. 자네는 이만 돌아가게."

"예, 그럼 저는……."

선인은 공손하게 인사를 하고 물러갔다. 측시선은 그대로 청실에 머물면서 기다리기로 했다. 지금에 와서는 바쁜 일이 없었다. 본디의 임무에 차분히 복귀하면 그만이다. 평허선공께는 안심총에 돌아오는 즉시 면회를 요청할 것이고, 면회를 거부당하면 보고서를 올리면 되는 것이다.

측시선은 명상에 잠기지도 않고 차를 마시며 차분히 기다렸다. 잠시 한가한 시간이 흘러갔다. 경비대 책임자는 귀한 신분인 안심총 대선관이 자신의 담당 구역에 와서 잠시나마 쉬고 있는 것에 대해 기쁨을 느끼고 있었다. 그런데 잠시 후 지체 높은 선인 한 분이 또 나타나는 것이 아닌가?

이번에는 경호총의 대선관인 안지선(安止仙)이었다.

"어인 행차이십니까?"

경비선은 상당히 놀라며 두 손을 맞잡고 고개를 숙여 급히 인사를 올렸다.

'귀인을 두 분이나 만나다니 오늘은 크게 길한 날이군……'

경비선은 기쁜 마음을 감춘 채 정중히 비켜섰다. 안지선은 고개를 끄덕이고는 인자한 음성으로 물었다.

"여기 측시선이 와 계신가?"

"예……. 지금 청실에서 쉬고 계십니다."

"알겠네……. 내가 가보지."

안지선은 안내도 받지 않고 직접 청실로 향했다.

'무슨 급한 일이 있는 것일까?'

경비선은 잠깐 이런 느낌이 들었지만 자신이 깊이 생각할 일은 아니었다. 두 분 선인이 하는 일은 워낙 비밀스럽고 중요한 일이므로 특별한 상황도 있을 것이다. 경비선으로서는 귀인의 왕림에 대해 정중한 마음을 갖고 조심스럽게 대하면 그뿐이었다. 안지선은 청실로 들어섰다.

"아니! 안지선께서? ……어인 일로 행차하시었소?"

측시선은 안지선의 갑작스런 출현에 크게 놀랐다. 안지선은 측시선의 놀란 표정에 대해 허탈한 미소를 지어 보이며 조심스럽게 말했다.

"급한 일이 있어서 왔소이다……. 밖에 나갔던 일은 잘 되었습니까?"

"예. 뭐……. 제 일은 잘 됐습니다. 그동안 옥황부에 무슨 일이 있습니까?"

"……."

안지선은 말없이 고개만 끄덕였다.

'무슨 일이 있어도 대단히 있는가 보다!'

측시선은 근심스런 표정으로 다시 물었다.

"도대체 무슨 일입니까? ……긴급을 요하는 일입니까?"

"……."

안지선은 다시 침묵했다. 참으로 이상한 일이 아닐 수 없었다. 긴급한 일이라면 오히려 빨리 얘기해야 하지 않겠는가? 그리고 긴급한 일이라 하더라도 중책을 맡고 있는 선인이 이렇게 옥황부 외곽까지 나올 수가 있단 말인가! 더구나 안지선처럼 높은 신분의 선인이 이런 외곽 경비 지역까지 나다닌다는 것은 매우 한가로울 때만 가능한 일이었다.

측시선은 고개를 갸우뚱하며 대답을 재촉했다.

"말씀해 주십시오……. 무척 궁금합니다!"

"예…… 그럼……."

안지선은 망설이며 겨우 말을 이었다.

"말씀을 드리지요……. 누가 알면 안 됩니다."

안지선은 주위를 의식하는 듯 두리번거렸다. 그러나 근처에는 아무도 없는 것이 분명했다. 두 선인은 고도의 감지 능력으로 청실 지역 근방에 아무도 없음을 알고 있었다. 측시선은 심안(心眼)으로 다시한 번 주변을 살펴보고 작은 목소리로 말했다.

"아무도 없군요……. 말씀해 보시지요."

"예, 죄송하외다……. 저는 지금 공무로 왔습니다……. 측시선께서 헤아려 주실 것으로 믿습니다."

"……."

측시선은 안지선의 얼굴을 쏘아보았다. 심상치 않은 일이 분명하였다.

'저토록 말을 잇지 못하다니! 필경 말하기 곤란한 내용일 것이야.'

측시선의 마음속에서는 불길한 느낌의 아지랑이가 피어오르고 있었다. 안지선의 말투나 태도로 미루어 보아 이것은 측시선 자신과 관련된 불상사일 것이리라 짐작했다.

'혹시 평허선공이 격노한 것은 아닐까?'

측시선은 얼굴을 찡그리고 사태를 알아보려는데 안지선이 결심을 한 듯 이윽고 말을 꺼냈다.

"죄송한 말씀입니다만…… 측시선의 체포 명령이 나왔습니다……."

"……."

안지선은 일부러 다른 쪽을 보면서 잠시 침묵했다. 체포라는 이 어려운 말을 꺼내기 위해 안지선은 망설였던 것이다. 측시선은 놀란 표정을 겉으로 나타내지 않았다. 안지선의 태도에서 이미 자신의 신변에 불상사가 발생했을 것이라는 것을 쉽게 짐작할 수 있었기 때문이었다. 측시선은 고개를 끄덕이며 천천히 반문했다.

"체포라고요? 죄목이 무엇인지요?"

"죄송합니다. 여기서는 말씀 드릴 수가 없습니다. 저와 함께 가시지요."

안지선은 멋쩍은 표정으로 대답했다. 당연한 것이리라! 측시선 같은 선인을 체포한다는 것은 여간 송구스런 일이 아닐 수 없다. 선인을 체포하려면 옥황상제의 직접 명령이나 천명관 회의의 결의가 있어야 한다. 그리고 체포를 담당하는 기관도 엄선해야 되기 때문에 대단히 큰 사건인 것이다.

그렇지만 안지선이 죄목을 얘기할 수 없다고 한 것은 아주 이상했다. 누가 죄목도 모르고 체포에 응한단 말인가! 더구나 안심총의 대선관인 측시선을 체포하겠다는 것인데……. 이에 대한 측시선의 반응은 의외로 아주 담담했다.

"죄목을 말 못 하신다고 했습니까? ……그럼 좋습니다. 체포는 공식적입니까?"

"그렇습니다."

안지선은 측시선을 똑바로 바라보며 동정적인 표정을 지었다. 측시선이 다시 물었다.

"평허선공께서 명령했습니까?"

측시선은 이렇게 물었지만 그 가능성은 매우 희박한 일이었다. 물론 평허선공이 굳이 측시선을 체포하려 한다면 못할 것은 없다. 평허선공에게는 난진인의 영패가 있으므로. 하지만 평허선공이 난진인의 영패를 사용한다 하더라도 옥황부의 공식 직책을 맡은 선인을 옥황부의 공식 기관을 이용하여 체포하지는 않을 것이다.

그러므로 평허선공은 분명히 자기 자신이 직접 나서서 무력으로 체포하려 들 것이다. 더구나 평허선공의 일이라면 공식적인 체포라고 말할 수도 없다. 안지선이 고개를 저으며 대답했다.

"평허선공의 명령일 리가 있겠습니까! 옥황부의 일입니다."

"예, 그렇군요…… 체포하십시오. 저를 묶겠습니까?"

"예? 아, 아닙니다…… 송구스런 일이라서 제가 직접 이렇게 왔습니다. 그리고 측시선께서 체포되었다는 사실은 옥황부의 극비입니다."

"알겠습니다. 어디로 가실 겁니까?"

"저를 따라오십시오. 옥황부에는 못 들어가십니다."

"……"

측시선은 일부러 밝은 표정을 지었고, 두 선인은 태연한 척 청실 밖으로 나왔다. 사안으로 보면 급히 떠나야 할 것이지만 보안을 유지하기 위해 절차를 밟아 자연스럽게 행동해야 했다. 두 선인이 경비 내 건물 쪽으로 조금 걷자 담당 선인들이 나타났다.

"행차하시렵니까? 곡차를 벌써 준비해 두었습니다만……"

담당 선인이 정중하게 말했다. 이들은 두 귀인이 변방에 나타난 것을 한가하게 밀담을 나누기 위함으로 생각하고 있었다. 그래서 조촐하게 주안상을 준비해 둔 것이다. 이에 대해 측시선이 인자한 미소를 지으며 사양했다.

"고맙군……. 하지만 오늘은 바빠서 이만 돌아가려네."

"아, 예……"

담당 선인은 정중히 고개를 숙이고 옆으로 비켜섰다. 그러자 안지선도 이들에 대해 노고를 치하했다.

"수고들 하게……. 훗날 다시 보기 바라네……"

이처럼 친절을 베풀고 두 귀인은 떠나갔다. 경비선들은 이 두 귀인의 태도가 어쩐지 자연스럽지 못하다고 느꼈다. 하지만 귀인의 왕림 그 자체가 중요하기 때문에 이러한 생각은 금방 사라졌다. 그러나 만일 이들이 측시선과 안지선의 태도를 곰곰이 따져 생각해 보았더라도 측시선이 체포되었다는 사실은 상상해 내지는 못했을 것이다.

측시선의 체포는 옥황부의 극비로서 변방에서 은밀히 이루어졌다. 측시선은 안지선에 의해 점잖게 연행되어 동쪽 산 쪽으로 향하고 있었다. 그러던 중 안지선이 갑자기 걸음을 멈추었다.

"다 왔습니다. 누가 마중을 나올 것입니다."

"……."

측시선은 고개를 끄덕일 뿐이었다. 측시선이 알기에 이 지역은 경호총의 한지(閑地)로 경호총 소속의 선인들이 휴식하고 수련하는 곳이었다. 이곳은 산과 들, 그리고 수림과 호수 등으로 이루어져 경관이 매우 수려했다. 이곳의 공식 명칭은 황야(皇野)라고 하는데, 옥황상제를 위한 경호군(警護軍)이 들어서고 난 이후에 붙여진 이름이다.

어쨌거나 이곳은 경호총의 주력이 주둔하고 있는 곳이다. 물론 경호총의 본부는 옥황부 특구 중에서도 신성한 지역인 황성(皇城)에 자리 잡고 있다. 황성의 규모는 태산처럼 거대하고 황야는 황성 뒤쪽을 둘러싸고 있는 방벽과도 같은 곳이다. 이 지역은 경호총 특별 관리 지역으로 비록 안심총 선인이라해도 마음대로 출입할 수 없는 곳이다.

측시선도 처음 와 보는 곳이었다. 안지선은 여전히 송구스러운 태도였는데, 잠시 기다리자 한 무리의 선인들이 나타났다. 복장으로 보아 이들은 경호군에 소속된 선인인 듯싶었다. 경호선들이 앞으로 다가와, 안지선에게만 간단히 예의를 표했다.

"오셨습니까? 안으로 드시겠습니까?"

"아닐세……. 나는 지금 옥황부로 가봐야 하네, 이 어른을 모시게……."

안지선은 경호선들에게 명령하고, 다시 측시선을 향해 정중히 말했다.

"저는 경호총으로 가봐야 합니다. 잠시 이곳에 계시면 곧 다시 오겠습니다. 죄송합니다."

측시선은 안지선의 공손한 말에 허탈한 미소를 지으며 조용히 얘기했다.

"어서 가서 공무를 보십시오. 이제 체포된 이유를 물어도 되겠습니까?"

"아……. 예, 이들이 설명해 줄 겁니다. 그럼 이만……."

안지선은 인사를 마치고는 급히 사라졌다.

"가시지요!"

경호선들은 다소 위압적인 태도로 측시선을 재촉했다. 그것도 그럴 것이 측시선은 이제 죄인으로서 체포된 몸이었던 것이다.

"……."

측시선은 말없이 경호선들의 뒤를 따랐다. 측시선은 아직 자신이 체포된 이유를 모르고 있었지만 단 하나 평허선공의 명령에 의한 것이 아니란 사실만이 밝혀졌을 뿐이다. 그렇다면 그동안 무슨 일이 일어난 것일까?

옥황부의 공식 명령에 의한 체포! 측시선은 그동안 옥황부를 떠나, 남선부에 내려가 있었는데 무슨 죄를 지었단 말인가? 이는 얼마 후에 밝혀질 것이지만 측시선 자신이 개인적으로 지은 죄가 없다는 것은 확실했다. 측시선은 양심에 거리낄 일도 없거니와 떠오르는 죄목도 없었다. 만일 죄를 범한 것이 사실이라면 안심총과 관련된 공적인 행동에서 비롯된 일일 것이다. 그러나 안심총의 대선관을 체포하다니! 옥황부가 생긴 수억 조년 이래 이런 일은 없었다. 측시선은 고개를 설레설레 저으며, 무력감을 느꼈다.

현재 우주의 혼란은 계속되고 점점 더 심각한 지경에 이르고 있다. 그런데 측시선의 생각이 여기에 미쳤을 때 한 가지 선명하게 떠오르는 것이 있었다. 그것은 바로 옥황부 대복관인 곡정선의 점괘였다. 그 점괘에 의하면 자신이 체포될 것이라고 했는데, 과연 그렇게 된 것이다. 정확히 수산건 괘가 가리키는 상황이 도래한 것이다.

'운명은 어쩔 수 없는 것일까? 선인의 지혜로도 점괘를 넘어설 수 없다는 것인가?'

측시선은 수많은 번민을 하면서 걸었다. 경호선들은 어디론가 점점 더 으슥한 곳으로 안내하였다. 드디어 목적지에 다다른 모양이었다. 경호선이 냉정한 표정을 지으며 말했다.

"들어가십시오. 감옥입니다……. 탈출은 옥황상제에 대한 반역입니다."

경호선은 단단히 엄포를 놓았다. 사실 측시선만한 능력을 가진 선인이 탈출을 시도한다면 전혀 불가능한 일은 아니다. 하지만 측시선은 추호도 그런 생각을 한 적이 없었다. 탈출을 시도하려고 했다면 애당초 끌려오지도 않았을 것이다. 안지선도 측시선의 이런 마음을 알기 때문에 혼자 나타나서 체포를 감행했던 것이다. 물론 안지선은 측시선의 체포를 정중히 하기 위해 부하 선인들을 보내지 않고 직접 자신이 나선 것이었다.

측시선이나 안지선은 누구나 다 알고 있듯 옥황상제의 충신으로, 상서롭지 못한 생각을 할 턱이 없는 선인이었다. 측시선은 감옥에 갇힌 상태에서 고요히 명상에 들어갔다. 우선 잡념을 가라앉히고, 스스로의 잘못에 대해 반성하고 천명을 달게 받겠다는 생각이었다. 다급하게 자신을 보호하고 나서는 것은 귀인의 태도가 아니었다. 우선 아름다운 면모와 침착성을 갖춘 연후 천천히 자신의 문제를 생각해 보면 된다. 측시선이 경호총 내지 옥황부의 방침에 의해 체포되었다면, 그만한 타당성이 있기 때문일 것이리라.

"……."

측시선은 명상 상태에 의해 시간의 흐름을 망각하고 있었다. 시간이 얼마나 흐르고 있는지 모른 채 우주 그 자체와 마음을 하나로 합하고 있는 것이다. 현상(現象)은 마음 밖에 존재한다. 비록 마음속에 현상이 비추어져도 거기에 개입하지 않는 것이 바로 명상이다.

측시선의 마음은 이제 우주에 드리워져 있고, 그 몸은 운명에 맡겨져 있는 것이다. 천지자연의 운행은 저마다의 섭리에 따라 끊임없이 제 갈 길을 가고 있다. 섭리의 가치는 천상이라고 해서 빼어나지 않고, 하계라고 해서 부족한 것이 아니다. 온 우주는 한데 어우러져 전체의 발전을 향해 운행하고 있으므로…….

천지와 합일하는 마음

하계인 정마을에서는 겨울 들어 처음으로 반가운 소식이 찾아왔다. 그 반가운 소식은 다름 아닌 하늘에서 내린 첫눈으로 그리 많이 내리지는 않았지만 아무래도 좋았다. 눈이 내렸다는 것은 자연의 한 변화일 뿐, 하늘에서 하얀 물체들이 내려왔다는 그 사실 자체가 즐거움인 것이다.

눈은 새벽에 잠깐 내렸는데 쌓일 정도는 아니었다. 건영이가 가장 먼저 알았고 박씨와 인규가 차례로 눈을 보았다. 마을의 다른 사람들은 눈이 내리는 것을 직접 보지는 못했다. 단지 밖에 나와 보고는 지난밤에 눈이 왔나보다라고 생각했을 뿐이다.

겨울에 눈이 내린 것이 어떤 징조일 리는 없겠지만, 현상 그 자체만 논하기로 한다면 천택리(天澤履:☰☱) 괘가 된다. 이 괘상은 하늘이 기운을 땅에 드리우는 것이므로 역시 즐거운 일이다.

원래 하늘은 무심하다. 눈이 내리는 것도 그냥 무심한 일일 뿐이다. 하지만 드넓은 하늘에서 하얀 눈이 내려준다는 것은 하늘과 친근감을 느끼게 해 준다. 그리고 눈의 빛깔이 하얗기 때문에 기분 또

한 밝아진다.

만일 눈의 빛깔이 검은 것이었다면 눈을 좋아할 사람이 많지 않았을 것이다. 그런데 눈에 비해서 비는 약간 어두운 편이다. 주역의 괘로 풀이하면 비는 천수송(天水訟:☰☵)으로, 결말을 드러내 보이지만 인간에게 또한 단절의 즐거움을 주기도 한다. 그러나 눈은 단절보다는 새로움, 혹은 일깨움을 더 주는 것 같다.

특히 첫눈은 소식과 같은 기쁨을 주기도 한다. 그래서인지 건영이는 무엇인가 마음에 와 닿는 것이 있어서 아침 일찍 집을 나섰다. 평소에는 오전 내내 외출하지 않는 것이 건영이의 습관인데, 오늘은 조금 들뜬 기분으로 나선 것이다. 건영이는 가끔씩 하늘을 올려다보며 걸었다. 눈이 좀 더 왔으면 하는 바람일까?

건영이의 얼굴빛은 기쁜 기색이 역력했다. 마음먹기에 따라 다르겠지만, 겉으로 보기에 언제나 할 일이 없어 지루하게 나날을 보내고 있는 정마을에서 특별히 기쁜 일이야 없겠지만 오늘만은 왠지 기분이 달랐다.

지금 건영이는 강노인의 집으로 향하고 있었다. 강노인의 집은 평소에도 건영이가 잘 가던 곳으로 서울에 있는 아버지를 그리워함에서인지 아니면 촌장을 그리워함에서인지 건영이는 강노인을 무척 따랐다.

강노인 쪽에서도 건영이를 아끼는 것은 물론이었다. 하지만 강노인보다 할머니가 더 끔찍이 여기는 것 같았다. 그것은 단순히 겉으로 나타난 표현이 그렇게 보인다는 것뿐이겠지만……

건영이는 조용하게 싸리문을 열고 들어갔다.

"……"

뜰 안은 잠잠했지만 방 안에서 인기척이 났다.

"할아버지!"

건영이는 나지막하게 강노인을 불렀다. 그러자 문이 벌컥 열리며 할머니의 모습이 맨 먼저 눈에 띄었다.

"오, 작은 촌장! ……어서 들어오시게!"

할머니는 한쪽 문을 마저 열어젖뜨리며 건영이를 환영했다. 할머니의 뒤쪽에서는 강노인이 미소를 짓고 있었다.

"안녕하세요……. 그냥 놀러 왔어요."

건영이는 맑게 인사를 건네고는 마루로 올라섰다. 마침 강노인은 아침 식사 중이어서 앉은 채로 말했다.

"시간 맞춰 잘 왔군! ……같이 식사나 하지!"

할머니는 부엌으로 나가고, 건영이는 자리에 앉았다. 할머니는 뜻밖에 찾아온 건영이가 몹시 반가웠다.

"눈이 오더니만……!"

할머니는 혼잣말을 하면서 이미 만들어 놓은 음식들을 열심히 소반에 차렸다. 그리고 비록 아침이긴 하지만 술도 한 사발 준비하는 것도 잊지 않았다. 건영이는 종종 이 집을 찾아 왔는데, 할머니는 그때마다 술을 차려주었다. 이에 건영이는 스스럼없이 받아먹었고, 또한 할머니는 이 점을 특히 즐거워하고 있었다.

할머니는 가끔 건영이에게 이런 말도 했다.

"술은 촌장님의 음식이니 건영이가 마셔야지!"

할머니는 정마을에서 살았던 긴 세월 동안 촌장이 마실 술을 부족함이 없이 준비하곤 하였는데, 이제는 건영이를 위해 준비하는 것 같았다. 건영이도 할머니가 주는 술을 언제나 즐겼다. 어쩌면 오늘도 술 생각이 나서 찾아왔는지도 모를 일이었다.

할머니는 재빨리 술상을 차려 방으로 들여왔다.

"아침 식사도 못 했겠지! 오늘은 술부터 마시게……."

할머니는 늘상 그렇듯 건영이를 대견하게 바라보며 말했지만, 그 말은 하나마나였다. 건영이는 으레 음식보다는 술부터 마셨다.

"할아버지……. 그럼 저만 들겠습니다."

건영이는 강노인에게 우선 예의를 표하고는 크게 한 모금을 들이켰다.

"……."

술은 신과 인간의 최고 음식이거니와 첫 잔을 마심으로써 이미 하늘의 기운이 감응하게 된다. 이것을 괘상으로 표현하면 천뢰무망(天雷无妄:☲☳)이며 하늘의 섭리가 내려온 것을 상징한다. 그렇기 때문에 예로부터 왕이나 귀인이 아랫사람에게 상으로 술을 내리기도 하고, 또한 윗사람에게 바치기도 하는 것이다.

술은 참으로 편리할 뿐 아니라 상서로운 음식이다. 인간 세상에 이보다 귀한 것은 결코 없을 것이다. 어쨌거나 건영이는 어느새 한 사발의 술을 다 비워내고는 슬그머니 할머니를 바라보았다. 오늘은 한잔할 작정을 하고 찾아온 것일까? 그 눈치를 알아차린 할머니는 밝은 미소를 지으며 살며시 일어났다. 그런데 문을 나서는 할머니에게 건영이가 재미있는 말을 건넸다.

"할머니! 많이 필요할 거예요!"

"그래? ……허허, 좋지 좋아."

술이 아까울 턱이 없는 할머니는 이렇게 말하며 밖으로 나갔다. 그런데 잠시 후 더 재미있는 일이 발생했다. 할머니가 건영이의 말대로 잔뜩 술을 준비해서 방으로 들어가려 할 때 싸리문 밖에서 갑자기 인기척이 들린 것이다.

"······."

할머니는 술을 내려놓고 급히 밖으로 나섰다. 하지만 밖에 있던 사람들이 뜰 안으로 먼저 들어섰다.

"아니! ······모두 웬일들이야?"

할머니는 반가움 때문에 저절로 목소리가 커졌다. 들어선 사람들은 바로 박씨와 인규, 그리고 남씨까지 모두 세 명이었다.

"할머니, 안녕하세요······. 할아버지는 계시나요?"

박씨가 밝은 얼굴로 시원스레 인사를 건넸다.

"그럼! ······여보, 여기 좀 나와 보세요!"

할머니는 미소를 지으며 강노인을 불러냈다.

"어허, 무슨 일이 생겼나보군! ······모두 무슨 약속이라도 했나?"

강노인은 방문을 밀치고 나오면서 반갑게 일행을 맞이했다.

"안녕하세요······. 그냥 심심해서 왔어요. 그런데 약속이라니요?"

박씨는 강노인에게도 다시 인사를 건넸으나 건영이가 온 것은 모르는 듯했다. 강노인은 방 쪽을 흘끗 돌아보며 말했다.

"들어들 오게······. 벌써 손님이 한 분 와 있다네!"

"예? 손님이요?"

박씨는 이렇게 말하면서 먼저 방에 들어섰는데 바로 건영이가 눈에 띄었다.

"어? 건영이가 와 있었구나! 언제 왔니?"

"예, 조금 전에 왔어요······. 남씨 아저씨도 함께 오셨군요!"

건영이가 반가워하며 박씨와 이야기를 나누는 사이 다른 사람들도 방으로 들어섰다.

"다들 앉아······. 무슨 일이 있어 왔나?"

할머니는 반가워하면서도 혹시나 해서 일행의 기색을 살피며 물었다. 남씨가 대답했다.

"아닙니다, 그냥 잘 계신가 하고 와봤습니다……."

"그래? 모두 잘 왔네……. 아침 식사는 하고들 왔나? 건영이는 술을 마시고 있는 중인데……."

할머니는 일행을 돌아보며 은근히 의향을 물었다. 건영이도 남씨를 보고 미소를 지었는데 대답은 뻔한 것이었다. 박씨가 웃으며 말했다.

"하하, 안 왔더라면 손해 볼 뻔했네요. 우리한테도 잔을 좀 주세요……."

"그래, 그래……. 술이 모자라겠군!"

할머니는 즐겁게 말하며 나가다가 흠칫 놀라고 말았다. 지금 이 상황이 건영이가 말한 그대로 되었기 때문이다. 조금 전에 건영이가 말하지 않았던가!

"많이 필요할 거예요……."

건영이는 이들이 나타날 것을 직접 말하지는 않았지만 이미 마음속으로는 알고 있었던 것이 틀림없었다.

결국 할머니는 많은 술을 내왔고 심심치 않은 자리가 이루어지게 되었다. 술이 몇 순배씩 돌아가자 강노인이 화제를 돌렸다.

"이젠 무슨 일이 없으려나? 겨울도 돼 가는데……."

강노인이 건영이를 쳐다보며 묻자 건영이가 즉시 대답했다.

"글쎄요, 잘 모르겠어요……. 하지만 기분은 나쁘지 않습니다……."

이 말은 앞으로 마을 일이 잘 풀려나갈 것이라는 표현일 뿐만 아니라 마을에 별일이 없으리라는 점을 간접 시사하였다.

"그럼, 괜찮다는 건가? 점이라도 쳐봤는지……."

할머니도 여유롭게 대화에 참여하였다. 할머니는 꼭히 구체적인 대답을 원하는 것은 아니었다.

"기분은 나쁘지 않습니다……."

이 말을 건영이에게 듣고 싶었기 때문이었다. 그러나 건영이는 다시 대답했다.

"필요할 때가 오면 점을 쳐볼 거예요! ……아직은, 뭐……."

건영이는 밝은 표정을 지으며 말끝을 흐렸다.

"그렇군, 술을 더 들지……. 눈이나 조금 더 왔으면 좋으련만……."

할머니는 안심이 된다는 얼굴로 부엌으로 나갔다. 그러자 박씨가 정색을 하며 건영이에게 말을 걸었다.

"점 얘기가 나왔으니 말인데……. 물어볼 것이 있어!"

"……."

"나도 얼마 전에 점을 쳐봤어……. 그때는 인규도 함께 있었는데…… 빗자루 괴인 문제로 말이야."

박씨의 이 얘기는 서울 갔다가 돌아오는 길에 춘천역 근방의 언덕에서 쳐봤던 점을 가리키는 것이다. 그 당시 인규의 제안으로 점을 쳤던 것인데, 점괘는 아주 불길하게 나왔었다. 이른바 산풍고(山風蠱:☶☴)라는 괘였다. 남씨도 그때 박씨의 점을 의미 있게 보고 정마을로 곧바로 들어가는 것을 연기하려고 했었다. 물론 연기는 되지 않았고, 괴인도 출현하지 않았다. 오히려 건영이는 정섭이를 보내 숲 속에 아무 일이 없다는 것을 알려왔고, 남씨 등은 마음 놓고 숲을 지나 정마을로 돌아왔다. 그때 무사히 정마을로 돌아온 것은 누가 봐도 다행이었다.

하지만 모처럼 정성을 들여 친 점이 아무런 의미가 없다니 우스운 일이 아닐 수 없었다. 꼭 점괘대로 괴인이 나타나야 한다는 뜻은 물론 아니었다. 그때 괴인이 나타나지 않은 것을 보면 분명히 점괘가 잘못 나온 것이리라. 이미 지난 일이었지만 박씨가 그 일을 지금 언급하는 이유는 점을 어떻게 쳐야 맞는 것이냐고 묻고자 함이었다.

박씨가 어느 정도 주역의 괘상을 해석할 수 있다고는 하지만 그전에 괘상 자체를 얻는 방법이 무엇보다 중요하다. 춘천의 한 들판에서 친 점은 솔잎을 가지고 최대한 정신을 집중한 뒤 정성을 들여 시행했던 것이고, 괘상도 실제 현상과 잘 부합될 만한 것을 얻었었다.

그렇지만 괘상대로 사건이 발생하지 않고 보니 점을 친 행위가 그만 무색해지고 말았다. 박씨는 이왕 주역을 공부하는 김에 점을 치는 방법까지도 터득하려는 것이었다. 이 문제에 관해서는 박씨뿐만 아니라 현장에 함께 있었던 인규도 상당히 관심을 보였다.

주역이나 점이라면 인규도 지금 공부하는 중이었고 박씨가 친 점이 왜 틀렸는지 그 이유도 알고 싶었다. 그것을 알면 점을 정확히 치는 방법을 터득할 수 있기 때문이다. 이에 대해 남씨도 약간의 관심이 있었는데, 남씨는 무조건 박씨의 점을 믿어줬던 사실이 부끄러웠던 것이다.

남씨는 그 당시 일이 너무 중대했기 때문에 자신의 판단보다는 점에 의지하려 했는데, 현실과 꼭 들어맞는 점이 있다면 살아가는 데 상당히 편리하겠다고 느꼈었다. 박씨가 다시 신중하게 말을 이었다.

"그때 내 점이 틀렸어……. 그래서 그 틀린 이유를 알고 싶어. 뭐, 당연히 틀리겠지……. 하지만 어떻게 점을 쳐야 올바른 괘상을 얻을 수 있지?"

건영이는 이 말을 듣는 순간 표정이 돌변했다.

"……."

모두들 아무 말 없이 건영이의 기색을 살폈는데, 건영이가 한 마디 말도 꺼내지 않자 방 안에는 잠시 정적이 감돌았다. 건영이는 무슨 생각을 하는지 표정이 어두워지지는 않았지만 현실을 완전히 떠나 있는 사람처럼 보였다. 건영이의 표정은 할머니가 다시 방 안으로 들어오면서 정상으로 되돌아왔다. 그리고 분명한 목소리로 말했다.

"점을 치는 것은 상당히 어려워요. 더욱이 전제 조건도 까다롭지요. 아무튼 그 방법만 얘기하자면……."

건영이는 잠깐 할머니를 쳐다보았다. 할머니는 건영이의 시선을 느끼며 무슨 심오한 얘기를 하는 것이려니 생각하고 침묵을 지켰다.

"우선 천진한 마음을 가져야 해요. 이 마음은 일체의 생각이나 기분을 떠나는 것이지요. 바로 천지와 완전히 합일하는 순수한 마음을 말하는 것입니다……. 마음이 자연스러워서 의식적인 행동이 없어야 가능하지요. 그렇기 때문에 상당히 어려워요……."

건영이는 허탈한 표정으로 고개를 한 번 가로젓고는 말을 이었다. 박씨는 건영이의 말뜻은 어느 정도 이해하고 있었으나, 자신이 그러한 상태에 도달할 수 있다고는 믿지 않았다. 하지만 천진이란 단어와 의식적인 행동이 없어야 한다는 말은 가슴에 깊이 와 닿았다.

"가장 중요한 점은 마음이 어디에도 쏠려서는 안 된다는 것입니다. 우주의 현상으로부터 완전한 단절, 그리고 고도의 집중력이 필요합니다. 집중력이란 주어진 문제에 대해 끝없는 의심입니다. 기대나 판단이 앞서서는 안 되겠지요. 오직 궁금한 마음을 문제에 집중해야 합니다. 그러자면 평소에 많은 수련이 필요할 뿐만 아니라 굳건한 의지와 정성도 필요하지요. 그런데……."

건영이는 여기까지 얘기하고 미소를 지었다. 그러고는 할머니를 흘끗 쳐다보며 다시 말했다.

"그런데 점이라는 것은 아무 때나 쳐서는 안 되는 거예요. 점을 쳐야 될 때가 따로 있지요, 그것은 전제 조건이라고 말할 수 있겠지만 반드시 필요할 때 치는 것입니다. 그리고 필요라는 것도 자연스러워야 해요. 호기심만 가지고 단순하게 묻는 것은 점을 남용하는 것이 되지요. 쉽게 잘 되지 않을 겁니다. 도인들의 점도 틀릴 때가 있어요. 치지 않아야 할 점을 치면 그렇게 되는 것이지요. 또한 점이란 마음만 가지고 치는 것이 아니라 전신을 가지고 쳐야 합니다. 그렇기 때문에 쉽지가 않습니다……. 오늘은 여기까지 하고 나중에 또 얘기하기로 하지요……."

건영이는 이렇게 털어놓은 후 허탈한 표정을 지어 보였다. 마치 점을 치는 일뿐만 아니라 그것을 말하는 것조차 힘들다는 듯이. 사실 방금 전 건영이는 점에 대한 얘기에 앞서 잠깐 동안 점을 칠 때의 마음으로 돌아가 있었다. 건영이는 다만 이야기만 정성스레 했을 뿐인데도 그 순간 방 안에 알 수 없는 기운이 감돌았던 것을 박씨는 가슴 깊이 느낄 수 있었다.

건영이는 말로 설명하기 전에 실제로 그 마음을 보여줬던 것이다. 건영이는 말을 마치고 다시 술잔을 들었다.

"술을 마실까요!"

"그러지……. 오늘은 좋은 날이로구먼!"

강노인이 웃으며 거들고 모두들 함께 술을 마셨다. 이들은 문 밖에서 흘러가는 시간을 잠시 잊고 있었다. 날씨는 새벽에 잠깐 눈을 뿌려주고 다시 화창해진 채로였다. 그러는 사이 술자리는 어느덧 끝나고 있었다. 오늘의 이 자리는 첫눈이 왔기 때문에 이루어졌을까? 이윽고 건영이가 먼저 자리에서 일어났다.

다른 사람들은 좀 더 앉아 있겠다고 했으므로 할머니만 배웅을 나섰다. 밖에 나오니 마침 싸늘한 바람이 스치고 지나갔다. 건영이는 약간 몸을 움츠리고는 싸리문을 나섰다. 할머니도 그 뒤를 따라 싸리문 밖까지 일부러 나왔다.

"할머니, 추운데 빨리 들어가세요."

"그래, 그럼 살펴가시게……."

할머니는 고개만 끄덕이고는 그 자리에 그냥 서 있었다. 그러자 건영이는 걸음을 옮기기 전에 다시 할머니를 돌아보며 말했다.

"참, 할머니! 잊은 게 있어요, 오늘 박씨가 강에 나가실 때 남씨랑 함께 동행하시라고 하세요……."

"음? ……그래, 잘 알겠네!"

할머니가 의미심장하게 대답하자 건영이는 걸음을 옮겼다. 바람은 여전히 불고 있었다. 할머니는 찬바람에 끄떡없는 듯 보였지만 건영이는 다소 추위를 느꼈다. 할머니는 떠나가는 건영이의 뒷모습을 물끄러미 바라봤다. 할머니는 요즘 들어 건영이가 많이 수척해 보인다고 생각했다.

'불쌍한 사람……. 저토록 훌륭한 사람이! ……혹 몸이 아프지는 않을까?'

할머니는 잠시 혀를 차며 싸리문을 닫았다. 할머니가 방으로 돌아와 보니 술자리는 끝나 있었지만 아직도 점에 대한 화제로 얘기가 진행되고 있었다. 잠시 후 할머니도 이 자리에 끼어들 수 있었다. 그것은 할머니가 때마침 중요한 얘깃거리를 갖고 있기 때문이었다.

그것은 바로 건영이가 떠나면서 얘기해 준 내용이었다. 건영이는 단순히 박씨가 나루터에 나가는 길에 남씨를 동행하라고 했는데, 눈치 빠른 할머니는 그 내면의 뜻을 당장에 간파했다.

'분명 누가 오는 것이야! ……남씨의 손님이겠지! ……누굴까? ……글쎄? 누구든 오긴 올 거야!'

할머니가 이렇게 생각하는 것에는 근거가 있었다. 얼마 전 우물에 치성을 드리고 마을 사람들이 둘러앉았을 때 건영이는 식구가 늘어난다고 말한 적이 있었다. 그 당시 건영이의 말은 단순히 손님이라 하지 않고 식구라고 말했다.

'누굴까? 임씨는 분명히 아니라고 했어! ……그러면 누구야? 남씨가 잘 아는 사람일까? 아무리 생각해도 나로서는 잘 모르겠는걸……'

할머니의 생각은 더 이상 앞으로 나가지 못했다. 그와 동시에 마침 할머니가 말할 기회도 생겼다.

"이보게 박씨!"

할머니는 일단 서두를 꺼내고 주의를 환기시켰다. 그러고는 다시 말을 이었다.

"……자네 술을 많이 마신 것 같아! 나루터에는 언제 나가볼 거지?"

"나루터요? ……글쎄요, 뭐 저녁에 나가보던지 아니면 하루 쉬던지 해야겠지요……. 왜요?"

박씨는 태평하게 얘기했다. 술을 더 마시게 되면 점심시간에 나가는 일을 생략할 수도 있다는 말투였다. 박씨는 하루에 두 번 내지 세 번 나루터에 나가는데 중간에 나가는 것은 가끔씩 거르기도 했다. 더구나 요즈음은 겨울이 다가와서 찾아오는 사람이 더욱 드물 것으로 믿고 있었다. 따라서 저녁때라도 쉬려고 작정하면 쉴 수 있다는 뜻이었다. 할머니는 고개를 끄덕이고는 다시 말했다.

"오늘은 심상치 않아, 사람이 올 것 같아……. 아니 반드시 올 것이

네……."

"예? 누가 와요?"

박씨는 사람이 온다는 말에 귀가 솔깃해졌다. 할머니는 심각한 표정으로 남씨에게 말했다.

"남씨와 함께 나가봐, 분명히 남씨의 손님일 것 같아……."

"그래요? 제 손님이라고요? ……글쎄요, 도대체 누가 온다는 거예요?"

남씨는 고개를 갸우뚱하고는 할머니를 빤히 쳐다봤다. 박씨가 웃으면서 말했다.

"할머니! 농담하시는 거지요? ……오긴 도대체 누가 온다는 말씀이세요!"

"허어, 내 말은 못 믿겠다는 거구먼. 싫으면 그만두게나……. 찾아온 손님이 그냥 갈 수도 있으니까!"

할머니는 시치미를 떼며 엄포를 놓았다. 그러자 박씨는 아무래도 불안한가 보았다. 마을을 찾아온 사람을 그냥 돌려보내서는 안 될 일이다. 요즘같이 추운 계절에는 나루터에서 오래 기다릴 수도 없다.

"할머니, 언제 올 것 같아요……. 저녁때요?"

박씨는 다그쳐 물었다.

"음? 글쎄, 저녁때 올까? ……지금 올까?"

할머니는 잠시 주춤했다. 건영이가 시간을 얘기해 주지 않았기 때문이었다. 이 문제는 매우 중요하다. 만일 저녁때 올 사람인데 박씨를 지금 내보내면 공연히 모처럼 벌어진 정겨운 자리만 끝내는 꼴이 되고, 박씨도 실망할 것이다. 그리고 만일 지금 손님이 올 것을 박씨가 저녁때 나가게 되면 그때까지 손님은 강변에서 추위에 떨며 기다리게 된다.

이 추운 날씨에 그렇게 할 수는 없다. 어떡해야 할 것인가? 할머니로서는 무척 난감했다. 일부러 말을 흥미롭게 하려고 했던 것인데 역시 쉬운 일이 아니었다.

"……."

할머니가 난감한 미소를 지으면서 머뭇거리자 인규가 끼어들었다.

"할머니! 건영이가 뭐라고 했나요?"

인규가 핵심을 찔렀다. 박씨도 그제야 생각이 드는가 보았다.

"할머니, 맞지요? ……누가 온다고 했어요? 지금 나가봐야 되나요?"

"허허……. 나도 잘 몰라, 건영이도 언제 온다는 말은 안 했어……. 아참, 그러고 보니 사람이 온다는 말도 안 했군."

할머니의 이 말에 박씨는 적이 실망한 표정이었다.

"할머니, 농담이셨군요! 오긴 도대체 누가 오겠요, 이런 날에……."

할머니는 박씨가 실망스럽게 말하는 바람에 서둘러 사실을 얘기할 수밖에 없었다.

"아니야, 건영이가 남씨와 함께 강가로 그냥 나가보라고만 했어……. 시간은 얘기를 안 하던데……. 사람이 온다는 얘기도 안 했지만……."

할머니 자신도 이렇게 말하면서 속으로 실망을 한 듯했다. 사실 건영이의 말에 사람이 온다는 말은 없었다. 단지 할머니가 지레짐작했을 뿐이었다. 그러자 남씨가 나서서 말했다.

"할머니, 건영이가 정말 그렇게 말했다면 지금 나가봐야 할 거예요……."

"음? 그런가?"

할머니는 기대를 가지고 오히려 남씨에게 물었다. 남씨는 심각하게 대답했다.

"이곳을 아는 사람이 찾아왔다면 틀림없이 낮에 찾아올 거예요. 아침 일찍 출발했겠지요…… 왜냐하면 저녁때 오면 배를 놓칠 수도 있고, 또 늦으면 길을 잃을 수도 있지요……. 그리고 나를 찾아올 사람이라면 서울에서 올 거예요…….."

남씨는 여기까지 얘기하고 박씨를 돌아보며 다시 말했다.

"누굴까? ……이 추운 날씨에, 아참 그렇지, 서예가 이일재 씨가 오겠군……. 찬바람이 불면 찾아오겠다고 했으니까……. 박씨! 지금 나가봐야겠는걸!"

과연 남씨였다. 남씨는 건영이의 단순한 말을 사람이 찾아온다는 것으로 해석했고, 그렇다면 낮에 도착하리라 추리해 내었다. 그리고 그 사람을 이일재 씨로 짐작까지 하게 된 것이다.

'만일 조합장의 부하가 도움을 요청하러 내려오는 그런 불길한 일이라면 건영이가 그렇게 태연히 말했을 리가 없다. 분명 착한 사람이 찾아올 것이다. 전에도 그렇게 말하지 않았던가, 식구가 늘어단다고! 식구라고 할 만한 사람은 임씨와 이일재 씨뿐이다. 그런데 임씨는 아닐 것이다. 임씨라면 임씨 부인이 마중 나가야 할 것이다.'

남씨는 속으로 이렇게 꼼꼼히 생각하고 말한 것이다. 박씨는 당장에 일어났다.

"형님, 그럼 나가보시지요."

"그래, 나가봐야 할 것 같군……. 저희는 그만 나가볼게요."

남씨는 강노인을 쳐다보면서 일어났다. 인규도 뒤따라 일어났다. 모두들 술이 확 깨는 느낌이었다.

'마을 식구가 늘어난다.'

이것은 매우 중요한 일이라고 정마을의 사람들은 생각하고 있는 것이다. 강노인과 할머니 두 사람 모두 이들을 배웅하기 위해 밖으로 나왔다. 박씨와 남씨, 그리고 인규는 빠른 걸음으로 사라져 갔다.

정마을에 나타난 또 한 사람

할머니와 강노인은 서로 마주 보며 미소를 짓고 방으로 들어왔다. 마을에는 이제 차츰 좋은 일도 생기려는 것 같았다. 강노인의 집을 나선 세 사람은 곧바로 나루터로 향했다. 날씨는 제법 쌀쌀했다. 정마을은 원래 겨울이 일찍 찾아오고 기온도 다른 지역보다 낮은 편이었다. 하지만 정마을 사람들은 잘 견뎌냈다. 이곳에서 살면서 추위에 익숙해졌기 때문이었다. 인규는 정마을에 들어온 지 얼마 안 되었지만 마음으로부터 이미 잘 적응하고 있는 중이었다.

인규의 몸이 원래 튼튼한 것은 아니었지만 정신은 끈질긴 힘이 있었다. 그리고 시련에 대한 인규의 첫 반응은 언제나 도전이었던 반면 위축되지는 않았다. 하기야 아직 나이 젊은 인규에게 이렇다 할 커다란 시련이 있었던 것은 아니었다.

사실 시련이란 위기라고 말할 수 있는 것이라야 하고, 너무나 견디기 어려워서 좌절과 극복을 예측할 수 없는 것이라야만 그 일을 다 겪어낸 이후에 시련이라고 말할 수 있는 것이 아닌가.

대개 사람이 강하다는 것은 선천적으로 어느 정도 타고난 힘이 있어야 하며, 후천적으로는 그 힘을 약간 보충할 수 있을 뿐이다. 물론 타고난 능력에 조금씩 훈련을 가해 힘을 키우는 것이지만 근본적인 강인함은 태어날 때부터 이미 주어진다고 볼 수 있다.

도인의 조건은 무엇보다도 선천적인 강인함, 즉 의지가 강해야 한다. 의지가 약한 사람은 시련을 극복할 수 없고 사회를 떠나 독립된 인간의 힘을 발휘할 수가 없다.

의지가 강한 사람은 미지의 세계에 대한 도전의 힘이 있고 미지의 영역을 개척할 수 있다. 그래야만 도의 세계로 나아갈 수 있는 것이다. 남씨 같은 사람은 이미 전생에 선인의 공부를 터득하였던 사람으로서 이 현생에는 비범한 지혜를 갖고 있던 것이다.

지혜! 이 또한 도를 닦는 데 있어서 매우 중요한 조건이 아닐 수 없다. 이러한 면에 있어서 박씨는 부족한 면이 많다고 할 수는 있지만 그 이외의 훌륭한 점 또한 많이 갖추고 있는 것도 사실이다.

천진함! 이것이 박씨의 타고난 장점이다. 천진함 또한 도인의 조건이거니와 천진한 사람은 아직 다가오지 않은 미래의 고통을 미리 두려워하는 법이 없고, 고통스런 일에 임해서도 순간순간 닥치는 일을 해결할 뿐이지 지나간 고통을 되새겨서 현재가 해를 당하는 일은 없다. 이는 마치 철모르는 아이가 다가올 고통을 모르며 지나가면 쉽게 잊어버리는 것과도 같은 이치이다. 그리고 현재에 대해서는 싫증을 내지 않고 열심히 대처할 뿐이다.

인규의 강인한 정신, 박씨의 천진한 마음, 남씨의 총명함 등은 타고난 축복이라 아니할 수 없다. 이러한 품성을 하나라도 갖추지 못했다면 도의 길로 나아가는 것이 참으로 어려울 것이다. 이 축복받은 세 사람은 지금 손님을 맞이하러 강가로 향하는 중이었다.

길은 왼쪽으로 꺾이면서 곧바로 숲이 나타났다. 숲은 어느새 얼마 전과 전혀 다른 모습을 보여 주고 있었다. 대부분의 나무가 그 잎사귀를 땅에 떨어뜨리고 앙상하게 늘어서 있었다. 이로 인해 숲길은 더욱 밝아져 있었지만 처량한 느낌마저 주기도 했다. 하지만 인규는 이 광경을 보고 신비스러움을 느꼈다. 그 신비스러움은 인규에게 알지 못할 의욕을 주고 도전의 용기를 주었다.

남씨는 이 숲의 풍경을 눈으로 바라보며 침착하게 자연의 변화를 음미하였다. 그러나 박씨에게는 그저 그러할 뿐 특별한 감흥이 일어나지 않았다. 누가 만일 앙상한 숲의 정경을 얘기해서 색다른 기분을 일으키고자 한다면, 박씨는 그저 별다른 느낌 없이 그 말대로 그냥 따라 느낄 뿐일 것이다.

세 사람의 성격을 굳이 주역의 괘상으로 얘기한다면 인규는 건위천(乾爲天:☰☰), 박씨는 곤위지(坤爲地:☷☷)일 것이다. 그리고 남씨는 두 괘상의 절충형인 지천태(地天泰:☷☰)라고 할 수 있다. 세 사람의 성격이 이렇게 다 다르다면 그에 따라 운명도 서로 다를 것은 틀림없는 일이다.

운명이란 무엇보다도 성격에 이끌리는 법이다. 따라서 사람의 성격은 운명의 문이라고 할 수 있다. 물론 극단적인 변화에 의해 타고난 성격마저 완전히 변하는 경우도 있을 수 있다. 이 경우는 운명까지 변하게 되므로 다시 태어났다고 표현해도 될 것이다.

성격이 각자 다른 세 사람은 지금 막 숲을 빠져나왔다. 이 순간 좌우의 경계가 활짝 열리고 앞의 풍경도 광활하게 펼쳐졌다. 이때 박씨의 마음은 기분 좋은 어린아이의 심정이 되어 걸음을 빨리했다. 박씨는 강가에 나오면 언제나 새로운 기분이 되곤 했다.

남씨와 인규는 여전히 같은 속도로 뒤를 따랐다. 강변에 나오니 좌우로 불어오는 바람이 자주 그들 곁은 스쳐 지나갔지만 오히려 추위는 덜한 것 같았다. 강가의 풀들은 다 말라 죽어서 보이지 않았고 돌들은 더 선명하게 모습을 드러내고 있었다.

남씨와 인규는 좀 전에 이미 박씨가 먼저 살펴보았을 강 건너편을 바라보았는데, 아직 사람의 모습은 보이지 않았다. 저 멀리 박씨가 나루터로 내려가고 있었다. 배를 살펴보기 위해서일 것이다. 강변의 모든 것은 깨끗하고 적막했으며 강 건너편이 더 멀어진 듯 보였다. 그것은 아마도 나뭇잎이 다 떨어졌기 때문일 것이다.

강 건너의 숲은 넓어지고 낮아졌다. 그러나 그 안쪽이 가려져 있는 것은 여전했다. 그 숲 사이로는 아무런 인기척도 느껴지지 않았다.

박씨는 거의 습관적으로 배를 점검하고 난 뒤 물끄러미 강물을 바라보았다. 강 건너편에 어느 누구도 나타나지 않아 아쉬워하는 듯.

남씨와 인규도 나루터로 내려갔다. 강물은 조용히 흐르고 있었다. 겨울의 강물은 더욱 그윽해 보였는데 남씨는 이러한 정경을 좋아했다. 물이라는 것은 지혜를 상징하며, 그 차가움은 냉정함 또는 선명함을 뜻한다. 그리고 천천히 흐르는 것은 해결점을 향해 침착하게 움직임을 뜻한다.

지혜가 남달리 뛰어난 남씨는 이러한 강물을 닮았다고 할 수 있을 것이다. 그리고 그러한 성격은 더욱더 지혜를 갈구하며 향상시킬 수 있다. 남씨의 눈은 강물의 깊은 내면을 꿰뚫어보는 듯 했다. 인규는 쉬지 않고 흐르는 강물에서 모종의 어떤 기운을 느꼈다.

이때 박씨가 남씨를 향해 말을 건네 왔다.

"형님! 우리 건너가 볼까요?"

박씨의 마음이 조급해졌는지 어떤지는 알 길이 없지만 강을 건너가서 기다려도 상관이 없을 것 같았다. 어차피 사람을 마중해야 한다면 미리 강을 건너간들 어떠랴!

현재 세 사람은 모두 오늘 어떤 한 사람이 분명 정마을을 찾아오리라는 확신을 가지고 있었다. 그리고 남씨의 추리에 의하면 그 사람은 정오쯤 이 강변에 도착할 것으로 기대되었다. 오늘 사람이 온다는 것은 영험한 건영이의 예측인데, 만일 그것이 사실이라면 밤에 오지는 않을 것이라는 것이 또한 남씨의 추측이었다. 이 지역은 인가가 없으므로 밤에 버티기가 힘들기 때문이다.

새벽에 이곳에 도착하려면 밤길을 와야 하기 때문에 그만큼 어려운 것이다. 그렇다면 분명 낮에 도착할 것인데, 계산상으로 지금쯤은 근방에 와 있어야 된다.

남씨는 강을 건너서 기다리자는 박씨의 말을 순간적으로 냉정하게 판단하였다.

"그래! 건너가서 기다리도록 하지!"

남씨는 확신을 가지고 대답했고, 인규도 그 말에 찬성했다. 사람이 오든 안 오든 강을 건너가는 행위는 인간의 활동인 것이다. 원래 활동을 자제하는 것이 도를 닦는 기본이 되지만, 돌파와 탐험 또한 도의 향상을 의미한다. 강을 건넌다는 것에 바로 그런 깊은 뜻이 있는 것이다.

인규는 탐험을 하고 싶은 충동이 강하게 일어났다. 얼마 전에도 강을 건넜었지만 너무나 낯익은 풍경만이 펼쳐져 있을 뿐이었다. 하지만 마음이 바뀌면 모든 것이 다 새로워지는 법이다. 그뿐만 아니라 겨울처럼 추운 계절은 낯설어지는 계절이므로 새로움은 더해 간다.

특히 강을 건너간다는 그 자체는 언제나 새로움을 의미한다.

그러한 인규의 마음을 아는지 모르는지 박씨는 배를 띄우기 시작했다. 남씨가 먼저 타고 인규가 뒤따랐다. 박씨는 배를 힘껏 밀고 마지막으로 올라탔다. 곧이어 노를 젓기 시작하자 배는 건너편으로 향했다. 강물은 차가운 기운을 띤 채 반짝였다. 세 사람은 모두 침묵을 지키고 있었는데, 그것은 강의 고요함을 깨뜨리기 싫어서일 것이리라.

바람도 조용히 지나갔다. 박씨의 노 젓는 태도는 평소보다 조심스러워 보였다. 삐걱이는 노 소리가 강의 적막함을 전혀 손상시키지 않았다. 노를 젓는 호흡이 자연과 화합하고 있기 때문일까?

배는 어느덧 중간 지점을 넘어서고 있었다. 이 순간 남씨는 고개를 들어 강 건너편 숲을 바라봤다. 무엇인가 자연의 호흡을 훼방하는 것이 있었기 때문이었다. 분명히 인기척이 있었다. 곧바로 사람의 모습이 보인 것은 아니었지만 잠깐 사이에 그 사람은 나타났다.

드디어 손님이 나타난 것이다. 박씨도 이를 발견하고는 배의 속도를 더 한층 높였다. 배의 삐걱거리는 소리가 현저히 강의 적막을 파괴했다. 그 대신 세 사람의 마음속에는 반가운 마음이 샘처럼 솟아났다. 강가에 막 도착한 손님의 얼굴빛도 반짝였다.

손님의 입장에서 보면 때맞춰 배가 건너오고 있는 셈이었다. 손님은 배를 바라보며 강가로 급히 내려왔는데, 그 얼굴은 서예가인 이일재 씨가 분명했다. 언제 봐도 진지하고 너그러워 보이는 이일재 씨였다. 이 사람은 등에 무엇인가를 잔뜩 짊어졌는데, 더 가까이에서 보니 이마에는 땀방울이 송송 맺혀 있었다.

배는 마치 이일재 씨를 마중을 나와 있는 것처럼 천천히 맞은편에 도착했다.

"선생님, 안녕하셨습니까?"

이일재 씨가 먼저 남씨를 바라보며 정중히 머리를 숙여 안부를 물었다.

"……."

남씨는 말없이 미소를 지었다. 이어 박씨가 반갑게 이일재 씨를 맞이했다.

"어서 오십시오! ……오시느라 고생이 많았겠습니다!"

"아닙니다, 날씨가 선선해서 오기가 좋았습니다……. 모두들 안녕하신지요?"

이일재 씨는 은근히 마을 사람들의 안부도 물었다. 마을 사람들은 이제부터 이일재 씨의 이웃이며 운명의 동료인 것이다. 이곳 정마을은 깊은 산 속이고 외부와 단절된 채 살아가기 때문에 거의가 공동생활을 해야 한다. 물론 정마을에서도 저마다의 운명이 따로 있겠지만 겉으로 나타난 생활은 지극히 단조롭다.

모두가 이러한 삶을 영위하다보면 각자의 운명은 느껴지지 않는 법이다. 하지만 정마을 사람들의 내면, 즉 정신세계를 보면 세상 사람들의 어느 누구보다도 변화가 무쌍하다. 그런 뜻에서 보면 정마을은 결코 조용한 곳이 아니고, 또 폐쇄되어 있는 곳도 아니다. 왜냐하면 마음은 끊임없이 발전하며 우주 대자연과 섭리가 소통되기 때문이다.

이에 비해 도시 사람들의 경우 몸은 부지런하겠지만 그것은 모두 물질 생산에 한정되어 있는 것뿐이다. 정신도 오직 세속의 일에만 관련이 되어 있어서 대자연의 섭리와는 동떨어져 있다고 할 수 있다.

그렇다면 오히려 정마을이야말로 바쁜 곳이고, 문명이 존재하는 세상은 오히려 단절된 곳이라고 할 수가 있다. 하지만 눈에 보이는 단절, 육체적 생활의 고립 지역이 바로 정마을인 것이다. 그러나 생활의 고립이 곧 인생의 고립이라고는 할 수 없다. 삶이란 환경과 상관없이 그 정신 속에서 의미가 발생하는 법이다.

큰 삶이 반드시 도시에서만 이루어지는 법은 없다. 옛말에 고요한 땅에서 큰 삶이 일어난다고 하였는데 정마을이야말로 그런 곳이 아닐 수 없다.

이일재 씨도 일단 세상을 등지고 이 대자연의 품에 묻히려고 정마을에 찾아온 것이다. 물론 이일재 씨는 정마을이 자신의 정신세계를 향상시킬 수 있는 더할 수 없이 좋은 도량(道場)으로 느낄 것이다.

이곳 정마을에는 신필(神筆)인 남씨가 있지만 번거로운 생활은 전혀 없다. 이일재 씨는 남씨를 스승으로 모시어 자신의 서예를 연마하고자 이곳에 왔지만 이로 인해 정신의 또 다른 세계가 열릴 수도 있을 것이다. 아무튼 마을 사람들에게는 식구가 한 사람 늘어서 무작정 반가울 뿐이었다.

그런데 이일재 씨가 정마을에 들어옴으로써 미치는 운명은 무엇일까? 어느 세계라도 사람이 찾아오거나 떠나게 되면 변화가 있게 마련이다. 정마을도 마찬가지로 새로운 사람을 맞아들이는 것으로 새로운 운명을 맞이할 수도 있다.

운명은 사람을 찾아다니는 법이다. 즉 사람은 운명을 끌고 다니는 것이다. 특히 정마을처럼 서로의 생활이 밀접한 곳에서는 그 파급 효과가 클 수밖에 없다. 그 한 예로 인규가 정마을로 들어옴으로 인해 건영이가 들어왔고, 그 건영이는 정마을에 극적인 변화를 이끌어 냈다. 그렇다면 방금 나타난 이일재 씨도 그러한 일을 끌어들이지 않는다고 볼 수가 없는 것이다.

그러나 지금 강변에 나와 있는 세 사람은 단순히 이일재 씨를 맞이하러 나왔을 뿐이다. 이일재 씨로 인해 일어날 운명 같은 일은 총명한 남씨의 마음속에서조차도 전혀 고려되지 않았다.

"건너가시지요!"

박씨는 밝은 표정을 지으며 손님을 먼저 태웠다. 이일재 씨는 남씨에게 고개를 숙여 보이고 조심스레 배에 올랐다. 이일재 씨는 이제 그야말로 운명의 배에 오른 셈이다. 강 건너편에는 그동안 자신이 살아온 세계와는 전혀 다른 새로운 세계가 열려 있기 때문이다.

정마을에서 이일재 씨는 필생의 수업에 정진해야겠지만, 그 성공 여부는 아직 아무도 알 수 없다. 다만 이일재 씨는 배에 오르는 순간 가슴이 뭉클함을 느꼈다. 드디어 스승을 찾아온 것이다. 스승, 즉 정마을의 남씨는 하늘 아래 최고의 경지에 있는 붓글씨의 대가이다. 이일재 씨는 이 최고의 대가에게서 배우고자 이곳에 찾아온 것이다.

돌이켜 생각해 보면 자신에게 이러한 행운이 주어졌다는 것이 꿈 같은 일이었다. 순간 이일재 씨의 눈에는 잠깐 이슬이 맺혔다. 그것은 감격으로 인해 자신도 모르게 흘린 눈물이었지만, 이내 굳은 각오로 그것을 지워버렸다.

'기필코 이루고야 말리라!'

이일재 씨는 서도(書道)를 완성하겠다는 각오로 이를 악물었다. 하지만 남씨는 이러한 이일재 씨의 마음을 아는지 모르는지 편안히 강물만을 바라보았다. 남씨는 서울에 가 있을 때 이미 이일재 씨를 가르치겠다고 허락했었음으로 지난 일은 다시 번거롭게 생각할 필요는 없었다.

남씨는 지금 흐르는 강물을 바라보며 서울에서 있었던 일을 한가롭게 떠올리고 있을 뿐이었다. 박씨는 힘차게 노를 저었다. 배는 정마을의 반대편 숲에서 점점 멀어졌다. 그런데 그때 그 멀어지는 배를 뚫어지게 바라보는 사람이 있었다.

"……"

그는 얼마 전에 자칭 정마을의 수호신이라고 말했던 중야로서 강건너 정마을 쪽으로 멀어져 가는 배를 바라보며 가볍게 한숨을 지었다. 노를 젓고 있는 박씨는 마치 자랑스러운 일을 이루어낸 것처럼 기쁜 얼굴로 강을 가로질러 가는 중이었지만 중야는 정마을에 식구가 늘고 있는 것에 대해 부질없다는 생각을 하고 있었다. 정작 돌아와야 할 스승, 즉 정마을의 촌장은 돌아오지 않고 엉뚱한 사람만 출입하는 것이 중야의 마음을 더욱 어둡게 만들었던 것이다.

'스승님은 돌아오지 않으실 거야……. 저렇게 속인들이 제 마음대로 찾아들고 있으니…….'

중야는 얼마 전 땅벌파 패거리가 정마을로 접근했을 때의 일도 상기하면서 정마을이 세상과 점점 더 가까워지고 있는 것을 한탄했다.

'선과 악이 골고루 모여들고 있어……. 이것이 정마을의 운명인가!'

중야는 근래에 일어나고 있는 일들을 어떤 징조로 해석하고, 그에 따르는 정마을의 장래를 염려하였다. 중야는 다시 강 쪽을 바라봤다. 정마을의 손님을 실은 배는 강 저편에 막 닿고 있었다. 이어 박씨가 먼저 내려 배를 고정시키는 동안 다른 사람들도 내렸다.

이들은 잠시 후 강 언덕으로 사라졌다.

"……"

중야는 이 광경을 물끄러미 바라보며 허탈한 미소를 지었다. 자신도 이제 떠날 때가 되었음을 느꼈기 때문이었다. 모처럼 방문했던 스승의 거처에서는 별다른 소득이 없었다. 소득은커녕 스승은 돌아오지 않는다는 느낌과 함께 정마을이 변화하고 있다는 것을 깨달았을 뿐이다. 정마을의 변화는 곧 세속과 가까워진다는 뜻이었고 이러한 변화가 중야의 마음을 더욱 허전하게 만들었다.

'오고 가는 것, 이게 세상인 게야……. 스승님께서는 완전히 떠나가 버리셨어…….'

중야의 마음속에는 세상의 섭리와 자신에게 주어진 사연, 즉 스승인 풍곡선이 다시는 나타나지 않을 것이라는 생각이 맴돌았다. 이것이 정마을을 방문한 중야의 결론이었다.

중야는 잠시 고개를 쳐들어 강물을 바라봤다. 흐르는 강물은 방금 박씨 일행이 떠나간 흔적을 전혀 나타내지 않고 있었다. 중야는 마음속으로 자신이 갈 길을 잠깐 생각했다. 맨 처음으로 머릿속에 떠오른 사람은 능인이었지만 중야는 이를 부정했다.

'바쁘실 거야……. 능인 도형은 지금까지도 폐관 수련에 임하고 있겠지!'

중야는 자신이 가야 할 길을 생각해 보았으나 마땅한 방향은 떠오르지 않았다. 다만 눈앞에 보이는 강물, 그리고 정마을을 멀리멀리 떠나고 싶다는 것은 분명했다. 마침내 중야는 자신이 무작정 어디론가 떠나야 할 시점에 도달할 것임을 깨달았다. 스승이 20여 년이나 머물렀던 정마을이건만 중야를 잡아놓을 수는 없었다.

바람이 한 차례 무심히 지나간 연후 중야는 어디론가 사라졌다. 이로부터 며칠의 시간이 잠깐 사이에 흘러갔다.

거지 무덕의 화려한 변신과 역할

계절은 더욱더 겨울 속으로 가라앉았다. 서울에서도 첫눈이 내렸다. 서울의 첫눈은 제법 충분하다 할 만큼 내린 듯하다.

눈은 밤부터 내려 한동안 계속되었다. 눈이 오면 밖으로 나다니고 싶은 것은 무슨 이유 때문일까? 눈이 내려와 인간 세상의 모든 일을 덮어주는 것에 의해 추억이 눈꽃처럼 피어나기 때문일까?

천지자연의 법칙은 빈 곳에서는 가득 차고, 덮인 곳에서 일어나는 까닭에 사람도 그와 같이 되는 것일지도 모른다. 지금 눈이 내려와 조금씩 땅을 덮는 가운데 한 여인이 거리를 걷고 있었다. 이 여인은 얼굴빛이 눈처럼 하얗게 빛났지만 날카로운 기색이 보였다.

하지만 기분은 몹시 좋은 듯 이곳저곳을 둘러보고 때로는 하늘을 쳐다보며 손바닥에 눈을 받았다. 옷차림은 깨끗하고 화려해 보였다. 나이는 25세 전후로 보이며 몸매는 가냘파 보인다. 누가 봐도 한눈에 미인임을 알 수 있었다. 부잣집의 귀한 아가씨가 혼자 외출을 하고 있는 것일까? 그녀의 모습은 내리는 흰 눈과 더불어 애처롭게 여겨지지만 걸음걸이는 거리낌이 없었다. 상당히 으슥한 충무로의 뒷

골목은 지금쯤 술 취한 사람들이 지나다닐 시간이었다. 여인은 먼 곳을 보지 않은 채 흰 눈을 응시하며 걸었다. 저쪽 골목 끝에서 세 명의 청년이 걸어오고 있었다.

청년들은 약간의 취기가 있는 듯 얼굴에 홍조를 띠고 있었다. 걸음걸이는 불량해 보이고 체격은 건장했다. 여인은 청년들이 걸어오는 것을 보지 못하고 가끔씩 좌우를 살폈다. 분명 어딘가를 찾고 있는 듯했다.

청년들이 이 여인을 발견했다. 그 순간 얼굴에는 짓궂은 미소가 떠올랐는데, 불량한 생각을 하는 것이 틀림없었다. 어두운 골목, 아름다운 여인, 술에 취한 불량한 청년, 그 다음에는 무슨 일이 일어날 것인가? 청년들은 잠깐 뒤를 돌아보고 걸음을 조금 빨리했다.

"……"

드디어 여인과 마주치자 청년들은 갑자기 길을 막아섰다. 여인은 고개를 들어 청년들을 바라봤지만 그리 놀란 것처럼 보이지는 않았다. 청년들은 음흉한 미소를 지었다. 여인은 이를 외면했다. 그러나 자신의 갈 길을 청년들이 막아서서 기분이 나쁠 텐데도 여인은 침착히 옆으로 비켜섰다.

그러나 청년들은 지나치지 않고 노골적인 자세를 취했다. 한 청년이 이 골목으로 들어서는 사람이 있는가 잠깐 앞뒤를 살펴봤다.

"아가씨!"

또 다른 한 청년이 수작을 걸어왔다. 두 팔을 잔뜩 벌리고 여인 쪽으로 다가선 것이다. 여인은 고개를 숙이고 한쪽 벽으로 돌아섰다. 그 자세는 그대로 보통 여인들만이 취하는 태도였지만 더욱 가냘프고 아름답게 보였다. 이로 인해 청년들이 더욱 충동을 느끼는 것은 정해진 이치, 청년들은 과감하게 다음 행동에 들어갔다.

이미 내친걸음이었다. 청년들은 처음에는 잠깐 희롱이나 하고 보내려 했을지도 모른다. 하지만 여인과의 짓거리는 도중에서 생각이 달라지는 법, 그것은 여인의 태도가 남성을 자극하기 때문이다. 이들 청년들은 가까이서 본 여인의 모습이 더욱 아름답다는 데 마음이 움직였던 것이다.

때마침 골목 안으로 들어서는 사람도 없었다. 이 골목은 그냥 으슥할 뿐 특별히 사람의 발길이 많은 길목도 아니었다. 더구나 험상궂은 청년이 서성거리고 있으면 들어설 사람도 피해 갈 그런 골목이었다. 그렇다면 이곳에서 무슨 짓이든 못하겠는가!

청년들의 마음속에는 이미 부끄러움은 사라지고 대단한 욕정만이 일고 있었다.

"괜찮아, 이리 좀 와보라니까!"

한 청년이 여인의 어깨를 은근히 잡아당겼다. 이 청년은 돌아서 있는 여인을 마주 보게 한 뒤 얼굴부터 만져 보려는 수작이었다. 여인은 청년의 팔에 당겨져 그 아름다운 모습이 더욱 드러나 보였다. 하지만 다음 순간 청년으로서는 전혀 생각지도 못했던 상황이 벌어졌다.

여인이 청년에게 따귀를 갈겼던 것이다. 이 동작은 흔히 여인들이 할 수 있는 태도였다. 이럴 때 방심하고 있으면 어김없이 따귀를 맞게 되지만 방심하지 않을 사람도 드물다. 이 청년도 마찬가지였다. 여인의 얼굴에 자신의 얼굴을 맞대려는 순간 번갯불이 눈에서 번쩍했던 것이다.

그런데 이러한 사태에 놀란 것은 따귀를 맞은 청년이 아니라 잠시 망을 보고 있었던 청년들이었다. 처음에는 어떻게 된 영문인지도 몰랐다. 따귀를 맞은 청년은 놀랄 새도 없이 번갯불이 번쩍함과 동시에 기절해 버렸기 때문이었다. 물론 이빨이 몇 개 떨어져 나가고 얼굴이 찢어져서 피가 흐르고 있었다.

"어! ……이년 봐라."

나머지 청년들은 자신들도 모르게 소리를 지르면서 험악한 자세를 취했다. 조심해야 할 여인이었다. 아니, 여인이라기보다는 강한 적이었다. 만일 이 적을 쉽게 제압할 수 있다면 다시 평범한 한 여인으로 취급할 수 있지만, 일단은 남녀 불문하고 강한 적으로 봐야 했다.

청년들은 제법 싸움에 능한 것 같았다. 상대가 여인이라서 약간 체면이 상했지만 청년들의 자세는 사뭇 진지했다. 특히 한 청년의 자세는 태권도의 자세를 취한 것 같았다. 나머지 한 청년은 엉거주춤한 자세인데 그것은 싸움꾼의 자세였다.

공격은 태권도 자세를 취한 청년이 먼저 시작했다. 상대가 여인이라고 해서 깔보는 것도 아니고 사정을 봐주려는 생각은 추호도 없는 자세였다. 청년은 기합과 함께 땅을 박차고 뛰어올랐다.

'야 ── 압!'

청년의 공격은 누가 봐도 시원한 이단 옆차기로 신속하고 강한 힘이 깃들어 있었다.

"……"

이제 여인은 여지없이 당하고 마는 것일까? 그러나 그게 아니었다. 여인은 태연히 서서 날아드는 발목을 손으로 휘젓고는 이어서 다른 한 손을 뻗어냈다.

'퍼 ── 억'

청년은 공중에 뜬 채 비명을 지르고 머리부터 땅에 곤두박질쳤다. 여인은 한 손으로 청년의 발길질을 막아 치고, 한 손으로는 사타구니를 밀어 친 것이다. 땅에 떨어진 청년의 두 손이 사타구니에 모여 있었다. 이는 공중에서 이미 사타구니에 심한 타격을 받았다는 뜻이고, 땅에 머리를 부딪친 것은 차후의 문제였다.

물론 이 청년도 그 자리에서 기절하고 말았다. 이 순간 좁은 골목 안에는 공포가 엄습했다. 나머지 청년은 자기도 모르게 한 걸음 뒤로 물러났지만, 상대가 여자란 점을 생각해 도전을 결심했다. 그러나 미처 자세도 잡기 전에 여인의 공격이 가해져 왔다.

여인은 평범한 발길질로 청년의 다리를 후려 찼는데, 청년은 다리가 꺾어지는 듯한 통증과 함께 그만 뒤로 벌렁 나가자빠졌다. 그래도 기절은 하지 않았지만 몸을 움직일 수가 없었다. 다리를 다치고 넘어지면서 또 허리까지 다친 것이다.

여인은 청년들을 더 이상 거들떠보지 않았다. 옷깃을 한 번 저미고는 아무 일 없다는 듯이 일이 벌어지기 전의 동작을 똑같이 할 뿐이었다. 연약하고 아름다운 자태는 여전했다. 다시 고개를 약간 숙이고는 좌우를 가끔씩 살폈다. 결국 그렇게 두리번거리다가 여인은 골목을 빠져나갔다. 잠시 후 한 청년이 겨우 몸을 수습하고는 동료들을 깨우기 시작했다.

골목을 빠져나간 여인은 고개를 갸우뚱하고는 또다시 주변을 살폈다. 그러자 거리에서 누군가를 마주쳤다.

"어머!"

여인은 고개를 들면서 반가워했고, 나타난 사람은 정중히 고개를 숙였다. 나타난 사람은 뜻밖에도 칠성 중 한 사람이었다. 칠성은 밝은 표정을 지으며 한쪽을 가리켰다.

"이제 오십니까? ……집은 저쪽인데요!"

"아, 예……. 길을 잘못 찾았나봐요."

여인이 약간 부끄러움을 타는 듯한 자세를 취하자 칠성은 이내 앞장서서 안내를 했다. 여인은 길을 잘못 들어 엉뚱한 골목에서 청년들에게 수난을 당했던 것이다. 하지만 손해 본 것은 없었다. 지금쯤 골목 안에 있는 청년들이 깨어났을지도 모를 일이다.

그러나 여인의 마음속에서는 이미 그 일은 잊혀진 과거일 뿐이다. 칠성은 여인을 다음 골목으로 안내해서 한 집으로 찾아들었다. 집 안에는 나이가 지긋하고 체구가 자그마한 사람이 기다리고 있었는데, 다름 아닌 땅벌파 회장이었다. 칠성은 먼저 방으로 들어서서 나지막하게 알렸다.

"회장님, 무덕이 왔습니다."

"음, 왔다고? ……앞으로는 사모님이라고 부르게!"

회장은 엄숙하게 타이르고는 일어나서 밖으로 나왔다. 밖에 서 있던 무덕이 얼른 알아보고 먼저 인사를 건넸다.

"회장님, 안녕하세요?"

"오, 사모님! 어서 오세요……. 이리 올라가시지요."

회장은 반갑게 맞이했고, 무덕도 미소를 지으며 마루로 올라갔다. 칠성은 옆으로 비켜서서 무덕이 방으로 들어서기를 기다렸다. 무덕에 이어 회장이 방으로 들어서자 칠성도 방으로 뒤따라 들어갔다. 세 사람은 마주 앉았는데, 회장은 무덕을 대견한 듯이 바라보고 있었다.

'너무나 변했군! 거지 티라고는 보고 죽으려 해도 없구나. 오히려 귀티마저 풍기는 모습, 또 혈색은 어느새 저토록 맑게 변했단 말인가! 강리 선생과 함께 지냈기 때문에 혈색마저도 강리 선생처럼 변한 것일까? 그럴 수는 없을 텐데. 창백해졌다면 또 모를까?'

물론 무덕의 모습이 창백한 것은 아니었다. 그저 맑고 아름다울 뿐이었다. 단지 강리 선생과 함께 지냄으로써 체중은 현저히 줄어든 것 같았다. 매일 밤 육체적인 노동을 하고 지내니 어쩌면 몸이 닳기라도 했을 것이다. 하지만 무덕의 몸은 여인으로서 아름답게 균형이 갖추어져 있었다.

강리 선생이 어떤 묘방을 펼쳐준 것일까? 그럴 수도 있을 것이다. 세상에 강리 선생이 가장 아끼는 보물이 있다면 바로 무덕이므로 무엇이든 대책을 세워줬을 것이다. 그렇지 않다면 무덕이 지금 이렇게 살아남을 수 있었을까?

필경 강리 선생은 무덕에게 기운을 주입하는 등 생명 유지에 최선을 다했을 것이다. 아니 강리 선생의 목표는 무덕의 건강을 초월적으로 증강시키는 것이리라. 그리하여 궁극적으로는 강리 선생 자신의 공력 증진에 무덕의 몸을 이용하려는 것이다.

회장이 강리 선생에게 들은 바에 의하면 무덕의 몸은 하늘 아래 둘도 없다고 했으며, 무덕의 몸을 통하여 강리 선생이 추구하는 최후의 관문을 통과할 수 있으리라고 했다. 강리 선생의 방법은 극한적인 성적 자극인데, 보통 여자는 이를 감당 할 수 없다. 강리 선생은 깊디깊은 내면의 기운을 일깨우기 위하여 여인의 자극을 필요로 하는데, 그것은 지속적이고 강렬한 것이어야 한다.

특히 무엇보다도 지속적인 것이 필요하다. 강렬함이란 힘의 양보다는 질적인 것일 수도 있으며, 기술적인 문제일 수도 있다. 이것은 여인의 재주에 달린 것이므로 불가능한 것은 아니다. 그러나 지속적인 자극에는 강인한 체력이 있어야 한다.

도대체 얼마나 강한 힘이 있어야 할까? 강리 선생은 여인의 몸이 아주 강해야 한다고 말했을 뿐이었다. 말하자면 강리 선생이 충분히 만족할 수 있을 때까지 버텨주는 여자를 말한다. 성적 자극이 하룻밤 동안일지 혹은 이틀 밤 동안일지 회장은 모르고 있었다. 어쩌면 여러 날 동안 계속되어야 하는 것일 수도 있다. 아무튼 그러한 자극을 계속할 수 있는 여자는 하늘 아래 무덕밖에 없다고 잘라 말했던 것이다.

무덕은 지금 아주 많이 변해 있었다. 육체의 변화만 해도 누군지 못 알아볼 정도였지만 정신에서 나오는 교양도 급격히 향상되어 있었다. 이제 무덕이란 여인은 부유한 집안에 교양 높은 아가씨에 비해 조금도 손색이 없었다. 강리 선생이 교양마저 일깨워 준 것일까?

회장은 이에 대해 저 혼자 회심의 미소를 머금을 뿐이었다. 그것은 참으로 당치 않은 일이기 때문이었다. 아무리 신통한 강리 선생이라 할지라도 인간의 교양을 그토록 짧은 세월에 향상시켜 줄 수는 없을 것이다. 사실 강리 선생 자체도 그리 교양이 높다고 말할 수 있을지는 미지수이다. 그렇다면 무덕의 교양은 도대체 어디서 온 것일까? 이에 대해 회장은 자기 나름대로의 견해가 있었다.

무덕은 거지 생활을 하는 동안 수많은 경험을 했을 것이다. 똑똑한 무덕은 그 경험을 그대로 간직했다가 잠재의식 속에서 기다리던 중 형편이 달라지자 순식간에 꽃 피웠을 것이리라. 다시 말해 그동안 그 경험은 잠재의식 속에서 스스로 질서와 교양을 만들었으나 거지 신분이던 시절에 기가 꺾여 있던 무덕으로서는 그것을 발휘되지 못했을 뿐이다.

하지만 지금은 기가 죽을 일이 조금도 없다. 현재의 무덕은 물질적으로 풍족할 뿐 아니라 극강의 존재인 강리 선생으로부터 사랑을 받고 있다. 게다가 무덕 자신이 강리 선생과 밤마다 벌이는 육체의 향연을 행복에 겨워하고 있다.

무덕에게는 그 육체적 향연을 계속하는 한 이 세상이 바로 천국인 셈이었다. 현재 무덕은 천국에 살고 있는 것과 조금도 다를 바가 없었다. 아쉬울 것이 하나도 없었다. 단지 강리 선생은 무덕이 좋아하는 그 육체적 향연을 자주 해 주는 것이 아니어서 괴로울 뿐이었다. 강리 선생의 말에 의하면, 그 육체적 향연을 너무 자주 하면 위험하다고 했는데, 무덕의 생각으로는 조금도 위험할 것이 없을 것 같았다.

설령 위험하면 어떠랴! 죽는 순간까지 절정의 쾌감을 느끼면 그만 아닌가! 무덕은 지금 회장 앞에 얌전하게 앉아 있다. 잠시도 강리 선생 곁을 떠나지 않던 무덕이 웬일로 서울에 나타난 것일까? 회장은 그 이유를 잘 알고 있었다.

강리 선생은 무덕에게 서울 구경을 시켜준다는 명목으로 휴식을 취하게 하려는 것이었다. 필경 설득시키기가 어려웠을 것이리라. 무덕은 서울 구경 따위는 안 해도 좋다고, 오직 그 육체적 향연만을 하고 싶어 했을 뿐이었으리라. 하지만 강리 선생은 어떻게 하든 무덕을 쉬게 하려고 이렇게 서울로 보낸 것이 틀림없었다.

그리고 마침 중요한 전갈도 있어서 무덕이 마지못해 온 것이다. 무덕은 인생에 있어서 자신의 역할이 무엇인지 잘 알고 있었다.

강리 선생은 무덕을 자신의 부인이라고 여러 사람들에게 공표하고 그 역할을 맡기기 시작했다. 그래서 이번 서울 방문도 강리 선생과 회장을 중간에서 이어주는 역할을 하고 있는 것이다.

강리 선생은 현재 인천의 바닷가에서 칠성들을 가르치고 있었다. 칠성들은 정마을을 다녀온 후 그 내용을 보고하기 위해 인천에 있는 강리 선생을 찾아갔던 것이다. 물론 회장의 지시에 의해 강리 선생의 의견을 묻기 위한 것이다. 회장은 이미 나름대로 생각을 정리해 두었다.

땅벌파 회장이 어떤 사람인가! 총명하기 그지없는 인물이 아닌가!

정마을의 남씨와 대적할 만한 두뇌를 소유하고 있는 인물이다. 회장은 부하들이 정마을 근방까지 갔던 일에 대해 충분히 생각을 정리한 뒤 다시 강리 선생에게 자문을 구했던 것이다.

회장이 걱정하는 것은 정마을의 수호신이라는 그 괴인에 관한 일이었다. 회장은 장차 정마을을 급습하여 적의 근거를 단번에 궤멸시키려는 작전인데 그곳에 수호신이 존재한다면 난감한 일이 아닐 수 없었다. 그리고 조합장 측과의 협약을 무시하고 정마을을 탐색했으니 그 후환이 두려웠다.

다만 아직까지는 조합장 측에서 특별한 움직임은 드러나지 않고 있었다. 그러나 회장은 만약의 사태에 대해 각오와 함께 충분한 대비책을 강구해 두었다. 회장의 대비책이란 우선 적의 공격에 대비하여 칠성들을 도피시키는 일이었다. 적이 만약 공격을 개시한다면 그 목표는 분명히 칠성들이 될 것이기 때문이다.

칠성들은 땅벌파의 주력으로 적의 공격을 당하게 내버려둘 수는 없는 일이다. 회장은 정마을 탐색 사건 이후 전체적인 후퇴 전략을 세워두고 있었다. 그래서 부하들에게도 유사시 대항하지 말고 무작정 대피하라고 지시해 두었다. 이제 남은 일은 강리 선생의 의견을 듣는 것뿐이었다.

무덕이 그 내용을 전달하려고 지금 이렇게 나타난 것이다. 무덕의 정신 상태는 그런 일을 충분히 감당할 수 있었다. 회장이 무덕을 관찰한 바에 의하면 그야말로 하늘 아래 둘도 없이 총명한 여자였다. 그렇기 때문에 강리 선생이 전하는 정교한 내용을 무덕은 하나도 빼놓지 않고 회장에게 전할 능력이 있는 것이다.

"저녁 식사는 안 하셨지요?"

회장은 여유 있는 음성으로 물었다. 무덕은 고개를 저으며 대답했다.

"저녁 식사는 안 했어요, 하지만 별로 생각이 없군요. 술이나 마시고 싶어요……."

무덕의 대답은 뜻밖이었다. 어느새 술 마시는 법을 배운 것일까? 하긴 강리 선생이 술을 좋아하는 편이니까 무덕도 배웠을지도 모를 일이다. 회장도 술을 좋아하는 사람으로서 술 마시는 사람을 결코 싫어하지 않는다. 회장은 흐뭇한 표정을 지으며 친절히 말했다.

"술이요? 허허, 좋지요! 술은 좀 있다가 나가서 마십시다. 서울 구경도 할 겸……."

"그래요! 언제요? 지금 바로 나가지요……."

무덕은 술 마시는 것이 좋은지 당장에 서둘렀다. 그러자 회장이 부드럽게 제지시켰다.

"허허…… 시간은 아직 많아요. 천천히 나갑시다. 그보다는 강리 선생께서 더 이상 무슨 말씀이 안 계셨는지요?"

회장은 강리 선생이 보내온 전갈을 먼저 알고 싶은 것이다. 술은 그 이후 편히 마셔도 된다. 이에 대해 무덕은 뾰로통한 얼굴을 하고 품에서 무엇인가를 꺼내놓았다.

"여기 있어요! 어련히 알아서 줄 것인데……."

무덕이 내놓은 것은 편지였다. 강리 선생은 무덕에게 말로도 충분히 전해 두었지만 혹시나 해서 글도 써 보낸 것이다. 회장은 재빨리 편지를 집어 들었다.

"……."

옆에 앉아 있던 칠성은 날카로운 눈길로 회장의 얼굴을 슬쩍 바라봤다. 드디어 스승인 강리 선생으로부터 정마을에 대한 분석 결과가 나온 것이리라.

무덕은 한가한 표정을 짓고 있었다. 하지만 회장은 긴장을 하면서 편지를 열어 보았다. 편지는 선명한 글씨체로 인사치레도 없이 곧바로 시작되었다.

──── 요점을 적어 보냅니다. 일전에 아이들을 정마을로 파견해 본 바 그 내용을 소상히 들어보았습니다. 특별한 것은 없었고 정마을의 수호신이라는 괴인의 문제인데, 그 괴인의 정체를 먼저 알려드리겠습니다. 우선 그 괴인은 지난번의 빗자루 괴인이 아니라는 점입니다.

이번의 괴인은 내가 익히 아는 도인으로서 이름이 중야입니다. 중야는 나와 적대 관계에 있는 좌설의 사제로서 무술이 아주 뛰어납니다. 정마을에 다녀온 아이들이 말한 인물 묘사는 중야와 완전히 부합되었습니다. 특히 아이들이 받은 공격은 탄지신공(彈指神功)이라는 것으로 중야의 특기 중 하나입니다. 그 공격은 힘을 제대로 주입했을 때 살상까지 일으키는 무서운 무공입니다.

아이들이 살아 돌아온 것은 행운입니다. 그 자가 그곳을 지키고 있다면 공격은 단념해야 합니다. 하지만 그 자는 그곳에 오래 있지 않을 것입니다. 그의 성격상 오래 있을 사람이 못됩니다. 필경 스승인 풍곡선을 찾으려 왔을 테지만, 남의 일에 참견하는 것으로 봐서 풍곡선도 그곳에 없을 것이고 중야도 떠나갈 것입니다. 아마 지금쯤 떠났을지도 모릅니다.

만일 중야가 아직 그곳에 남아 있다면 내가 직접 출행하여 처리할 생각입니다. 회장님께서는 정마을의 여타(餘他) 조건에 대해 치밀하게 조사할 필요가 있습니다. 장차 나도 그곳을 습격할 생각입니다만 지금은 여유를 낼 수가 없군요. 조심해서 일을 진행시키십시오.

편지는 여기서 끝나 있었다. 순간 회장의 얼굴에는 회심의 미소가 떠올랐다. 옆에서 보고 있는 칠성의 눈빛도 반짝거렸다. 회장의 얼굴 빛으로 보아 일이 잘 풀려 나가고 있는 듯 보이기 때문이었다. 회장은 눈을 가늘게 뜨고 혼자 고개를 끄덕였다.

회장으로서는 가장 큰 걱정이 정마을의 수호신이라는 괴인인데, 강리 선생은 그 괴인의 정체를 일언지하에 밝히고 있었다. 게다가 중요한 것은 그 괴인은 정마을을 떠나리라는 점이다. 그렇다면 정마을에 다시 수색대를 보내는 일이 수월해진다. 강리 선생은 정마을을 치밀하게 조사할 것을 독려하고 있지 않은가! 그리고 장차 강리 선생이 직접 나서기까지 한다니 더욱 다행한 일이었다.

회장은 잠깐 고개를 들어 무덕에게 미소를 보냈다. 속으로는 여전히 생각을 진행시키며.

'아이들을 정마을에 다시 보내야겠군! ……과연 중야라는 괴인은 떠나갔을까? 아무튼 조심해야겠는걸!'

회장은 이런 생각을 하면서 태연하게 무덕에게 다음 말을 건넸다.

"사모님, 이제 밖으로 나가실까요? 서울 구경도 좀 하고 술도 마실 겸……."

"예, 좋아요. 그럼 모두 다 함께 가지요!"

무덕은 기분이 좋은지 옆에 있는 칠성도 함께 가자고 청했다. 칠성이 말없이 회장을 쳐다보자 회장이 고개를 가볍게 끄덕이므로 재빨리 먼저 일어나 밖으로 나갔다. 뒤이어 회장과 무덕도 방을 나왔다. 회장의 마음이 편안해진 것은 두말할 나위가 없었다. 앞으로 생각할 일이 좀 더 남아 있었지만 일이 이쯤 되니 어려운 것은 하나도 없을 것 같았다.

생각의 치밀함에 있어서는 강리 선생을 능가하는 회장이 아니더냐! 오늘은 한가하게 지내고 나중에 좀 더 생각하면 될 일인 것이다. 큰 걱정거리가 해결된 이상 세세한 것은 서두를 필요가 없었다.

"저쪽으로 가시지요."

밖으로 나온 회장은 몸소 무덕을 안내하면서 유쾌하게 앞장을 섰다. 무덕과 칠성도 밝은 기분으로 회장의 뒤를 따라 충무로 언덕 쪽으로 향했다. 충무로의 밤거리는 어둠과 밝음이 교차하고 있었다. 세 사람은 그 중의 한 곳으로 들어섰다.

그런데 서울의 또 다른 곳에서는 다른 일이 벌어지고 있었다. 이곳은 어느 다방인데 오래 전부터 조합장이 혼자 앉아 있었다. 조합장은 지루한 듯 얼굴을 찡그리고 있었고, 누군가를 기다리고 있는 것이 분명했다. 조합장 같은 사람이 이토록 애써 기다리고 있는 것을 보면 상당히 중요한 일인 것 같았다. 그렇지 않다면 끈질기게 기다릴 사람도 아니었다.

조합장은 슬쩍 시계를 살펴봤다. 시간은 다방 문이 닫힐 시간으로 향하고 있었다. 조합장은 더 이상 기다리지 않겠다는 의지표현인지 물고 있던 담배를 거칠게 비벼 껐다. 바로 이때 청년 둘이 급히 들어왔다. 씩씩하고 험상궂은 것으로 봐서 조합장의 부하가 틀림없었고, 조합장은 이에 손을 들어 자신의 위치를 알려 주었다.

청년들은 급히 조합장 쪽으로 다가왔다.

"어떻게 됐나?"

조합장은 청년들이 미처 다가오기도 전에 급히 물었다. 그만큼 지루하고 초조했던 모양이었다. 청년들은 조합장 앞에 와서는 정중히 고개를 숙여 보인 후 곧바로 말했다.

"일이 잘 됐습니다."

"그래? 앉게. 그런데 왜 이렇게 늦었나?"

조합장은 반가운 기색을 감춘 채 물었다.

"막차를 탔습니다. 겨우 타협이 이루어졌습니다……."

청년은 마치 생색을 내듯 자신 있게 대답을 했다. 조합장은 비로소 만족한 듯이 고개를 끄덕이고는 다시 물었다.

"자세히 좀 설명해 보게. 사람은 어떻던가?"

"실력은 상당히 대단한 것 같았습니다. 처음에는 완강히 거절하더 군요……."

"음……. 그래서 어떻게 했나?"

"그 사람에게는 늙은 어머니가 있었습니다. 그 노모를 설득했지요……."

청년은 이렇게 말하며 약간 미소를 띠어 보였다. 그래도 조합장은 표정을 바꾸지 않고 다시 물었다.

"그래서 움직이던가?"

"예, 원래부터 그분은 효자랍니다. 노모를 호강시켜 준다고 하니까 승낙한 것입니다……."

"그것 잘 됐군, 실력은 어느 정도라고 하던가?"

"글쎄요, 칠성 정도의 실력은 될 것 같던데요."

"시험해 봤는가?"

"그런 대로요……. 저희 둘이 달려들어 봤지요."

"너희 둘이? 그래, 어땠어?"

"도저히 당할 수가 없겠던데요. 그 사람도 얘기했어요, 우리 같은 사람은 어림없다고……."

"허, 그래?"

조합장은 처음으로 웃음을 보였다. 대단히 만족스런 모양이었다. 청년들은 약간 고개를 숙였다. 그러자 조합장이 다시 물었다.

"자네들 수고했네……. 아참, 그 사람의 이름이 뭔가?"

"이름은 말 안 했어요, 별명은 흑범이라고 하더군요……."

"흑범이라고? 그게 무슨 뜻이지?"

"범처럼 날쌔다는 뜻이겠지요. 얼굴이 검고……."

"음, 무술 같은 것을 했다던가?"

"예, 자기 혼자 연구를 했나봐요, 원래가 유명한 싸움꾼이었다고 합디다만……."

"체구는?"

"작은 편이었어요……. 저희보다 작았습니다."

"그것 참 재미있군! ……언제 올라온다고 하던가?"

"한 열흘은 걸릴 거라고 말했습니다. 정리할 일이 있다면서요……."

"그래? 확실할까?"

"저희가 노모에게 돈을 주고 왔습니다……. 의리가 있어 보이던데요!"

"음, 좋아. 수고했네, 가보게……. 아니, 함께 나갈까!"

조합장은 부하들과 함께 일어났다. 멀리서 기다리고 있던 다방 종업원은 그들이 일어나기가 무섭게 빈 잔들을 치우기 시작했다. 조합장은 다방을 나오자마자 부하들과 헤어졌다. 그의 얼굴에는 만족한 미소가 머물고 있었다. 오늘은 대단한 수확이 있었다. 이 일은 일 개월 전부터 추진하던 것인데, 비로소 오늘 성사된 것이다.

조금 전에 화제로 삼았던 흑범이란 사람은 지리산 근방의 작은 마을이 고향이고 활동 무대는 주로 전주 일대였다. 때로는 멀리 부산 등지의 항구에도 나타난다고 했다. 이 사람은 어려서부터 싸움을 일삼는 불량배였는데, 어느 날 갑자기 이 세계에서 사라져 십 년 가까이 자취를 감췄다.

풍문에 의하면 세상이 싫어져 도인이 되려고 입산했다고 했다. 하지만 산도 자신의 생각과는 달라 도시로 다시 내려온 것이라 했다. 산에 들어가 도인이 된다는 것은 결코 쉬운 일이 아니다. 흑범은 고생을 견디다 못해, 그리고 고독을 견디다 못해 결국 다시 돌아온 것이다.

그런데 이렇게 나타난 흑범은 너무나 변해 있었다. 거친 성품은 사라지고 힘은 상상도 못하리만큼 증가해 있었다. 그뿐만 아니라 활동도 예전에 비해 아주 적극적이었다. 하지만 적재적소에 파고들지 못해 형편이 어려웠다. 큰 공은 능력과 기회가 서로 맞닿아야 이룰 수 있게 되는 것이다. 그리고 기회는 다분히 운명적이다. 흑범에게는 지금까지 운이 따라주지 않았던 것이다. 그로 인해 흑범은 사회에 대한 적응력이 점점 감소되어 가고 있었다. 공연한 싸움질만으로는 아무런 득도 없었기 때문이었다.

이윽고 흑범은 또다시 산을 그리워하게 되었다. 적응에서 실패하면 도피를 부르는 법이다. 성격이 고독한 흑범은 사람을 사귈 줄 모를 뿐만 아니라 자신을 요령 있게 써먹을 줄도 몰랐다.

그냥 내버려두면 결국 어디론가 떠나고 말 것이었다. 조합장이 이러한 사연을 접한 지는 이때쯤이었다. 조합장은 평소부터 세력을 보강하기 위해 전국적으로 인재를 탐색하던 차에 우연히 이 사연을 들은 것이다.

'전주 근방에 인재가 있다!'

조합장은 즉시 사람을 파견해서 함께 일할 것을 제의했다. 그는 처음에는 완강히 거절을 했다. 원래 고독한 성격의 소유자는 남이 권하는 일은 마다하는 법이다. 흑범은 고향 근방을 떠나지 않겠다고 했다. 하지만 노모를 중간에 두고 흥정한 결과 서울행이 결정된 것이다.

이로써 조합장은 새로운 힘을 보강하게 된 셈이다. 그렇지만 아직은 만족할 수 없었다. 더욱더 인재를 끌어 모아 땅벌파를 앞지를 생각이었다. 조합장은 편안한 기분으로 숙소로 향했다.

서울의 밤은 더욱 깊어가고 있었다. 하늘에서는 또 한 차례 눈이 내리기 시작했다. 도시의 눈은 산 속의 눈보다 오히려 부드러운 것 같다. 이것은 도시가 매우 거칠기 때문에 그렇게 느끼는 것일까? 아니면 많은 사람들과 어우러지기 때문에 그런 것인가?

산 속에서 내리는 눈은 다소 외롭게 느껴진다. 고요한 곳에 내리기 때문일 것이다. 하지만 이를 보는 사람이 있다면 먼 곳이 그리워지고, 더 많은 생각을 일으킬 수 있다. 고요한 곳에서 생각은 일어나는 법이다. 그리고 산 속에서는 밤이 되면 정신의 활동이 더욱 활발해진다.

그러나 도시에서는 이와 반대일 수밖에 없다. 복잡 다난한 사회와 부딪치는 낮에는 정신도 함께 활동하는 것이다. 그러므로 몸 밖의 세계에다 정신을 빼앗기고 산다고 할 수 있다. 이른바 흔히 말하는 생존 경쟁이 아닐 수 없다. 이에 비해 산 속의 생활은 낮이라고 해서 생존 경쟁이 더 심한 것은 아니다. 그냥 자연에 적응하면 그뿐이다.

자연에 적응하는 것은 사회에 적응하는 것보다 어렵지는 않을 것이다. 다만 자연 속에서는 어느 누구의 협력도 없이 홀로 조화를 이루어 나가야 할 뿐이다. 산 속에서는 대체로 낮에 몸을 움직이고, 밤에는 정신을 움직인다. 그리고 그 정신도 자신의 내면으로 향하게 할 수 있다.

이것은 이른바 자기 성찰이라 한다. 자기 성찰! 이것은 도인의 일상사이지만 도시인에게는 그러한 여유가 없다. 도시인들은 밤에 그나마 쉬어야 한다. 낮에 힘겹게 사회에 적응했던 일들로 피곤하고, 복잡한 일이 다시 다가오기 때문이다. 국제적으로도 큰 도시인 서울은 오늘도 이렇게 하루가 지나갔다.

은밀한 섭리를 간직한 녹석(綠石)의 출현

아침이 되자 산 속의 세계인 정마을은 그리 바쁘지 않은 하루가 다시 시작되고 있었다. 건영이는 풍곡림으로 향하고 박씨와 인규는 강가로 나갔다. 그리고 그 다음으로는 정마을의 새로운 식구인 이일재 씨가 움직였다.

이씨는 남씨 집 근방에 마음 수련할 장소를 잡았다. 그리고 남씨의 지시로 아침 일찍부터 몸을 움직이면서 하루를 시작했다. 남씨는 이씨에게 당분간 글씨를 쓰는 일은 잊어버린 채 지내라고 일러주었다.

지금까지 써 온 잘못된 글씨를 잊으라고 그런 지시를 한 것일까? 아니면 단순히 산 속의 생활을 먼저 익히라고 한 것일까? 하지만 이씨로서는 아무래도 좋았다. 그는 스승인 남씨의 지시에 무조건 따를 뿐이었다.

원래부터 근면한 이씨는 산 속의 생활에 급속히 적응해 갔다. 산 속 생활의 적응이란 바로 자연과의 조화를 이루는 일이다. 이런 일은 성품이 조급하지 않고 침착하게 자기 자신을 잘 가다듬을 수 있어야만 가능한 것이다. 이씨의 성품이 바로 그렇다고 말할 수 있다.

얼마 전 이씨가 정마을에 들어오는 날 숨어서 지켜보고 있던 중야
는 이씨의 성품이 선하다고 판단을 내린 적이 있다. 중야는 선과 악
이 모두 정마을로 오고 있다고 생각했는데, 그 선이란 바로 이씨를
두고 내린 판단이었다. 천진한 도인인 중야의 느낌이 그러하다면 이
씨가 선한 사람임에는 틀림없을 것이다.

남씨도 처음부터 이를 파악하고 자신의 제자로 입문하도록 허락했
는지도 모른다. 말하자면 남씨의 총명함과 중야의 천진함이 이씨의
선함을 보증해 주고 있는 셈이다. 그런데 만일 남씨와 중야가 만난다
면 서로에 대해 어떠한 판단을 내리게 될까? 분명히 적절한 판단이
내려지겠지만 서로 쉽사리 만나게 될 것 같지가 않다.

중야는 이제 정마을에서 멀리 떨어진 지리산에 머무르고 있었다.
중야가 지리산으로 향한 것은 정마을을 떠난 직후였다. 그 당시 정
마을에서 중야는 더욱 허전한 마음만을 간직한 채 지리산으로 향했
다. 중야가 당초 정마을을 찾았던 것은 스승인 풍곡선의 자취를 찾
아보기 위해서였지만, 오히려 정마을을 떠난 풍곡선은 영영 돌아오
지 않을 것이라는 느낌만을 강하게 받았을 뿐이었다.

그래서 수많은 방황을 거친 후 생각해 낸 것이 바로 고휴선이었다.
중야는 고휴선을 찾아본 뒤 풍곡선의 행방을 물어보거나, 또는 무엇
인가 가르침을 받고자 했던 것이다. 고휴선은 스승인 풍곡선과의 친
분이 그리 두터운 편은 아니었으나 중야가 스승의 행방을 고휴선이
알 수 있으리라고 생각해 낸 유일한 선인이었다.

능인의 스승인 한곡선이라면 풍곡선의 도반으로서 스승과 다름없
으나 한곡선조차도 이미 행방을 감추었다는 것을 중야는 알고 있었
다. 결국 이 넓은 천지에 고휴선밖에 찾아갈 곳이 없었던 것이다. 사

형인 좌설의 얘기에 의하면 고휴선은 위기의 순간에 출현하여 좌설과 능인을 구하는 데 절대적인 역할을 해 주었다고 했다.

그러한 인연도 있고 해서 중야가 찾아보기에 명분이 없는 것도 아니었다. 설령 이러한 명분이 없다 하더라도 중야로서는 이 세상에 남은 유일한 어른인 고휴선에게 매달릴 수밖에 없는 입장이었다. 어쩌면 고휴선이 풍곡선의 행방을 알려줄 수도 있을 것이고, 또 중야의 현재 심정을 달래줄 수 있는 가르침을 내려줄지도 몰랐다.

중야는 이러한 기대를 가지고 지리산으로 방향을 잡았던 것이다. 지리산에는 고휴선이 사는 천소가 있거니와, 천소라는 곳에 가면 으레 선인들의 행방을 알 수도 있었다.

중야는 마음이 갑자기 바빠졌다. 그래서 정마을을 출발해서 한나절도 걸리지 않아서 지리산에 당도했다. 중야는 보통의 속인들에게 자신이 노출되는 것도 마다하지 않고 곧바로 지리산으로 달려왔다. 하지만 천소는 비어 있었다. 고휴선도 어디론가 떠나고 없었다.

중야는 당분간 지리산 영역에 머물면서 고휴선을 기다리기로 작정했다. 중야는 머지않아 고휴선이 돌아올 것이라고 기대하고 있었다. 그러나 중야의 생각은 부질없는 것이었다. 고휴선은 얼마 전 염라대왕을 안내하여 정마을을 방문한 바 있었거니와, 지금은 이미 세상을 멀리 떠나 있었다.

고휴선은 지금 속계를 떠나 상계에 당도해 있었다. 고휴선도 풍곡선이나 한곡선과 마찬가지로 상계에 몸을 나타낸 것이다. 이로써 해동의 선인이 모두 상계로 나아가게 된 것인데, 이는 지금의 시기에 공통으로 맞는 세 선인의 운명인지도 몰랐다. 하지만 중야는 이런 일을 알 턱이 없었고, 천지의 작용은 여전히 계속되고 있었다.

고휴선은 지금 인연의 늪을 통과하여 남선부에 막 도착하는 중이었다. 고휴선의 신분은 이미 남선부에 알려져 있을 뿐만 아니라 얼마 전 연진인의 명령을 수행하기 위해 다녀간 바도 있었다.

그 당시에는 소지선을 압송하기 위해 다녀간 것인데, 지금은 그 소지선이 행방불명된 상태였다. 고휴선은 이러한 사실을 너무나 잘 알고 있었다. 현재 온 우주에 소지선의 행방을 알고 있는 사람은 정마을의 건영이 밖에 없었다.

그런데 염라대왕은 그 소지선을 찾기 위해 속계인 정마을로 찾아가서 건영이를 만났지만 그를 설득하는 일에는 실패했을 뿐만 아니라, 자신이 오히려 설득당해 처음의 계획을 변경하기까지 했다.

당시 고휴선은 염라대왕을 수행했지만 지금은 아주 색다른 임무를 수행하는 중이었다. 고휴선에게 주어진 임무는 공교롭게도 염라대왕의 경쟁 상대인 평허선공에 관한 일이었는데, 고휴선은 이 두 거대한 선인들의 일에 차례로 관여하는 셈이었다.

물론 남선부에서는 이와 같은 사실을 전혀 알지 못했다. 고휴선은 그 비밀스런 내용을 어느 누구에게도 얘기한 적이 없었다. 인연의 늪 경비대에서도 간단히 사적 방문이라고만 말해 두었을 뿐. 그러나 경비대 측에서는 이에 대해 아무런 검문도 없었다.

고휴선은 남선부 대선관 본청 앞에서 부관인 정현선을 만났다. 정현선은 고휴선보다 품계가 높았지만, 서로 익히 알고 있는 사이였다. 또 고휴선은 소지선과도 사형제지간이라 할 수 있을 만큼 친숙했다. 그 외에도 남선부의 많은 선인들과도 교류하고 있었다.

정현선은 고휴선이 온다는 것을 미리 알고 마중을 나와 있었다.

"오, 고휴. 어서 오게……. 이번에는 또 누구를 잡으러 왔는가?"

정현선이 이렇게 말한 것은 친숙한 농담이지만 지난번 소지선을 압송해 간 것을 상기시켜 주는 말이기도 했다. 고휴선은 약간 당황하며 인사를 받았다.

"예? 무슨 말씀을요! ……그간 안녕하신지요?"

"허허, 놀라긴……. 어서 들어가세."

정현선은 미소를 지으며 앞장서서 안내를 했다. 고휴선은 경건한 표정을 지으며 조용히 그 뒤를 따랐다. 지난번에 왔을 때는 이곳의 주인은 소지선이었다. 지금은 분일선이 그 직책을 대행하고 있는 중이었지만, 고휴선으로서는 감회가 새로웠다.

잠시 후 고휴선은 청실에 안내되었고 얼마 안 있어 분일선이 나타났다. 고휴선은 먼저 고개를 숙이고 정중히 인사를 건넸다.

"인사드립니다……. 그간 별고 없으셨는지요?"

분일선은 한 손을 펴서 맞이하는 자세로 친절히 인사를 받았다.

"고휴, 잘 왔네……. 공무로 왔나?"

분일선이 인사 도중 공무로 왔느냐고 묻는 것에는 별다른 뜻이 없었다. 선인들은 으레 그런 식으로 물음으로써 상대방이 찾아와 준 것에 대한 반가움을 표현하는 한편, 시간의 여유가 있는가를 묻는 뜻도 포함되어 있다. 이에 대해 고휴선은 얼른 대답을 못 하고 잠깐 망설였다.

"아, 예……. 글쎄, 아무것도 아닙니다……."

"음? 일이 있다고? ……아무튼 여기서 좀 쉬게!"

분일선은 밝은 표정을 지어 보이고는 다시 나갔다. 고휴선은 그 자리에서 즉시 명상에 잠겼다. 그동안의 피로도 쉴 겸 분일선의 공식 업무가 끝나기를 기다리는 것이다. 그러나 분일선은 오래지 않아 다시 나타났다. 고휴선은 이미 명상에서 깨어난 후였다.

분일선은 청실에 들어서자마자 다정히 물었다.

"여행에 피로한 것은 아닌가?"

"아닙니다, 천천히 왔습니다……."

"그런가! 조용한 자리를 마련했는데 괜찮을는지?"

분일선의 이 말은 고휴선의 용건부터 먼저 듣겠다는 표시였다. 분일선의 당초 계획은 여러 선인들이 함께 하는 연회 자리를 마련하려고 했으나, 고휴선의 태도를 살펴보고는 처음의 방침을 바꾼 것이다. 분일선의 예리함은 고휴선도 익히 알고 있는 바이어서 즉시 고마움을 표시했다.

"감사합니다……. 실은 미묘한 사안이라서……."

"알겠네……. 우선 내가 들어보지."

분일선은 여전히 밝은 표정을 지으면서 함께 밖으로 나섰다. 두 선인은 어디론가 잠시 이동했다. 얼마 후 이들이 도착한 곳은 높은 산의 정상이었다. 절벽 앞에는 드넓은 허공이 활짝 열려 있었고, 산 아래는 깊은 안개 속에 가려져 있었다. 은밀히 얘기를 나누기 위한 장소라면 남선부 본청 관내에 얼마든지 있을 것이다.

하지만 이런 산중이라면 더욱더 은밀한 기분을 줄 수 있다. 분일선은 일부러 이런 곳으로 안내해 왔다. 그것은 비밀을 유지해 주겠다는 자신의 확실한 뜻을 비치고 있는 것이다. 지금 두 선인이 있는 산속 정자에서는 적막과 고요가 드리워진 가운데 청량한 바람이 불고 있었다.

이런 환경이라면 대개 말하는 쪽에서도 허심탄회하게 모든 것을 털어놓을 수 있는 기분이 된다. 그리고 이런 곳까지 와서도 소심하게 이야기한다면 상대방의 심정을 몰라주는 뜻도 된다. 분일선은 원래 속이 드넓게 트인 선인으로서 매사에 거리낌이 없다. 분일선으로서는 처음부터 고휴선이 난감한 표정을 짓는 것을 보자, 그에게 신뢰감을 표시하는 한편, 속 시원히 도와주겠다는 뜻에서 이런 산중까지 안내를 한 것이다.

고휴선도 분일선의 이런 의도를 충분히 이해하고 있었다.

"……."

두 선인은 잠깐 하계를 내려다보며 서 있었다. 이곳은 하계라 해도 남선부의 관내로서 청정하고 상서로운 지역이다. 물론 민가라는 것은 없고 저열한 속인도 존재하지 않는다. 그렇지만 이 산정은 아무리 드넓어도 남선부의 내부 지역에 지나지 않는다.

속계에는 물론 이만한 곳이 있을 턱이 없다. 바다라 해도 상계의 자그마한 호수에 지나지 않을 뿐이다. 다만 넓다는 것을 곧 아름답다고는 볼 수 없다. 아름다움은 크기와는 별도로 구조의 조화가 이루어져야 한다. 그러한 면으로만 따진다면 속계인 해동의 산하가 꼭 남선부만 못하라는 법도 없다. 이 점에 대해서는 소지선이 해동의 태백산맥에 내려와 절감한 바가 있지만 분일선은 아직 하계라는 곳에 한 번도 내려가본 경험이 없었다. 이에 비해 고휴선은 상계와 하계를 두루 섭렵했다.

분일선이 고개를 돌리지 않은 채 물었다.

"고휴, 무슨 일인가? ……내가 들어서 곤란한 일이라도 있단 말인가?"

"아닙니다, 도대체 어떻게 해야 좋을지 몰라 망설여질 뿐입니다…….
요즘 천계에는 복잡한 일도 많지요?"

고휴선은 속으로는 다른 생각을 하며 다시 또 망설였다. 그러자 분일선은 고휴선을 정면으로 쳐다보며 날카롭게 정곡을 찌르면서 질문해 왔다.

"평허선공의 일인가?"

과연 분일선이었다. 분일선은 고휴선의 태도와 말을 종합해서 이런 판단을 이끌어 낸 것이다. 현재 옥황부 산하 거의 모든 천계는 평허선공에 대해 그리 호의적이지 않았다. 얼마 전에는 평허선공과 관련된 대규모 유혈 사태까지 일어난 상황이었다.

그 사건은 동화궁과 남선부 병력이 인연의 늪에서 벌인 전쟁을 가리킨다. 이는 평허선공의 명령을 받고 있는 동화궁과 옥황부의 명령을 수행하는 남선부와의 대결이었다. 그리고 당연히 남선부의 행동이 합법적이었던 것은 많은 선부(仙府)들의 견해였다.

이에 비해 동화궁의 행동은 옥황부에 대해 정면 도전으로서 현재도 아주 심각한 현안으로 남아 있었다. 이런 때에 갑자기 고휴선이 평허선공의 일로 남선부에 나타난 것은 아주 심각한 일이 아닐 수 없었다. 고휴선도 이러한 상황을 잘 알고 있는 터라 조심스럽게 대답했다.

"예, 바로 평허선공과 관계된 일입니다……. 꼭히 만나 뵈어야 할 일이 있습니다."

"만나 뵈어야 한다고? ……그래 도대체 무슨 일인가?"

"……."

고휴선이 다시 망설이자 분일선은 고개를 돌려 먼 곳을 바라보면서 답변을 기다렸다. 하는 수 없다는 듯 고휴선이 천천히 말했다.

"저의 개인적인 일입니다……. 평허선공으로부터 지시를 받은 일입니다만……."

"얘기하기가 힘든 것인가?"

"아닙니다, 평허선공께 한 가지 물건을 전달할 것이 있습니다."

"물건이라고? 도대체 그게 뭔데?"

"바로 이것입니다……."

고휴선은 품속에서 한 가지 물건을 꺼내놨는데, 그것은 자그마한 돌멩이였다. 그 돌은 모습이 특이했고, 초록색의 아름다운 광택이 은은히 빛나고 있었다.

"이것이 뭔가?"

"하계의 지리산에서 가져온 것입니다…… 제가 거처하는 천소의 동굴에 있었던 것이지요."

"그래? 아름답게 생겼군…… 하지만 그게 도대체 무엇인데 평허선공께 전달해야 한단 말인가?"

　분일선은 고개를 갸우뚱하며 도무지 모르겠다는 표정을 지었다. 그러자 고휴선이 허탈한 표정을 지으며 대답했다.

"저 역시도 잘 모릅니다……."

"뭐라고? 자네도 모르다니 그건 또 무슨 말이야?"

　분일선은 의아스러운 눈으로 고휴선을 빤히 쳐다봤다. 고휴선은 미소를 지으며 대답했다.

"이것이 무엇인지는 저 역시도 모릅니다. 다만 이것은 하계의 물건이 아니라는 점입니다. 지리산 천소의 금동(禁洞)에서 발견된 것이지요……."

"그렇다면……?"

"예, 평허선공께서는 일찍이 저의 죄를 사면해 준 일이 있었습니다. 그것은 제가 연진인의 임무를 소홀히 한 죄였었지요……. 그런데 평허선공께서는 연진인과 난진인 사이에 있었던 서로 모순된 섭리를 이해하려고 저의 생각을 물었던 것입니다……. 그래서 저는 모순된 섭리를 곰곰이 생각하던 중 이 돌을 발견했습니다."

"호, 그래! ……그렇다면 심상치 않은 일이군. 어디 이리 줘 보게."

　고휴선은 분일선에게 초록빛 돌을 건네줬다. 분일선은 잠깐 그것을 이리저리 들여다보고 말했다.

"음, 하계의 물건은 아니군……. 그런데 그게 어찌해서 자네의 동굴에서 나왔는가?"

"글쎄요, 누군가가 가져다 놓은 것이 아니겠습니까?"

"가져다 놔? ……그게 누굴까?"

분일선은 대단한 흥미를 보이면서 물어왔다. 하지만 고휴선도 내용을 더 이상 아는 것은 아니었다.

"저도 도무지 모르겠습니다. 다만 무엇인가 이상한 것이 있으면 연락해 달라는 지시를 평허선공으로부터 받았을 뿐입니다……. 그리고 이 돌은 저도 모르는 것이니 알려드려야 하지 않겠습니까?"

"그렇군! ……그런데 누가, 무엇 때문에 갖다놨을까? ……틀림없는 천상의 물건인데."

분일선은 초록빛 돌을 유심히 살펴보며 말했다. 고휴선이 다시 물었다.

"대선관께서는 이 물건이 무엇인지 모르겠습니까?"

"글쎄…… 전혀 모르겠는걸!"

"난감하군요, 아무튼 평허선공께 전해야 되겠지요?"

"그래야겠지! 하지만 어떻게 전달을 하지?"

"글쎄요, 제가 직접 옥황부에 가든지 아니면 남선부에서 직접 연락해 주시든지 해야겠지요."

고휴선은 태연하게 말했지만 분일선은 난감한 표정을 지었다. 평허선공은 지금 이곳에 없을 뿐만 아니라 또 이것을 함부로 옥황부에 전달할 수도 없는 일이었다. 요즘 같은 시기에 평허선공에게 사적인 연락은 공연한 오해를 불러일으킬 수 있다.

그리고 고휴선을 그대로 옥황부로 보낼 수도 없는 문제였다. 평허선공을 개인적으로 만나려는 고휴선을 그대로 보냈다가는 분명 자신이 문책을 받게 될 것이었다. 그렇다고 고휴선을 안 보내자니 이것도 문제가 된다. 왜냐하면 이는 무엇보다도 평허선공의 일을 공연히 나서서 방해하는 것이 되기 때문이다.

이 일로 평허선공이 나중에 개인적으로 문책을 한다면 지극히 곤란한 일이었다. 그렇다고 옥황부에서는 분일선을 보호해 주지도 않을 것이다. 잘못하면 일이 크게 번지기 때문이다. 결국 이 일은 분일선 개인이 잘 알아서 판단해야 한다. 사실 문제로 말하자면 옥황부의 문책보다는 평허선공의 문책이 더 두려웠다.

고휴선은 정말 어려운 문제를 가지고 나타난 것이다. 분일선은 눈을 가늘게 뜨고 혼자 깊게 생각을 진행시키고 있었다.

"……."

잠시 시간이 지나갔다. 고휴선은 분일선이 어렵게 생각하는 이유를 잘 알고 있었다. 그래서 고휴선은 이곳에 도착하기 전에 먼저 생각해 두었던 방안을 꺼냈다.

"대선관님! 이렇게 하시지요!"

분일선은 고개를 들어 말없이 고휴선을 바라봤다.

"……."

"두 가지 일을 병행하시지요!"

"음? 어떻게 말인가?"

"예, 아예 공개적으로 일을 진행시키자는 것입니다……. 옥황부 공식 경로를 통해 전달하는 것이지요……."

"글쎄……. 과연 옥황부에서 전달해 줄까?"

"걱정할 필요가 없습니다. 대선관님께서는 옥황부를 통해 전달만 하시면 그만입니다. 전달이 안 돼도 그것은 대선관님의 책임이 아니지요! 그리고 공개적으로 옥황부에 보고했으니 옥황부에서도 별탈이 없겠지요!"

"그래? ……그럼 자넨 어떻게 되는가?"

"저도 괜찮을 것입니다. 비밀히 연락하라는 지시는 별도로 없었습니다. 평허선공께서는 그때 동화선부로 연락하라고 했습니다. 지금 동화선부로 가는 길은 차단되어 있으니 저는 그냥 남선부에 공식적으로 전해도 되는 게 아니겠습니까?"

분일선은 속으로 다시 깊게 생각해 봤다. 속계의 선인이든 천계의 선인이든 동화선부로 가는 것은 옥황부의 공식 명령으로 금지되어 있었다. 그러므로 고휴선을 막아서는 것은 분일선 자신의 잘못이 아니다. 이 점에 있어서는 나중에 평허선공으로부터 문책 받을 일이 결코 아니었다.

자신은 어떻게 하든 평허선공에게 전달할 목적으로 옥황부의 경로를 통해 보고를 하는 것뿐이다. 현재 평허선공은 공식적으로 옥황부를 방문하고 있지 않은가! 여기까지 생각한 분일선은 방침을 굳혔다.

"음…… 그렇군! 그게 좋겠는데."

분일선은 고개를 끄덕이고는 미소를 지으며 고휴선을 바라봤다. 이제 공무를 마친 두 선인은 마음이 편해졌다. 분일선이 다시 말했다.

"고휴, 이제 일이 끝났군……. 다른 일이 또 있는가?"

"아닙니다. 그 일뿐이었습니다."

"음, 그럼 잘 됐군……. 한동안 여기서 쉬어 가게."

"고맙습니다, 많은 가르침을 내려주십시오."

고휴선은 편안히 대답했다. 중대한 문제가 해결된 이 시점에서 특별히 할 일이 없었다. 이곳 남선부에서 편히 쉬면서 어수선해진 마음을 정리할 생각인 것이다. 사실 그동안은 고휴선에게는 번민이 많았던 세월이었다. 고휴선은 자신의 도형인 소지선을 직접 체포한 적이 있었고, 그 소지선은 지금 어디론가 도피 중이다. 분명히 고달픈 도피 행각을 벌이고 있을 것이었다.

이러한 소지선의 운명에 고휴선은 일말의 책임감을 느끼고 있었다. 물론 소지선을 체포하게 된 일은 연진인의 명이었지만, 고휴선으로서는 아직 벌을 받고 있는 소지선이 측은할 따름이었다.

평허선공은 소지선의 이러한 상태를 사면해 주려고 찾아다니는 중이었으나, 소지선은 그것마저 마다하고 있는 것이다. 이에 비해 고휴선은 이미 사면을 받아놓은 상태이다. 그 점 또한 소지선에게는 미안하기만 했다. 그런 일도 있고 해서 고휴선은 남선부에 오래 머무를 생각인 것이다.

다만 고휴선이 사면을 받게 된 이면에는 난진인과 연진인간의 은밀한 섭리가 내재되어 있었다. 이에 대해서는 고휴선 자신도 궁금한 것은 물론이었다. 또한 자신에게 주어진 은밀한 사명이 있을지도 모른다고 생각하였다.

하지만 이 문제는 고휴선으로서는 역부족이었다. 그리고 이 문제는 바로 평허선공의 문제인 것이다. 이제 고휴선은 초록 빛 돌, 즉 녹석을 발견한 것으로 자신의 역할을 다한 셈이다. 평허선공과 관련된 녹석이 무엇인지 고휴선으로서는 도저히 알 길이 없었다.

이 문제는 고도의 사고를 필요로 하는 것으로 또 다른 정보가 필요할 것이다. 이는 전 우주적인 것으로 하계의 조그마한 지역의 징조만 가지고는 전모를 밝힐 수 없는 것은 당연하다. 그리고 이 문제의 당사자가 누군지도 알 길이 없었다.

필경 이 문제는 평허선공에게 주어진 것이겠지만, 고휴선 자신도 어떤 연관이 있을지도 모를 일이다. 이 점에 관해서 고휴선 자신은 좀 더 기다려 볼 생각이었는데, 그 기다리는 장소로는 남선부가 아주 적격이리라. 단순히 하계인 지리산에 앉아 있는 것은 평허선공에 대한 예의도 아니었다. 고휴선이 남선부에 머무르고 있는 한 이는 평허선공의 다음 지시를 기다리고 있다는 뜻도 되었다. 고휴선은 지금 이러한 모든 것을 충분히 감안하고 있는 것이다.

고휴선 자신이 현재 우주의 상황에 대해 어떠한 행동으로 나서야 하는가에 대해서는 분명하게 알 수 있는 것이 없었다. 다만 무엇인가 자신을 감싸고 있는 어떤 거대한 섭리를 느낄 뿐이었다. 이제 그것을 기다리며 휴식을 취할 여유가 생긴 것이다.

그동안 고휴선에게는 중대한 사건이 너무나 많았다. 가까이에는 염라대왕이 하계를 방문했던 일이 있었는데, 그때 고휴선은 능인과 좌설을 살리기 위해 자신의 목숨을 걸고 염라대왕을 설득했었다. 어떻게 보면 담판이라고도 할 수 있지만 그로 인해 능인은 목숨을 구했고, 고휴선은 염라대왕과 더불어 천명을 어긴 것이다.

우주의 흐름으로 볼 때 이 사건은 천명이 빗나간 사태라고 해석할 수 있다. 우주의 흐름 중에 작게 결정되어 있는 것은 운명이고, 크게 결정되어 있는 것은 숙명이라 하는데, 천명은 숙명보다도 더한 결정력이 있다.

그리고 이러한 천명을 인위적으로 훼방한 염라대왕과 고휴선에게 응분의 책임이 주어질 것이리라! 그 책임은 필경 운명이라는 반작용으로 나타나겠지만, 정녕 고휴선에게는 최근에 자신에게 일어나는 일에 대해서 완전히 무력감을 느끼고 있는 것이 사실이다.

모든 사건의 출발점으로 거슬러 올라가 생각해 보면, 느닷없이 출현한 연진인의 명을 받고 자신의 도형인 소지선을 체포 압송한 일이나, 평허선공을 체포하는 데 실패한 일 등은 고휴선에게는 너무나 벅찬 일이었다. 더구나 연진인에게 지은 죄를 난진인으로부터 용서받은 것은 정신이 혼란스럽기까지 한 일이었다.

물론 난진인으로부터의 사면은 난진인의 영패를 휴대한 평허선공이 대신 시행한 것이지만, 이 또한 고휴선에게는 크나큰 부담이었다. 평허선공은 고휴선을 사면하고 난 뒤 하나의 임무를 맡겼었다. 그 일은 연진인과 난진인 간에 숨겨진 은밀한 섭리를 간파하라는 것이었는데, 이제 그것은 녹석이라는 물질의 형태로 등장했다.

그 녹석이 무엇을 의미하는지는 알 길이 없다. 다만 이로써 고휴선의 임무는 끝이 난 셈이다. 고휴선으로서는 지금까지의 모든 긴장이 사라지는 순간이었다.

이제는 자신의 임무에서 해방됨과 동시에 그동안의 운명을 음미할 시간이 된 것이다. 고휴선은 특별히 할 일을 정해 놓은 것은 아니었으므로 한가히 쉬면서 운명에 대해 깊이 궁리해 보려고 마음먹고 있었다.

지금 고휴선의 표정에는 영혼 깊숙한 곳에서 발출된 여유가 서려 있었다. 분일선도 즐거운 표정을 짓고 있었다. 근래 분일선에게는 좋은 일이 많은 것 같았다. 얼마 전 염라대왕이 방문해서 술좌석을 함께 가진 적도 있었는데, 이번에는 평허선공에게 보내는 녹석을 담당하게 된 것이다.

"우리 자리를 옮길까? 잠시 일을 좀 보고……."

분일선은 한가롭게 말하고 산 아래로 고휴선을 안내해 갔다. 이제 공식 업무를 마친 두 선인의 일정은 뻔했다. 우선 선인에게는 큰 일인 술자리를 가질 것이고, 동시에 마음공부를 가늠할 수 있는 이야기를 나눌 것이리라.

분일선이 앞장서서 처음 도착한 곳은 남선부 본청관 내에 있는 청실이었다. 이곳에서 고휴선은 잠시 휴식을 위한 명상에 들었고, 분일선은 고휴선을 혼자 남겨놓은 채 자신의 집무실로 올라갔다. 집무실에서는 부관인 정원선이 맞이했다.

"다녀오셨습니까? ……별일은 아닌지요?"

"음, 대단히 중요한 일이 생겼네……. 지금 곧 옥황부에 사절을 파견해야겠어."

"무슨 일인데요?"

정원선은 궁금한 표정을 지으며 물었고, 분일선은 득의에 찬 미소를 지으며 대답했다.

"평허선공께 보내는 사절이야!"

"예? 평허선공이라니요?"

정원선은 상당히 놀란 모양이었다. 누구나 어려워하고 있는 평허선공을 만나는 일을 거론했기 때문이었다. 더구나 옥황부에 가 있는 평허선공에 대해 남선부에서 사절까지 보낸다는 것은 여간한 일이 아닌 것이다.

분일선은 정색을 하고 말했다.

"중요한 일이야, 자네가 직접 인솔해 가봐야겠네!"

"……."

"공식적인 사절단을 구성하게……. 평허선공께 보낼 물건이 있다네."

"그렇습니까? ……무엇인지 모르겠으나 옥황부에 보내서 전달시키면 안 되겠습니까?"

정원선의 이 말에는 그 나름대로의 생각이 포함되어 있었다. 첫째, 요즘같이 복잡한 시기에 평허선공을 만나는 일이 꺼려지기 때문이다. 얼마 전 인연의 늪에서 동화궁의 선인들과 전쟁을 치렀는데, 그 일에 대해 만일 평허선공이 추궁을 한다면 난감한 것이다. 명분으로 따지면 할 말은 충분히 있지만 워낙 날카로운 평허선공인지라 자칫 답변에 실수가 있을지도 모를 일이다.

둘째는 멀고먼 옥황부에 일부러 찾아갈 필요가 없다는 생각이었다. 옥황부에 가 있는 평허선공에게 전할 물건이 있다면 옥황부 공식 절차를 통하면 되지 않겠는가! 어차피 옥황부에 보고부터 해야 할 내용이기 때문에 남선부에서 직접 평허선공을 만나볼 필요까지는 없다는 생각이었다. 이에 대해 분일선은 아주 엄숙한 표정을 지으며 반대했다.

"아니 될 말! 물건은 평허선공께 직접 전해야 하네…… 고휴선이 평허선공께 전해 달라고 공식적으로 요청한 물건이니 말일세…… 대수롭지 않게 옥황부에 전하면 어른에 대해 무례를 범하는 게야."

"알겠습니다, 제가 직접 평허선공을 배견하겠습니다."

정원선은 상황을 이해하고 선선히 대답했다. 분일선은 표정을 부드럽게 고치고 다시 말했다.

"수고 좀 하게. 지금 당장 출발해야 하네."

"예, 가장 빠른 시간 내에 옥황부에 당도하겠습니다."

정원선은 정중히 대답하고는 즉시 집무실을 떠났다. 이어 분일선도 곧바로 집무실을 나섰다. 잠시 후 분일선은 청실에 다시 나타나 고휴선과 함께 어디론가 떠났다.

바람의 얼굴

이 무렵 하계에서 고휴선을 기다리고 있던 중야는 심경의 변화가 일고 있었다. 하계에서는 시간도 빠르게 흐를 뿐만 아니라 여기에 살고 있는 속인들의 마음도 변화가 빠른 편이었다. 물론 중야로 말하면 온전히 속인이라고 할 수는 없겠지만, 아직 선인의 경지에 이르지 못한 어중간한 도인으로서는 때로 작은 변화에도 민감하게 된다.

중야가 지리산에 온 지 어느덧 한 달이 다 지나가고 있었다. 계절은 본격적인 겨울철로 접어들었으며, 고휴선의 지리산 천소 근방에도 그간 많은 눈이 내렸고, 주변의 어느 곳이나 눈이 수북이 쌓여 있었다. 특히 오늘은 유난히도 바람마저 심하게 불었다.

중야는 며칠째 명상에 잠겨 있다가 방금 전 막 깨어났다. 날은 흐리지 않았으나 해질 무렵이 되었으므로 사방은 어둠이 내려앉고 있었다. 중야는 쓸쓸한 기분을 느꼈다. 여느 때 같으면 지는 해를 바라보면 마음에 평화스러움을 느꼈을지도 몰랐다. 하지만 지금 중야의 마음은 매사를 긍정적으로 생각할 수가 없었다.

'너무나 조용하군, 고휴선께서도 돌아오시지 않을 거야…… 어쩌

면 염라대왕을 따라가셨는지도 모르지……'

중야는 산 아래쪽을 바라보며 이런 생각을 하고 있었다. 그러다가 문득 이 지리산의 천소를 떠날 마음이 일어났다. 또 한 차례 중야의 마음에 변화가 일고 있었다. 잠시 머물렀던 지리산도 이제 싫증이 나는 모양이었다.

마음의 평정을 닦는 것이 도인의 제일 목표인데도 불구하고 중야는 마음의 갈피를 잡지 못해 이렇듯 요동하기 시작한 것이다. 하지만 그럴 수 있으리라. 태산 같은 도인의 마음도 때로는 방향을 잃은 바람처럼 방황하고 거대한 해일처럼 요동하는 법이다.

변화는 안정으로 들어가는 문이다. 저마다 주어진 섭리에 적합한 모든 변화를 이루고 나면 자연스레 안정도 찾아오리라! 중야의 마음에 변화가 계속되는 한 그 육신도 한 곳에 머무를 수가 없게 된다. 중야가 만일 한 곳에 머무를 생각이었다면 차라리 치악산 진동(眞洞)으로 돌아갔을 것이다.

치악산의 진동은 그야말로 숨 막힐 듯한 정적이 서려 있는 곳으로, 이곳에 오면 오히려 근원이 요동치는 것을 느낀다. 너무나 고요한 곳은 오히려 사람의 마음을 불안하게 만드는 법이다. 하지만 마음의 고요가 장소의 고요를 넘어서면 안정이 찾아든다. 이것을 일컬어 앉음이 장소를 이겼다고 하거니와, 이는 도인에게는 필수적인 조건이다.

그러나 중야는 자신의 자리에 편안히 앉아 있을 수가 없었다. 중야에게는 자신의 노력 못지않게 스승의 가르침이 절실히 필요했다. 이는 단순히 잡념이라고 할 수는 없고, 오히려 자신에 대한 지나친 채찍질이라고 할 수 있을 것이다.

지리산 서쪽의 정상은 점점 더 어두워지고 있었다. 마음에 갈등을 일으키던 중야는 방금 이곳을 떠나갔다. 중야가 떠나간 지리산 천소에는 더욱 적막감이 감돌고 있었다.

"……"

버려진 동굴, 주인을 잃은 동굴은 스스로의 기운을 함유하고 있었다. 동굴은 흔히 마음에 비유된다. 그리고 땅의 기운은 동굴에 모이는 것이다. 이는 지풍승(地風升:☷☴)의 괘상으로 표현되는데, 죽은 땅에서 삶이 다시 일어나는 형태를 취하고 있다.

도인이 수도의 장소로 동굴을 즐겨 택하는 것은 마음의 고요와 더불어 생의 기운을 기르기 위함이다. 또한 동굴은 감춰져 있으나 통한다는 뜻이 있으므로 만물의 이치를 나타내고 있다.

그런데 지금 중야는 바람이 부는 곳으로 나선 것이다. 바람이 부는 곳은 방황이므로, 괘상으로는 풍지관(風地觀:☴☷)에 해당된다. 이 괘상은 넓음을 살피고자 하는 것인데, 중야는 지금 무엇을 살피기 위해 방황을 계속하고 있는 것일까? 또한 무엇을 얻기를 갈망하는 것일까?

중야는 무작정 동쪽으로 뻗은 산맥을 향해 떠나갔다. 이날 눈은 전국적으로 내렸고, 서해 쪽에는 바람이 심하게 불어 닥쳤다. 바람은 새로움이자 변화이고, 삶의 기운이다.

겨울바람은 그 차가움으로 인간에게 고통을 주는 것이기도 하지만 강한 신체는 이를 마다하지 않는 법이다. 특히 혼마인 강리 선생에게는 바람이야말로 생명의 기운 같은 것이다. 물론 강리 선생에게는 자연에서 부는 바람 외에도 신체 내면에 흐르는 바람이 있지만, 그 의미는 크게 다르지 않다. 강리 선생은 지금 신체 내면의 바람을 일으키고 있는 중이었다.

인체의 기운, 즉 생명의 바람은 양 신장(兩腎腸) 사이에서 만들어지는데, 강리 선생은 이를 성적인 자극을 통해 극대화 시키고자 하는 것이다. 보통 인간의 경우에는 성적 자극이란 생명의 근저를 흔들어 일시적인 기운을 일으킬 뿐이다. 하지만 이것은 이미 발생해 있는 기운을 탕진하는 것에 지나지 않는다. 그것은 쾌감이 성기 부분에 머무르기 때문인 것이다.

그러나 강리 선생의 경우는 성적 쾌감이 성기 부분에 머무르지 않고 허리 안쪽으로 파고든다. 허리 안쪽, 혹은 양 신장 사이는 황정(黃庭)이란 곳으로 모든 선인들이 그곳에 힘을 집중시키는 것을 공부로 삼는다.

다만 강리 선생의 방법은 정신을 집중시키는 것이 아니라 자극, 특히 성적 자극을 사용하는 것이다. 성적 자극은 마음의 고요를 파괴하는 것이지만, 강리 선생에게 있어서는 이것이 오히려 고요와 휴식을 준다. 성적 쾌감이 마음에 평정을 주고 기운을 생기게 한다니 참으로 희한한 신체적 구조이다.

이는 혼마인 강리 선생에게나 가능한 일이다. 쾌감이란 인간에게 있어서는 어디까지나 생명의 기운을 소모하는 것이고, 쾌감 자체도 인간의 쾌감은 오래가지 못 한다. 사실 쾌감으로 말하자면 성기 부분보다 황정에서 극대화되는데, 보통 사람들은 그곳에 성적 자극을 끌어들일 능력이 없다.

아무튼 강리 선생은 오늘 황정을 크게 공략하여 극강의 기운을 얻고자 했다. 이는 반드시 여인의 몸이 필요한 일인데, 강리 선생에게는 세상에 둘도 없는 무덕이라는 여인이 곁에 있다.

장소는 강리 선생의 은밀한 주거지인 인천의 바닷가, 겨울철에 접어들어 이곳은 더욱 삭막한 곳으로 변했다. 지금은 한밤중인데도 거친 바람이 끊임없이 불고 있었다. 강리 선생의 집은 어두컴컴한 가운데 모든 문이 열려 있었다.

바람에 의해 저절로 열려진 것일까? 그럴 수도 있겠지만 방 안의 문도 열려 있고 부엌문은 열린 채로 고리가 매어져 있었다. 일부러 열어놓은 것이 틀림없었다. 바다로 통하는 싸리문도 열어젖뜨린 채 매어져 있다.

그뿐만 아니라 바다와 반대쪽에 있는 창문도 열려 있었다. 문이란 문은 모두 열려 있는 셈인데, 오늘처럼 바람이 거세게 부는 날에 문을 모두 다 열어놓은 것은 심상치 않은 일이다. 바람소리는 멀리서 시원한 느낌도 주지만 집 근처에서는 불길한 느낌을 주었다.

무엇보다도 불규칙한 소리의 간격이 사람의 기분을 초조하게 만든다. 바람의 방향은 수시로 바뀌고 때로 위로 솟구치듯 하면서 사람의 마음을 흔들어 놓았다.

강리 선생의 집은 모진 바람 속에 태연히 서 있는 듯 보였다. 바람은 집 안을 온통 파고들어서 분위기는 엉망이다. 집안은 바깥보다 더욱 어두웠고 삭막했다. 게다가 음산한 기운이 서려 있어 마치 귀신이라도 나올 것 같았다.

하지만 이 집 안에는 귀신보다도 더 음산한 혼마인 강리 선생이 있었다. 찬바람은 이미 집 안팎을 완전히 얼려 놓았지만 그 중 어느 방 안에서는 따뜻한 기운의 느낌이 새어나오고 있었다.

따뜻한 기운은 하얀 물체에서 나오는 것 같았다. 무엇일까? 이 방에서는 따뜻한 기운뿐만 아니라 규칙적인 소리도 있었는데, 그 소리는 아주 생생하게 들려왔다. 바람소리가 거센데도 그 규칙적인 소리는 섞이지 않고 분명히 들려오고 있었다. 자세히 들어볼 것도 없이 사람의 신음 소리였다.

그것은 여인이 내는 소리로 우는 듯 들렸다. 하지만 그 소리의 내면에는 행복한 도취가 있었다. 완전히 몰입된 소리일 뿐만 아니라 만족해서 어쩔 줄 모르는 울음 섞인 콧소리이기도 했다.

"음 —— 음, 으 —— 으 —— 음."

이 여인의 신음 소리는 어디론가 깊숙이 빨려 들어가는 느낌을 주었다. 그리고 이 소리는 지나치는 바람마저 긴장시키고 있었다. 물론 달콤한 긴장이었다. 원래 여인의 목소리는 상큼한 느낌을 주지만 지금 방에서 들려오는 신음 섞인 소리는 온 몸을 울려주는 그런 소리였다.

방 안의 하얀 물체가 묘하게 꿈틀거렸는데, 어둠 속에서도 여인의 육체가 현저히 드러나 보였다. 여인은 어딘가에 걸터앉아 있는 듯, 때로 엎드린 듯하면서 전후좌우로 요동치고 있었다. 이 여인의 밑에 깔려 있는 물체도 사람인데 바로 강리 선생이었다.

남녀는 두말할 것도 없이 완전히 알몸 그대로였다. 어둠 속에서도 이렇게 훤하게 드러나 보이는 것은 두 육체가 모두 뛰어나게 맑고 하얗기 때문이었다.

지금 강리 선생은 누워 있고 그 위에 무덕이 덮쳐 있어 강리 선생의 하반신은 보이지 않았다. 그러나 무덕이 때로 엎드려 요동칠 때는 여인의 둔부가 큼직하게 보였다. 그것은 아주 탐스러운 곡선으로 이루어져 있었다. 강리 선생도 이 신비스러운 곡선을 소중히 어루만졌다.

무덕의 움직임은 때로 격렬하고 때로는 매우 부드러웠다. 그녀의 입에서 나오는 신음 소리도 긴장과 폭발이 이어지고 있었다.

"음 —— 음 —— 아흐."

그러나 강리 선생의 입에서는 아무 소리가 들리지 않았다. 그냥 조용히 눈을 감고 무엇인가를 깊게 음미하고 있는 듯 보였다. 강리 선생의 손은 여인의 둔부와 허리를 끌어안거나 가볍게 주무르고 있지만, 무덕의 신음 소리는 점점 더 거칠어지고 몸놀림도 빠르면서 격렬해졌다.

이제 강리 선생의 몸도 조금씩 움직이는 것이 보였다. 그럴 때마다 무덕의 신음 소리는 더욱 길어지고 흥분이 고조되어 갔다.

"음 —— 흑 —— 흑."

무덕은 몸을 가늘 수 없으리만큼 떨면서 강리 선생의 가슴과 어깨를 밀고 당기고 꼬집고 때리기까지 했다. 필경 흥분을 더 이상 지체할 수 없기 때문이리라.

"흑 —— 흑 —— 아."

신음 소리는 괴로운 울음소리처럼 들렸다. 무덕의 둔부는 심하게 진동하면서 몸을 비꼬기 시작했다. 이때 강리 선생의 손이 그 둔부를 자제시키듯 끌어안고 한쪽 팔로는 무덕의 상체를 당겨 안았다. 그러고는 몸을 옆으로 돌려 무덕의 육체를 바닥으로 가볍게 떨어뜨렸다.

이제 무덕이 아래쪽에 깔리고, 강리 선생은 엎드린 상태가 되었다. 강리 선생의 둔부는 무덕의 그것보다는 확실히 작게 보였지만 맑고 하얀 색깔은 여전했다. 강리 선생은 엎드린 채 무덕의 상체를 끌어안았고 무덕은 강리 선생의 목을 휘어 감았다.

몸의 움직임이 다시 시작되었다. 이번에는 강리 선생이 육중하게 몸을 움직였다. 무덕의 신음 소리는 좀 전보다 더욱더 깊고 달콤하게 들렸는데, 차츰 강리 선생의 신음 소리도 들리기 시작했다. 두 육체의 움직임은 격렬한 가운데에서도 부드러웠다.

우선 무덕의 두툼한 둔부가 완충 작용을 해 주는 것이다. 강리 선생은 파고드는 듯 둔부에 힘을 주었다. 이제 두 사람의 신음 소리는 하나로 섞였는데 강리 선생의 신음은 다소 길고 위태로워 보였다.

"음 —— 음, 흑 —— 흑."

"으 —— 으 —— 으 —— 헉."

두 남녀가 이렇게 방 안에서 육체를 맞대고 쾌락의 늪으로 한없이 빠져들고 있을 때 집 밖의 거친 바람은 스스럼없이 파고들고 있었다. 하지만 바람은 두 사람의 주의를 전혀 끌지 못했다. 다만 찬바람만은 두 육체를 식혀주는 역할을 할 뿐이었다.

강리 선생의 몸은 더욱 격렬해졌다. 무덕의 신음 소리는 울음소리와 발광이 뒤섞이고 있었다.

"아 —— 악, 흑 —— 흑."

강리 선생의 신음은 행복에 겨운 것보다는 음산한 느낌을 주었지만 이 소리는 무덕을 더욱 흥분시키고 있는 것 같았다.

"어 —— 흑, 읍 —— 읍."

"으 —— 으 —— 으 —— 흠."

강리 선생의 몸은 계속 들썩거렸고 무수한 변화를 만들었다. 강리 선생은 한 손으로는 무덕의 등 한가운데를 당기면서 한 손으로는 둔부를 강하게 잡아 모았다. 이어 강리 선생의 입이 무덕의 얼굴과 목, 어깨 등을 더듬기 시작했다. 잠시 후 크게 벌린 강리 선생의 입에서는 혀가 나와 무덕의 온 몸을 핥기 시작했다.

"아 —— 흑 —— 흑."

무덕은 둔부를 요동치면서도 자신도 강리 선생의 몸을 끌어당겨 핥고 비비며 어쩔 줄을 몰랐다. 그 사이에 몇 차례의 절정이 몰려왔다가 사라졌다. 무덕은 흐느껴 울며 한없이 쾌감에 빠져들었다.

시간이 제법 흘렀다. 무덕의 신음은 좀 더 커졌지만 몸은 어느덧 지친 듯 보였다. 물론 무덕이 이 정도로 물러설 여인은 아니지만 몸놀림은 힘겨운 것이 역력했다. 그러나 강리 선생은 이때쯤 흥분이 깊은 단계에 돌입되었다. 따라서 무덕도 새로운 흥분을 감싸 안고 어쩔 줄을 몰랐다. 그러나 마음과는 달리 무덕의 몸은 차츰 수동적으로 변해 갔다.

그리고 조금씩 쉬면서 간간이 격렬한 동작을 일으켰다. 하지만 강리 선생의 몸놀림은 더욱 격렬해졌고 다양해졌다. 이와 함께 비명 소리는 더욱 길고 깊어졌는데, 혀와 입으로는 무덕의 상체를 미친 듯이 쓰다듬고 있었다. 이윽고 무덕의 몸은 지친 듯 느슨해졌다.

이것을 아는지 모르는지 강리 선생은 무덕을 끌어안은 채 몸을 돌려 다시 아래쪽으로 돌아갔다. 이에 무덕은 다시 강리 선생의 몸을 덮치고 있는 셈이 되었다. 이런 자세에서 강리 선생의 두 손이 계속 부드럽게 움직였다. 한 손은 아래쪽으로 내려와 둔부 바로 위쪽에 머무르고 또 한 손은 등의 한가운데로 올려졌다.

그런 뒤 가볍게 몸을 당기며 묘한 기운을 주입하기 시작했다. 이 기운은 가벼운 흥분과 강력한 생명력을 일으키는 것으로 무덕의 지친 몸은 순식간에 회복되었다.

"음 —— 음 —— 아 —— 아."

무덕은 새로운 흥분과 기운을 얻고 다시 요동치기 시작했다. 강리 선생은 즉시 무덕을 다시 아래에 놓은 뒤 다시 그 위에서 움직이기 시작했다. 시간이 갈수록 남녀의 두 하체는 완전한 조화를 이루어 하나처럼 꿈틀거리고, 상체는 좌우로 자세가 자주 바뀌었다. 상체가 바뀔 때마다 서로는 얼굴과 몸을 핥고 물고하면서 육체의 향연을 계속했다.

"흑 —— 흑 —— 아 —— 음."

"악 —— 악 —— 으 —— 으 —— 음."

두 사람의 신음은 무심한 방바닥과 천장을 비롯해 벽마저 흥분시키고 있었다. 무덕의 신음 소리는 바람소리보다 시원했으며, 강리 선생의 신음 소리는 음산한 가운데 묘한 자극이 들어 있었다. 집 밖에는 눈이 흩날리기 시작했다. 바람은 여전히 거친 가운데 먼 하늘이 어렴풋이 밝아오고 있었다. 집 안에는 꿈틀거림과 신음이 계속되고 있었다.

두 남녀의 쾌락은 더욱 깊어지고 있었다. 그러나 해가 중천에 뜨기 전에 무덕의 몸은 완전히 탈진 상태가 되어 버렸다. 시간으로 보면 평소보다 짧았는데, 그만한 이유가 있었다. 오늘의 교접은 강리 선생이 적극적으로 나서서 그만큼 힘의 소모가 컸기 때문이었다.

강리 선생은 교접 도중에 무덕의 몸을 회복시키기 위해 두 번이나 자신의 기운을 주입시켰는데 더 이상은 무리였다. 강리 선생으로서는 분명 아쉬움이 있었을 것이다. 하지만 그런 대로 만족은 있었으며, 더 큰 만족은 다음을 기약할 수 있다는 것이었다.

만일 강리 선생이 무리하게 진행했더라면 무덕은 필경 죽었을 것이 틀림없다. 하지만 그런 과정에서 강리 선생은 최후의 목표를 달성했을지는 모른다. 다만 강리 선생의 생각으로는 자신의 최후 목표를 이루기에는 무덕의 몸이 좀 더 강해져야 한다고 판단한 것이리라.

그것은 어렵지 않은 일이다. 무덕의 몸은 이제 완성체에 가까워지고 있었다. 기운을 제외하고는 무덕의 몸이 강리 선생의 성적 쾌감을 일으키기에 이상적임은 물론이다. 그러나 기운에 관한 것은 수련으로 극복할 수 있다. 어쨌거나 무덕의 몸은 완벽했다.

하얀 피부, 적당한 체온, 아름다운 곡선, 넉넉한 둔부, 그리고 내적 운동과 체취, 신음 소리 등 모든 것이 강리 선생의 잠자는 기운을 일으키기에 충분했다. 다만 힘이 지나치게 강한 강리 선생의 몸이 그녀에게는 벅찰 뿐이었다.

지금 남녀 두 몸뚱이는 아무렇게나 뒹굴고 있었다. 무덕은 목을 뒤로 약간 젖힌 채 한쪽 손이 강리 선생의 등 쪽에 가 있었다. 나머지 한쪽 손은 자신의 둔부 쪽에 있으며 하체는 완전히 노출되어 있었다. 강리 선생은 조금 떨어진 곳에 엎어진 자세로 약간은 가냘픈 육체가 더욱 하얗게 보였다. 찬 공기가 방 안을 오갔다.

강리 선생의 극강한 몸은 당연히 찬 공기에도 아무 일 없을 듯 보였지만 아름다운 무덕의 몸은 왠지 애달파 보였다. 그러나 무덕의 몸은 강리 선생과 육체적 향연을 벌일 때는 다소 약하지만 자연 속에서는 나름대로 굳건했다.

무덕은 원래 거지의 몸으로, 비가 와도 그대로 맞으며 들판의 아무 곳에서나 자면서 단련해 온 것이다. 또한 무덕의 몸은 추운 곳이나 더운 곳 가릴 것 없이 익숙해 있었고, 배고프거나 아픈 것에도 익숙해질 대로 익숙해 있었다. 다만 육체의 자극을 지나치리만큼 탐닉하는 것이 문제일 뿐이었다.

그러나 지금은 아무 탈 없이 널브러져 있다. 언제까지 잠들어 있을지 모르지만 깨어나면 다시 생생해지리라! 원래 여인의 몸은 바람처럼 스러지고 바람처럼 일어나는 법이다. 그것은 몸과 마음이 모두 바람과 같기 때문일 것이다.

바람은 만물을 소생시키는 생기를 함유하고 있다. 그 바람에 속하는 무덕의 몸은 강리 선생의 잠자는 기운을 일으킬 수 있는 힘을 소지하고 있다. 강리 선생의 힘은 우주의 근원과 연결되어 있으나 몸에 있어서는 그 발현이 아직 제한되어 있다. 이것은 강리 선생에게 내재되어 있는 힘이 어딘가에 갇혀 있기 때문인데, 그것은 성적 자극에 의해서만 열리게 되어 있다. 이는 마치 바람의 기운이 땅 속으로 파고들어 초목을 양육하는 것과도 같은 이치이다. 인체에 있어서 땅이라 함은 아랫배, 더 자세히 얘기하자면 양 신장 사이인데, 이곳은 인체 중에서도 가장 고요한 곳이다.

힘이란 원래 고요한 곳에 깃들어 있는 법이다. 강리 선생은 오늘 이곳에 얼마간의 바람을 불어넣었다. 아직은 그곳에 내재한 우주적 기운을 완전히 다 일으킬 수 없었으나 이미 그 작용은 시작된 셈이다. 앞으로 더욱더 강한 바람을 불어넣어 극한의 기운이 폭발되기를 염원할 뿐이었다.

강리 선생은 갑자기 잠에서 깨어났다. 사실 그동안 잠이 들어 있었다기보다는 아직도 남아 있는 자극을 흡수하기 위해 쾌감을 음미하고 있었던 것이다. 피로는 순식간에 회복되었다. 강리 선생은 몸을 일으켜 무덕의 몸 쪽으로 다가왔다.

그러고는 무덕의 몸을 가지런히 챙겨주고 가볍게 쓰다듬어 주었다. 이어 무덕의 몸을 다시 엎어놓고 등 한가운데에 약간의 기운을 공급, 주입했다. 무덕은 꿈쩍도 하지 않고 달게 자고 있었다. 강리 선생은 무덕의 둔부를 탐스럽게 바라보면서 미소를 지었다. 아직도 아쉬움이 남아 있는 것일까?

그럴 수도 있으리라! 강리 선생이 그 깊은 쾌감을 즐기기 시작할 때 무덕은 그만 기절했던 것이다. 하지만 강리 선생은 욕정에 움직일 사람은 아니다. 무덕을 위험에 빠뜨리면서까지 자신의 쾌감을 부추길 생각은 없었던 것이다. 지금도 쾌감의 여운이 남아 있으므로 무덕의 하얀 둔부는 육욕을 끌어당기지만, 자고 있는 육체를 건드릴 생각은 없었다. 하기야 강리 선생이 잠자고 있는 육체를 사용해서는 온전한 쾌감을 일으킬 수도 없다.

강리 선생은 즉시 자리에서 일어났다. 옷도 걸치지 않은 알몸이지만 강리 선생은 이 상태를 좋아했다. 어쩌면 이것도 기운을 기르는 하나의 방법인지도 몰랐다.

강리 선생은 알몸 그대로 방 밖으로 나왔다. 나오면서 방문을 닫은 뒤 차례로 모든 문을 닫았다. 무덕의 몸이 추울까 봐 걱정하는 마음에서일까? 아니면 이제 더 이상 바람이 필요 없다는 것일까?

강리 선생은 알몸으로 집 밖으로 나왔다. 바람은 더욱 세차게 불어왔는데, 강리 선생은 얼굴을 약간 찡그리는 듯했다. 이는 바람이 매워서가 아니었다. 강리 선생은 즐거울 때 얼굴을 찡그리고 괴로울 땐 오히려 편안한 모습이 된다. 지금의 그의 모습도 바람을 즐기는 것이 틀림없다.

강리 선생은 곧장 갯벌로 향했다. 눈발은 강리 선생의 몸에 떨어져 미끄러져 내리고 있었다. 눈은 얼어붙은 땅 위에 내려 부드러운 희망을 주고 있었다. 이와 함께 눈은 서로 다른 사물을 하나로 연결시키고 있는 것이다.

바람도 이와 같다. 바람은 서서히 움직여 한 곳의 섭리를 다른 곳에 전하고, 거기서 새로움을 일으킨다. 이곳 인천 바닷가에서 멀리 떨어져 있는 정마을에서도 바람이 심하게 불어서 마을 사람들은 일찍부터 집 안에 틀어박혀 있었다.

남씨는 늦도록 책을 읽고 있었는데, 공연히 바람소리에 신경이 쓰였다.

'시끄럽군! ……이 글은 도대체 무슨 뜻이지? ……모르겠는데! ……잠이나 잘까?'

남씨는 읽고 있던 황정경을 덮고 잠을 청하려고 했으나 왠지 마음이 들떠옴을 느꼈다. 이는 평소 그답지 않은 일이었다. 남씨는 언제나 일정한 시간에 잠을 청하면 쉽게 잠이 들곤 했다. 하지만 오늘 밤은 정신이 점점 더 맑아오는 게 아닌가!

게다가 집 밖으로 나가 산책이라도 하고 싶은 기분까지 들었다.

'이토록 바람이 심하게 부는 밤중에!'

남씨는 고개를 저었다. 밖은 춥고 심한 눈보라가 날렸다. 산책은 아무래도 무리인 것 같았다.

이 시간이면 마을 사람들도 모두 잠들어 있을 것이고, 어두운 상태에서 무작정 밖으로 나섰다가는 위험할 수도 있다. 평화스러운 이 정 마을에서 별일은 당하지 않겠지만 감기라도 걸릴 수 있는 것이다. 그러나 남씨의 마음은 자꾸만 문 밖으로 향하고 있었다.

'무엇 때문일까?'

남씨 자신도 자기의 기분이 이상하다고 느꼈다. 마치 누군가가 밖에서 기다리는 것 같고, 혹은 누군가 찾아올 것만 같은 느낌이었다. 깊은 산중에서 또한 추운 겨울밤에 이런 느낌은 공포를 줄 수도 있을 텐데 남씨의 마음은 전혀 그런 것이 아니었다.

오히려 기쁨이라 표현해야 할 만한 마음의 들뜸으로 나쁜 기분은 아니었다.

'묘하군! ……왜 이렇게 마음이 들뜨지?'

남씨는 고개를 갸우뚱했다. 아무래도 자신의 기분을 도무지 이해할 수 없었다. 남씨는 일부러 단호한 표정을 지으면서 잠시 마음을 안정시켜 봤다. 그러나 여전히 기분을 달랠 수가 없었다.

남씨는 다시 책을 펼쳐들었다. 잠도 오지 않고 밖으로 나갈 수도 없으니 책을 볼 수밖에 없다고 생각했기 때문이다. 그런데 바로 이때 갑자기 바람이 멈추었다. 겨울바람은 때로는 멈추었다가 잠시 후 다시 불곤 하므로 별달리 특이할 것은 없었다. 하지만 남씨는 어떤 부자연스러움을 느끼고 문 쪽을 바라봤다. 바람은 마치 누군가에 의해 일부러 멈추어진 것 같았다.

'……'

남씨는 속으로 엉뚱한 생각을 잠깐하고 다시 책장으로 시선을 돌렸다. 그러자 문 밖에서 어떤 인기척이 느껴졌다.

'어? 누가 찾아왔나? ……이 늦은 시간에?'

남씨는 잠깐 불안한 생각을 해 봤지만 왠지 평화로운 느낌이 들었다. 불안이란 것은 상황에 따른 이성적 판단이었을 뿐이다. 자연스런 기분은 불안이 아니라 평화인 것이 분명했다.

이를 육감이라고 하는데, 누가 찾아왔다 해도 필경 익히 아는 사람일 것이리라 생각한 남씨는 조용히 문을 열어봤다. 문밖은 여전히 바람 한 점 없이 조용히 눈만 내리고 있었다. 춥다는 생각도 별로 들지 않았다.

누군가 찾아온 사람은 없는 것 같았다. 하지만 남씨는 잠시 문을 그대로 열어두기로 했다. 내리는 눈이 아름다울 뿐만 아니라 찬바람도 들어오는 것 같지가 않았다. 남씨는 다시 책을 덮었다. 이제 문 밖을 바라보며 외출의 욕구를 달랠 수 있게 됐으니 기분도 안정되는 것 같았다.

눈은 소리 없이 내리고 밤공기는 더없이 청량했다. 남씨는 어둠 가득한 정원 쪽을 바라보며 불현듯 멀고먼 옛날을 떠올렸다. 특별하게 떠오르는 것은 없었지만 먼 지난날이 막연하게 생각난 것이다.

그것도 10년, 20년 전이 아닌 더 먼 옛날! 그리고 그 먼 곳의 느낌이 들었다. 남씨는 평소답지 않게 다소 감정적이 되어 오늘이 특별한 날인 것처럼 느껴졌다. 그렇다고 해서 고독을 느낀다거나 마음이 심란한 것은 아니었다. 다만 무작정 무한히 먼 세상이 떠오르고, 멀고 먼 날들이 회상되는 것이었다. 이는 남씨가 서울에 출행했을 때 종묘에서 전생을 떠올릴 때와 같은 기분이었다.

'멀고먼 세상…… 세월은 한없이 흐르고…….'

남씨가 점점 감상적으로 마음이 이끌리는 도중 갑자기 또 한 번 인기척을 느꼈다. 이상한 일이었다.

"누가 왔습니까?"

남씨는 자기도 모르게 목소리를 내었다. 그러자 소리가 없는 대답이 은밀하게 들려옴을 느꼈다.

"……."

침묵 속의 소리! 이 속에는 분명한 대답이 있었다.

"그렇다네! ……내가 왔다네!"

남씨는 문으로 다가가 밖을 살펴봤다.

"……."

보이는 것은 없었다. 하지만 무엇인지 분명히 느껴졌다. 남씨에게 이런 느낌은 처음이었지만, 누군가 자신을 찾아왔다는 것은 확신할 수 있었다. 남씨는 다시 말했다.

"누가 왔습니까? ……왔으면 이리 나오세요!"

"……."

또다시 잠깐 동안의 침묵이 흐른 후 무슨 소리가 들려왔다. 그것은 분명한 사람의 목소리였다.

"놀라지 말게! ……내가 왔다네!"

"……."

남씨는 잠깐 긴장을 했으나 이내 안도감을 느꼈다. 찾아온 사람은 분명히 자기와 친숙한 사람으로서 위험한 존재는 분명 아닌 것이다. 단지 한밤중에 찾아왔다는 것이 자연스럽지 못했지만 그것이 문제는 아니었다.

"누구시라고요? ……어서 이리로 나오세요!"

남씨는 소리 나는 쪽을 향해 말했다. 그러자 어둠 속에서 어렴풋하게 사람의 형상이 보였다.

"……."

그 형상은 남씨 쪽으로 다가오지 않고 그냥 그 자리에 서 있었다. 남씨는 즉시 문 밖으로 나왔다. 상대방이 사람이고 친숙한 느낌을 주는 존재라면 손님인 셈이고, 손님이라면 밖으로 나와 마중하는 것이 예의였다. 남씨는 어둠 속을 향해 미소를 지으며 한 걸음 다가갔다. 그러자 저쪽에서 말소리가 들려왔다.

"남씨, 아니 연행(然行)! 그 자리에 그대로 서 있게!"

"……."

남씨는 그 자리에 저절로 우뚝 서고 말았다.

'연행이라니!'

연행은 이 세상의 이름이 아니었다. 그것은 지난 생, 즉 저 멀고도 먼 상계에서의 이름이 아니었던가! 누가 연행이라는 이름을 부르는 것일까?

"누구십니까?"

남씨는 놀란 목소리로 물었다. 그러자 저쪽의 사람이 아주 부드럽고 평화로운 음성으로 말했다.

"놀라지 말게, 연행! ……내가 왔다네!"

"예? ……당신은 누군가요?"

"허허, 잘 생각해 보게……. 나를 벌써 잊었나?"

"……."

남씨는 숨을 멈춘 채 목소리의 주인공을 기억해 내려고 애를 썼다. 그러자 다시 목소리가 들려왔다.

"연행! ……난 자네 친구일세, 우린 함께 글씨를 공부하지 않았나?"

"음? ……아니! 당신이 어찌 이곳에?"

남씨는 비로소 목소리의 정체를 알았다. 순간 남씨는 놀라움과 회한, 그리고 무한대한 세계의 섭리를 느꼈다.

"……."

어처구니없다는 듯이 미소를 짓고 있는 남씨의 마음속에는 세상을 초월한 반가움이 솟아났다. 상대방은 세상의 끝보다 더 먼 곳에서 찾아온 친구가 아닌가! ……이런 세상에!

이 사람, 아니 남씨를 찾아온 선인은 남씨의 근원적인 고향, 즉 광정국(光井國)에서 찾아온 수치(水峙)였다. 광정국은 천상의 선국(仙國)이며 수치는 광정국의 최고 명필이었다. 만일 남씨를 제외한다면 현재 우주 최고의 명필이라 할 수 있을 것이다.

글씨체만 하더라도 남씨와는 서로 닮아 있었고, 서로간의 우정도 돈독했다. 다만 남씨가 이 현생에 내려와 있어 서로 처지가 다르기 때문에 이토록 만나는 것이 민망할 따름이었다. 하지만 우정이란 세계를 초월하는 것이므로 두 사람의 만남이 흉이 될 일은 아무것도 없었다.

수치선(水峙仙)은 어둠 속에서 미소를 지으며 말했다.

"연행! ……이렇게 만나서 반갑네, 하지만 지금은 얘기할 시간이 없으니 사흘 후에 다시 오겠네……. 그럼 이만……."

수치선은 이 말을 남기고 급히 사라졌다. 급히 사라질 이유라도 있는 듯 갑작스레 나타났다가 갑자기 사라진 것이다. 그토록 오랜 세월만에 만난 벗이라면 밤새 이야기라도 나누련만……. 남씨는 어둠 속을 한동안 바라보며 자신도 알지 못할 미소를 지을 뿐이었다.

꿈에도 그리던 광정국, 그리고 그곳에서 찾아온 친구인 수치선. 모든 것이 꿈만 같은 일이었다. 하기야 인생 자체가 꿈과 같은 일이니 따로 꿈같은 일을 논할 필요는 없으리라! 남씨는 환희에 가득 찬 얼굴로 어둠 속을 계속 응시하며 몇 걸음 앞으로 걸어가 봤다.

방금 전 수치선이 서 있던 곳! 이미 수치선의 자취는 사라졌지만 그곳까지 가보고 싶은 것이 남씨의 심정이었다. 남씨는 이곳에 서서 하늘을 올려다봤다. 하늘은 별빛도 보이지 않았고 아주 컴컴한 상태로 펼쳐져 있었다. 남씨의 눈은 그 어둠을 뚫고 고향의 정경을 그렸다.

멀고먼 세계인 광정국! 이 광정국은 천상의 자그마한 선국 가운데 하나이지만 아름다운 강토로서 수많은 복이 내려진 곳이었다. 그곳에서 남씨는 장구한 세월을 살면서 더할 나위 없는 행복을 누렸었다. 그리고 무한한 자연의 섭리를 공부하면서 일신의 복을 누렸던 것이다.

지금은 비록 속세로 떨어져 있는 몸이지만 이곳에 오기 바로 직전에는 옥황부에 바칠 황정경을 쓰고 있었다. 당시 최고의 경지에까지 이른 남씨의 글은 광정국의 자랑이었다. 수치선은 연행선에 버금가는 실력으로, 연행선과는 도반(道伴)이었지만 지금은 서로가 너무나 다른 운명의 길을 걷고 있는 것이다.

남씨는 다만 그 고향의 아름다운 정경을 마음속에 그리고 있을 뿐이었다. 남씨가 지금 서 있는 곳은 속세의 정마을이었지만 잠시 동안이 사실을 까맣게 잊고 있었다. 하늘에서 내려온 눈이 몇 차례 얼굴에 떨어진 후 남씨는 다시 현실로 돌아왔다.

　"……."

　사방은 고요했고, 눈은 더욱 탐스럽게 내렸다. 남씨는 사방을 한번 둘러보고는 천천히 방으로 돌아왔다. 그러고는 즉시 잠을 청하기 시작했다. 남씨는 꿈속에 다시 원래 고향으로 돌아갔을까? 남씨마저 잠든 정마을은 어둠 속에서 눈만 소복이 쌓이고 있었다.

존경스럽고 아름다운 스승

새벽은 또다시 소리 없이 밝아왔다. 오늘 따라 남씨는 늦잠을 자는
데, 밖에서 누가 부르는 소리에 그만 잠이 깼다.

"선생님! ……안에 계십니까?"

남씨를 선생님이라고 부를 사람은 정마을에서 단 한 사람 이일재
씨밖에 없었다. 남씨는 재빨리 일어나 방문을 열었다. 밖에는 언제나
성실한 이씨가 서 있는데, 밤새 내리던 눈은 어느 틈에 그쳐 있었다.
날씨는 화창했고, 사방은 온통 하얗게 빛났다.

"오, 이씨! ……내가 그만 늦잠을 잤군요!"

남씨는 멋쩍은 가운데 반가움을 표시하고 이씨를 안으로 불러들였
다. 이씨는 매일 아침 남씨의 집에 들르곤 했지만 오늘처럼 환대를 받
기는 처음이었다. 다른 때 같으면 그냥 밖으로 나와서 함께 걷거나 용
건만 듣고 돌려보내곤 했었는데 오늘은 뜻밖의 환대를 받은 것이다.

이씨도 남씨가 방으로 들어오기를 청하자 두말하지 않고 서둘러
들어갔다. 이씨에게 남씨의 방은 신성한 스승의 방이었다.

"……"

방에 들어선 이씨는 정중한 자세로 앉아 남씨의 말을 기다렸다. 오늘 따라 남씨의 심기가 매우 편안해 보였다. 이씨가 보기에 이런 일은 아주 드문 일이라고 생각했다. 남씨는 언제나 깊은 생각에 잠겨 있는 듯 보였고, 어느 때는 수심마저 보였었다.

　'그런데 오늘 아침은 웬일일까? 지난밤에 무슨 좋은 일이 있었던 것일까?'

　이씨가 잠깐 생각에 잠겨 있을 때 밝은 음색을 띤 남씨의 목소리가 들려왔다.

　"이선생, 요즘 지내기가 어떻습니까?"

　남씨가 이씨의 안부를 물은 것은 매우 특별한 일이었다. 이씨는 남씨를 거의 매일, 늦어도 사흘 안에는 항상 볼 수 있었기 때문에 오늘 같은 안부 인사는 정말 의외였다. 남씨의 평소 성격은 말이 없는 편인데다 언제나 사색에 젖어 있을 때가 많았다.

　사람을 만나면 물론 미소로 인사를 건네지만, 오늘처럼 구체적으로 상대방의 안부를 묻는 일은 드물었다. 이씨로서는 존경하는 스승인 남씨가 일부러 안부를 물어준 데 대해 내심 감명을 받았다.

　"서울 생각은 나지 않나요?"

　남씨는 건성으로 물었는지 아니면 은근히 마음을 떠보는 것인지 모르지만, 이씨는 아랑곳하지 않고 밝게 웃으며 진지하게 대답했다.

　"아닙니다…… 이 정마을이 점점 저의 마음에 들고 있습니다……"

　이씨의 말은 스스로가 마을의 생활에 잘 적응하고 있음을 나타내고 있었다. 사실 생각해 보면 이씨의 성격도 참 특이한 편이었다. 서울에 사는 사람이 평생 서도(書道)에 뜻을 둔 것도 이상하려니와, 정마을 같은 산골에서 평생을 지내겠다는 것도 평범한 사람의 마음이 아니었다. 이에 대해 남씨는 잠깐 마음속으로 생각해 봤다.

'이 사람은 정마을에 살기 적합한 인물이야……. 마음이 깊게 안정되어 있어!'

남씨는 사람의 마음을 잘 꿰뚫어보았지만 요즘 들어서 남씨의 그런 능력은 더욱 깊어진 것 같았다. 이씨는 평화스런 얼굴로 잠시 아무 말 없이 그대로 스승의 말을 기다렸다. 남씨는 이씨가 정마을에서 평생 살겠다고 말한 것에 대해 혼자 미소를 지으며 고개를 끄덕였다.

그러고는 무엇인가 갑자기 생각이 난 듯 이씨를 돌아보며 말했다.

"이선생, 이 마을 구경은 두루 다 했나요?"

"마을의 집 말씀이신지요?"

이씨는 남씨의 말뜻을 잘 몰라서 엉뚱하게 대답했다. 마을 구경이란 집 몇 채 말고 무엇이 있단 말인가? 남씨가 다시 웃으며 말했다.

"이선생, 집보다는 그 주변이 더욱 중요합니다……. 글씨에 있어서도 먹물이 닿는 부분보다는 그 주변의 빈 곳이 더욱 중요하지 않습니까?"

"예? 아, 예……. 그렇습니까?"

이씨는 스승인 남씨가 집 이야기를 하다가 갑자기 화제를 바꿔 서예에 대해 논하는 것을 듣고는 정색을 하며 황급히 대답했다. 다시 남씨가 말을 이었다.

"말 나온 김에 좀 더 얘기하지요. 글을 쓸 때 종이는 음(陰)이고, 붓은 양(陽)입니다……. 또한 손은 양이고, 붓은 음이 됩니다……. 이 말은 손에서 붓으로, 붓에서 종이로 글이 전달되어 나온다는 뜻입니다."

"예……."

이씨는 고개를 숙이며 정중히 대답했다. 이씨로서는 아직 스승의 말이 정확히 무슨 뜻인지 알 수가 없었다. 그러자 남씨는 이씨를 흘끗 보고는 다시 말을 이었다.

"우리의 손은 정신에서 나옵니다. 정신, 즉 영혼은 움직이는 부분과 고요한 부분이 있습니다. 이것이 매우 중요한 작용을 하지요."

"……."

"움직이는 부분, 즉 양의 부분은 의지를 쏟아내어 몸과 손을 거쳐 붓에 힘을 가하게 됩니다. 그러고는 글을 쓰기 시작하지요."

"……."

"붓은 빈종이 위에서 움직입니다. 글씨는 의지와 신체의 반영입니다……. 그런데 글씨가 씌어졌을 때 글씨 안에 있는 빈 곳들은 영혼의 고요에서 나옵니다."

"……."

"이 빈 곳들은 생기를 띠고 있지요……. 글씨는 스스로 움직이지만 이 공간에서 생기를 흡수하지 못하면 글씨가 흐르지 않고 막히게 됩니다. 글씨는 음양을 두루 갖추고 과거와 미래를 담고 있어야 하지요."

"……."

"미래라는 것은 움직임입니다. 또한 글씨는 살아서 움직입니다……. 그런데 빈 곳은 과거입니다. 그곳은 고요하지만 움직임을 도와줍니다."

남씨의 설명은 계속되었다. 이씨로서는 정마을에 온 이래 글씨 얘기를 처음 듣는 것이었는데, 그 내용은 평생 들어보지 못한 것이었다. 남씨의 말은 계속 이어졌다.

"깊은 영혼이 안정되어 있으면 움직임은 자제됩니다……. 글씨는 마음껏 움직이는 것이 아니라 자제된 상태에서 움직여야 합니다. 우선 붓을 손에 들고 영혼을 안정시키는 공부를 하십시오. 글씨를 쓰지 않고 그냥 붓만 들고 있는 것입니다. 붓을 움직이지 않고 그냥 그대로 생각만 하십시오. 아시겠습니까?"

"예? 아 예, 명심하겠습니다……."

이씨는 남씨의 말에 도취되어 있다가 얼떨결에 대답했다. 남씨는 허탈한 미소를 지으며 한 마디를 덧붙였다.

"나도 틀렸어요, 아직도 영혼이 흔들리고 있습니다."

"……."

이씨는 약간 고개를 숙이는 듯하면서 정중히 남씨를 바라봤다. 남씨로서는 지금 자신의 경지를 자조(自照)하는 것이기도 했지만, 이씨는 남씨의 말을 충분히 새겨듣고 있었다. 천하제일인 남씨가 스스로를 비하해서 말하는 것은 색다른 세계를 표현하고 있는 것이리라!

이씨로서는 그저 막연히 그 세계를 짐작만 할 뿐이었다. 남씨의 이 말은 분명히 깊고도 깊은 경지에서 나온 말일 것이리라. 결코 세속의 기준이나 이씨 자신의 기준으로 생각해서는 안 될 것이리라. 이씨는 남씨의 깊은 정신세계를 가늠해 보았다.

그러자 남씨가 표정을 바꾸며 평상시의 음성으로 돌아가 다시 말했다.

"이선생, 우리 산책이나 할까요? 정마을 주변은 경치가 좋은데……."

"산책이라고요? ……예, 좋습니다."

이씨는 반가운 목소리로 대답했다. 정마을에 들어온 이래 남씨와의 산책은 단 한 번도 없었다. 단지 남씨의 집 주변을 함께 걸었을 뿐. 마을 주변은 박씨, 그리고 인규와 함께 돌아보았고, 마을의 배경에 대해서는 강노인에게 한 차례 들은 바가 있을 뿐이었다. 그런데 지금 뜻밖에도 남씨가 함께 산책을 하자고 제의하니 신비한 기분까지 들었다.

이씨는 방금 전 남씨가 설명한 서예의 도리에 대해서도 너무 갑작스러운 것이어서 의미를 다 파악하지 못할까 아쉽던 차에 함께 산책을 하면서 기회를 보아 다시 한 번 물어보기로 했다. 남씨가 먼저 방을 나섰다. 이씨도 정중히 그 뒤를 따라 나섰는데, 밖에 나와서 주변 정경을 바라보는 순간 자신이 선경(仙境)에 와 있음을 새삼스레 느꼈다.

경치뿐만이 아니라 바로 앞에서 걷고 있는 남씨나 저 숲 건너편에 있는 건영이 등은 바로 지상에 있는 신선들이라고 생각하면서 꿈을 꾸는 듯한 기분이 되었다.

남씨는 집을 나서서 방향을 마을 쪽으로 잡지 않고 산 위쪽으로 향했다. 산 위쪽은 집을 나서서 보면 오른쪽인데 인규의 수도장과 같은 방향이기도 했다. 이씨는 그러한 사실을 알 턱이 없었다. 그저 스승이 산책을 하자고 하니 기쁜 마음으로 따라나섰을 뿐이었다.

남씨는 기운이 넘쳐흐르는 듯 예전보다 걸음이 다소 빨라졌다. 남씨는 산을 향해 부지런히 걸었다. 길에는 눈이 수북이 쌓여 있어서 걷기에 다소 불편했지만 이씨는 마냥 기분이 좋았다. 눈 속에 발이 푹푹 빠질 때마다 새로운 경지로 들어서는 것 같기도 하고, 또 발자국은 마치 종이 위에 쓴 붓글씨 같은 기분이 들었다.

발자취! 이것이 글씨이든 인생이든 소중한 것임에 틀림이 없다. 그리고 한번 찍힌 발자취는 영원히 변치 않는다. 그렇기 때문에 발자취를 고귀하고 아름답게 만들기 위해 끊임없는 수행이 필요한 것이다. 앞서가던 남씨는 가끔씩 좌우의 숲을 둘러보며 경치를 감상하였다.

숲은 앙상한 나무들로 신비하게 뻗어나가 있었는데, 온통 하얀 눈꽃을 머금고 있었다. 하늘은 화창했다. 숲은 바람도 불지 않았고, 맑음과 고요가 평화롭게 서려 있었다. 이씨는 마음마저 깨끗이 비워져 있다는 감을 느꼈다.

남씨는 경사가 조금 가파른 오른쪽으로 방향을 돌렸다. 그러나 이씨는 경사가 가파른 그 길도 결코 힘들지 않았다. 남씨도 마찬가지였다. 남씨는 비록 약해 보이지만 속으로는 힘이 넘쳐흐르는 사람이었다. 이씨는 조금도 눈치 챌 수 없었던 일이지만 근래에 남씨는 조금씩 바뀌어가고 있었다.

전생을 관통한 이래 먼 과거의 기운이 찾아오고 있는 것일까? 몸의 기운은 자체에서 만들어지는 것도 있지만 정신에서 흘러나오는 것도 있다. 몸의 기운은 정(精)이라 하고, 정신의 기운은 신(神)이라고 하는데, 이 두 가지 기운이 합쳐져서 기(氣)가 형성된다.

특히 정신의 기운, 즉 신은 그 근원을 무한한 전생에 두고 있는데, 이는 또한 우주 전체의 기운과 통해 있다. 남씨의 이번 생에는 아직까지 선도(仙道)의 수련을 해 본 적이 없다. 선도란 허리 안쪽, 이를테면 생사현관을 단련하는 것인데, 남씨로서는 그 방법조차 모르고 있었다.

다만 최근에 와서는 전생의 공부가 되살아나고 있어 조금씩 양생의 도리, 다시 말해 선도를 깨치고 있는 중이었다. 특히 촌장이 남겨준 황정경은 천상의 책이어서, 선도의 최고 도리가 쓰여 있었다.

남씨는 최근에 와서야 황정경의 뜻을 조금씩 이해하기 시작했다. 그동안 촌장의 지시에 따라 글씨만은 열심히 써온 터였다. 그리고 자신이 전생의 연행선으로서 바로 그 글, 즉 황정경을 쓰고 있었다는 것도 깨달았다. 그러나 연행선이 광정국에서 쓰던 황정경은 완성되지는 못했었다.

왜냐하면 그것은 광정국의 공주인 소화공주와의 기구한 운명 때문이었는데, 지금은 그 일로 벌을 받고 세속에 내려와 있는 중이다. 하지만 불행 중 다행이랄까, 세속 중에서도 정마을로 찾아들 운명이었고, 이곳에서 다시 황정경을 접하게 된 것이다. 이런 산골에서 황정경을 만날 수 있었다니!

이것으로 보아 남씨의 운명이 아직도 선계의 인연을 크게 벗어나지는 않은 듯했다. 이곳 정마을에서 이미 그러한 인연을 확연히 알고 있었던 촌장이 황정경과 붓을 남씨에게 물려 준 것에는 깊은 뜻이 담겨 있었던 것이다. 촌장의 지시는 남씨로 하여금 전생을 회복하고 쓰다 남은 황정경을 마저 다 쓰라는 배려였다.

남씨는 촌장의 이러한 뜻을 오늘날에 와서야 비로소 깨달았는데, 이제는 중대한 그 시기가 찾아온 것 같았다. 그것은 바로 저 천상의 광정국에서 수치선이 이 속계의 정마을까지 자신을 찾아왔다는 것만으로도 알 수 있었다. 수치선은 남씨를 만나고 나서 다시 자취를 감추었지만 사흘 후에 다시 온다고 말했었다.

도대체 이유가 무엇일까? 이에 대해서 남씨는 나름대로 생각을 갖고 있었다. 현재 남씨는 속인으로서 몸도 마음도 타락할 대로 타락해 있다. 이러한 남씨가 비록 전생의 친구를 만났다 하더라도 그 충격은 클 것임에 틀림없다. 그래서 수치선은 그 충격을 어느 정도 가라앉혀 주기 위해 잠시 나타났다가 사라진 것이리라!

사실 아닌 게 아니라 남씨의 충격은 매우 컸었다. 지난밤에는 그 충격을 가라앉히려고 일부러 아무 생각 없이 잠을 청했지만 아침에 깨어나서도 지난밤 일이 자꾸만 떠올라 그것을 잊으려고 이씨와 오랫동안 이야기도 하고 산책도 제의해 함께 거닐고 있는 것이다.

지금 남씨는 속세의 한 인간, 즉 이씨와 산 속을 평화스럽게 걷고 있다. 온통 하얀 눈에 뒤덮인 산야는 남씨의 마음속에서 언제 일어날지도 모를 흥분을 차분히 가라앉혀 주는 듯 고요했다.

"저쪽으로 가볼까요?"

앞서가던 남씨가 뒤를 돌아보며 말했다. 이씨는 꿈에도 존경하던 남씨와 함께 하는 산행(山行)이라서 어디로 향하든 상관이 없었다. 남씨는 대답도 기다리지 않고 왼쪽 언덕으로 방향을 잡았다.

언덕은 많이 가파르진 않았지만 조금씩 걷기가 힘들어졌다. 그렇지만 뒤를 돌아볼 때마다 경치는 현저히 아름다워졌다. 좌우의 숲이 점점 아래로 깔리고 눈앞의 시야도 트이기 시작했다.

남씨는 뒤로 돌아선 채 자리를 약간씩만 이동시켰다. 산언덕은 급격히 가파르게 변하여 더 이상 전진하기가 힘들었다. 눈도 더욱 깊게 덮여 있고 길도 막힌 상태여서 남씨는 앞으로 나아가지 못하고 아쉬운 듯 한동안 위쪽을 올려다 보다가 드디어 걸음을 멈추었다.

이제 두 사람은 나란히 서서 아래쪽을 바라보았다. 사방은 눈세상으로 구름보다 하얀 대지가 드넓게 펼쳐져 있었다. 오른쪽은 낮은 숲…….. 그리고 보이지 않는 작은 계곡과 산들이 이어져서 멀리 전개되었다. 그 사이로 건영이의 집이 보였지만 두 사람 모두 그냥 지나쳐 버렸다.

바로 앞에 있는 숲은 큰 나무들이 간간이 모여 있었고 그 사이로 자그마한 벌판이 보였다. 이 벌판으로 향하면 강노인의 집에 다다르게 된다. 그러나 이 벌판을 벗어나 더 멀리 눈길을 돌려도 강은 아직 보이지 않았다. 그 앞에는 낮은 나무숲이 두텁게 깔려 있어 강을 감추고 있으리라. 언덕을 좀 더 오르면 강이 보이겠지만 지금은 숲 너머 먼 산이 어렴풋이 보일 뿐이었다.

남씨는 왼쪽의 먼 산을 바라보다 이씨에게 말을 건넸다.

"이선생, 저쪽이 큰산 쪽입니다."

"큰산이라니요? ……그게 무슨 산인데요?"

이씨는 남씨의 말에 무슨 중대한 의미를 포함하고 있는 듯 다시 약간 정색을 하면서 물었다. 그러자 남씨는 고개를 저으며 미소를 지었다.

"산 이름은 아직 모릅니다, 그래서 우리는 그저 큰산이라고 부릅니다. 강의 상류 쪽입니다……. 우리는 종종 그곳으로 약초를 캐러 갔었지요……."

남씨는 천진하게 말했지만 이씨는 아직도 진지하게 듣고 있었다.

"아, 예, 그 산에 약초가 있군요……. 저도 한번 가보고 싶습니다……."

이씨는 늦가을에 정마을로 들어왔었기 때문에 마을 사람들의 생활을 잘 몰랐다. 하지만 지금은 그것이 그리 중요하지는 않다. 남씨와 함께 서 있는 이곳은 도시에서는 결코 볼 수 없는 절경인 것이다. 그래서 이씨의 가슴은 주변에 쌓여 있는 눈처럼 하얗게 밝아져 있을 뿐이었다.

눈이 덮이면 세상이 하나임을 더욱 절실히 느끼게 되는 법인데, 현재는 자연과 사람이 하나로 화합되어 있는 상태인 것이다. 남씨가 다시 말했다.

"저쪽에는 박씨의 도장이 있답니다……."

"도장이라니요? 그리고 박씨가 지금 무슨 공부를 하고 있습니까?"

이씨는 다소 놀란 표정으로 물었다. 남씨도 엄숙하게 대답했다.

"글쎄요, 무슨 공부든 공부 자체가 중요하겠지요……."

"……."

이씨는 잠깐 생각에 잠겼다. 박씨가 도대체 무슨 공부를 하느냐는 자신의 물음에 대해 남씨는 그 내용은 상관없고 단지 공부한다는 그 자체가 중요하다고 대답한 것이다. 그렇다. 인간은 저마다 해야 할 공부가 있다. 이씨가 서예를 연마하려고 정마을로 아예 이주해 들어온 것처럼.

'그런데 인생에 있어서 공부가 다른 무엇보다 가장 가치가 있는 것일까?'

이씨가 이런 생각을 떠올릴 때 남씨가 다시 말을 꺼냈다.

"이선생, 공부는 사람을 향상시키기 위해서 있습니다, 이선생은 무엇 때문에 글씨 공부를 하고 있습니까?"

"예? ……그건 저……."

이씨는 대답을 하지 못하고 망설였다. 속으로는 그 무엇이든 서예 공부에만 그 목적이 있겠지만, 스승에게는 단순히 표현할 수가 없었던 것이다. 그리고 과연 자신의 인생에 있어서 글씨 공부가 어떠한 가치를 지니고 있을 것인가에 대해 확실하게 단정 지어 생각해 본 적도 없었다.

만일 서울에서 누군가가 자신에게 이와 똑같이 물었다면 틀림없이 글씨를 통해서 몸과 마음을 바로잡는다고 대답했을 것이다.

이 말은 글씨를 통하여 정신을 수양하기 위해서라는 뜻이다. 그러나 지금은 도심의 한복판이 아니라 드넓은 자연 속에 파묻혀 있어서 인간이란 존재가 너무 미미하게 느껴지는 상황이므로 몸을 단정히 한다거나 마음을 안정시킨다는 말은 별로 의미를 지니지 않은 소리일 뿐이다. 이에 대해 남씨가 다시 말했다.

"내 생각입니다만…… 공부는 마음의 안정이 가장 중요합니다. 예술도 인생을 위해서 있습니다. 물론 한 인간의 몸이 극치의 아름다움을 만들어낼 수 있다면 이는 대자연을 이롭게 하는 것이지요."

"······."

이씨는 입을 꼭 다물고 고개를 진지하게 끄덕였다. 남씨의 말은 광대한 뜻이 함축되어 있는 것이다. 예술을 통해 인격의 향상을 구한다는 것은 이씨가 평소 말해 오던 것이었으나, 극치의 아름다움을 이루면 자연을 이롭게 한다는 말은 남씨에게서 처음 듣는 말이었다.

남씨의 말처럼 자연을 이롭게 하기 위해서는 이씨의 경우 글씨를 통해 그것을 이룩해야 하는 것이다. 극치의 아름다움! 이는 상당히 어려운 일이지만 이씨의 앞으로의 목표인 것이다. 인간은 왜 아름다움을 이루려 하는가? 이는 삶의 가치를 높이려 하는 것이지만, 그 심오한 내용은 단 한 번에 다 말할 수는 없다.

이씨는 새삼 자신의 일생을 바쳐 지극히 아름다운 글씨를 완성하겠다는 결심을 확인했다. 인간의 힘으로 만드는 아름다움은 자연의 그것과는 다른 것이겠지만 분명 중대한 뜻이 있을 것이다.

'과연 진정한 아름다움이란 무엇일까? ······어떻게 그것을 이룰 수 있을까?'

이씨의 머릿속에는 잠깐 이런 생각이 스쳐갔지만 지금 이 산 위에서 깊게 생각할 일은 아니었다. 옆에서 걷고 있는 남씨의 표정은 아주 한가로워 보였다.

"이선생······ 저쪽은······."

남씨가 다시 말을 건넸다.

"이 마을의 주인이 있는 곳입니다."

"주인이라니요?"

이씨는 마을의 주인이라는 말에 놀라서 눈을 크게 뜨고 물었다. 마을에 주인이 있다는 얘기는 그로서는 너무나 생소한 것이었다. 옛날에는 나라의 왕이 바로 나라의 주인이었고, 지방이라면 지방 관리가 주인이기 마련이었지만.

하지만 오늘날의 사회에서는 국토든 특정 지역이든 주인이란 말을 사용하지 않는다. 오히려 나라의 주인은 국민이다. 물론 사유 재산이 인정되는 국가에서는 사유지가 있어서 그런 곳에 한해 주인이 있는 법이다. 하지만 정마을 같은 곳은 사유지도 아니거니와 나라에서 임명한 관리도 없다.

정마을은 그야말로 숲 속에 자리 잡은 은거지에 해당되는데, 이런 자유스런 곳에 주인이 있다는 것은 당치도 않은 말이었다. 그러므로 이씨는 마을에 어른이 있다는 정도로 이해했다. 남씨의 말대로라면 이씨도 이미 알고 있듯이 정마을의 주인은 강노인이라는 것이었다.

하지만 이씨의 생각이 무엇이던 간에 남씨는 사뭇 진지하게 얘기했다.

"건영이란 청년 아시지요? ……그 청년이 이 마을의 주인이랍니다."

"……?"

"주인이라고 말하니까 좀 어렵지요? 하지만 주인이라고 하는 말이 옳게 표현한 말입니다……."

"예…… 그렇습니까?"

이씨는 의아스럽다는 듯이 작은 목소리로 말했다. 건영이라는 청년이 비범하다는 것은 이미 들어 잘 알고 있었지만 주인이란 말은 과장된 느낌이 없지 않았기 때문이었다. 남씨가 다시 말했다.

"이선생…… 서울은 참 복잡하지요?"

"그렇지요, 아무래도 사람이 많이 사는 도시이니까요……."

"그럴 테지요, 하지만 이곳도 서울 못지않게 매우 복잡합니다……."

"무슨 말씀이신지요?"

"예, 이곳은 눈에 보이는 사람은 없어도 우주로 열려 있는 복잡한 곳이지요……. 이를테면 온 세상과 통하는 곳이지요."

"……."

"이선생은 모르실 겁니다만 이곳은 하늘의 큰 섭리가 작용하고 있답니다. 그래서 인간이 아닌 존재도 종종 나타나곤 한답니다……."

남씨는 잠깐 주변을 둘러보면서 이씨의 기색을 찬찬히 살폈다. 이씨는 남씨만 바라보며 물었다.

"인간 아닌 존재라면 도대체 무엇을 가리킵니까?"

"글쎄요, 흔히 신선이라고들 말하지요……. 그 외에도 더 높은 존재들이 오가고 있습니다……."

"예? ……그러한 존재…… 신선들이 이곳에 출현합니까?"

"……."

남씨는 말없이 고개를 천천히 끄덕였다. 남씨는 이때 저 높은 세계의 신선들과 세속에 살고 있는 인간들을 잠깐 비교해 보았다. 신선 혹은 천상의 인간들과 세속의 인간들의 차이점은 그들이 쌓은 인격과 그들에게 예정된 복일 것이다. 천상의 인간은 세속의 인간에 비해 인격도 아주 높고 지극한 복도 누리고 있다.

현재 남씨로 말하면 인격이야 어떻든 간에 한낱 불운한 인간일 뿐이다. 남씨는 이씨에게 왜 인간 외의 존재를 얘기하는 것일까? 이씨로서는 신비스럽고 생소한 얘기에 온 정신이 쏠리고 있을 뿐이었다.

다시 남씨의 말이 들려왔다.

"이선생, 이곳은 아주 상서로운 지역입니다. 나도 최근에 와서야 그 점을 깨달았는데, 이선생도 앞으로 더욱 마음가짐을 경건히 해야 합니다."

"예, 물론입니다……. 저는 그저 선생님의 가르침에 따를 뿐입니다."

이씨는 정중히 대답했다. 남씨도 언제나 매사에 경건한 이씨의 성품을 잘 알고 있었지만, 오늘은 특별히 당부해 두는 것 같았다. 남씨가 다시 말을 이었다.

"이곳의 운명…… 그 모든 운명이 바로 건영이라는 한 젊은이로부터 비롯되고 있는 것입니다."

"……?"

"내가 특별히 당부하는 것은 이선생도 건영이라는 사람에게 공경스런 태도를 가져야 한다는 것입니다."

"예, 명심하겠습니다."

이씨는 무엇인가 깊게 생각하며 대답했다. 건영이라는 청년은 그저 단순히 비범한 사람이 아닐 것이리라. 필경 우주적으로 아주 중요한 존재일 것이리라. 그러한 존재라면 공경이란 언어도 당연하다. 이씨는 자신이 꿈에도 존경하는 스승이 그토록 존경 혹은 공경까지 하는 건영이란 청년에 대해 새삼 마음으로 다짐했다.

'정중히 대해야 할 거야……. 단 한 번의 실례도 범하지 않도록 조심해야지……. 그동안 내가 잘못한 점이나 없었는지 모르겠군.'

매사에 긍정적인 이씨는 혹시 자신이 실수를 범하지 않았는가 생각해 보았다. 하지만 이씨가 건영이를 본 것은 몇 번 되지 않았고, 그것도 대화를 했거나 긴 시간을 함께 지낸 적도 없었다. 단지 지나치면서 서로 조용히 미소를 주고받았을 뿐이었다.

아무튼 남씨가 일부러 건영이를 대하는 방식을 얘기했다면 매우 중요한 일임에 틀림없을 것이다. 이씨는 정마을에서 취해야 할 자신의 태도를 이해하고 다시 한 번 고개를 끄덕였다.

남씨는 잠시 먼 곳을 바라보고 있는 듯했다. 이러한 남씨의 모습이 야말로 이씨 눈에는 존경스럽고 아름답게까지 보였다. 물론 여성이 아닌 존재, 즉 남자의 아름다움이란 그 정신에서 나오는 인격으로, 흔히 위대하다고 표현하는데, 남씨는 그에 부합되는 사람이라고 할 수 있었다.

비단 서예에 한해서만이 아니다. 인격이란 면에서 볼 때 남씨는 그 야말로 빛나는 존재이다. 지금 남씨와 나란히 서서 경치를 즐기고 있 는 이씨는 그 점을 충분히 인식하고 있었다. 그 인격의 바람은 겨울 철에 불어오는 차디찬 바람마저 무색하게 만들고 있었다.

남씨에게서는 무엇인지 모르는 범상치 않은 정신의 바람이 은은하 게 불어오고 있었다.

"이선생!"

남씨가 또 불렀다. 이번에는 무슨 말을 할 것인지 이씨는 기대감과 긴장을 가지고 남씨를 바라봤다. 남씨는 몸을 돌려 산 위쪽을 가리 키며 말했다.

"저쪽 말입니다, 저 바위 뒤쪽은 인규라는 청년의 도장입니다……."

"아, 그런가요? 그분도 도를 닦고 있습니까?"

이씨는 가볍게 놀라면서 물었다. 인규가 도를 닦으면 안 된다는 뜻 일까? 혹은 인규라는 사람은 그렇게 보이지 않는다는 뜻일까? 이씨 는 궁금하다는 듯이 남씨를 바라봤다. 남씨는 미소를 짓고 말했다.

"도를 닦는다? ……글쎄요! 다만 이곳에서 공부를 하고 있습니다. 인규라는 청년은 성실한 사람입니다, 그리고 비범한 면도 없지 않습 니다. 다만 집중력이 좀 약한 것이 흠이기는 하지만……."

"……."

"그러나 결실이 있겠지요, 이곳 도장은 그 사람이 정해 놓고 수련하는 곳입니다……."

"그렇습니까? ……그런데 무슨 공부를 하는지요?"

이씨가 진지하게 묻자 남씨도 표정을 다소 심각하게 바꿨다. 그러고는 먼 곳을 응시하며 말했다.

"공부라는 것은 말입니다……. 인간이든 신선이든 세 가지 밖에 없습니다. 엄밀히 말해서는 두 가지이지만, 본 공부 외에 한 가지가 더 필요해서 세 가지라고 말하는 것입니다……."

"……."

이씨는 남씨를 천진하게 바라보는 것으로써 남씨가 말을 계속 잇기를 요청했다.

"알려드릴까요? 이선생도 결국 세 가지 공부를 해야 할 겁니다……."

"……."

이씨는 입을 꼭 다물고 고개를 끄덕여 수용하겠다는 의사를 표시하고는 다시 남씨를 바라봤다.

"공부 중의 공부가 있어요, 가장 중요한 것이지요……. 저 하늘에 사는 신선도 그런 공부를 합니다……."

"……."

"그 공부는 바로 앉음의 공부입니다……."

"예? 앉음의 공부라고 하셨습니까?"

이씨는 자신이 잘못 들었을까 봐 조심스럽게 되물었다. 남씨가 대답했다.

"그렇습니다, 앉아서 하는 공부이기 때문에 앉음의 공부라고 합니다……. 그러나 앉아 있는 그 마음이 중요합니다. 이선생은 그런 공부를 해 봤습니까?"

"예? 제가요? ……아닙니다, 저 같은 사람이 무슨 어떻게 그런 공부를 해 봤겠습니까? 저는 다만……."

이씨는 당황하며 대답하고는 몹시 송구스러운 표정을 지었다. 이에 대해 남씨는 부드럽게 말을 고쳐서 설명했다.

"이선생, 이선생은 이미 공부가 잘 되어 있어요. 앉음의 공부란 다른 것이 아닙니다, 곧 마음의 평정이지요. 평정이란 모든 공부의 으뜸입니다. 생명이란 평정을 통해 그 덕이 향상됩니다. 우주의 모든 인간은 그러한 공부를 해야 합니다. 나는 별개 아닌 사람이지만 훌륭해지려면 바로 앉음의 공부를 해야 하는 것이지요. 이 공부는 생사를 초월해야 이룩할 수 있습니다……."

남씨는 얼굴을 약간 찡그리며 말했다. 이는 자기 자신을 책망하는 표정이었다. 남씨의 이 표정에는 반성과 깊은 통찰이 있다. 이씨로서는 자세한 내용은 모르지만 남씨의 찡그림에는 신비한 힘이 깃들어 있음을 느끼고 있었다.

남씨의 말이 계속 들려왔다.

"사람은 다시 태어난다 해도 역시 마음의 공부를 해야 합니다……. 앉음의 공부! ……평정! 이것은 공부의 시작이고 끝입니다. 따라서 한없이 계속해야 하는 공부이지요……. 나도 아직까지는 아주 미숙합니다. 근래에 와서는 겨우 자리를 찾아 가고 있지만, 이선생도 그러한 공부를 해야 합니다. 그래야만 글씨라는 것도 제대로 써지게 되지요!"

"명심하겠습니다…… 마음의 평정을!"

이씨는 고개를 끄덕거리며 힘 있게 대답했다. 언제나 진지하고 성실한 이씨! 이런 사람은 다소 융통성이 부족하다. 하지만 이 말이 모든 사람에게 해당되는 것은 아니다.

아무튼 남씨는 이러한 이씨의 태도를 아주 만족스럽게 생각하고 있었다. 남씨는 방향을 바꿔 큰산 쪽을 얼핏 보고는 다시 말했다.

"두 번째 공부가 무엇인지 아십니까?"

오늘 남씨는 참 말을 많이 했다. 아마 모종의 충격을 완화시키기 위해서 일부러 많이 하는 것이리라. 이씨는 남씨의 성격을 아직 잘 모를 뿐 아니라 정마을에 들어온 이래 처음으로 공부를 하는 셈이어서 내심으로 크게 기뻐하고 있었다.

"잘 모르겠습니다……."

이씨는 정확하지 않은 것에 대해서는 솔직하게 모른다고 대답할 사람이었다. 다만 이번만큼은 너무나 알고 싶어 모른다고 대답했던 것이다.

남씨는 이씨를 정면으로 바라보며 말했다.

"인생에 있어서 두 번째 공부는 주역입니다……. 이선생은 주역을 아십니까?"

"잘 모릅니다……. 그냥 뜻도 모르는 채 읽어보기는 했습니다만……."

이씨는 또 모른다고 말했다. 주역은 사서삼경(四書三經) 중에서도 으뜸으로 치는 경전으로 보통 한학(漢學)에 밝은 사람은 기본으로 읽는 것이다. 이씨도 그 정도로밖에 공부하지 못했던 것이다. 남씨는 고개를 몇 차례나 끄덕이다가 말을 다시 이어나갔다.

"이선생, 주역은 자연의 이치를 밝혀 놓은 경전입니다……. 인간 세상에 태어나서 자연의 이치를 모르면 안 되겠지요……."

"예, 그렇겠습니다."

"중요한 공부이지요. 먼저 마음을 닦고, 그 다음엔 자연의 이치, 이를테면 주역을 공부하는 것입니다."

남씨는 이렇게 말하면서 자신의 먼 과거를 언뜻 회상했다. 광정국에서 남씨, 즉 연행선은 전생에 주역 공부를 높은 수준에 이르기까지 터득한 바가 있었다. 다만 생을 바꾸는 과정에서 그 공부를 잊고 말았지만, 저 영혼의 심층부에는 그것이 아직도 살아 있을 것이다.

남씨는 근래에 그 공부가 조금씩 되살아나고 있는 중이었다. 남씨의 마음과 정신, 이 모든 것이 전생을 천천히 회복하고 있는 것이다. 그러고 보니 남씨의 깊은 지혜는 주역 공부에 바탕을 두고 있는지도 모를 일이다.

남씨의 말이 계속 이어졌다.

"주역은 음양입니다. 음양은 태극(太極)에서 나오는 것이지요……. 태극은 곧 우리의 마음으로, 우주의 마음과도 일치합니다."

"예? 우주에도 마음이 있습니까?"

이씨는 정확히 물어왔다. 어느 순간에도 공부를 놓치지 않는 이씨였다. 남씨는 고개를 끄덕이고는 부드럽게 말했다.

"우주도 살아 있는 것이니 당연히 마음이라는 것이 있습니다. 생명은 우주에서 생긴 것이 아니라 생명에서 우주가 생긴 것입니다……. 그러니 삼라만상이 우주의 몸이지요, 그건 그렇고……."

남씨는 도중에 말의 방향을 바꾸었다. 우주니 생명이니 하는 말은 이씨에게 너무 어렵기 때문일까?

"……?"

이씨는 무어라 말을 꺼내지 못하고 묵묵히 정신만 집중하고 있을 뿐이었다.

"세 번째, 공부를 말하지요!"

"……."

"그것은 보통의 공부라는 것으로 예술이나 그 밖의 세상 모든 공부를 말합니다. 그 중에서도 예술은 아주 중요한 부분을 차지합니다."

"……."

"이선생은 서예의 길로 들어섰으므로 열심히 해서 크게 성취하기 바랍니다……."

남씨의 말은 결국 서예로 돌아왔다. 이씨는 눈을 반짝이며 정중히 대답했다.

"예, 신명을 다 바치겠습니다, 이끌어 주십시오……."

"……."

남씨는 미소를 짓고는 또 몸의 방향을 바꾸었다. 이번에는 건영이의 집 쪽이었다. 이씨도 그쪽을 바라볼 수밖에 없었지만 남씨는 한동안 그 상태를 유지했다. 시간은 계속 흐르고 있었다. 주변은 참으로 고요했다. 겨울 산 속은 고요한 가운데 무엇인가 마음을 일깨워주는 게 있는 듯했다.

"경치가 참 좋군요……. 하늘도 더없이 맑고……."

남씨는 한가롭게 말하고는 사방을 둘러봤다.

"……."

"자, 이제 내려가실까요? 춥지는 않나요?"

"아니, 괜찮습니다……."

남씨의 물음에 이씨는 미소를 지으며 대답했는데 겉보기에도 이씨는 무척 건강해 보였다. 남씨도 정마을에서 단련된 몸으로 이렇게 추운 겨울 날씨에도 불구하고 잘 견뎠다. 남씨가 천천히 걸음을 옮겼다. 두 사람은 상쾌한 기분으로 산을 내려왔다.

　남씨는 이번 산책을 통해 마음의 번거로움을 많이 가라앉혔으며 이씨는 이제부터 생각할 일이 많아졌다. 오늘 남씨와 주고받았던 대화, 아니 스승인 남씨의 친절한 가르침에 여전히 정신을 집중한 채 남씨의 집까지 내려왔다.

　남씨가 걸음을 멈추고 말했다.

　"이선생, 내려가 보세요. 가끔 봅시다……."

　"아, 예……. 감사합니다, 선생님. 그런데 아침 식사는 하셨는지요?"

　이씨는 천진하게도 남씨의 신변을 걱정해 주고 있었다.

　"아니, 괜찮아요. 요즘 입맛이 없어서……."

　남씨는 미소를 지으며 자기 집으로 들어갔다. 이씨는 집 안으로 들어가는 남씨를 향해 고개를 정중히 숙이고는 언덕을 내려갔다. 날씨는 화창했다. 방 안으로 들어선 남씨는 편안히 앉아 책을 펼쳤다.

　이 날 정마을 사람들은 저 나름대로 시간을 보내고 있었는데, 이상하게도 모두들 오늘은 유난히 공부를 많이 하는 날인 것 같았다. 인규와 박씨는 아침 무술 수련을 마치고 건영이를 찾았고, 강노인은 자기 집에서 독서를 하고 있었다.

　마을 사람들이 저마다 바쁜 시간을 보내고 있음을 동시에 살펴볼 수는 없지만, 모두들 열심히 공부를 하면서 지냈다. 겨울이라 특별히 밖으로 나다닐 일도 없고 할 일도 많지 않으니 자연스레 공부라도 하게 되는지 모른다.

　인간은 누구나 일하고 남은 시간에 공부를 해야 하고, 또한 공부를 하고 시간이 남으면 편히 쉬어야 하는 것이 순리이다. 인간으로 태어나서 일만 하는 것으로는 해야 할 바를 다하는 것은 아니다. 사람은 당연히 공부할 시간을 가져야 한다.

이 점에 있어서 정마을 사람들은 모두 성실하게 사는 편이다. 오늘 숙영이와 정섭이도 함께 지내면서 책을 읽고 있었다. 새로이 정마을 식구가 된 이씨는 남씨를 만나 흡족하게 공부를 했으므로 보람 있는 날이었고 박씨나 인규에게도 오늘은 특별히 좋은 날이었다.

마침 건영이가 한가해서 세 사람은 한 자리에 모여 함께 시간을 보낼 수 있었다. 건영이와 함께 있으면 언제나 신비한 화제가 있기 마련이고, 또 깊은 공부를 접할 기회를 갖는다. 공부라면 우선 주역을 들 수 있으나 이러한 공부를 하다 보면 자연의 섭리를 깊게 통찰할 수 있게 된다.

주역이란 자연의 법칙을 본받아서 만들어진 것이기 때문에 이로써 자연의 법칙을 깨닫게 되는 것은 당연한 귀결이다. 오늘도 박씨와 인규는 의도적으로 건영이를 찾아왔고 건영이도 흔쾌히 이들을 맞이했다. 이들이 건영이를 찾은 것은 다소 오랜만이라 할 수 있었다.

그동안에도 간간이 만날 기회가 있었지만 한적하게 공부할 시간을 갖지 못했던 것이 사실이다. 박씨가 근래 건영이를 만난 것은 강노인 집에서였는데, 그 당시 점치는 방법을 물은 적이 있었다.

점이란 시공을 초월해서 인간의 의심을 풀어주는 것인데, 그것은 암호로써 예시된다. 그 암호는 여러 가지 형태로 나타날 수 있지만, 주역의 괘상이 가장 포괄적이고 정밀한 의미가 있다.

주역의 공부란 바로 괘상을 해석하는 방법을 뜻한다고 볼 수 있다. 점치는 일은 순일(純一)한 마음에서 비롯된다면 주역 공부는 고도의 정신, 즉 논리력에 의해 이루어진다. 박씨의 경우는 마음이 순일하기 때문에 점괘를 얻는 일, 즉 복(卜)이라고 하는 것은 그리 어렵지 않게 터득해 나갈 수 있지만, 주역 괘상의 풀이는 언제나 어려운 면이 있다.

박씨에 비해 인규는 논리력이 앞서고 있지만 순수한 마음의 일면에 있어서는 박씨에게 뒤진다고 볼 수 있다. 이 두 사람은 지금 스승에 해당되는 건영이 앞에 서 있다. 건영이는 최근에 들어 급격한 변화를 맞이하고 있었다.

건영이는 전생에 역성(易聖)으로서, 그 영혼 속에 잠재되어 있던 극한적(極限的) 지혜가 지금에 와서 발출되는 중이었다. 하지만 그 내용을 감히 이해할 사람은 그 누구도 없었다. 건영이의 정신세계에 있는 비기(秘機)는 자연의 밑바닥으로 통하는 모든 이치를 포함하는 것으로써, 저 하늘의 신선마저 감당키 어려운 것이었다.

그동안 건영이는 혼돈의 바다를 건너오면서 정신의 혼란을 초래했던 것이고, 생을 바꿀 때 누구나 겪는 망각의 늪을 통과했던 것이다. 그로 인해 자신의 소질은 충분히 발출되고 있었지만 아직도 인간의 공부를 넘지 못하고 있었다.

그러던 것이 최근에 이르러 초월적으로 향상되고 있는 것이다. 향상? 어쩌면 이 말은 적합하지 않은 것 같다. 건영이의 향상은 이번 생에 국한된 표현으로 실은 전생의 무한한 능력을 회복하고 있는 데 불과할 뿐이다.

건영이는 극적인 운명에 의해 정마을에 들어온 것이지만, 이 내면에는 하늘의 거대한 섭리가 깃들여 있었다. 이 내용은 우선 운명 자체가 건영이를 정마을로 끌어들이는 것이었는데, 여기에는 태상노군이 관련되어 있었다.

태상노군은 건영이의 정신을 가지런히 해 주기 위해 이미 80년 전에 필요한 조치를 취해 두었었다. 태상노군의 조치란 장차 나타날 건영이의 정신을 수습해 주기 위해 형저(亨低)의 기운을 미리 배려해 둔 것으로써 태상노군 자신이 직접 남선부의 태상호에서 이 기운을 발출시켜 둔 것이었다.

이 기운은 80년이란 세월을 지나 정마을에 나타났는데, 그 종착지는 바로 정마을의 우물이었다. 이 기운은 정마을의 촌장, 즉 풍곡선에 의해 한 곳에 모여져 더욱 강하게 건영이의 정신에 투사되었다. 이러한 과정에 의해 건영이의 정신은 비로소 결실을 맺기 시작한 것이다.

그것은 두말할 것도 없이 전생의 건영이, 즉 역성 정우(汀雨)의 회복이었다. 현재 건영이는 점점 전생의 정우로 변해 가는 중이다. 하지만 마을 사람들은 건영이의 마음속에서 일고 있는 이러한 중대한 변화를 전혀 감지하지 못하고 있다. 다만 건영이의 모습은 날이 갈수록 비범하게 변해 가고 있는데, 그것은 성스럽거나 혹은 천진한 모습으로 나타나고 있었다.

건영이의 친구인 인규는 이러한 점을 가장 민감하게 느끼고 있었는데, 이는 친구로서의 느낌이 점점 신비스러워지기 때문이었다. 원래 인규는 건영이를 친구 이상으로 느끼고 지내는 터였지만, 오늘날에 이르러 건영이에 대한 느낌은 저 높은 신선을 능가하는 것이었다.

이러한 비교는 인규가 능인을 만났을 때와 비교된 것이다. 인규는 물론 능인을 신비스런 존재로 여겼지만 그러한 마음이 최근에는 건영이에게서 느껴졌다. 박씨는 처음부터 건영이에 대한 존경심이 컸기 때문에 최근의 변화에 대해서는 충격이 그리 크지 않았다. 하지만 박씨도 건영이의 변화를 충분히 감지하고 있었다. 건영이의 능력은 빗자루 괴인이 출현했을 때도 일부 나타났지만, 이씨가 마을에 찾아올 것을 미리 예언하는 등 미래 일을 꿰뚫어보았다.

물론 정신의 능력이 미래 일을 아는 것을 최상이라 할 수는 없지만 보통 사람들로서는 그 일은 매우 신기하다 하지 않을 수 없다. 박씨는 평소 미래 일을 아는 능력과 자연의 구조에 대해 관심이 많았었는데, 이로 미루어 건영이의 능력은 가히 촌장을 방불케 하는 것이었다.

사실 마을에 건영이가 있으므로 해서 촌장이 떠나간 데 대한 불안, 혹은 공허가 메워졌다. 이러한 점은 마을 사람들 누구나 느끼고 있었다. 만일 지금이라도 건영이가 정마을에서 떠나간다면 정마을은 그야말로 비어 있다고 해도 과언이 아닐 것이다.

하지만 그런 일은 있을 것 같지가 않았다. 박씨가 직접 물어봐서 알아낸 것이지만, 건영이는 정마을을 떠나는 일이 없을 것이라고 했다. 만일 그런 일이 일어난다면 박씨는 건영이를 따라서 함께 떠날 것이다. 이는 촌장의 지시에 의한 것이기도 했지만, 박씨 자신이 건영이를 충분히 존경하기 때문이기도 하다.

인규는 이제 정마을에서 살기로 작정하고 있는 터이었다. 현재 정마을의 주민들은 크게 안정되어 있는 편으로 이씨만 해도 서울에서 살다가 들어왔는데, 정마을이 마음에 들어 평생 살고 싶다고 말한 적이 있었다.

이런 사람이야말로 정마을에서 생활하는 데 적격이다. 현재 마을에 있는 사람들은 모두 그런 편이지만, 신기한 일은 바로 정섭이의 경우였다. 정섭이는 거지였던 아이로 유난히 바람을 잘 타는 편인데, 정마을에 들어온 이후로는 크게 안정되어 있다. 정섭이의 특징은 첫째 순발력을 꼽지만, 최근에 들어서는 침착한 일면마저 보였다.

마을 사람들의 최근 변화로는 또한 숙영이를 들 수가 있다. 숙영이의 신비한 능력은 괴인이 출현했을 때 극명하게 드러났다. 숙영이는 괴인의 출현을 먼 거리에서 마음으로 감지했고, 이로 인해 강노인 부부가 피신하는 데 도움을 주었다. 그뿐 아니라 괴인과 당당히 맞섰던 것은 숙영이의 됨됨이를 보여주는 일이었다. 그것은 용기일까? 아니면 마을 사람들을 구하겠다는 희생정신이었을까? 숙영이가 자신의 몸을 던져 괴인과 대치했던 일을 마을 사람들은 전혀 알지 못했다.

단지 숙영이가 괴인의 출현을 미리 감지했다는 사실은 박씨에 의해 마을 사람들에게 알려진 바 있었다. 그러나 최근 들어 숙영이의 발전은 무엇보다도 그 자체에 있었다. 나이 20세가 되어 여인의 자태는 절정에 이르고 있었고 미모 또한 그야말로 세상에 둘도 없이 빼어났다.

숙영이의 미모는 하루하루 변해 가고 있었다. 그 아름다움은 마을 사람들이 누구나 느끼는 것으로 그야말로 눈부실 정도였다. 이렇듯 최근 마을 사람들의 정신생활은 매우 밝은 편이었다. 지금은 눈이 덮여 몸으로 하는 행동은 제한을 받는 편이지만 정신만은 그 어느 때보다 활발하였다.

박씨는 언제나 그래 왔으며 인규 또한 공부의 재미를 충분히 느끼고 있었다. 그간 인규의 변화는 학문의 세계가 뚜렷이 변했다고는 볼 수 없지만 박씨와 함께 하는 무술 공부는 상당히 진전되어 있어, 책은 이미 손에서 떠나 있었고, 이제는 정교한 숙달 단계에 도달해 있었다.

물론 박씨는 품세(品勢)를 다 터득하지 못한 상태이지만 그래도 날로 발전하는 편이었다. 다만 인규는 기술에 비해 힘이 약하기 때문에 체력 보강에 힘쓰고 있다.

오늘은 박씨와 함께 자연의 섭리를 공부하고자 건영이의 집을 찾았다.

"천지자연은 하늘의 기운, 즉 생의 기운으로부터 비롯됩니다. 이러한 기운이 없다면 우주는 곧 소멸될 것입니다. 우주의 모든 것은 활동하고 있지만, 이 활동을 유지하는 것도 바로 생의 기운입니다. 이것을 주역에서는 양이라 하며 이 양의 성질은 활동과 확산입니다. 그리고 이 기운은 마치 샘물처럼 끊임없이 우주 전역에서 분출하는데, 이 때문에 시간의 흐름도 존재하게 됩니다."

건영이는 부드러운 미소를 지으며 차분하게 말하고 있었다. 박씨와 인규는 사뭇 진지한 표정으로 경청하고 있었으며, 박씨는 때로 무엇인가 필기를 하기도 했다. 건영이는 박씨가 필기를 할 때마다 약간씩 설명의 속도를 늦추곤 했다. 인규는 자신의 기억력이나 이해력을 확신하는지 편안히 앉아 듣고만 있었다. 방 안은 그리 따뜻한 편은 아니었지만 공부의 열기가 충분히 한기를 몰아내었다.

건영이의 말이 계속해서 이어졌다.

"이런 까닭에 시간은 모든 것을 변화시킨다고 하는 것입니다. 실은 변화가 곧 시간일 뿐입니다. 시간이란 생성하는 그 기운 자체입니다. 이를 천시(天時)라고도 하는데 우주에는 이에 못지않은 기운도 있습니다……."

"……?"

"그것은 바로 죽음의 기운인데, 이를 음(陰) 또는 지기(地氣)라고도 합니다. 음의 기운은 고요와 죽음, 그리고 축소입니다. 하지만 이런 기운에 의해 천의 기운이 보존됩니다."

"……."

"음의 기운은 천의 기운이 발산하는 것을 막아서 형태를 이루게 하고, 그 형태는 작용을 나타냅니다. 그러므로 천지의 작용은 모두 음과 양이라는 기운으로 만들어지는 것이지요."

건영이는 잠깐 말을 멈추고 박씨의 얼굴을 살폈다. 박씨는 어색한 표정을 지으며 조용히 질문을 던졌다.

"세상에는 기운이 이 두 가지밖에 없는가?"

"그렇습니다, 주역도 음과 양으로 되어 있지 않습니까?"

"그렇지! 하지만 음과 양이 있기 전에는 도대체 무엇이 있었지? ……참 태극이 있었다고 했지? 그런데 그 태극이라는 것이 뭔지……."

박씨는 난감한 표정을 지었다. 천지가 있기 전에 태극이 있었다고는 하지만 그 또한 존재로서 그냥 세계라고 불러도 되지 않겠는가! 이에 대해 건영이는 망연한 표정을 짓고는 천천히 대답했다.

"태극은 기운도 아니고 세계도 아닙니다. 사실 태극이라고 이름을 붙여서는 안 됩니다, 마땅한 이름을 붙일 것이 없어 인간이 억지로 그 이름을 붙인 것입니다. 흔히 혼돈이라고 말하는데, 그것은 아무런 법칙도 없으니 혼돈이라고 표현했을 뿐입니다. 이 혼돈은 흔히 세상에서 말하는 혼란이나 무질서가 아닙니다, 단지 인식할 수 없다는 뜻으로 일컬어지는 말일 뿐입니다."

건영이가 여기까지 말하자 박씨가 또 질문을 던졌다.

"그럼 태극은 아무것도 아니란 말이지? 그런데 그것에서 어떻게 생의 기운인 하늘[天]이 생긴 것이지?"

"아니지요, 태극에서 하늘의 기운이 생긴 것이 아닙니다. 우주의 첫 출발은 바로 하늘입니다. 그 이전이란 것은 없습니다. 하늘이 있은즉 땅이 있어 음의 기운이 생겼습니다. 이 음의 기운은 분명 양에서 나왔지요, 하지만 하늘의 기운은 태극에서 나온 것이 아닙니다. 어려우면 태극이라는 것 자체를 잊어버리세요."

건영이는 현상적인 세계에서는 태극을 배제해도 된다는 뜻으로 이렇게 말했다. 그러나 박씨는 단호한 태도로 말했다.

"안 될 말! 엄연히 태극이란 말이 있다면 그것도 자세히 알아야 할 것 아닌가?"

박씨의 이러한 태도는 자연 현상 이전까지 추구하겠다는 뜻이었다. 건영이는 가볍게 웃으며 대답했다.

"좋습니다, 그렇다면 태극은 우리의 인식이라고 해 두겠습니다. 한마디로 태극이 곧 생명입니다. 이것은 양도 음도 아닙니다. 애당초 천(天)은 없을 수 없으나 인식의 방법으로 천이 없을 때를 말하는 것뿐입니다. 우리가 인식하는 순간이 바로 천입니다……. 굳이 태극을 아시고자 한다면 이해하려 하시지 말고 그것과 합일이 되십시오!"

건영이는 다소 날카롭게 인규와 박씨를 둘러봤다. 이에 대해 인규는 고개를 천천히 끄덕였고, 박씨는 다시 질문했다.

"합일? ……우주와 합치하라는 바로 그 말 아닌가?"

"예, 바로 맞췄습니다. 명상이라고 하는 것이지요. 명상의 목적이 바로 태극으로 돌아가는 것입니다."

"그렇군! 그렇다면 태극에 대한 공부는 모든 생각을 버려야 하는 것이로구먼……."

박씨는 멋쩍어하면서 말했다. 그러자 건영이는 고개를 크게 끄덕이며 말했다.

"맞습니다, 태극은 모든 것을 잊음으로 해서 깨닫게 됩니다. 음양은 열심히 공부해야 하는 것이지요! 이래서 또 음과 양으로 나누어집니다."

"음? 그건 또 무슨 말이지?"

"예, 모든 것을 잃는 행위는 분명 음이 아닙니까? 그리고 열심히 생각하는 것은 바로 양이라고 할 수 있지요!"

"……."

박씨는 무엇을 깊게 깨달았는지 말없이 고개만 끄덕였다. 건영이가 다시 말했다.

"아저씨, 오늘은 그만하시지요! 그보다도 방에 불을 좀 집혀야겠어요!"

"그래? 내가 아궁이에 불을 때 주지, 그냥 앉아 있어!"

박씨는 급히 일어나서 밖으로 나갔다. 건영이는 그대로 앉아서 인규에게 말을 건넸다.

"요즘 어떠니? 무술 공부는 잘되고?"

"글쎄……. 동작은 다 익힌 것 같은데 힘이 약한 것 같애, 속도에도 문제가 있어!"

인규는 고개를 저으며 대답했다. 그러자 건영이는 밝은 미소를 지으며 위로하듯 말했다.

"잘되고 있는 것 같구나……. 처음부터 잘되는 일이 뭐 있겠니! 그건 그렇고 서울에는 안 가 봐도 되겠니?"

건영이는 인규의 집안 식구들에 대한 안부를 묻고 있는 것이다. 이에 대해 인규는 태평스레 대답했다.

"아무 일 없을 거야, 아버님은 나를 기다리시지 않아……. 집을 떠날 때 이곳에서 공부를 한다고 말씀 드렸어!"

"……."

건영이는 말없이 미소를 지었다. 건영이야말로 인규와 같은 입장이었다. 이 두 사람은 세속의 친구로서 지금 산 속에 함께 들어와 공부를 하고 있는 중이다. 건영이는 이 점을 즐겁게 생각하고 있었다.

무엇보다도 인규는 건영이를 정마을로 이끌어 준 생명과 운명의 은인인 것이다. 오늘에 이르러서는 인규도 자신의 길을 찾아가고 있으니 더 말할 나위가 없다. 건영이는 자신의 은인인 인규가 크게 이루기만 바랄 뿐이다.

잠시 후 박씨가 들어왔다. 박씨는 방에 들어서자마자 방바닥을 손으로 짚어보고는 다시 건영이 앞에 마주 앉았다. 그러고는 조심스레 물었다.

"건영이, 임씨는 어떻게 되었을까?"

"글쎄요, 무사하실 겁니다……."

"그렇다면 다행이군, 도대체 어디 가 있을까?"

박씨는 진지하게 물었다. 마치 건영이가 임씨를 감추어 놓기라도 한 듯이……. 건영이는 박씨의 질문에 잠깐 허공을 날카롭게 응시하더니 심각하게 대답했다.

"잘 모르겠어요, 다만 괴인하고 관계가 있는 듯한데……. 아무튼 아직 연구 중에 있습니다."

"그럴 테지, 임씨가 있었으면 얼마나 좋을까?"

박씨는 건영이의 기색을 살폈다. 그러나 건영이에게서는 더 이상 다른 대답이 나오지 않았다.

'연구 중이라고? 그럼, 도대체 무엇을 연구하고 있다는 것일까?'

박씨는 이런 생각이 들었지만 귀찮게 묻지는 않았다.

건영이가 임씨를 찾을 능력이 있었다면 이미 찾았을 것이다. 그러나 역시 건영이에게도 해결하지 못할 어려운 문제가 있는 것이다. 다만 임씨가 무사하다니 그 말을 믿고 기다릴 수밖에. 임씨 문제는 무엇보다 그 부인이 가장 괴로워하고 있으리라! 특히 지금 같은 겨울철에는 더욱이나 그렇겠지만 마을 사람들에게도 역시 임씨가 몹시 그리운 계절이었다. 정마을의 겨울은 굉장히 무료하므로 이럴 때 임씨가 있었다면 필경 재미있는 일거리를 만들어 냈을 것이다. 그 일은 임씨만의 특기이기도 했다.

마을 사람들은 성격이 다소 무겁거나 심각한 편이지만 임씨만은 특별히 명랑한 편이었다. 임씨가 행방불명된 지는 이미 해를 넘기고 말았지만 봄이 오기 전에 만날 수 있기를 마을 사람들은 기대하고 있었다.

박씨는 애써 임씨 일은 잊어버리려고 화제를 돌렸다.

"언젠가는 다시 돌아오겠지! 그건 그렇고, 마을에 별일은 없을까?"

이 물음은 특별히 궁금해서 물은 것은 아니었다. 단지 임씨 일이 잘 풀리지 않은 상태에서 더 이상 나쁜 일이 없는지 물었던 것이다. 예를 들자면 괴인의 일만 해도 꺼림칙한 것이 사실이었다. 만약 지금 같은 겨울에 괴인이 다시 들이닥친다면 피난도 갈 수 없고 그 자리에서 꼼짝없이 당하고 있을 수밖에 없다.

박씨는 이런 생각을 하고 있었지만 괜히 불안한 기분을 갖게 될까 봐 입 밖에 내지 않고 있었던 것이다. 건영이가 대답했다.

"아저씨, 우리 마을은 이 근래 상서로운 기운으로 온통 덮여 있어요. 어째서 그런 기운이 덮여 있는지는 잘 모르겠지만 나쁜 일은 일어나지 않을 거예요!"

"그래? 상서로운 기운이란 게 뭐지?"

박씨는 안도감을 갖는 한편 궁금한 것이 다시 떠올랐다. 상서로움이란 과연 무엇일까? 이 점에 대해서는 인규도 궁금했던지 건영이의 대답을 조급한 심정으로 기다리고 있었다.

"한마디로 길조(吉兆)라는 뜻이에요. 혹은 귀하다, 평화롭다 등이며, 나쁜 일은 없다는 뜻이지요."

"그래? 그런 게 기운으로 나타나니?"

건영이의 대답에 인규가 물었다. 인규는 줄곧 침묵을 지키고 있었는데, 드디어 침묵을 깨고 묻는 것을 보니 상당히 궁금했던 모양이었다. 건영이는 미소를 지으면서 친절히 설명하기 시작했다.

"상서로운 기운이란 자기 자신도 모르지만 마음으로 느끼는 것이고, 무엇인가 자연 현상 속에 안정된 기운이 나타남을 육감이나 피부로 느끼는 것이야. 왜 있잖아? 불길한 느낌이라는 것! ……쉽게 말하자면 상서로움은 그 반대로 생각하면 되겠지!"

"그것도 주역에서 나온 말인가?"

박씨도 나서서 물었다. 건영이의 설명이 이어졌다.

"주역에서는 길(吉)이란 표현을 쓰지요. 길이란 것은 종합적인 뜻이 있어요. 이는 이익 된다거나 선하다는 것을 종합한 것이에요. 상서롭다는 것은 원형이정(元亨利貞 : 주역에서 말하는 천지자연의 네 가지 도리. 즉 원은 봄으로 만물의 시초, 형은 여름으로 만물의 성장, 이는 가을로 만물의 이루어짐, 정은 겨울로 만물의 거둠을 가리킴)을 두루 갖추었을 때를 말하는 것입니다. 다시 말하자면 대길(大吉)이란 의미가 되겠지요!"

"음, 그렇겠군. 그럼 우리 정마을이 지금 크게 길하다는 것인가?"

박씨는 잘됐다는 듯이 미소를 지으며 물었다. 이에 건영이는 천진하게 대답했다.

"뭐, 비슷한 뜻이지요. 마을에 좋은 기운이 뻗치고 있으니 좋은 일도 곧 있겠지요. 하지만 상서로운 기운은 그냥 아름다움 그 자체로 끝날 때도 있습니다."

"그래? 아무튼 나쁜 일은 없는 것이로구먼?"

"그럼요, 마을은 지금 모든 게 좋아지고 있어요……. 아저씨, 이제 그만 가보시는 게 어때요?"

건영이는 쉬고 싶다는 듯 명랑하게 말했다. 박씨는 두말하지 않고 일어섰다. 오늘은 건영이와 오랜만에 긴 시간을 보낸 것이다. 더 이상 시간을 끌고 있으면 건영이를 피곤하게 할 우려가 있다.

인규도 박씨를 따라 천천히 일어났다. 그러자 건영이가 다시 말했다.

"아저씨, 지금 바쁘시지 않으면 임씨 부인한테 가보도록 하세요……."

"음? 무슨 일로?"

"일은 무슨 일이겠어요! 안부를 살펴보는 것도 좋은 게 아니겠어요?"

"허, 그렇군……. 인규! 우리 함께 그쪽으로 가볼까?"

"예, 그러시지요!"

건영이의 부탁에 따라 두 사람은 임씨 집으로 떠나갔다. 건영이는 그들을 내보내고는 노트를 펼쳐 들었다. 그러고는 무엇인가를 그려나가면서 생각에 잠기기 시작했다. 건영이의 공부는 흔히 이런 식으로 진행되었다. 물론 어느 때는 허공을 응시하며 생각하거나 아예 누워서 눈을 감고 생각하는 경우도 있지만.

단지 오늘처럼 노트를 펴놓고 무엇인가를 노트에 그리기 시작하는 것은 사고의 결론이 얻어졌을 때이었다. 그러고 보니 건영이는 박씨와 대화를 하면서도 자신의 문제를 놓치지 않고 있었던 셈이다. 박씨와 인규는 자신들의 관심사에 대해 건영이와 긴 시간 대화하고 떠났을 뿐이다. 날은 조금씩 어두워지고 있었다.

서선 연행을 찾아온 수치선

이틀이란 시간이 조용히 물처럼 흘러갔다. 정마을 사람들은 매서운 겨울을 견디면서 저마다의 삶을 꾸려나가고 있었다. 지난 이틀 동안 남씨는 외출하여 눈 덮인 산 속을 거닐었고 그 외의 시간은 방 안에서 보냈는데, 주로 잠을 자면서 시간을 보냈다.

남씨는 눈이 오면 특히 좋아했다. 그는 아마도 단절에서 오는 일종의 안도감을 느끼는 것 같았다. 그렇다고 남씨가 세속을 두려워한다거나 인간을 싫어한다는 것은 아니지만, 일이 없으면 은둔적 생활을 즐기는 편이었다. 말하자면 남씨는 많이 활동하고 또한 오랫동안 쉬는 방식을 좋아하는 편인데, 이는 천지의 큰 작용과 크게 닮아 있었다.

자연의 현상 중 자잘한 현상은 수시로 일어나고 또한 소멸하지만, 거대한 현상은 그렇게 자주 일어나는 것이 아니다. 남씨의 경우도 어떤 활동을 할 때는 혼신의 힘을 다해 철저하게 힘을 쏟아 붓는다. 하지만 산 속에 사는 사람으로서 별로 대수롭게 해야 할 일이 있는 것은 아니었다.

서울로 출행하여 큰 싸움을 지휘했던 일은 우연하게 부딪친 일이었을 뿐 일상사일 수는 없었다. 지금은 예전과 다름없이 한적한 산 속에서 평범하게 생활하고 있을 뿐이다. 그리고 남씨의 성품을 세밀하게 살펴보면 작은 생활상의 일이라도 며칠간 계속한 뒤에는 일단 접어둔 채 며칠씩 집에 틀어박혀 밖으로는 일체 나오지 않는다. 이때 눈이나 비가 내려서 마을 사람들의 왕래가 불편하길 바라는데 그것은 남씨 자신의 생각에 지나지 않는다. 사람은 누구나 눈비가 와도 다닐 곳은 다니기 때문이다. 남씨는 아마 자기 자신을 어떤 공간에 가두어 놓는, 단절된 환경에 놓이기를 좋아하는 것 같았다.

단절이란 답답함과 막연함 따위를 주는 대신 분명 휴식을 주고 현실을 바르게 깨닫게 하는 시간도 갖도록 해 준다. 남씨에게 있어 지금 자신의 눈앞에 다가온 현실은 거대한 세계와 접하게 된 일이다. 그 세계는 바로 천상의 광정국으로 그곳의 선인이며 도반인 수치가 찾아온 것이다.

남씨는 지난 며칠간 산책을 하거나 때로는 낮잠을 자면서 마음을 안정시키는 한편 의지를 크게 일으켜 두었다. 수치선이 아무런 볼일 없이 단지 옛날의 도반인 남씨를 만나기 위해 찾아왔을 리는 없다. 이제는 속인이 된 남씨를 그 먼 곳에서 찾아왔을 때는 분명 크나큰 사연이 있으리라! 그 사연은 인간 세계를 초월한 것이겠지만 남씨라는 존재가 무슨 쓰임새가 있기 때문이라는 사실은 매우 뻔한 일이었다. 만약 서울에서 조합장이 연락을 해 왔다면 필경 싸움을 도와달라는 내용일 것이지만 천상에서 수치선이 내려왔다면 이는 뻔한 일이었다.

그것은 글씨와 관계된 일로 어떤 난해한 글씨를 살펴봐 달라는 것인지 아니면 무엇인가를 써달라는 것인지 지금으로서는 알 수가 없었다. 남씨는 지난 며칠간 여러 가지를 생각해 보았는데 그 결과 내린 결론은 아마도 붓글씨를 써달라고 부탁하기 위해 찾아온 것이라고 생각했다.

그러므로 그 생각 끝에는 과연 자신이 글씨를 써야 할 것인가의 타당성을 가슴 깊이 묻는 일이었는데 쓰는 쪽으로 생각을 굳혀 두었다. 그 다음은 글씨를 예전처럼 잘 쓸 수 있겠느냐는 물음이었는데 답은 부정적이었다. 지금은 몸도 마음도 속인의 것으로 천상의 시절처럼 극치를 이루어낼 수 없다.

글씨란 우선 몸이 온전해야 마음먹은 대로 쓸 수 있는 법인데 남씨의 몸은 나약한 일개 속인일 뿐이었다. 속인의 몸으로 어찌 천상에 드러낼 글씨를 쓸 수 있겠는가! 물론 속인이라 해도 보통 수준의 글을 쓸 수가 있다. 하지만 그런 글을 부탁하러 수치선이 이 먼 곳까지 찾아온 것은 결코 아닐 것이다. 분명히 광정국을 대표하여 천상 최고의 글씨를 주문할 것이다. 그뿐만 아니라 수치선 자신의 글씨마저 능가해야 한다. 남씨가 타락한 몸이 되어 이 세상에 떨어진 이래 수치선은 천상 최고의 명필이 되어 있었다. 예전 즉, 남씨 자신이 연행선이었던 시절이라면 이를 초월할 수 있었겠지만 지금은 당치도 않은 일이다.

이러한 생각 때문에도 남씨는 지난 며칠간 고심했고, 그 번민을 가라앉히기 위해 산책이나 잠을 자주 청했다. 아무튼 이제는 수치선이 나타날 시간이 다가왔다. 마을 사람들은 이미 잠든 깊은 밤, 남씨는 옷을 단정히 갈아입고 밖으로 나섰다.

천상의 선인인 수치가 남씨의 방으로 들어오는 것, 그것은 천상의 규율에도 어긋날 뿐 아니라 남씨가 비록 전생의 선인이라 할지라도 현실적으로는 속인인 이상 지나친 교류는 용납될 수 없었다. 천상의 선인이 사람을 만나고 또한 그 사람의 집까지 찾아 들어가는 것은 필요 이상의 관여가 될 수 있다. 누구보다도 남씨는 이를 잘 알고 있었다. 하지만 일말의 서운함도 느끼지 않았다. 사람은 저마다의 사정이 있는 것, 억지로 우정을 내세워 번거롭게 할 필요는 없다.

남씨는 지난번 수치선이 나타났던 곳으로 걸음을 천천히 옮겼다. 깊은 밤이었지만 주변은 밝은 느낌을 주었다. 눈 때문인지 자신의 마음 때문인지는 알 수가 없었다. 날은 춥지도 않았고 바람도 불지 않았다.

"……."

이윽고 남씨는 걸음을 멈추고 사방을 한 바퀴 둘러봤다. 수치선은 어디선가 남씨를 지켜보고 있을 것이리라. 아니 그보다는 남씨 주변에 다른 사람이 나타나는 것을 경계하고 있을 것이다. 그러나 남씨가 느끼기에 주변에는 아무런 인기척이 없었다. 다만 먼 곳에서 접근해 오는 사람에 대해서는 속인인 남씨로서는 알 길이 없었다.

그런 일은 수치선과 같은 선인만이 가능한 것이다.

"……."

주변은 평화로운 기운이 감돌고 있었다. 잠시 후 남씨의 마음속에 어떤 느낌이 전달되어 왔다. 며칠 전의 그 느낌! 바로 그 느낌으로 수치선이 나타났음을 남씨는 알았다. 수치선은 먼저 마음으로 나타나고 잠시 후 몸까지 나타났다.

방향은 오른쪽 산이었다.

"……."

남씨는 다가서지 않고 그 자리에서 미소를 짓고 있었다. 수치선도 미소를 지으며 순식간에 다가왔다.

"연행!"

"수치!"

두 사람은 서로 손을 굳게 맞잡았다. 이 반가움의 표시는 속인이나 선인이나 마찬가지인 듯했다. 남씨가 먼저 말을 꺼냈다.

"내 글씨를 보러 왔는가?"

"……"

수치선은 가볍게 놀라며 미소를 지었다. 그리고 조용히 목소리를 내었다.

"연행, 세월이 무상하구먼……. 그래, 속계에서 지내기는 괜찮나?"

"……"

남씨는 말없이 고개를 끄덕거렸다. 수치선이 다시 말했다.

"연행, 만나서 정말 반갑네……. 우린 서로 어려운 처지에 있는 것 같군."

"……?"

"자네가 떠난 후 나 역시도 고초를 겪었다네! 감히 옥황상제를 기만하고 자네 흉내를 내었네, 미안하네."

"음, 그런 일이 있었군. 하지만 다 지난 일이야."

남씨는 모든 것이 부질없다는 듯이 허탈하게 웃으며 고개를 저었다. 수치선도 허탈한 표정을 짓다가 갑자기 정색을 하며 말했다.

"연행, 그 일은 아직 끝나지가 않았다네……. 다시 글을 써줘야겠어!"

"글쎄, 내가 이제 무슨 글을 쓸 수가 있겠는가! 나는 일개 속인일 뿐일세. 글씨 쓰는 일은 잊은 지가 오래 됐다네."

"그럴 테지, 그러나 어쩌겠나! 어차피 자네의 일인데……."

"알고 있네, 내가 안 쓰겠다는 것이 아닐세……. 못 쓰는 것이지, 나의 몸을 보게나. 이렇게 속인이 되어 있다네. 그런데도 자네는 내가 천상의 글을 쓸 수 있다고 보나?"

"……."

수치선은 말없이 씁쓸한 미소를 지었다. 수치선이 보기에도 남씨의 몸은 예전의 그 몸이 아니었다. 당연한 일이지만 남씨의 몸은 한낱 속인의 그것으로 병들고 지쳐 있으므로 예전의 힘이 깃들어 있지 않았다. 수치선은 위로하듯 말했다.

"연행, 글씨가 반드시 몸에서 나오는 것만도 아니지 않은가! ……어떻게 하든 써주게, 나도 사정이 있다네……."

"음? 사정이라니?"

"미안하네, 크나큰 불행에 빠져 있는 자네에게 이런 말을 해야 하다니! ……그게."

수치선은 미안한 표정을 지으며 대답을 망설였다. 그러자 남씨는 다정한 표정을 지으며 대답을 재촉했다.

"말해 보게, 행복한 자네에게 사정이 있다니?"

남씨는 이렇게 말했지만 이는 비아냥거리는 것은 아니었다. 남씨가 생각하기에는 수치선이 정말로 행복해 보일 뿐이었다. 수치선이 대답했다.

"모든 것이 다 내 잘못이지! ……연행! 자네에게 할 말은 아니지만 나는 처형을 당하게 되어 있는 입장일세……."

"뭐? 처형이라니?"

남씨의 얼굴에는 놀라움과 동시에 근심의 빛이 드러났다.

"음, 내가 그만 자네를 흉내 낸 것이 잘못된 것이지! 감히 황정경을 모사(模寫)해 쓰다니……."

"무슨 말인가? 어떻게 된 것인지 자세히 얘기하게!"

"말하지, 자네 흉내를 내서 쓴 글이 밝혀진 것일세. 당연한 일이겠지, 내가 정신이 잠깐 어떻게 되었었나보네! ……나는 지금 옥황부에 끌려와 있는 몸이라네……."

"……."

남씨는 깊은 시름에 잠기며 허공을 응시하였다. 그러자 수치선이 다시 말했다.

"옥황부에서는 그 글을 다시 쓰라는 거야. 물론 자네에게 내려진 명령이지, 그것이 제대로 쓰이게 되면 나의 처형도 면제받을 수가 있다네……."

"그런가? 그렇다면 자네를 위해서라도 내가 기필코 써야겠구먼……. 그런데……."

남씨는 밝게 의욕적으로 말하다가 금방 의기가 꺾이었다. 그것은 다시 자신을 돌이켜보니 속인이 된 지금은 천상에서의 연행선의 능력에 못 미치기 때문일 것이리라!

"……."

수치선은 잠시 서글픈 표정으로 남씨를 바라보았다. 남씨는 동정과 연민이 깃들인 눈으로 수치선을 바라보고는 조용히 말을 건넸다.

"수치! 이것을 보게! 이것이 요즘 나의 글씨라네……."

남씨는 미리 준비해 가지고 나온 글씨 뭉치를 수치선에게 건넸다.

"……."

수치선은 말없이 그것을 받아들었다. 그러나 그 글씨를 펴보지 않고 말했다.

"연행, 다시 오겠네……. 희망을 잃지 말게, 무언가 대책이 있지 않겠나? 억만 년을 다듬어 온 글이 자네의 영혼 속에 숨어 있다네!"

수치선은 남씨를 위로하며 말했다. 남씨는 허탈한 미소를 지으면서 고개를 끄덕였다.

"수치, 고맙네……. 어서 가보게……."

"음, 그럼……."

수치선은 두 손을 맞잡아 인사를 하고는 홀연히 떠나갔다. 수치선이 인사하던 모습을 지켜본 남씨는 잠깐 생각에 잠겨들었다. 천상에서는 그토록 많이 해 보았던 그 인사도 지상에서는 한 번도 해 본적이 없었다. 남씨는 한 손을 꼭 쥐었지만 그것을 다른 손으로 감싸서 들지는 못하였다. 수치선이 빠르게 사라졌기 때문이기도 하지만, 그보다는 자신의 처지가 아름다운 예의를 갖추기에는 너무나 미흡했기 때문이었다.

남씨는 수치가 사라진 숲을 망연히 서서 바라봤다. 그쪽은 하얀 눈이 덮여 있었다. 저 눈처럼 고운 선인들의 마음, 남씨의 표정은 눈을 바라보며 천진스런 모습으로 변해 갔다.

'수치! 미안하이……. 내 운명이 자네의 운명까지도 나쁘게 만든 것이야…….'

남씨와 헤어진 수치선은 정마을을 급히 떠나고 있었다. 방향은 세상의 어느 곳도 아닌 상계, 바로 인연의 늪이 있는 곳이었다. 수치선은 일단 속계를 벗어나 상계로 향한 것이었다.

수치선이 정마을을 출발해서 인연의 늪에 도착한 것은 세속의 시간으로 이틀 후였지만 상계의 시간으로는 잠깐일 뿐이었다.

"어서 오십시오, 잘 다녀왔습니까?"

인연의 늪을 경비하고 있던 선인들이 수치선을 먼저 알아보고 인사를 건넸다. 이들은 얼마 전 수치선을 통과시켜 주었기 때문에 수치선의 임무를 잘 알고 있었다. 수치선은 일부러 어두운 기색을 감춘 채 인사 형식을 갖추었다.

"예, 잘 다녀왔습니다, 그분들은 아직 계시지요?"

"여전합니다, 그쪽으로 가보실까요?"

"……."

경비선은 수치선을 안내해 갔다. 수치선이 그분들이라고 표현한 사람들은 옥황부에서 수치선과 함께 내려온 선인들이었다. 그들은 옥황부 안심총 소속으로 수치선을 안내 혹은 감독 하는 것이 임무였다. 현재 수치선은 죄인으로서 안심총의 관할 아래에 있었다.

잠시 후 수치선은 경비 본부에 안내되었다. 정확히 말해서 안내이기보다는 호송이라는 게 맞는 말이다. 경비선들은 수치선이 속계에서 나오기를 기다려 다시 안심총 선인들에게 인계했던 것이다.

만일 수치선이 하계로 내려가 잠적하면 당연히 수색 체포대가 출동하게 되어 있었다. 말하자면 수치선은 감시 상태에서 잠깐 하계에 내려갔을 뿐이었다. 그러나 수치선은 이에 개의치 않았다. 자신의 임무는 하계로 내려가 남씨를 만나는 것이고, 또한 남씨의 글씨를 점검하여 제대로 갖추어졌는가를 살피는 것이었다.

수치선의 손에는 남씨가 쓴 글이 들려져 있었다. 수치선은 이것을 아직 읽어보지 않은 상태였다. 그러나 수치선의 표정이나 태도로 보아 글씨에 대해 큰 기대를 갖지 않는 것처럼 보였다.

수치선은 그 어떤 일보다도 남씨의 글씨를 살피는 것이 가장 중요한 임무였지만 남씨의 몸과 자세를 살펴본 후로는 최상의 글이 나올 수 없다고 판단했다. 그의 행색으로 보아 글은 보지 않아도 이미 짐작할 수 있었던 것이다.

"잘 다녀오셨습니까?"

안심총 선인들이 기대를 가지고 물었다.

"……."

수치선은 조용히 경비선이 물러가기를 기다렸다가 이윽고 말했다.

"잘 다녀왔습니다, 연행선도 잘 있더군요!"

"그래요? 그거 잘됐군요……. 글씨는 입수했습니까?"

"예, 이렇게 가지고 왔습니다."

수치선은 허탈한 표정을 지으며 종이 뭉치를 들어보였다. 그러자 안심총 선인은 크게 반가워하며 말했다.

"어디 한번 볼까요?"

"……."

수치선은 말없이 글씨를 넘겨주었다. 안심총 선인들은 우주 최고의 명필에 대해 큰 호기심을 갖고 있었다. 이들은 즉시 남씨의 글을 조심스레 펼쳐보았다.

"……."

수치선은 그저 망연히 서서 먼 곳만 응시하였다.

"호, 과연 대단하군! ……역시 훌륭해!"

안심총 선인들은 연신 감탄하였다.

"이것 보라고! ……이토록 아름답다니! ……과연 ……대단하군."

안심총 선인들은 글씨의 세세한 부분까지 살피면서 눈을 뗄 줄 몰랐다. 그러고는 한참 만에 수치선에게 말을 건넸다.

"대단하지요? 이것이 바로 우주 제일의 명필 글씨입니까?"

"……."

수치선은 말없이 글씨를 살펴봤다. 처음 보는 글씨였지만 오래 살펴보지 않았다. 잠깐 훑어보는 듯하더니 이내 종이를 다시 접어두었다.

"......."

안심총 선인들은 미소를 지은 채 수치선의 말이 떨어지기를 기다렸다. 그러자 수치선이 고개를 좌우로 저으면서 말했다.

"이것은 잘못된 글씨입니다, 힘의 곡조(曲調)가 조화를 이루고 있질 않아요!"

"예? 우리가 보기엔 어느 한 곳도 나무랄 데가 없는데……. 나도 글씨는 모르지 않지만……."

안심총 선인들은 놀란 듯 혹은 민망한 듯 남씨의 글씨에 대해 두둔하고 나섰다. 그러나 수치선의 태도는 변치 않았다.

"물론 잘 쓴 글씨입니다, 하지만 그냥 속서(俗書)일 뿐입니다……. 최상이 될 수 없습니다."

"그런가요? 어째서 그럴까요? ……연행선은 당대 최고의 명필이 아니던가요?"

안심총 선인은 의아스럽다는 듯이 캐물었다. 수치선은 별로 관심 없다는 듯이 딴 곳을 보며 대답했다.

"연행선은 없습니다, 지금은 한낱 속인일 뿐이에요……. 병든 몸으로 쓴 글씨는 그의 힘을 펼치지 못하는 한계인 것입니다……."

"그런가요? 우리가 볼 때는 정녕 나무랄 데 없는 명필 같은데……."

"물론, 여러분들이 보기엔 저 글씨가 명필로 보이겠지요!"

수치선의 말투는 다소 냉소적이었다. 안심총 선인들은 분명 무안을 당한 셈이었다. 수치선이 내뱉은 말은 바로 안심총 선인들의 눈은 틀려 있다고 정곡을 찌른 것이다.

서두에 '물론'이란 강조법까지 쓴 것은 바로 수치선 자신은 안심총 선인들이 엉터리라는 것을 처음부터 알고 있었다는 뜻이었다.

안심총 선인들은 잠깐 어처구니가 없다는 표정을 지었지만 어쩔 수 없었다. 자신들의 실력이 모자라니 당연히 그런 취급을 받는 것뿐.

"이제 어떻게 하시겠습니까?"

안심총 선인은 평상시의 기분을 되찾고는 다시 물었다. 부푼 기대를 갖고 찾은 남씨가 글씨를 쓰지 못할 폐인이 되었다면 이제 어떻게 하겠냐는 뜻이었다.

원래 안심총의 방침은 남씨의 글이 예전 연행선일 때의 실력을 되찾지 못했을 경우 수치선을 처형하게 돼 있었다. 다만 수치선에게 부여된 권리는 남씨가 예전의 글씨를 회복하도록 도와줄 수는 있었다. 남씨가 한동안 글씨를 잊고 살았다 하더라도 그 영혼 속에는 여전히 예전의 실력이 보존되어 있을 것이므로 그것은 당연한 처사였다. 그렇기 때문에 그 실력을 이끌어 낼 기회를 주겠다는 것이었다. 그 방법에 대해 수치선은 자신의 의견을 말했다.

"정식으로 제안합니다. 연행의 글씨는 현재 완전히 죽어 있는 것은 아닙니다……. 곳곳에 그 빛나는 필력이 드러나고 있습니다. 다만 속인의 몸으로는 한계에 부딪쳐 있지요. 글씨란 어느 정도 몸이 갖추어져야 합니다. 연행은 지금 참된 자신의 몸이 없기 때문에 글씨에 적절한 기운을 주입하지 못하고 있을 뿐입니다. 그래서 말인데……."

수치선은 이번 임무의 감독격인 안심총 수석(首席) 선인을 똑바로 쳐다보며 말을 이었다.

"연행의 몸을 고쳐주어야겠습니다."

"예? 어떻게 말입니까?"

수석 선인은 가볍게 놀라며 말했다. 수치선은 다시 수석 선인을 똑바로 쳐다보며 대답했다.

"그에게 기운을 주입하는 것입니다. 속인의 몸을 고쳐야 하는 것이지요!"

"뭐라고요? 그럼, 연행의 몸을 신선처럼 만들어 주자는 뜻입니까?"

"그렇습니다……."

수치선은 태연히 대답했다. 그러자 수석 선인은 얼굴을 찡그리며 말했다.

"아니 될 말!……. 우리가 어찌 속인의 몸에 관여를 합니까? ……그것으로 그의 운명이 바뀔 수도 있을 텐데……."

"예, 잘 알고 있습니다……. 어쩔 수 없지 않겠습니까, 그렇다고 완전히 선인의 몸으로 만들어 놓겠다는 것은 아닙니다. 그저 일갑자(一甲子)의 기운 정도면 되겠지요!"

"글쎄요, 그 정도면 큰 탈이 없을까요?"

"그럴 것입니다, 정마을에는 일갑자의 공력을 가진 다른 속인도 있었습니다……. 박씨라는 사람인데, 틀림없이 풍곡선이 그 사람의 기운을 주입해 주었을 것입니다. 우리라고 해서 연행에게 그런 일을 해 주지 말라는 법은 없습니다……."

"허 참……."

수석 선인은 여전히 망설이고 있었다. 그러자 수치선이 다시 말했다.

"한 가지 방법이 더 있습니다……."

"……."

"현재 연행은 기운이 회복 중에 있습니다……. 황정경을 공부하고 있지요. 앞으로 수십 년을 기다리면 그만한 공력은 터득할 것입니다. 어쩌면 그 이상이 될지도 모르겠지요……."

"그래요? ……하지만 수십 년을 어떻게 기다립니까?"

"어쩔 수 없지 않습니까? 기운이 회복되면 분명 예전의 그 글씨를 회복할 텐데 그것을 포기하자는 겁니까?"

"알겠습니다, 하지만 우린 지금 시간이 없어요…… 수십 년은 우리에게 잠깐이겠지만 오늘날 상황이 잠시도 지체할 수 없습니다."

"좋아요, 그럼 상부에 건의해 주십시오. 어차피 기다리면 될 일을 우리가 관여해서 조금 앞당기자는 것뿐입니다. 단지 일갑자의 공력이 필요할 뿐입니다. 조금 전에도 말씀을 드렸지만, 이미 풍곡선은 그런 일을 손쉽게 처리한 예가 있지 않습니까. 우리도 그렇게 하면 됩니다."

수치선은 자신의 결연한 의지와 미소를 함께 담아서 안심총 선인들을 둘러봤다. 그러자 안심총 수석 선인도 납득이 되었는지 고개를 끄덕이며 말했다.

"잘 알겠습니다, 상부에 긴급 건의하지요…… 그럼 수치선은 어떻게 하겠습니까?"

"나 말인가요? 나는 여기서 기다리지요. 어차피 상부에서 허락이 떨어지면 내가 다시 하계로 내려가 일을 해야 하지 않겠습니까?"

수치선의 말은 당연한 것이었다. 다만 상부에서 허가가 떨어지지 않으면 수치선은 다시 압송돼 가야 하는 입장에 처하게 된다. 이에 대해 안심총 수석선은 잠시 가능성을 생각해 봤다. 그러고는 정중히 말했다.

"좋습니다, 우리가 다녀오지요. 수치선은 이 지역을 벗어나서는 안 된다는 것을 잘 아시지요."

"허허, 내가 어떻게 옥황부 안심총을 피할 수 있겠습니까? 다녀오실 동안 이곳 경치나 감상하고 있겠습니다."

"......."

수석 선인은 말없이 고개를 끄덕였다. 일개 서선(書仙)이 어떻게 안심총의 추적을 따돌릴 수 있을 것인가! 안심총 선인들은 수치선을 이곳에 내버려두고 상부에 다녀와도 될 것 같은 생각이 들었다. 단지 수치선이 이곳 경치를 감상하고 있겠다는 말은 다소 우스운 일이 아닐 수 없었다.

'이 인연의 늪에 무슨 경치가 있단 말인가! 하지만 경치가 없는 경치도 또한 경치일 수 있으니 깊게 따질 일은 아니군.'

"잘 알겠습니다, 잠시 다녀오지요."

안심총 선인들은 이 말을 남긴 채 일제히 떠나갔다. 하지만 수치선은 경치를 구경하지 않고 그 자리에 앉아 명상에 잠겼다. 심란한 마음을 가라앉힐 필요가 있기 때문이었다.

평생 처음 찾아가 본 속세, 그리고 곤경에 빠진 연행선, 이 모든 것이 수치선에게는 너무나 놀라웠다.

안심총의 선인들은 남선부로 향했다. 이들은 처음부터 남선부를 경유하여 인연의 늪으로 파견되었지만, 남선부 관내에는 이들을 지휘하는 상설 지휘소가 있었다. 이 지휘소는 남선부 일대와 하계의 정보를 수집 관리하는 곳으로서 이곳의 지휘선관은 상당한 위치에 있는 선인이다.

이 지휘 선관을 밀행(密行) 대선관이라 부르며 굳이 공식적으로 말하자면 남선부 대선관에는 미치지 못하지만 실질적인 권한은 남선부 대선관을 능가하였다. 물론 남선부에 항상 밀행 대선관이 나와 있는 것은 아니다. 다만 현재는 연행선의 일로 밀행 대선관이 출행해 있는데, 그만큼 연행선, 즉 남씨의 일이 중대한 사안이란 뜻이었다.

인연의 늪을 떠나 안심총의 선인들, 다시 말해 밀행선들은 일체의 검문이나 통제를 받지 않고 남선부에 급히 도착했다. 그동안 속세에서는 열흘이라는 시간이 흘렀을 것이다.

밀행선들은 즉시 자신의 상관인 밀행 대선관 앞으로 나아갔다.

"다녀왔습니다."

밀행선은 예의를 차리지 않고 가볍게 보고했다. 대선관은 관심을 보이며 물었다.

"음, 어찌 되었나?"

"예, 연행을 만났습니다. 연행이 쓴 글씨도 입수했습니다."

"잘됐군! 글씨는 여전하던가?"

"글쎄요. 저희가 보기에는 흠잡을 데가 없었습니다. 그런데 수치선의 말에 의하면 틀린 글씨랍니다."

"수치선의 말이 맞겠지! 실망스러운데……."

대선관은 쓸쓸한 표정을 지으며 말했다.

"……그래서 어떻게 하겠다던가?"

"연행의 솜씨는 그 영혼 속에 살아 있답니다. 그렇기 때문에 정비가 필요한 것 같습니다."

"그럴 테지! 수련을 시켜야 하는가?"

"예, 그런데 한 가지 문제가 있습니다."

"……."

"수치선의 말에 의하면 현재 연행의 글씨가 인간의 몸으로는 한계점에 도달해 있다고 합니다. 따라서 몸의 개선이 요구됩니다."

"그래? 몸을 고쳐주면 되겠군!"

대선관은 대수롭지 않다는 듯이 말했다.

이에 대해 밀행선은 가볍게 놀랐다.

"예? 몸을 고쳐주어도 되겠습니까?"

"뭐, 약간 정도라면 문제될 것도 없겠지!"

"그렇습니까? 그래도 선인으로서 속계의 일에 관여하는 것이 되는데……."

"괜찮아! 수치선은 연행선과 도반 사이가 아닌가? 그런 사이이니만큼 인연이 남아 있는 것이야. 친구의 건강을 도와주는 것은 당연할 수도 있어."

"그렇습니까? 별일이 아니로군요! 그럼 몸을 고쳐주어도 되겠다고 허락하신 말씀이지요?"

"물론이지. 연행선은 지금 큰일을 하게 되어 있는 걸세. 작은 일에는 개의치 말게."

대선관은 거리낌이 없었다. 밀행선의 입장에서 보면 공연한 일로 신경을 썼던 셈이었다. 아무튼 밀행 대선관의 허락이 떨어졌으므로 이를 곧바로 시행할 수 있게 되었다.

밀행선은 기쁜 낯으로 쾌활하게 대답했다.

"잘 알겠습니다. 지금 다시 가서 지시를 내리겠습니다."

"그렇게 하게. 나는 옥황부로 올라가야겠어. 요즘 총단(叢團)에 심상치 않은 일이 있는 모양일세!"

대선관은 답답한 표정을 지으며 말했다. 이에 밀행선은 크게 관심을 나타냈다. 이들은 원래 매사에 관심이 많았고 또한 민감했다. 무엇이든지 알고 지내기를 좋아하는 것이다.

"아니, 심상치 않은 일이라니요?"

"글쎄. 나도 내용은 잘 모르네. 하지만 돌아가는 기류가 자연스럽지 못해!"

자연스럽지가 못하다는 것은 궤도에 어긋난 일이 발생했다는 것을
의미한다.

선인들, 특히 안심총의 밀행 대선관 정도 되면 무엇인가 조그마한
변화에도 즉각적으로 반응한다.

현재 안심총 본단(本團)에서는 안심총 대선관인 측시선이 모습을
보이지 않은 지가 오래 되었다. 물론 이러한 일은 극비로서 밖으로
파견돼 나가 있는 밀행 대선관에게까지 알려져 있는 것은 아니지만,
뭔가 변화를 느낄 수는 있기 때문이었다. 밀행 대선관이 자연스럽지
못하다는 표현을 사용하긴 했지만 서로 뜻이 오가는 곡조(曲調)가
달라진 것을 이미 간파한 것이다.

밀행선은 자신의 상관인 대선관의 표정을 읽고 고개를 끄덕였다.
이미 자신들에게도 심상치 않은 느낌이 찾아오고 있는 것이다. 하지
만 지금 그런 것에 관심을 둘 때가 아니었다.

"저희는 이만 가보겠습니다. 대선관께서는 다시 이곳으로 내려오시
겠습니까?"

"글쎄. 자네들은 인연의 늪에서 기다리게. 내가 연락해 줄 테니."

"예, 알겠습니다."

밀행선들은 가볍게 인사를 하고는 다시 방향을 돌려 인연의 늪으
로 향했다. 잠시 후 밀행 대선관도 자신의 방향으로 떠나갔다.

기습당한 옥황상제

옥황부 안심총에는 대체 무슨 일이 발생하고 있는 것일까? 현재 안심총 대선관인 측시선은 경호총에 체포되어 있었지만 측시선 자신도 그 이유를 아직 모르고 있었다. 경호총에 의해 체포된 선인은 측시선 외에도 안심총의 지휘부 선인 몇 명, 그리고 천명관들 중에서도 체포 혹은 근신 처분을 받은 선인들도 있었다. 필경 사건은 대규모적으로 발생한 것 같았으나 모든 일은 은밀하게 이루어져 있으므로 사실이 철저히 가려져 있었다.

이들 중요 선인들이 체포되었다는 것은 옥황부 내에서도 극히 제한된 몇몇 선인들만이 짐작하고 있을 뿐이었다. 물론 경호총 내에서도 철저히 비밀로 되어 있었으나 경호총 대선관인 안지선과 휘하 비밀부대 소속의 실무자들은 알고 있을 수밖에 없었다.

현재 측시선은 황야라는 곳에 갇혀 있었는데, 경호총의 특별 경호군에 의해 엄중 감시받고 있는 중이었다. 측시선으로서는 영문도 모른 채 수감되어 있는 처지였지만, 마음의 동요는 별로 없었다. 경호총의 안지선은 인격자로서 부당한 일로 측시선 자신을 체포하지는 않앗을 것으로 믿고 있기 때문이었다.

측시선은 방금 명상에서 깨어났다. 이곳 감옥에 끌려온 이래 줄곧 명상 상태에 있던 측시선은 처음으로 방문객을 맞이했다. 그러나 뜻밖에도 그 방문객은 다름 아닌 안지선이었다. 안지선은 직접 측시선을 연행해 놓은 다음 다급한 일로 외출을 했었다.

"어디를 좀 다녀왔습니다. 그동안 불편한 점은 없었는지요."

안지선은 송구스러운 듯 정중하게 안부부터 물었다. 이에 대해 측시선은 별일 없었다는 태도를 보이며 부드럽게 대답했다.

"괜찮습니다. 다만 어떻게 된 것인지 영문을 모르니 답답하군요."

"아. 예, 죄송합니다. 먼저 연유부터 말씀 드려야 하는데 그만……. 이제 급한 일은 없으니 말씀을 드리지요. 우선 몇 가지 묻겠습니다."

"……."

"측시선께서는 그간 남선부에 내려가셨었지요?"

"그렇습니다. 그게 잘못된 것인가요?"

"아닙니다. 참고로 물어볼 뿐입니다. 다시 대답해 주십시오. 남선부에는 무슨 볼일로 가셨습니까?"

"염라대왕을 만나러 갔습니다."

측시선은 선선히 대답했다. 현재의 문답은 비록 정중하게 이루어지고는 있었지만 일종의 심문인 셈이었다. 측시선은 이를 순순히 받아들였다. 현재 안지선은 조사관의 신분이었고 측시선 자신은 피의자의 신분에 해당되기 때문이었다. 만일 서로 반대의 입장이 되었다 하더라도 안지선 또한 순순히 심문에 응했을 것이다. 도덕적으로 거리낌이 없는 한 심문에 성실히 임하는 것이 선인들의 인격이었다.

안지선이 다시 물었다.

"염라대왕을 무슨 일로 만났습니까?"

"공식적인 일입니다. 우리는 평허선공께 죄를 지었었는데 그것을 수습하기 위해서였습니다."

"……."

"우리의 죄는 평허선공을 기만하고 염라대왕을 도주시킨 일이었습니다. 이제 와서는 모든 것이 탄로 났기 때문에 그 일로 염라대왕께 자문을 구하러 갔었던 것입니다."

"그런가요? 그래 일은 잘 되었나요?"

"예, 염라대왕께서는 유명부(幽命部)로 돌아가 평허선공을 기다리시겠답니다."

"그렇습니까? 잘 되었군요."

안지선은 진정 기쁜 표정을 지었다. 안지선은 공무에 있어서는 어디까지나 측시선과 동지였으므로 그의 얼굴에 나타난 표정은 진심에서 우러난 것이었다. 안지선은 다음 문제로 넘어갔다.

"한 가지만 더 물어보겠습니다. 단순하게 진실만 대답해 주십시오. 이렇게 강요해서 죄송합니다."

안지선은 이렇게 말했는데, 인격 높은 선인들 사이에서는 진실만 대답해 달라는 말은 상당히 결례에 해당되었다. 측시선 같은 선인이라면 으레 진실만을 대답할 것이기 때문이었다. 안지선은 이 점에 대해 죄송하다고 미리 밝혔는데, 사안이 그만큼 중대한 것 같아 측시선은 충분히 감안하고 있는 것이다.

"걱정 마십시오. 사실대로 말하리다."

"예, 죄송합니다. 그럼 이번에는 안심총 업무에 대해 묻겠습니다."

안지선은 거듭 송구스러움을 밝히고 조심스럽게 말을 이어갔다.

"옥황상제께서 평허선공을 면접하는 자리를 기억하실 것입니다. 그 일에 안심총 선인들이 일부러 경호를 맡았는데 무슨 뜻이 있었는지요?"

"예, 아 예, 그것은 평허선공이 우려되어서입니다."

"그 밖에 다른 의도는 없었습니까?"

"무슨 말씀이신지……?"

"미안합니다. 다시 묻지요. 그곳에 배치된 선인들은 믿을 만합니까?"

"그렇습니다. 제가 신뢰하는 선인들입니다. 그들에게 무슨 일이 있었습니까?"

측시선은 의혹이 가득한 눈빛으로 안지선을 바라보며 물었다. 안지선은 허공을 한참 동안 응시하며 생각에 잠겼다가 대답했다.

"아무것도 모르시는군요. 제가 오해를 했었나 봅니다."

"오해라니요? 시원하게 얘기해 보십시오."

"예, 말씀 드리지요. 사안이 중대하여 본의 아니게 오해를 했습니다. 이해해 주십시오."

"……."

"그 자리에서 천만 뜻밖의 중대한 일이 발생했습니다. 안심총의 선인 하나가 갑자기 옥황상제를 기습했습니다."

"예? 그런 일이 있었다고요!"

측시선은 경악했다. 옥황상제를 기습하다니! 이런 일은 도저히 있을 수 없는 일이었다. 더구나 안심총 소속 선인들이 그런 일을 저지르다니! 이처럼 황송스런 일이 어디 있단 말인가! 측시선은 너무 놀라 한동안 말문이 막혔다.

"……."

안지선도 측시선이 안정되기를 기다렸다. 이제 측시선이 체포된 이유는 밝혀진 것이다. 안심총의 소속 선인이 옥황상제를 공격했다면 이는 천하에 불충스런 일이며 대역죄를 범한 것이다. 온 우주를 통틀어서도 이보다 더 불충스런 죄는 없을 것이다.

그러므로 당연히 이 일을 저지른 안심총 소속 선인들의 상관인 측시선도 함께 죄를 받아야 마땅하다. 아니 그보다도 안심총 소속의 선인이 옥황상제를 공격했다면 이는 당사자의 문제일 뿐만 아니라 안심총 전체가 문제임이 틀림없다. 특히 안심총의 대선관인 측시선은 그 최종적인 책임을 져야만 하는 것이다.

"……."

측시선은 망연한 표정으로 천천히 고개를 끄덕였다. 그러고는 맥없이 말했다.

"큰 죄를 지었군요. 어째서 그런 일이 있었을까요? 아니 그보다 옥황상제께서는 변고나 당하시지 않았는지요?"

"예, 다행히 그런 일은 없었습니다. 다만 그 와중에 성관이 떨어졌습니다."

"성관이라고요? 기어이 그런 일이 일어났군요!"

측시선은 고개를 연신 끄덕거렸다. 성관이 떨어진 일은 일찍이 측밀원에서 예측하지 않았던가! 그래서 옥황상제 당신께서도 사전에 성관을 점검까지 한 바 있었던 것이다. 그런데도 성관이 떨어지다니! 측밀원의 예측이 정확했던 것이다. 과연 운명은 어찌할 수 없단 말인가?

안지선도 입을 꼭 다문 채 고개를 끄덕였다.

"……."

두 선인은 잠시 동안 각자 저마다의 생각에 잠겨 있었다. 그토록 주의했던 성관이 떨어지다니! 그리고 하필 안심총 소속 선인들이 옥황상제를 기습한 일은 또 무엇이란 말인가! 이 일은 측밀원에서조차 예측할 수 없었던 일이었다. 성관이 떨어지리라는 것을 미리 예측했던 측밀원에서조차 왜 떨어지게 되는지 원인을 몰랐던 것이다. 그러나 그것은 가능한 일이었다. 왜냐하면 결과는 하나이지만 그 원인은 매우 많은 경우가 있기 때문이다.

아무튼 지금은 그것이 문제가 아니었다. 그보다도 옥황상제 기습 사건 자체가 더 큰 문제인 것이다. 측시선이 침묵을 깨고 먼저 말했다.

"엄청난 일이군요! 그런 황송한 일이 있었다니, 당시 상황이나 좀 알려주시지요!"

안지선은 감고 있던 눈을 뜨며 대답했다.

"하마터면 큰일 날 뻔했습니다. 기습은 강공(强攻)이었지요. 그것을 평허선공께서 막아냈습니다. 만일 평허선공이 아니었다면 필경 성체(聖體)가 피격되셨을 것입니다. 너무나 황송한 일입니다."

"그렇군요. 평허선공께서 막아서신 일은 참으로 다행한 일입니다. 공격한 선인은 체포했습니까?"

"물론입니다. 도주 중인 것을 경호총에서 체포했습니다. 현재 조사 중에 있습니다."

"엄중 조사해야 하겠지요. 다만 이 시점에서 한 가지 말씀을 드리겠습니다."

"……"

안지선은 말없이 측시선을 응시했고, 측시선도 안지선을 똑바로 보며 말했다.

"우리 안심총에서는 단체로 그 일을 저지르지 않았다고 말씀을 드리겠습니다. 혹시 제가 모르는 일이 부하들 사이에 있었다면 모르겠으나……."

측시선은 자신이 아는 한 어떤 모종의 음모도 없었다는 점을 밝힌 것이다. 그러나 단지 측시선이 모르는 안심총 내에 배신행위의 가능성은 배제할 수 없다고 말했다. 안지선은 정중한 눈빛으로 말했다.

"저는 측시선을 믿습니다. 자, 이제 나가서 함께 조사를 합시다."

"예? 제가요? 저는 죄인입니다. 어떻게 제가 나설 수가 있겠습니까?"

측시선은 손을 흔들어 거절하였다. 왜냐하면 자신은 안심총의 지휘자로서 자신의 부하가 죄를 저질렀으므로 어떻게 직접 조사에 참여할 수 있겠냐는 뜻이었다. 만약 자신이 이 제의를 받아들인다면 의혹이 더욱 증폭될 수가 있는 것이다. 더구나 측시선 자신이 실제로 죄가 있다면 어떻게 되겠는가? 이에 대해 안지선은 다시 한 번 말했다.

"당신이 직접 나서야 합니다. 우리로서는 안심총의 깊은 내면을 조사할 수가 없습니다. 더구나 사건 자체가 비밀에 붙여져 있는 이상 세심한 조사는 불가능합니다."

안지선의 말도 일리가 있었다. 현재 안심총의 총지휘자인 자신조차도 모르는 일인데, 어떻게 다른 부서에서 안심총의 그 내면을 조사한단 말인가? 안심총이 어떠한 곳인가! 외부에서 조사를 맡는다면 그에 응하지도 않을 것이었다. 그리고 안심총 자체 내에서 반대를 한다면 이를 조사할 기관은 온 우주 안 그 어디에도 없는 것이다.

하지만 측시선의 입장은 난처할 뿐이었다. 자신의 부서가 관계된 일을 어떻게 스스로 조사를 한단 말인가! 바로 역모에 해당되는 사안 그 자체가 너무 크기 때문이었다.

측시선은 슬픈 어조로 말했다.

"저는 죄인입니다. 죄인이 죄를 짓고도 자신이 저지른 죄를 조사한다면 의혹이 분명 제기될 것입니다. 돕고 싶어도 도울 수가 없습니다. 그러니……."

"아 잠깐! 제가 말씀 드리겠습니다."

안지선은 측시선의 말을 막았다.

"……."

측시선은 망연히 안지선을 바라봤다. 안지선이 다정한 눈길로 측시선을 똑바로 응시하며 말을 이었다.

"이 일은 바로 당신이 해결해야 합니다. 옥황상제께도 이미 허락을 받아놓은 상태입니다. 옥황상제께서는 안심총 소속 선인이 이 일을 저질렀지만 여전히 당신을 신임한다고 하셨습니다."

"예? 저런!"

측시선은 다시 한 번 경악했다. 이렇게 크나큰 일이 일어났는데도 옥황상제는 측시선을 신임한다는 것이다.

"이런 황송할 데가!"

측시선은 자기도 모르게 자리에서 벌떡 일어나 성궁을 향해 큰절을 올렸다.

"……."

안지선도 경건한 자세로 이를 바라보고 있었는데, 측시선의 눈시울은 이미 젖어 있었다. 측시선은 눈을 잠깐 찡그리고 무릎을 꿇은 채로 말했다.

"너무 황송합니다. 제가 어떻게 했으면 좋겠습니까?"

"일어나십시오. 그리고 옥황상제를 위해 사건의 진상을 규명하십시오."

안지선은 단호하게 그리고 격려하듯 말했다. 측시선은 눈을 감고 다시 말했다.

"그렇게 해도 되겠습니까?"

"물론입니다. 옥황상제께서도 신임을 표시하셨는데, 측시선께서 그에 응하시지 않으시면 이제는 정녕 불충이 되고 맙니다. 잘 생각하세요."

"그렇습니까? 그럼 저는 이제부터 안지선의 가르침에 따르겠습니다."

"자, 됐습니다. 어서 가서 일을 보십시오."

안지선은 미소를 지으며 측시선을 일으켜 세웠다. 측시선은 일어나서 말했다.

"현장은 어떻게 되었습니까? 보안은 계속 유지되고 있습니까?"

"현장에 있던 모든 선인들은 구금되어 있습니다. 현재까지 보안은 잘 유지되고 있으나 앞으로가 문제입니다. 추가 조사가 필요합니다."

"그렇겠군요. 급속한 보안 확대가 취해져야 할 것입니다. 사건이 일어났던 모든 곳은 봉쇄했습니까?"

"물론입니다. 사건이 일어난 즉시 현장은 완전히 봉쇄되었습니다."

"잘 하셨군요. 추가로 봉쇄한 병력 자체들 또한 봉쇄해야겠습니다. 외부로 알려져서는 안 되니까요!"

"현재까지는 그렇게 하고 있으나 이 역시 역부족입니다. 측시선께서 도와주십시오."

"예. 그럼 저는 안심총으로 돌아가야 하겠습니다. 그래도 되겠는지요?"

"무슨 말씀을요! 어서 가십시오."

안지선은 손을 들어 어서 밖으로 떠날 것을 종용했다. 측시선은 당당히 인사를 하고는 감옥 문을 나섰다. 밖에는 여전히 경호군이 삼엄한 감시를 하고 있었으나 안지선의 신호로 그 경계를 풀었다.

측시선은 조용히 경호총 별관을 떠났다. 잠시 후 측시선이 모습을 드러낸 곳은 옥황부 특구의 안심총 본부였다. 정문에서 위선(衛仙)의 영접을 받았다.

"……."

위선은 말없이 인사를 했고, 측시선은 고개를 숙이고 통과했다. 정문에서 본관 건물까지는 거리가 짧았는데, 본관에 이르기 전에 두 명의 선인이 급한 걸음으로 다가왔다.

"별일 없으셨는지요? ……그간 연락이 없으셔서 궁금하던 차입니다."

이렇게 안부를 물은 선인은 다름 아닌 안심총의 지휘 간부로서 한동안 모습이 보이지 않던 측시선에 대해 우려를 나타냈다. 이들 선인이 알기에는 측시선은 염라대왕을 만나기 위해 남선부에 갔었는데, 일을 마치고 돌아오는 중이라는 소식을 받았던 것이다.

그러나 그 소식을 전해 들은 얼마 후 갑자기 행방이 묘연해졌고, 더 이상 아무런 소식도 들려오지 않았던 것이다. 그들은 측시선이 갑자기 행방을 감춘 이유가 몹시 궁금했었다. 그러나 이제야 나타난 측시선에게는 그만한 사연이 있었으리라고 생각이 되었다. 특히 안심총 대선관의 위치에 있는 선인이라면 사소한 틈새가 있어도 관심의 대상이 되곤 하였다. 그것은 그만큼 정밀하고 신속한 일을 지휘하는 선인이기 때문이다. 지금 측시선을 마중 나온 선인들은 그동안 긴장 상태에서 대기하고 있었던 터라 측시선을 보자마자 반가움도 함께 나타냈다.

이에 측시선도 미소를 보이며 말했다.

"나는 괜찮네! 이곳은 그동안 별일은 없는지?"

"별일이 있었습니다! 밀궁에 심상치 않은 일이 발생한 것 같습니다만……."

밀궁이라면 옥황상제가 기거하는 성궁을 말한다. 최근에 발생한 사태를 측시선은 이미 잘 알고 있었지만 안심총의 간부들은 아직 자세한 내막을 모르고 있는 것이 틀림없었다.

측시선은 일단 안도감을 느꼈다. 옥황상제 습격 사건은 아직 외부에 알려지지 않은 것이다. 안심총의 간부조차 그 일을 모른다면 이 일은 충분히 비밀이 유지되고 있는 것이 분명했다. 그간 경호총에서 일을 잘 해 준 셈이었다.

"……."

측시선은 말없이 고개를 끄덕거리며 집무실을 향해 걸었다. 옆에서 걷고 있는 선인들도 더 이상은 말을 붙이지 않고 일단 집무실에 당도했다. 속으로는 자신의 상관인 측시선이 이미 심상치 않은 모든 사태를 알고 있는 것으로 판단되었기 때문이었다.

고도의 관찰력과 판단력을 갖춘 선인들에게 마음을 감추는 것은 상당히 어려운 일이었다. 측시선이 나타나자마자 안심총의 간부들이 전한 놀랄 만한 일에 대해 전혀 놀라지 않았기 때문에 이미 사건을 알고 있다는 표현을 한 셈이다. 어쩌면 측시선도 일부러 침묵으로 자신이 모든 사실을 알고 있음을 먼저 말해 주었는지도 모른다. 지금 측시선과 함께 있는 선인들은 안심총 대선관, 즉 측시선의 절대 측근으로 최고의 비밀은 우선 이들에게 밝혀 주어야 한다.

측시선의 업무는 벌써 시작된 셈이었다. 함께 있는 선인들도 이미 상황을 추리하고 대응책을 강구하고 있었다. 측시선은 자신의 집무실에 도착, 자리에 정좌하고 난 뒤 이윽고 입을 열었다.

"그동안 자리를 비워서 미안하오, 지금 중대한 사태가 발생했소……."

"……?"

"지금 당장 은밀히 비상사태를 선포하는 바이오. 특별위원회를 구성하도록 하시오."

은밀한 비상사태란 비상 상태이면서도 그 자체를 비밀로 해야 하는 사태를 의미한다. 이런 일은 극히 드문 일이지만 안심총 업무에는 있을 수 있는 일이라서 미리 그 방침이 설정되어 있는 것이다. 이럴 때는 안심총 내에서 가장 믿을 수 있는, 그리고 지위 명분이 확실한 선인들로 구성된 수습사령부가 만들어지게 된다. 그리고 특별위원회란 바로 수습사령부를 말한다.

하지만 여기에 속한 선인들은 이미 선정되어 있으므로 따로 대상을 심사할 필요가 없다. 단순히 특명을 발령하기만 하면 되는 것이다. 그런데 특별위원회 소속 선인들은 외부에 알려져 있지 않을 뿐만 아니라 또한 은밀한 비상사태 수습 특별 위원회의 존재도 외부에는 비밀로 되어 있다. 이들은 본인들만 알고 있는 것으로, 때가 아니면 이에 관한 업무조차 미리 준비되어 있지 않다.

이제 특별위원회 설치 특명이 발령되었기 때문에 곧바로 작업은 시작되었는데, 현재 측시선 곁에 있는 두 명의 선인들은 특별위원회의 일원으로 수습 선인이 된 것이다. 따라서 이들은 자신들이 평소 유지하고 있는 조직력을 동원해서 목표를 성취해 나아가야 한다.

수습선이 말했다.

"대선관님, 그 일로 행방을 감추셨군요……. 저희가 이제 그 내용을 물어도 되겠습니까?"

당연한 일이었다. 내용을 모르면 일을 진행시킬 수 없는 것이다. 하물며 비상사태라고까지 하는데 더 말할 나위가 있겠는가!

"……."

측시선은 말없이 두 선인을 둘러봤다. 그러고는 조용히 이들에게 먼저 물었다.

"두 분이 알고 있는 사실을 말해 보시오……. 최근 안심총 선인들 중에 행방불명된 선인이 있는지요?"

"예? 그런 일이 있다고는 못 들었는데요!"

한 수습선이 의아스럽다는 표정을 지으며 말했다. 측시선은 고개를 천천히 끄덕이면서 또다시 물었다.

"지난번 평허선공 면접행사 때 파견되었던 선인들은 돌아왔습니까?"

"……."

수습선들이 잠시 생각에 잠기자 측시선이 다시 물었다.

"여섯 명이나 되지 않았습니까?"

"아, 예……. 그 선인들은 옥황상제의 비밀 연회에 초청되었다고 하던데요!"

"누가 그러던가요?"

"경호총에서 기별이 왔었습니다……."

수습선들은 서로 바라보며 이렇게 대답했다. 측시선은 허탈한 미소를 지으며 고개를 가로저었다. 그러다가 갑자기 눈빛을 고치며 날카롭게 말했다.

"그들은 체포되었습니다!"

"예? 체포라고요? ……갑자기 무슨 일입니까?"

"큰 죄를 저질렀습니다……. 그들 중 한 선인이 옥황상제를 공격했습니다. 무엄하게도!"

"예?"

수습선들은 공포의 눈빛으로 서로를 바라봤다. 측시선이 다시 말했다.

"그 선인은 경호총에 지금 체포되어 있습니다. 우리가 그 사건의 조사를 맡게 되었습니다."

"……."

"어서 가보십시오, 사건 자체가 극비입니다."

"예, 잘 알겠습니다……. 은밀한 비상사태령을 발령하겠습니다."

"……."

측시선은 말없이 고개를 끄덕거렸고, 수습선들은 즉시 밖으로 사라졌다. 잠시 후 측시선은 당직 선인을 불렀다.

"부르셨습니까?"

당직선은 한가롭게 인사를 건넸다. 당직선으로서는 평상 업무 상태에서 측시선을 상면하는 것이었다. 측시선도 태평하게 말했다.

"음, 내가 잠시 자리를 비웠는데 별일은 없었는가?"

"별일이 없었습니다……. 그냥 여전할 뿐입니다……."

"그런가? 평허선공의 동정은 어떻던가?"

측시선은 당직선을 정면으로 보면서 물었다. 당직선은 여전히 편안히 대답했다.

"예, 그 어른께서는 성궁의 행사를 무사히 마치시고 시석회를 주관하셨습니다."

시석회! 이 일은 평허선공의 본래 사업이었다. 평허선공이 비록 안심총의 유인 작전에 말려들어 시석회를 주관하게 되었다고는 하지만 이를 마다하지 않은 것이었다.

측시선은 가볍게 놀라며 다시 물었다.

"시석회는 정상적으로 이루어졌는가?"

"그렇다마다요! ……지금 무엇을 묻고 계시는 것인지요?"

그제야 당직선은 다소 의아스럽다는 듯이 물었다. 측시선의 물음이 심상치 않았기 때문이었다.

'예정되어 있는 시석회인데, 어째서 정상적으로 이루어졌는지를 묻고 있는 것일까……?'

시석회라면 옥황부가 주최하는 공식 행사로써 누구나 존중해 받드는 행사였다. 이렇듯 상서로운 행사가 잘못될 리가 있겠는가!

측시선이 다시 물었다.

"평허선공의 심기는 어떻던가?"

"저는 모릅니다. 직접 시석회에 참석하지 않았습니다……. 다만 보고에 의하면 시석회는 성황리에 이루어졌고, 평허선공께서도 흐뭇해하셨다고 합니다."

"음, 알겠네……. 그런데 평허선공께서는 지금 어디에 머물고 계신가?"

"처음 머무르던 특별 영빈관으로 돌아가셨습니다."

"알겠네……. 그만 나가 있게."

"예……."

당직선이 정중히 고개를 숙이고 나가자 측시선은 잠시 생각에 잠겼다. 측시선이 생각하는 것은 두 가지로, 그 하나는 옥황상제 습격 사건이었는데 그 사건은 비상 기구에서 철저히 조사 규명될 것이다.

비상 기구는 이미 발동해 있었다. 나머지 문제는 평허선공에 관한 것으로 평허선공은 자신이 안심총에 의해 기만당했다는 것을 이미 알고 있으므로 그에 대해 응징할 가능성이 아직도 남아 있는 것이다. 다만 현재까지 안심총은 평온하지만 평허선공의 심기를 알 수는 없었다. 하지만 오래지 않아 커다란 응징이 있을 것은 뻔한 일이었다.

이것을 방지 수습하는 것도 안심총의 당면한 과제가 아닐 수 없었다.

이 일은 공식적으로 안심총의 일이지만 평허선공을 기만하는 작전을 계획한 측시선 개인의 문제일 수도 있었다. 이에 대해서 측시선이 생각해 둔 것은 자신을 희생시켜서라도 안심총을 보호하겠다는 결심이었다.

다만 현재 상황은 그리 비관적이지 않다. 평허선공이 추적하고자 하는 염라대왕의 행방이 이미 정해져 있었고, 그것을 측시선이 보고할 수 있는 입장이 된 것이다. 그러므로 그것으로써 평허선공이 입은 피해는 복구되는 셈이다. 물론 어른을 기만한 무례의 죄는 남아 있을 것이다. 하지만 그로 인한 피해가 원상 복구된다면 죄는 훨씬 가벼워진다. 더구나 측시선이 반성을 하고 염라대왕을 찾아간 것은 가상하게 보일 수 있는 것이다.

측시선은 조용히 일어났다. 이제 평허선공을 다시 만나 보고를 올려야 하는 것이다. 물론 평허선공이 면회를 허락해 줄지는 알 수 없다. 지난번에는 면회 요청을 거부당한 바 있었다. 그렇지만 지금의 상황은 크게 변해 있다. 그것은 측시선에게는 사죄 외에 보상할 사물이 존재하기 때문이었다. 이로써 운도 바뀌어 면회 요청이 허락될 수도 있는 상황인 것이다. 측시선은 집무실을 나섰다.

"어디 행차를 하시렵니까?"

밖에서 근무하던 당직선이 예의를 갖추면서 물었다. 측시선은 말없이 고개를 끄덕이고는 안심총 건물을 떠나갔다.

이즈음 옥황상제 성궁 외곽 지역에는 경호총의 특별군이 진입하고 있었다. 그러나 이러한 사태에 대해 특별히 관심을 가지는 선인은 없었다. 옥황부 내에는 이미 4급 비상경호령이 발령 중이었고, 최근에는 평허선공이 방문해 있는 중이기 때문에 이모저모 옥황궁 경비는 강화해 둘 필요가 있었기 때문이었다.

옥황상제 피습 당시 현장에 있었던 모든 선인들은 현재 외부와 완전히 단절된 채 각자 적당한 핑계를 대어 잠적을 합리화하고 있었다. 그리고 그들을 체포해 간 경호총 소속 선인들은 근신령을 받고 은밀한 곳에서 특별 교육을 받고 있는 중이었다.

다만 사건 당시 현장에 있었던 선인들일지라도 직위가 아주 높은 경우, 즉 옥황부 내의 어떤 부서의 대선관이나 천명관의 경우에는 안지선의 배려로 풀려나 자유로이 생활에 임하고 있었다.

물론 그들은 절대 함구를 다짐했고, 불미스러운 사건에 대해서는 우려와 함께 양해를 해 두고 있는 실정이었다. 양해라고 하는 것은 두 가지 측면이 있는데, 무엇보다도 큰일은 옥황상제가 공격을 받았다는 불미스런 일로 이는 옥황부의 귀천(貴賤)과 관련된 문제였다.

이에 대해서 당장은 비밀 유지밖에 해결책이 없었으나 그 일을 현장에서 직접 목격한 선인들은 크게 실의에 빠져 있었다. 이외에 또 한 가지 측면은 옥황부 전체의 안녕을 담당하고 있는 안심총에서 감히 옥황상제를 공격했다는 사실인데, 분명히 안심총 내에 불경 불충 세력이 존재할 것으로 믿어지고 있었다.

두 번째 측면에 대해서는 안심총 특별 기구에서 이미 조사가 시작되고 있는 중이었다. 이 점은 안심총 대선관인 측시선조차도 마음이 여간 착잡한 게 아니었다.

'자신의 부하들이 그와 같은 엄청난 일을 저지르다니!'

그러나 측시선은 자신이 배신당한 일에 대해서는 별로 염두에 두고 있지 않았다. 오로지 옥황상제에 대한 불충이 송구스러울 뿐이었다.

측시선은 그 일을 도모한 무리들을 어떠한 일이 있어도 밝혀내고야 말 것이다. 그리고 범인 혹은 범죄 집단이 완전히 밝혀지고 나면 측시선 자신도 대선관의 직무를 사직함과 동시에 벌을 받을 각오였다.

현재 측시선은 안팎으로 빠져나갈 수 없는 궁지에 몰려 있었다. 안에서는 옥황상제 피습 사건이 있었고, 밖으로는 평허선공 기만 사건이 그를 기다렸다.

측시선은 경보를 운행하여 옥황부의 외곽에 도착했다. 멀리 드넓은 들판이 전개되고, 왼쪽 산자락에 그리 크지 않은 영빈관의 모습이 조용히 나타났다. 근방에는 영빈관 외에 특별한 건물은 보이지 않았다. 그저 드넓고 한적해 보일 뿐이었다. 하지만 영빈관의 모습은 오히려 조용한 주변의 들판보다 더욱 고요한 느낌을 주고 있었다. 산이나 들판보다 더욱 고요한 건물! 이는 그곳에 있는 수행 깊은 도인의 기품에서 비롯된 것이리라!

그 도인은 말할 것도 없이 바로 평허선공으로서 측시선의 운명에 중대한 영향력을 행사할 선인이다. 사실 측시선뿐 아니라 옥황부 전체가 긴장하고 있는 국면이다.

측시선은 멀리서부터 조용한 걸음으로 접근해 갔다. 행여 평허선공의 휴식에 방해가 될 수도 있기 때문이었다. 하기야 불쑥 찾아가 면회를 요청하는 것이 이미 휴식을 방해한 일이 되겠지만.

측시선은 잠시 생각하며 걷고 있었다. 지난번에는 면회 요청이 거부되었는데, 이번에는 어찌 될 것인가? 만일 이번에도 면회가 거부된다면 일은 여간 난감한 게 아니었다.

측시선에게는 평허선공의 일 뿐만 아니라 안으로 자신의 관할권 내에서 더욱 엄청난 일이 발생되어 심기가 불편한 지금 외부에서도 장애가 버티고 있는 것이다. 자신의 입장에서 보면 이 두 가지 사건은 서로의 일을 방해하고 있는 것이 틀림없었다.

측시선 자신으로서는 현재 한 가지 일도 감당하기 벅찬감이 있다. 다만 공교로운 것은 평허선공이 피습 현장에서 옥황상제를 구해 준 일이었다. 이는 운명상 당치도 않은 일일 뿐만 아니라 상당히 엉뚱한 면이 있는 것이다.

사실 옥황상제 경호에 안심총의 선인을 배치한 것은 평허선공을 방비하기 위함이었다. 그만큼 공력이 높은 선인을 배치한 것인데, 오히려 그 선인이 무엄하게도 옥황상제를 공격했고, 반대로 평허선공이 이를 막아 주었다.

그러나 만일 현장에 평허선공이 없었더라면 옥황상제 신변에 변고가 생겼을 수도 있었을 것이다. 옥황상제를 공격한 선인은 그야말로 최대의 강력한 공격을 사용하여 살수(殺手)를 펼쳤을 것이다.

이 모든 일을 어떻게 해석해야 옳은 것일까? 평허선공이 옥황상제의 불운을 끌어들이고 또한 그것을 막으셨던 것일까? 측시선은 고개를 천천히 저으며 현실로 돌아왔다. 바로 눈앞에 영빈관이 나타나고 있었다. 건물은 상서로움과 함께 깊은 고요가 서려 있었다.

"……"

측시선은 잠시 멈춰 서서 마음을 경건하게 가다듬었다. 그리고 조심스럽게 걸음을 옮겨 건물 안으로 들어섰다. 그러자 바로 앞에서 영빈선(迎賓仙)이 부드럽게 막아섰다.

"대선관께서 오셨습니까?"

영빈선은 두 손을 맞잡고 고개를 정중히 숙이며 인사를 건넸다. 측시선은 가볍게 놀라며 인사를 받았다.

"음, 어른께서는 안에 계신가?"

"계시다뿐이겠습니까? 지금 대선관을 기다리고 계십니다."

"무어? 나를 기다리신다고?"

측시선은 놀라며 자기도 모르게 목소리를 높였다. 영빈선은 엄숙하게 대답했다.

"예, 어른께서는 대선관이 찾아올 것이라고 했습니다."

"그래? 무슨 분부가 계셨는가?"

측시선은 조심스럽게 물었다. 지난번에도 평허선공은 측시선의 방문을 미리 알았지만 그 당시에는 사전에 면회를 거부했다. 이번의 상황도 그때와 비슷했다.

우선 측시선의 방문을 미리 감지한 것과 영빈선에게 미리 말해 둔 것이 비슷한 것이다. 측시선은 막연한 기대로 영빈선을 쳐다보았다. 영빈선은 다소 부드러운 표정을 지으며 천천히 대답했다.

"대선관님, 이번에는 허락을 하셨습니다. 저보고 안내를 하라고 하셨습니다."

"음? 잘 됐군! 어서 안내해 주게."

측시선의 표정은 당장에 환해졌다. 평허선공이 면접을 하겠다는 것이다. 만난 후에 일이 어떻게 잘못된다 해도 일단은 다행한 일이 아닐 수 없었다. 지금 같은 상황에서는 벌을 받는다 해도 차라리 일찍 받고 싶은 심정이었다.

측시선은 영빈선의 뒤를 따라 문 하나를 통과했다. 그러자 정면에는 자그마한 연못이 나타났고 오른쪽은 낮은 언덕과 자잘한 나무들이 보였다. 평허선공이 기거하고 있는 곳은 왼쪽 방향으로 연못 주위를 돌아 문을 하나 더 통과해야 되었다. 현재 그쪽 방향은 깊은 고요와 함께 그윽한 기운이 감돌고 있었다.

"……"

영빈선이나 측시선은 모두 걸음걸이를 더욱 조용히 해서 천천히 걸어갔다. 앞서가는 영빈선이 갑자기 정지하며 뒤를 돌아봤다. 그러고는 조심스러운 음성으로 말했다.

"대선관님, 여기서부터는 혼자 가십시오. 저는 여기서 돌아가렵니다……"

"……"

측시선은 말없이 고개만 끄덕거렸다. 이어 영빈선은 돌아가고 측시선은 문 하나를 더 통과했다. 한쪽으로 별채가 보였는데, 바로 평허선공이 머무르는 곳이었다. 측시선은 조금 기척을 내며 걸어서 대청마루 앞에 섰다.

"……"

마루 뒤쪽의 방은 여전히 고요했는데, 상서로운 기운이 싸여 있는 것으로 보아 평허선공이 안에 있는 것이 틀림없었다. 측시선은 나지막이 고했다.

"안에 계신지요, 빈도(貧道)가 어른께 문안 여쭈옵니다."

"……"

잠시 침묵이 흘렀다. 측시선은 마음을 가다듬고 그대로 기다리고 있을 뿐이었다. 그러자 문이 조용히 열리며 평허선공이 모습을 나타냈다. 측시선은 즉시 한쪽 무릎을 꿇고 두 손을 맞잡아 보이며 고개를 숙였다. 그러고는 다시 한 번 정중한 예의를 갖추었다.

"어른께서는 평안하시옵니까? 분부 받들고 감히 죄를 받으러 왔습니다……"

"측시인가? 일어나게!"

평허선공은 무심한 음성으로 인사를 받았다.

"감사하옵니다……."

측시선은 공손히 일어나서 두 손을 맞잡고 기다렸다.

"……."

평허선공은 먼 곳을 바라보며 평화롭게 물었다.

"무슨 일로 찾아왔는가?"

"예, 저는 어른께 큰 죄를 짓고 이제야 찾아뵙게 되었습니다……."

"음……. 무슨 죄를 지었는고?"

"황송하옵니다, 저는 어른을 기만하였사옵니다……."

"기만? 그것은 안심총의 공식 작전이 아니었나?"

평허선공은 정곡을 찔러왔다. 바로 작전 내용을 문제 삼고 있는 것이었다. 그러면서도 측시선 개인을 문제 삼지 않고 은근히 안심총을 거론하고 있는 것이다. 측시선은 속으로 생각하며 조심스럽게 대답했다.

"모든 것이 저의 불찰이옵니다……. 안심총은 저의 명령에 따랐을 뿐이옵니다."

"그런가? 아무튼 이제 와서는 다 지난 일이지……."

평허선공은 측시선을 가볍게 쳐다보며 말했는데, 안심총이든 측시선이든 죄가 인정된다는 말로 들렸다. 측시선은 평허선공의 심중을 가늠하면서 힘겹게 말했다.

"죄송하옵니다만 어른께 보고 드릴 것이 있사옵니다."

"……."

평허선공은 허락한다는 뜻으로 부드럽게 측시선을 바라봤는데 그의 얼굴에는 인자한 기색이 엿보였다. 적어도 측시선이 느끼기에는 그랬던 것이다. 하지만 측시선은 더욱 신중한 자세로 말을 이었다.

"다름이 아니옵고 이전에 저는 염라대왕을 만나 뵌 일이 있었사옵니다……."

"음?"

평허선공은 처음으로 관심을 보였다. 겉으로 이 정도라면 마음속으로는 상당한 관심이 있는 것이리라! 측시선은 말을 계속했다.

"저는 염라대왕께 감히 말씀을 올렸사옵니다……. 피신을 중단하시고 어른을 만나 뵙는 게 어떤가 하고요……."

"그래? 뭐라고 하시던가?"

"그렇게 하시겠다고 했사옵니다."

"허, 그런가? 지금 어디 계신가?"

"유명부로 돌아가서 기다리겠다고 하셨사옵니다."

"……."

평허선공은 잠시 생각했다. 그러고는 다시 물었다.

"예정을 바꾼 이유가 뭐라고 하시던가?"

이미 예정되어 있었던 일이란 평허선공을 피해 멀리 도망가는 것이었다. 그런데 갑자기 피신을 중단하고 원점으로 돌아간 것이다. 물론 측시선이 그러한 주문을 했다 하더라도 그 때문에 돌아간 것은 아니리라! 다른 무슨 특별한 이유가 있을 것이라고 평허선공은 묻는 것이었다.

측시선이 대답했다.

"죄송하옵니다. 저는 그 어른의 마음을 헤아릴 길이 없사옵니다. 저에게도 그 이유를 밝히지 않으셨사옵니다."

측시선은 이렇게 말하면서 생각해 보았다.

'설마 염라대왕께서 나의 부탁을 받아들여 그렇게 하지는 않았을 것이다. 그렇다면 그 이유는?'

측시선이 생각에 잠겨 있는 동안 평허선공도 잠시 생각하고는 부드럽게 말했다.

"측시, 자네가 가상하군! 그간의 죄를 용서하겠네!"

측시선의 죄라면 물론 염라대왕의 피신을 도와주고 평허선공을 옥황부로 유인한 일이었다. 이에 대해 측시선은 목숨까지 바칠 각오를 하고 있었는데, 지금 이 순간 그 죄를 너무 쉽게 사면 받은 것이었다.

측시선으로서는 뜻밖의 일이 아닐 수 없었다. 그토록 긴장하며 염려했던 일이 한순간에 해결된 것이었다. 너무나 뜻밖이라 측시선은 잠깐 동안 영문을 몰라 했다.

"예? 아, 황송하옵니다. 감사하옵니다."

측시선은 무릎을 꿇고 두 손을 맞잡고 고개를 숙였다.

"일어나게!"

평허선공은 인자한 음성으로 측시선을 일으켰다. 측시선은 즉시 일어나서 다시 두 손을 맞잡고 정중히 기다렸다. 그러자 평허선공이 말했다.

"아무튼 문제는 그게 아닐세. 이제는 소지선의 행방이 큰 문제야!"

"……."

"자네, 소지선의 행방에 대해서 아는 게 있나?"

"죄송하옵니다. 열심히 찾고 있사오나 아직 단서가 없사옵니다."

측시선은 당황하며 대답했다. 사실 안심총에서 평허선공을 유인한 것은 염라대왕뿐 아니라 소지선의 도피를 도울 목적도 있었던 것이다. 소지선은 하계에 내려간 이후 한곡선과 함께 나타나 인연의 늪에서 한바탕 전쟁을 벌인 바 있었다. 그것은 옥황부 파견대와 동화궁의 체포대 사이에 벌어진 전쟁이었는데, 동화궁은 평허선공의 명령을 받은 것이었다.

이에 대해 측시선은 의식적으로 입을 다물었다. 평허선공 앞에서 공연히 그것을 거론할 필요는 없었다. 현재 일이 잘 풀려 나가고 있는데 다른 요소를 개입시키는 것은 현명하지 못한 행동인 것이다.

그러나 평허선공은 상당히 날카롭게 질문해 왔다.

"최종적으로 밝혀진 곳은 어디인가?"

"인연의 늪이었사옵니다."

"그래? 내가 사람을 보냈는데……. 어찌된 일이었는지 소상히 얘기해 보게!"

평허선공의 질문은 위험한 쪽으로 접근해 있었다. 이제는 측시선의 말 한 마디로 당시의 상황이 드러나게 된다. 하지만 이는 결코 측시선에게 유리한 일이 아니었다. 그렇다고 또다시 평허선공을 기만할 수도 없는 일이다. 측시선은 재빨리 생각하고 나서 대답했다.

"소지선은 동화궁의 제지에도 불구하고 인연의 늪을 탈출했사옵니다."

"……."

평허선공은 잠시 생각에 잠긴 듯했다. 측시선은 긴장했다. 이제 평허선공이 무엇을 묻는가에 따라 더욱 어려운 상황이 드러날 수 있기 때문이다. 그러나 평허선공은 다른 방향을 묻고 있었다.

"인연의 늪을 떠났단 말이지? 어디로 갔는가?"

"알려져 있지 않사옵니다. 현재 저희 기관에서 전력을 기울여 찾고 있사옵니다만 도무지 종잡을 수가 없사옵니다."

"그래? 대단한 일이군! 소지선에게 과연 그만한 능력이 있었던가!"

"……"

"알겠네, 자네는 그만 가보게."

"예, 높으신 은혜에 감사드리옵니다."

측시선은 다시 무릎을 꿇고 고개를 숙여 예의를 표하고는 조심스럽게 물러나왔다. 이로써 측시선의 마음을 그토록 무겁게 했던 평허선공의 문제는 해결 난 것이다.

이 일은 측시선에게는 물론이려니와 안심총, 더 나아가서는 옥황부 전체에 다행한 일이 아닐 수 없었다. 만약 평허선공이 소지선을 놓친 일을 따져 묻는다면 난감할 뻔했다. 하지만 이 일에 대해서는 평허선공 나름대로 판단이 있었기 때문에 측시선을 힐책하지 않은 것이었다.

당초 안심총의 밀명을 받은 묵정선이 평허선공을 만난 시간에 소지선은 하계에 내려가 있었다. 평허선공은 이를 알고 묵정선을 기다리게 해 놓고 어디론가 사라져 동화선궁에 이를 기별했을 뿐 아니라 소지선을 체포 압송하라고 지시해 두었었다. 그렇기 때문에 평허선공이 옥황부로 유인되어 간 것은 소지선의 피신에 큰 지장이 있었던 것이 아니었다. 다만 묵정선이 나타나서 옥황부로 끌어들이지 않았다면 평허선공이 직접 하계로 내려갔을지도 모를 일이었다.

만약 일이 그렇게 풀려나갔다면 어떠한 일이 일어났더라도 소지선은 빠져나갈 수 없었겠지만, 평허선공이 반드시 하계로 내려갈 방침이 있었다고는 볼 수 없었다. 어쩌면 평허선공이 인연의 늪에 당도하여 그곳의 경비선에게 심부름을 시켰을지도 모를 일이었다.

아무튼 소지선이 피신하게 된 것은 안심총의 작전과 직접적인 관계는 없다고 볼 수 있다. 이는 평허선공 자신에게도 책임이 있는 것으로 완전히 안심총의 방해 때문이라고 시비를 걸 수만은 없는 일이었다. 그렇기 때문에 평허선공은 소지선의 행방만 조용히 물었을 뿐 책임을 따지지는 않은 것이다. 현재 소지선은 어디론가 사라져 안심총의 수색망에도 걸려들지 않고 있는 것이다. 단지 염라대왕만은 유명부로 돌아가 있었다.

이 일은 측시선이 간청해서 이루어진 듯 보였지만 실은 그게 아닐 것이라고 평허선공은 생각하고 있었다. 염라대왕이 어떤 존재인데 한낱 선인에 불과한 측시선의 간청 때문에 자신의 방침을 바꾸지는 않았을 것이다. 분명 어떤 중대한 일이 있었을 것이리라.

그것은 분명 하계에서 일어났을 일 때문이라고 평허선공은 생각했다. 염라대왕은 소지선을 찾으러 하계로 내려갔을 것이고, 그곳에서 뜻밖의 일을 만나 방침이 바뀌었을 것이다. 염라대왕이 소지선을 만났는지 어떿는지에 대해서는 평허선공이 알 길은 없었다. 다만 평허선공 자신의 추리로는 소지선과 염라대왕이 만난 것 같지는 않을 뿐이었다. 평허선공은 측시선이 떠나가자 홀로 깊은 생각에 잠겼다.

'이제 옥황부에서의 일은 다 끝났군. 불상사가 있었지만 나하고는 상관없는 일이고……'

평허선공은 옥황상제를 배견할 당시를 잠깐 회상하고 이어 시석회 쪽으로 생각을 돌렸다.

'이번 대회는 훌륭했어……. 좋은 작품들이 많았지! 우주의 아름다움은 여전할 것이야.'

평허선공은 잠깐 미소를 짓는 듯했다. 그러나 다음 찰나에는 냉정한 기운이 감돌았다. 필시 깊은 생각을 진행하는 것이리라!

'소지선은 어디로 갔단 말인가? 그리고 염라대왕은 왜 유명부로 돌

아갔을까? ……소지선이나 염라대왕은 속계에서 무슨 일을 만났던 것일까?'

평허선공의 머릿속에서는 이러한 생각이 끊임없이 맴돌았다. 그러나 마땅한 답은 떠오르지 않았다. 이에 대한 해답은 직접 나서서 찾을 수밖에 없는 것이다. 평허선공은 정원의 신비한 풀들을 잠깐 바라보고는 다시 밀실로 들어갔다.

잠시 후 영빈관 전체는 고요에 잠겼다. 이는 평허선공의 명상으로 인한 것이리라! 멀리 하늘의 구름이 한가롭게 흐르고 있었다.

명상은 사물에 관해 하는 것이 아니다. 오히려 주관적인 생각을 떠나 근원으로 돌아감으로 인해 우주와 자연 제 스스로의 모습이 드러난다. 인간은 세상을 있는 모습 그대로 생각하지 않는다. 그러므로 인간의 생각은 자연의 흐름을 방해하고 그로 인해 인간 자신도 해를 받는다.

하지만 자연의 본성이 고요하므로 인간의 마음이 고요의 극치에 이르게 되면 자연의 기운이 인간의 생명권으로 흘러들게 된다. 인간의 고요, 이는 지극히 어려운 일이지만 명상의 한 가지 목표이기도 하다. 명상의 또 한 가지 목표는 맑음인데, 맑음은 자기 자신을 지키게 한다. 맑음으로써 자신을 지키고 고요함으로써 우주와 통하면 천지자연과 더불어 원만한 도덕을 성취하게 된다.

이러한 도덕의 경지는 수행이 높은 도인이나 가능한 일인데 수행이 높을수록 고요의 영역은 넓어진다. 평허선공 같은 도인의 경우 그 고요란 이루 다 말할 수 없어 영역이 무한대에 이른다. 현재 평허선공은 고요 속에 깊게 안주하여 온 우주를 편안케 하고 있는 중이었다.

겨울 바다 속에서 한 알몸의 약속

명상이란 흔히 우주 자연과의 합일을 의미하고 또는 우주와의 교접을 의미하기도 한다. 교접이라고 하면 생명계에서는 음과 양의 화합이기도 하지만 교접을 통해 기운은 증강되거나 혹은 소멸되기도 한다.

인간은 생을 마치고 나면 일단 근원에 귀속되어 자연의 섭리를 기다린다. 그러나 도인의 깊은 명상은 생을 유지한 채 근원과 합일되고 거기서 생명의 기운을 공급받는다. 생명의 기운은 정신을 새롭게 하고 신체를 강하게 한다.

혼마인 강리 선생의 경우는 성적 흥분을 통해 고요를 일으키며, 이로 인해 신체를 보강하고 정신을 맑게 한다. 혼마의 정신은 들떠 있는 까닭에 이를 밑바닥으로 끌어내릴 필요가 있는데, 이는 성적 자극을 통해서만 자신의 근원으로 회귀될 수 있다.

강리 선생은 자신의 가두어 놓았던 진화(眞火)를 신체의 은밀한 곳으로 통하는 문 그 밖으로 이미 열어놓은 바 있다. 그리고 지금은 그 길을 조금씩 넓히는 중이었다. 그것을 위해 무덕이라는 불세출의 여인으로부터 도움을 받고 있는데, 무덕의 몸이 강해짐에 따라 강리 선생의 힘은 점점 극치를 달리고 있었다.

지난밤에도 강리 선생은 무덕과 함께 알몸의 향연을 벌이고 커다란 힘을 일으킨 바 있었다. 현재 무덕의 몸은 이미 갑자의 공력에 육박해 있었고, 이에 따라 강리 선생의 활동 영역이 크게 확대되어 있었다.

강리 선생은 무덕이라는 여인의 가장 깊숙한 곳에 자신의 근원을 접합시키고 끊임없이 성감을 부추겼다. 그 결과 강리 선생의 몸에 있는 고정(古井)은 물기가 고이기 시작했다. 고정이라는 것은 선도의 황정(黃庭)을 말하는 것이며 물기가 고인다는 것은 그만큼 기운이 쌓인다는 뜻이다. 물론 이러한 기운은 여느 생체의 기운이 아니다. 이 기운은 생체의 가장 밑에 있는 지극히 맑은 기운이다. 그리고 맑음은 곧 순일(純一)이고 순일은 지강(至强)인 것이다.

그런데 강리 선생의 쾌감의 도구적인 무덕의 몸도 성적 자극에 의해 내화(內火)가 불붙기 시작하여 정신과 몸이 함께 증강되고 있으므로 그녀도 강리 선생의 몸 덕을 톡톡히 보고 있는 셈이었다.

그러고 보면 무덕의 몸도 아주 기이한 편이었다. 보통의 인간의 경우 끊임없이 성적 자극을 탐닉하는 것은 몸의 쇠약을 가져오기 마련이다.

그러나 무덕의 몸은 강리 선생과 마찬가지로 성적 자극을 통해 공력이 증강되는 현상을 보였다. 물론 다른 보통의 인간에게도 그런 기능이 있기는 하다. 다만 보통 인간의 경우는 성적 자극이 몸의 비기(秘氣)를 건드리지 못하고 주변에서만 머무르기 때문에 쾌감이 발산할 뿐 안으로 생기를 일으키지는 못한다.

이는 쾌감의 깊이도 없고 시간도 오래 끌지 못하는 것인데 생명도 단축된다. 양생(養生)의 큰 도리는 극저(極底)를 흔들어 일으키는 데 그 묘리가 있다. 옥허경(玉虛經)에 이르기를 태저지선(太底至善)이라

한 것도 이러한 뜻이 아닐까!

아무튼 무덕이라는 여인은 강리 선생과 더불어 육체의 쾌감을 즐기는 한편 그로 인해 체력이 증강되고 있으니 이보다 더한 인생의 행운이 없을 것이다. 그뿐만 아니라 강리 선생은 무덕에게 극치의 무술을 전수해 주고 있어 나날이 보람 있는 생활을 보내고 있었다.

여기에 더해 강리 선생은 무덕에게 지극한 사랑마저 베풀고 있어 인간으로서나 여인으로서나 부족함이 없는 인생을 영위하고 있는 셈이다.

지금 무덕은 피곤한 몸, 그러나 결코 무리하지 않은 몸을 일으켜 세웠다. 물론 온 몸에는 실오라기 하나 걸치지 않았다. 무덕은 지난밤 강리 선생과 그 달콤한 육체의 향연을 치르고 그대로 쓰러져 잠시 잠을 청했던 것이다.

잠은 그다지 오래 자지 않았다. 예전 같으면 온종일 잠들어 있었을 뿐만 아니라 깨어나서도 몸을 제대로 가누지도 못했을 것이다. 하지만 지금은 멀쩡하였다. 잠도 겨우 두 시간 정도 잤을 뿐이었다.

무덕은 그 탐스러운 몸을 일으켜 세우고 태연하게 문을 열고 밖으로 나갔다. 강리 선생은 무덕의 하얀 둔부를 잠깐 바라보았을 뿐 어디로 나가느냐고 묻지도 않았다. 가는 장소는 강리 선생이 이미 알고 있었기 때문이었다. 무덕이 가는 곳은 파도가 출렁이는 바닷가였다. 바닷가는 강리 선생이 육체적 향연을 치른 후 휴식과 더불어 몸을 씻는 곳이었지만 최근에는 무덕도 이러한 버릇이 자연스레 생겨났다.

무덕이 처음에 이런 버릇이 들게 된 것은 자고 깬 뒤 강리 선생을 찾아나갔던 것이 그 계기가 되었지만, 한 번 그러고 나서는 계속 실행하는 것이었다.

계절은 아직도 겨울이 다 지나지 않았는데도 무덕은 조금도 거리낌이 없었다. 무덕은 그 균형 잡힌 몸매를 드러내고 가벼운 율동과 함께 개펄을 통과했다.

만일 누군가가 보고 있었다면 바다 속에서 인어라도 나왔다가 다시 돌아가는 것으로 착각할 수 있을 것이리라. 무덕의 몸은 그만큼 완벽했을 뿐만 아니라 그 눈부심은 어두운 바닷가를 환하게 비추고도 남음이 있었다.

그리고 그 맑은 몸은 부드러움과 따뜻함도 함께 지니고 있었다. 아직 겨울이 다 가지 않은 바닷가는 거침과 차가움이 있는데도 무덕의 몸은 하나의 꽃처럼 이러한 삭막함을 녹여주는 것처럼 보였다.

무덕은 개펄을 통과하여 이윽고 물가에 이르렀다. 바닷물은 차갑지만 무덕의 몸은 그것을 느끼지 않는 것 같았다. 무덕은 우선 손으로 물을 떠서 몸을 적셨다. 그리고 잠깐 자세를 낮추어 온 몸을 물속에 담갔다가 일어났다.

무덕의 얼굴에는 미소가 서려 있었다. 자연의 아름다움과 자신의 행복을 음미하는 것일까! 무덕은 점점 깊은 물속으로 들어갔다. 이에 따라 그 찬란히 빛나던 몸은 완전히 물속에 가려지고 말았다.

무덕은 손으로 가슴이나 얼굴, 혹은 허벅지 안쪽을 부드럽게 스치면서 체취를 씻어내고 있었다. 멀리 보이는 바다는 잔잔해 보이고, 파도는 주기적인 물거품을 일으키면서 개펄에 물을 퍼부었다.

이 시간 집 안에 있던 강리 선생도 몸을 일으켰다. 무덕이 나가고 난 뒤 강리 선생은 앉아 있었다. 눈을 감고 있었으나 명상에 잠겨 있었던 것은 아니고 무엇인가 깊은 생각에 빠져 있었다.

강리 선생에게도 평소 깊게 생각하는 버릇이 있었는데, 이럴 때마다 얼굴은 오히려 태평해 보였다. 물론 때로는 날카로운 기색도 보였지만 그것은 중대한 결론을 내렸을 경우에 한해서였다.

오늘 강리 선생은 태평스런 얼굴을 계속 유지하다가 끝내는 날카로움을 일으켰다. 이는 어떤 결론 아니면 결정을 내린 것이다. 그는 도대체 무슨 생각을 하고 어떤 결정을 내렸을까?

강리 선생도 무덕과 마찬가지로 전신을 벗어버린 상태에서 문 밖으로 나왔다. 순간 방 안보다는 찬 공기가 몸에 덮쳐 왔지만 강리 선생의 얼굴은 미동도 하지 않았다. 태풍이 불어 닥쳤다 하더라도 마찬가지일 것이다. 이는 극강한 내력(內力)에 의해 몸이 태산처럼 안정되어 있기 때문에 가능한 것이지만, 겉으로 보기에는 그리 강렬한 느낌을 주지 못했다. 오히려 연약해 보인다고나 할까.

얼굴빛은 여인의 피부보다 하얗게 변해 있었다. 이는 무덕의 피부보다 더 하얗다고 할 수 있고, 부드러움 역시 무덕의 몸에 버금갔다. 그보다도 체형이 그리 아름다울 수가 없었다. 우선 육체의 곡선이 없고 그저 길기만 했다. 다만 걸음걸이는 아주 가벼워 보였다. 실은 가벼운 정도가 아니다. 날아간다고 하는 표현이 더 맞을 것 같았다.

지금 강리 선생의 몸은 개펄에 떠 있다. 결코 발자국을 남기지 않았다. 가끔씩 물이 고여 있는 곳도 있지만 물속으로 발이 잠기는 법도 없었다. 이는 답설무흔(踏雪無痕)이라는 보법으로, 그야말로 눈 위를 걸어도 발자국을 남기지 않는다는 걸음이다.

이는 물론 강리 선생이 일부러 자신의 공력을 일으켜 자신을 시험하고 있는 중인 것이다. 평소에는 강리 선생도 발자국을 남기며 걷는다. 다만 지금은 무엇인가 필요에 의해 자신의 몸에 경공(輕功)의 힘을 주입하고 있는 것이다.

강리 선생의 얼굴은 창백하거나 나약해 보였다. 그러나 이럴수록 내면은 극강의 힘을 일으키고 있는 것이다. 강리 선생은 물가에 이르러서도 그 기운을 풀지 않고 있었다. 따라서 바닷물 위를 그냥 평지처럼 걷고 있었는데, 누가 보고 있다면 바닷물이 얼어붙었나 착각을 일으킬 정도였다. 하지만 주변 넓은 지역에 인적은 없었다. 단지 무덕이 물 위로 조금 걸어 나와 강리 선생의 정면을 보고 있었다.

무덕의 몸은 허리 아래가 물에 잠겨 있었고 상반신은 노출되어 있었다. 강리 선생은 무덕의 얼굴을 강렬하게 쏘아보았다. 사랑스러운 눈길이었다. 무덕도 강리 선생의 표정을 보고는 그가 무엇을 말하는지 잘 알고 있었다.

강리 선생이 부드럽게 바라보는 것은 오히려 불만이 있다는 것이고, 지금처럼 똑바로 쏘아보는 것은 무덕을 대견스럽게 생각하고 있다는 애정의 표현인 것이다.

두 사람은 점점 가까워지고 있었다. 이 모습은 천하에 일품이 아닐 수 없었다. 무덕의 몸이나 강리 선생의 몸은 푸른 바닷물에 하얗게 드러나 있었다. 이는 생동감 외에도 묘한 자극을 주었는데, 특히 무덕은 성적 동요를 일으키고 있었다.

그러나 지금은 어찌 할 수도 없는 상태였다. 강리 선생이 좀 더 가까이 다가와서 경공(輕功)을 풀었다. 그와 동시에 강리 선생의 몸이 물속으로 푹 가라앉자 무덕은 사정없이 다가와 몸을 밀착시켰다.

강리 선생은 무덕의 어깨와 둔부를 가만히 끌어당겨 안아줄 뿐 더 이상의 깊은 접촉은 시도하지 않았다. 이에 대해 무덕은 아쉬움이 있는지 강리 선생의 허리 아래쪽을 두 손으로 강하게 당기며 얼굴을 강리 선생의 가슴에 파묻었다. 이 순간 파도가 출렁이며 몸을 덮쳐왔지만 두 사람은 전혀 움직일 생각을 하지 않았다.

"……."

강리 선생은 무덕의 몸을 감싸 안은 채 잠깐 먼 바다의 수평선을 바라보고 있었다. 이때 무덕이 말을 건넸다.

"선생님!"

"……."

"제 몸에 만족하세요?"

"그럼!"

강리 선생은 무덤덤한 표정으로 대답했는데, 이 또한 강리 선생의 정성이 어린 모습인 것이다. 만일 미소를 보였다면 이는 분명한 거짓 표정이리라! 무덕이 다시 말했다.

"선생님, 제 몸으로 인해 공력 증진에 정말 도움이 되었나요?"

"음, 확실히 도움이 되었지!"

"다행이에요. 하지만 아직도 결정적인 문턱을 넘지는 못했지요?"

"대단한 아이로구나. 나를 그토록 생각해 주다니……!"

"아이 참, 선생님, 그토록이 뭐예요. 저는 죽을 때까지 선생님만을 모실 거예요."

"허허, 고맙구먼. 나도 무덕을 언제나 예뻐해야지."

강리 선생은 먼 곳을 바라보던 눈길을 거두어들이고 무덕의 몸을 가만히 끌어당겨 주었다. 무덕은 일부러 몸을 밀착시키면서 다시 물었다.

"선생님, 저는 행복해요. 그런데 선생님은 아직 최고의 기분은 아니지요?"

"음……. 글쎄."

"다 알아요. 선생님은 최고의 기분을 느껴야 공력이 증진되잖아요!

제가 어떻게 해 드려야만 하지요?"

무덕은 이렇게 말하면서 강리 선생을 잠깐 올려다봤다. 그 눈길은 다정함과 요염함이 함께 서려 있었다. 강리 선생이 대답했다.

"무덕, 너는 잘 하고 있어. 내가 더 큰 자극을 받으려면 내 하기에 달린 것이란다. 몹시 힘들 거야!"

"제가요?"

"음, 내가 있는 힘을 다해서 자극을 얻으려면 무덕은 지칠 거야……. 앞으로 차차 되겠지."

"아니에요. 전 자신이 있어요. 저는 보기보다는 강하단 말이에요."

"……"

"선생님, 오늘밤 끝장을 내 보세요. 전 얼마든지 견딜 수가 있어요. 아니, 저는 선생님이 강하게 해 줄수록 더 좋단 말이에요."

"그럴 테지. 하지만 그것은 위험한 거야!"

"아이 참, 선생님이 다 아시는 것은 아니에요. 저의 몸은 색다른 데가 있어요. 전 자신이 있으니까 오늘밤 끝까지 다 해보세요."

"글쎄……"

강리 선생은 잠깐 눈을 감으며 생각해 봤다.

'무덕의 몸은 상당하리만큼 많이 강해졌어. 그러나…… 과연 견딜 수 있을까? 약간의 힘만 더 있으면 되겠는데……. 아무래도 위험할 거야. 기다려야지, 그리고……'

강리 선생이 여기까지 생각을 진행하는데 갑자기 무덕이 방해를 했다.

"선생님, 걱정 마세요. 오늘밤 끝내요. 선생님이 강해지는 것이 저의 행복이에요. 그 이후에도 더욱 저에게 잘 해 줄 수 있겠지요?"

"그야 물론이지! ……그렇지만 나의 힘은 무한대야. 여자가 끝까지 견디기는 힘들어!"

"아니에요. 그만하세요. 오히려 선생님이 지칠지도 모르잖아요. 아무튼 오늘, 아니 지금 당장 들어가서 시작해요. 전 이렇게 힘이 넘쳐흐르고 있잖아요."

"……"

"선생님, 어서요. 저를 안아주세요."

무덕은 이렇게 말하면서 손을 강리 선생의 하체 쪽으로 옮겼다. 그러나 강리 선생은 외부의 자극이 있어도 본인의 마음이 내키지 않으면 꼼짝도 하지 않는다. 하지만 일단 일을 시작하면 시간이 갈수록 강해지는 것이다. 무덕은 강리 선생에게 더욱 몸을 밀착시켰다.

그런데 강리 선생이 몸을 피했다. 그러고는 표정은 무덤덤하지만 부드럽게 말했다.

"얘야, 알겠다. 지금 들어가서 일단은 쉬고 밤늦게 시작해 보자꾸나."

"아이, 좋아라. 정말이지요? ……저도 오늘밤에는 더 잘 해낼 수 있어요!"

"그래, 일단은 잘 쉬어야 해. 들어가자."

강리 선생은 쉬라는 말만 거듭했다. 그만큼 무덕의 몸을 생각해 주고 있었기 때문이다. 강리 선생은 무덕의 몸을 들어 안았다. 무덕은 들린 채로 강리 선생의 목을 휘감으며 조잘거렸다.

"선생님, 저는 잘 견딜 거예요. 그런데 저만 잘 견디면 선생님은 목표를 이룰 수 있나요?"

"……"

강리 선생은 말없이 고개만 끄덕거렸다. 마음속으로는 걱정이 좀 되는 것 같았지만 일단 목표를 이루기로 결심했다. 그러자 무덕이 다시 말했다.

"선생님, 만약 그렇게 되면 앞으로 선생님의 몸은 어떻게 되나요?"

"그래, 아주 강해지지. 신선보다도 더 강해지는 거야."

"그래요? 그럼 저를 더 사랑해 줄 수도 있겠지요?"

"물론이지. 지금도 잘해 주고 있잖아. 문제는 무덕이 좀 더 강해져야 돼!"

"알아요. 저도 강해질 거예요. 저에게도 방법이 있어요."

"음? ……방법이라니?"

강리 선생은 의아스럽게 생각했다. 자신이 아는 바에 의하면 인간의 몸은 한계가 있었다. 비록 무덕의 몸이 보통 인간들을 뛰어넘을 정도로 강하기는 하지만 아직 완전한 몸은 아닌 것이다. 다만 강리 선생 자신은 조금 전의 결심대로 오늘 밤 문턱을 넘으리라 작정했다. 설사 무덕의 몸이 망가지고 죽음에 이르게 되더라도!

강리 선생이 이런 생각을 하기에 이른 것은 무덕의 말 외에도 자기 나름대로 문제가 있었기 때문이었다. 강리 선생은 요즘 들어 가끔씩 불안에 휩싸일 때가 있었다. 그것은 두말할 것도 없이 좌설과 능인 때문이었는데, 근래 들어서 두 차례나 그들의 꿈을 꾼 적이 있었다.

꿈속에서는 좌설과 능인의 습격이 있었는데, 그만 강리 자신이 패해서 처참한 죽임을 당했던 것이다. 물론 그 죽음으로 인해 잠에서 깨었을 뿐 다른 일은 전혀 일어나지 않았지만 그 이후로 종종 불안해했던 것도 사실이었다.

그러던 차 오늘처럼 무덕이 열심히 재촉하는 바람에 결심을 굳히게 된 것이다. 그런데 심상치 않은 것은 무덕의 말투였다. 나름대로 방법이 있다? 그것이 도대체 무엇일까?

강리 선생은 은근한 기대를 하고 있었다. 여인의 몸이란 원래 신비하다. 더욱이 무덕이란 여인의 몸은 그야말로 불가사의한 면이 갖추어져 있었다.

사실 그동안 위태로운 적도 몇 번 있긴 있었다. 그러나 그때마다 분명 위기를 넘겼다. 그렇다면 정말 무덕의 말대로 그녀에게 무엇인가 특별한 힘이 있는 것은 아닐까? 강리 선생은 무덕의 몸을 소중한 보물처럼 들어 안고 집에 도착했다.

이제부터는 휴식을 취하게 해 주어야 한다. 물론 강리 선생은 무덕의 몸에 기운을 주입해 줄 것이다. 그러고는 수면을 취하게 한 뒤 한밤중에 그 소중한 몸을 깨워서는 최후가 될지도 모르는 극한적인 향연을 벌여야 한다.

"……"

강리 선생은 방에 들어와 무덕을 내려놓았다. 무덕은 조용히 눈을 감고 강리 선생이 하는 대로 몸을 맡겨두었다. 강리 선생은 무덕을 내려놓고는 그 몸을 굴리듯 뒤집어 놓았다. 그러자 무덕의 등과 둔부가 신비한 곡선을 이루며 생동하였다. 강리 선생은 무덕의 전신을 한번 바라보고는 발끝에서부터 부드럽게 쓰다듬어 올라왔다. 그러는 사이 무덕은 눈을 감고 달콤한 기분에 젖어가고 있었다.

이윽고 강리 선생의 손은 둔부를 거쳐 허리로 올라와 등에 이르렀다. 그러자 갑자기 강리 선생의 얼굴이 창백하게 변했다. 이와 함께 강리 선생의 손가락 끝에 한 가닥 기운이 발출되었다.

"아……"

무덕은 자기도 모르게 소리를 질렀다. 그 순간 강리 선생의 손가락에서는 생생한 기운이 샘솟듯 흘러나와 무덕의 등을 파고들었다. 그러나 무덕은 바로 얼마 전에 의식을 잃었기 때문에 아무것도 느끼지 못하고 있었다. 강리 선생은 생명의 기운을 주입함과 동시에 수면을 취하게 하는 충격도 함께 가한 것이었다.

무덕은 꿈을 꾸고 있었다. 처음에는 새가 되어 하늘을 날다가 어느새 들짐승으로 변했다. 그러고는 평원을 힘차게 달리기 시작했다. 잠시 후 목이 탄 들짐승은 샘물을 찾아 시원한 물을 먹고 있었다. 들짐승은 갈증이 제거됨과 동시에 온 몸에 기운이 샘솟는 것을 느꼈다.

꿈이 아닌 실제의 무덕도 전신에 기운이 증강되고 있었다. 강리 선생은 평온한 얼굴로 지순(至純)한 기운을 아낌없이 주입하고 있었다. 이러한 기운은 등에서 그대로 파고들어 단중(丹中)으로 관통하고 일부는 백회(百會)를 넘어 안면을 타고 인중으로 흘러내렸다. 무덕은 얼굴을 약간 찡그리고 이를 악물었는데, 꿈속에서는 무엇을 느끼고 있을까?

실세계에서는 입가에서 찢어진 독맥(督脈)과 임맥(任脈)이 연결되고 있었다. 그러자 기운은 윗니에서 아랫니로 흐르기 시작했고, 다시 단중에서 나온 기운과 합치되어 더욱 강화되어 아래로 아래로 흐르고 있었다.

이때 강리 선생은 한 손을 무덕의 허리 부근으로 조용히 옮겼다. 이곳은 명문(命門)이라고 하는 곳으로 여기에서 전신의 모든 기운을 조정하게 되어 있다.

강리 선생은 잠시 동안 기운의 주입을 증강시켜 무덕의 양쪽 신장 사이를 발동시켰다. 이곳은 인체 중 비처(秘處) 중의 비처로서 모든 도인들이 필히 단련하는 곳이다.

이곳의 이름은 황정, 혹은 원시처(原始處)라고 하며 인체 중에서 의식이 가장 머물러 있기 어려운 곳이기 때문에 보통 사람들의 경우는 평생 이곳의 감각을 느끼지 못한다. 하지만 지금 무덕은 타인의 힘에 의해 의식이 이곳으로 모이는 중이었다. 꿈에 무덕은 사람이 되어 절벽 끝에 매달려 있었다. 실제의 몸은 자기도 모르게 진동하며 때로 크게 들썩거리고 있다.

강리 선생은 기운의 주입을 때로는 강하게 때로는 약하게 조절하면서 신체의 맥박의 움직임과 새로운 의식과 조화를 이루어내고 있었다. 무덕의 얼굴에는 깊은 안정이 서리기 시작했다. 이는 의식이 자신의 깊은 곳으로 가라앉기 때문인데 이로써 기운의 샘을 개통시킨 것이다. 무가(武家)에서는 이를 생사현관(生死玄關)이 열렸다고 말하는데 이는 모든 무인들의 염원이기도 하다.

하지만 이로써 무술 내지 강력한 몸이 완전히 갖추어진 것은 아니었다. 다만 생사현관이 열림으로 해서 정해(精海)에 신도(神道)가 자리 잡은 것뿐이었다.

이는 막혔던 샘물이 지원(志願)과 통하게 된 것으로 이후부터는 세월이 지날수록 몸의 기운이 쌓이는 것이다. 물론 정신의 집중도에 따라 향상의 수준은 달라지게 마련이지만 의식이 자신 가까이에 도달했다는 그 사실은 무가의 최고 경사인 것이다.

이러한 경지는 정마을의 박씨가 도달한 경지 바로 그것인데 이로써 일단은 인간이 범인의 경지를 초월했다고 할 수 있다. 다만 이 이후 임독맥(任督脈)을 관통시켜야 하는 문제가 있지만 이는 황정에 의식을 충실히 집중함으로써 어렵지 않게 얻어질 수 있는 것이다.

현재 무덕은 무의식 상태에서 황정을 느끼고 있었다. 그리고 때로 정신이 분산될 때 강리 선생이 이를 강제로 유도시켜 한 곳에 모이게 해 주었다. 강리 선생은 한 번씩 기운의 주입을 중단시키고 무덕의 정신이 자발적으로 황정에 집중되는지를 예의 주시하였다. 그런데 강리 선생이 느낀 것은 놀라움 바로 그것이었다.

무덕은 수면 중에도 정신이 황정에 강하게 집중되는 것이 아닌가!

'대단하군! ……세상에 이런 여자가 다 있다니……. 이미 갑자의 공력을 넘어서 있어.'

강리 선생은 창백한 얼굴로 깊은 감명을 받았다. 강리 선생의 판단에 의하면 무덕은 잘 다듬기만 한다면 금방 극강의 공력을 성취하여 무술의 고수가 될 것이 틀림없었다.

물론 무술이란 힘과 기술이 겸비돼야 하는 것이지만 무덕에게는 선천적 기술이 이미 갖추어져 있었다. 무덕의 기술은 속도에 있는데, 그녀의 몸동작의 날쌤은 이미 예전부터 칠성에 버금가고 있었다. 단지 동작의 효율성은 크게 뒤떨어지고 있으나 이는 단순한 수련으로 극복될 수 있는 것이다. 그래서 무덕은 이에 대하여 이미 강리 선생의 각별한 지도를 받고 있는 중이었다.

하지만 지금은 그것이 문제가 아니었다. 강리 선생에게 있어 무덕은 하나의 여체로서 성적 흥분 도구에 지나지 않는다. 그리고 그 도구가 강해야 강리 선생의 목적에 부합하는바 강리 선생은 이를 위해 자신의 도구를 적극 개선해 주고 있는 것이다.

……

이제 무덕의 몸은 진동을 멈추고 안색이 편안해져 갔다. 강리 선생도 어느새 기운의 주입을 멈추고 하얀 무덕의 몸을 대견한 듯이 바라보고 있었다. 무덕은 깊게 잠들었다. 수면 중에 무덕의 몸은 더욱 활기를 띠게 될 것이고 의식도 충분한 휴식을 취하게 될 것이다.

인간의 성교와 그 회복은 단순히 정력에 국한되어 있는 것은 아니다. 그것은 무엇보다도 신력(神力)이 강해야 하는 것인데, 신력은 성교를 유지해 주고 자신의 회복을 돕는다.

무덕에게는 이러한 신력이 특히 강한 것 같았다. 신력이 강하면 정력이 약한 것을 크게 보충해 주며 그동안 강리 선생을 상대로 한 극한적 쾌락의 시작에 있어서도 무덕의 신력은 절대적 효과를 발휘한 것이었다.

만일 무덕이 신력이 약했다면 그 몸이 아무리 강했다 하더라도 강리 선생의 자극을 견디지 못하고 쓰러졌을 것이 분명했다. 강리 선생은 특히 상대인 여체를 자극시켜야만 자신도 자극을 받을 수 있는데, 강리 선생이 임계점에 이르기 위해서는 무덕의 몸이 한도 없는 자극을 수용할 수 있어야만 한다.

무덕의 욕심으로 말하면 한없는 자극을 수용할 수는 있겠지만 그로써 죽음을 맞이하게 된다면 강리 선생의 꿈은 수포로 돌아가고 마는 것이다. 그 행복한 쾌감 중에 죽음을 맞이한다면 무엇이 아쉬울 것이 있겠는가! 아쉬움은 강리 선생에게만 남게 되는 것이리라.

하지만 강리 선생이 무덕의 죽음을 방치하지는 않을 것이다. 무덕이 비록 욕심을 내고 끊임없이 보챈다 하더라도…….

이윽고 강리 선생은 옷을 입기 시작했다. 무덕의 몸은 완전한 나신(裸身)으로 방치되어 있었다. 집 밖에는 가벼운 바람이 불고 있었다. 옷을 다 입은 강리 선생은 무덕을 내버려둔 채 어디론가 외출을 했다. 무덕은 이를 모른 채 혼자 달콤한 꿈을 꾸고 있었다. 시간은 편안히 흐르고 있었다.

정마을의 윷놀이

무덕의 몸은 시간이 흐름에 따라 더욱더 생기를 머금었고 봄날의 풀잎처럼 싱싱해져 가고 있는 중이었다. 이러한 일은 인간의 삶 중에서 가장 축복을 받은 것이라 할 수 있는데, 이와 같은 일이 멀리 정마을에서도 이루어지고 있었다.

그러한 축복을 받은 장본인은 바로 남씨로서 남씨는 밤늦게까지 책을 읽고 있다가 이상한 현상을 맞이했다. 갑자기 졸음이 오기 시작하는 것이다. 늦은 시간이라 졸음이 와도 이상할 것은 없었지만, 남씨는 왠지 부자연스러움을 느끼며 잠으로 떨어졌다.

그러자 잠시 후 방문이 저절로 열렸다. 아니 보이지 않는 힘이 문을 밀어낸 것이었다. 이어 하나의 형체가 소리도 없이 나타났다. 이 사람은 아무런 기척도 내지 않고 방으로 들어와 잠들어 있는 남씨의 몸을 잠깐 응시하고는 눈을 감았다. 그러고는 혼자 중얼거렸다.

'연행! 이 무슨 꼴인가! 천상 인간의 모습이……'

이렇게 속으로 중얼거린 형체는 다름 아닌 수치선이었다. 수치선의 얼굴에는 허탈한 미소가 서려 있었다. 그 미소는 남씨를 만난 반가움과 또한 인간이 된 남씨의 처량한 운명을 생각한 것이었으리라!

남씨는 곤하게 잠들어 있는 중이었다. 수치선은 남씨의 몸을 가만히 밀쳐서 엎어놓았다. 이때 수치선의 눈에는 갑자기 날카로움이 서리고 곧이어 두 손을 조용히 뻗어냈다. 수치선의 손은 남씨의 등 한가운데 얹혀졌다. 하지만 남씨는 얼마나 깊이 잠들어 있는지 아무것도 느끼지 못하고 있었다. 이는 평소의 남씨 모습은 아니었다. 예전의 남씨는 잠귀가 워낙 밝아서 그야말로 바늘 하나 떨어지는 소리에도 잠을 깨곤 했었다. 그러한 남씨가 지금처럼 깊게 잠들어 있는 이유는 무엇일까?

사실 남씨의 잠이 자연스러운 현상은 아니었다. 천상의 수치선이 찾아와 남씨의 방에 들어서기 전에 한 가닥 은밀한 기운을 발출했다. 이 기운은 남씨의 몸을 엄습해 남씨를 잠으로 몰아 떨어뜨린 것이었다. 그래서 남씨는 잠들기 직전 부자연스러움을 느꼈지만 이러한 사실은 새카맣게 모르고 있었다. 그렇지만 지금은 곱게 잠들어 기분 좋은 꿈을 꾸고 있는 중이었다.

수치선의 손바닥에서는 신묘한 기운이 발출되고 있었다. 이러한 기운은 순식간에 남씨의 등을 파고들어 단중으로 백회로 확산되어 갔다. 또한 이 기운은 인체의 비로를 통해 근원으로 향하기 시작했다. 이와 함께 남씨의 몸은 간간이 진동하고 있었다.

수치선의 얼굴에는 계속 냉정함이 서려 있었고 손에서는 끊임없이 생기가 공급되고 있었다. 이로 인해 남씨의 몸은 속세의 인간으로 태어난 이래 최대의 절정을 맞이하고 있는 중이었다. 남씨의 의식은 꿈속에서나마 황정에 집중되고 있는 것이다. 그것을 의식한 수치선의 얼굴에는 만족한 미소가 잠깐 피어올랐다.

'연행. 잘하고 있군. 하지만 더 이상 도와줄 수 없어 미안하네……'

수치선은 속으로 이런 생각을 하고 있었다. 순간 남씨의 얼굴에 미소가 떠올랐다. 기분 좋은 꿈을 꾸고 있기 때문일까? 아니면 수치선의 마음을 헤아리고 있기 때문일까?

수치선은 한동안 기운을 더 주입했다. 이러한 기운은 인체의 막혀 있던 경락을 꿰뚫어주고 의식을 몸의 근원으로 유도해 준다. 이렇게 되면 인간으로 태어난 이래 잠자고 있던 내밀(內密)한 기운이 이로써 태동하게 되는데, 이것을 일컬어 성태(聖胎)라고 하고, 또 이것을 함유하는 사람을 영모(靈母)라고 한다.

이제 남씨는 영모가 되어 자신의 몸 안에 성태를 이루어낸 것이다. 물론 남씨 자신이 스스로 이루어 낸 것이 아니고, 수치선에 의해 강제로 이루어진 행운이지만, 아무튼 강력한 몸을 이루게 된 남씨는 이제 제2의 인생을 살아갈 것이 틀림없었다.

수치선은 잠깐 기운의 주입을 중단한 채 남씨의 몸을 진단했다.

…….

남씨는 여전히 잠들어 있었다. 하지만 그러한 중에도 의식의 변화가 수치선의 손에 의해 감지되었다. 수치선은 천천히 고개를 끄덕거렸다. 이로써 모든 일이 원만히 성취된 것이었다.

수치선은 손을 처음 상태로 거두고 난 뒤 조용히 일어났다. 동시에 문이 저절로 열렸다. 수치선은 소리도 없이 사라져 갔다. 하지만 남씨는 미동도 하지 않은 채 다음날 아침 늦게까지 잠들어 있었다.

남씨가 깨어난 것은 멀리서 들려오는 발자국 소리 때문이었는데, 잠을 깬 남씨는 자신의 정신이 한없이 맑아진 것을 느끼고 있었다.

"선생님, 안에 계십니까?"

발자국 소리를 내며 나타난 사람은 제자인 이씨였다. 이씨는 오늘 좀 늦은 시간에 찾아온 것이었다. 보통은 아침 시간에 찾아왔었지만 지금은 이미 정오가 가까워지고 있는 시간이었다. 어쩌면 아침에 한 차례 다녀갔다가 다시 온 것인지도 모를 일이었지만, 그동안 남씨는 아주 깊은 잠에 떨어져 있었다.

"이씨! ……들어오세요."

남씨는 여느 때보다 반갑게 이씨를 맞이하며 방으로 들어오기를 청했다. 하지만 이씨는 방으로 들어올 생각을 하지 않고 잠시 머뭇거렸다.

"……."

평소의 이씨라면 기쁜 마음으로 금방 들어섰을 것이다. 그런데 오늘은 웬일일까?

"선생님……."

이씨가 다시 말했다.

"……지금 바쁘시지는 않으신지요?"

"아니…… 나는 방금 일어났어요. 무슨 일이 있나요?"

남씨는 상냥하게 말했다.

"예, 마을 사람들이 찾고 계십니다."

이씨는 마을 사람들의 심부름을 온 것 같았다. 실은 마을 사람들이 모두 모인 김에 남씨를 청했던 것이다. 처음에는 정섭이가 심부름을 하겠다고 나섰지만 이씨가 일부러 정섭이 대신 온 것이었다.

"그래요? ……무슨 일이라도 있나요?"

"아닙니다. 그냥 한가롭게 모여 있습니다."

"아, 예. 가 봅시다."

남씨는 급히 밖으로 나섰다. 별일은 아닌 것 같았다. 겨울철에는 가끔씩 모이는 일상사에 지나지 않는다. 정마을 사람들은 겨울철이 되면 으레 모여서 무료함을 달래고는 했다. 다만 금년 겨울에는 자주 모인 편이 아니었다. 그것은 마을에 임씨가 없기 때문이었는데, 그 임씨는 언제나 부지런히 돌아다니며 마을 사람들을 심심치 않게 해 주었다. 오늘은 누가 마을 사람들을 소집했을까?

남씨는 이씨를 따라 한가롭게 언덕을 내려왔다. 길에는 눈이 소복이 쌓여 있었고, 공기는 대낮인데도 여전히 맑고 싸늘했다. 그런데 남씨는 길을 걸으면서 이상한 점을 하나 발견했다. 자신의 몸이 전과 같지 않다는 느낌이 들었던 것이다.

'잠을 오래 자서 피로가 말끔히 가신 것일까?'

남씨는 가벼워진 자신의 몸에 대해 언뜻 이렇게 생각해 봤다. 하지만 잠을 깊게 잤다는 단 한 가지 이유로 이렇게 몸이 전혀 달라질 수는 없을 것이라는 생각이 들었다. 날아갈 듯한 몸, 깊어진 호흡, 안정된 가슴, 씩씩한 걸음걸이, 맑은 정신 등 모든 것이 달라져 있었고, 또한 편안한 기분까지 느낄 수 있었다.

'……'

남씨는 속으로 여러 가지 궁리를 하면서 걸었다. 이씨는 왼쪽으로 길을 꺾어들고 있었다. 강노인 집으로 가는 것이리라. 임씨가 없는 정 마을이라면 다음으로는 강노인 집이 가장 마땅하다.

강노인의 집은 마을에서 가장 멀리 떨어져 있는 곳이기도 하지만 그 집에는 널찍한 방이 있었다. 게다가 무엇보다도 중요한 것은 강노 인 집에 가면 언제나 술이 있다는 점이었다. 만일 다른 집에 마을 사 람들이 모인다면 강노인에게 청해서 술을 가져와야 한다.

남씨는 속으로 잘 됐다고 생각하면서 다시 벌판을 보며 걸었다. 시야가 갑자기 넓어지자 남씨는 자신의 몸이 달라진 것을 또 한 번 느끼면서 깊이 생각에 잠겼다가 비로소 그 원인을 깨닫게 되었다.

'음…… 수치선이 다녀갔군! 그렇다면?'

남씨는 고개를 갸우뚱하면서 슬그머니 팔에 힘을 주어 봤다. 그러자 평소 느끼지 못했던 강력한 기운의 흐름을 순간적으로 감지했다.

"……"

남씨는 눈을 가늘게 뜨고 다시 생각에 잠겼다. 그러나 앞에서 걷고 있는 이씨는 강노인 집을 향해 부지런히 걸어갈 뿐 뒤도 한번 돌아보지 않았다. 이씨는 남씨가 스승이기 때문에 가급적 먼저 말을 건네지 않았다. 오늘은 특히 마을 사람들의 심부름을 온 것이기 때문에 한발 앞서 안내를 하고 있을 뿐이었다.

남씨는 계속 자신의 이러한 기운에 대해 생각에 잠겨 있었다. 주변은 넓고 맑게 열려 있었지만 남씨의 마음은 시간을 역행하고 있었다. 그러는 중 불현듯 남씨의 마음에 와 닿는 것이 있었다.

그것은 이미 과거의 일로써 남씨가 잠자고 있었던 시간이었다. 지금 남씨의 정신 속에는 그 순간을 느끼고 있는 것이다. 잠자는 중에 있었던 일! 남씨는 당시 잠들어 있었지만 무의식은 여전히 활동하고 있었다.

그때, 남씨는 자신의 주변에 일어났던 일을 회상해 내고 있는 것이다. 회상! 이것은 남씨의 영혼이, 남씨의 몸이 잠자고 있을 당시를 추억해 내는 것으로 무의식이 봤던 일들을 일깨우고 있는 것이다.

물론 남씨의 의식은 수면 중에 있었지만, 영혼의 일부, 혹은 무의식은 여전히 생생히 살아 있었다. 이는 모든 인간들도 마찬가지로 그럴 수 있는데, 잠이란 영혼이 한쪽에 치우쳐서 다른 면을 망각하고 있는 것이다.

하지만 명석한 남씨의 정신은 수면 중에도 그 일부가 여전히 살아서 움직였던 것이다. 그 영혼은 바로 수치선의 행동을 보고 있었다. 수치선은 잠든 남씨의 몸에 작용을 가해 인체의 비기를 열어놓았었다. 이것을 지금 남씨가 찾아내었던 것이다.

'오, 수치가 내게 은혜를 베풀다니! ……내게 다시 글을 쓰라고? ……글쎄? 글이라는 것은…….'

남씨는 미소를 짓다가 이내 허탈한 모습으로 바뀌었다. 남씨는 마음속으로 수치선이 자신에게 주입한 기운의 뜻을 충분히 이해하고 있었다. 첫째는 인간이 된 남씨의 몸을 가엾이 보고는 은혜를 베풀었을 것이고, 둘째는 다시 글을 쓰라고 몸의 기운을 보충해 준 것이리라!

남씨는 잠깐 눈을 감고 고개를 저었다. 이제 몸을 회복한 남씨로서는 강하고 행복한 인생을 살 수도 있겠지만, 그것으로 글씨 수준마저 향상될 것인가? 남씨는 이 점에 자신이 없었다. 물론 육체는 힘이 넘치고 정신이 이를 정교하게 조절하면 글씨는 분명 나아질 것이다. 그러나 그것으로 다 되는 것은 아닐지도 모른다.

남씨는 고개를 들어 하늘을 올려다봤다. 수치선을 바라보겠다는 뜻일까? 겨울 하늘은 신비한 느낌을 주고 있었다. 하지만 남씨가 바라는 수치선의 모습은 어디에도 없었다. 하늘은 그저 끝없이 열려 있을 뿐이었다.

"선생님……."

앞서가던 이씨가 멈추어 서서 남씨를 돌아다봤다. 어느새 강노인 집에 다 왔던 것이다. 이씨는 스승인 남씨가 먼저 문 안으로 들어서기를 기다렸다.

"······."

남씨는 조용히 싸리문을 열고 들어섰다. 마루 앞에는 마을 사람들의 신발이 여러 켤레 놓여 있었다. 남씨는 일부러 소리를 내며 마루로 올라섰다. 이와 함께 자신 속에 있었던 기분을 깨끗이 잊어버리고 명랑한 마을 사람으로 돌아왔다. 이때 문이 열렸다.

"오, 남씨 왔는가. 어서 들어오게."

강노인이 미소를 지으며 남씨를 맞이했다.

"······."

방에 들어서니 건영이도 와 있었다. 건영이는 앉은 채로 눈길을 보냈고 남씨도 미소를 지으며 자리에 앉았다. 그러자 바로 옆에서 박씨가 인사를 건넸다. 박씨의 인사에 남씨도 한 마디 했다.

"음, 박씨. 잘 지냈나?"

두 사람은 열흘 정도의 시간이 흐른 후에 만난 것이다. 이는 남씨가 주로 방에만 틀어박혀 외출을 삼간 탓이기도 했지만 박씨도 일부러 그러한 남씨를 방해하지 않기 위해 찾지 않았던 것이다. 박씨의 모습은 언제나처럼 기운이 넘쳐흐르고 있었다. 다만 오늘은 남씨도 박씨 못지않게 기운이 넘쳐흐르고 있었다.

여자들과 정섭이는 다른 방에 가 있었다. 오늘은 마을의 모든 주민이 모였는데, 마침 보름날이었다. 어쩌면 강노인이나 할머니가 이를 의식했는지 모르겠지만 마을 사람들은 그저 한가히 모여들었을 뿐이었다.

이들은 모여서 윷놀이를 하고 있었다. 윷놀이는 남씨가 특히 좋아하는 놀이로 말판 쓰는 것을 도맡아 하곤 했다. 그러나 박씨는 던지는 것만을 좋아할 뿐이었다. 아무튼 오늘은 한판 벌어지게 되었다.

"자, 다시 짤까?"

강노인이 윷을 거두며 말했다. 마침 한 판이 거의 끝나가고 있었다.

"어떻게 편을 짤까요? ……여자들은?"

남씨가 기쁜 표정을 지으며 강노인에게 물었다.

"글쎄, 여자들은 응원이나 하라고 하지!"

"……"

마을 사람들은 강노인의 제안에 반대하지 않았다. 이어 강노인에 의해 편이 짜였다.

"우선 남씨와 박씨, 그리고 인규가 한편이 되지!"

"예? ……왜지요?"

인규가 반문했다. 편은 아무렇게나 짜도 별일은 아니지만 그 이유가 궁금했던 것이다. 이에 대해 강노인이 웃으며 대답했다.

"자네들은 서울 갔다 온 동지들이 아닌가! ……윷판에서도 함께 싸워 보게."

"……"

남씨는 웃고 있었다. 강노인의 말이 그럴 듯했기 때문이었다. 그러나 남씨의 마음속에는 뜻밖의 결의가 샘솟고 있었다. 그것은 상대방이 건영이었기 때문이었다. 신통한 건영이가 어떻게 말판을 쓰는가를 보고 싶었던 것이고, 또한 건영이를 상대로 싸워 보고 싶은 것이었다.

윷놀이는 우연과 말판 쓰는 일이 어우러져 승패가 이루어진다. 남씨는 이를 몹시 즐기고 있는 것이다. 상대는 주역의 대가인 건영이인데, 건영이는 운이 좋거나 운을 알 수 있는 사람이다. 남씨는 합리적으로 생각해서 말판을 쓴다. 말하자면 지혜와 운의 대결인 셈이다.

"그렇게 하지요!"

마침 건영이도 이렇게 제안하였다. 이로써 모든 사람들은 두말없이 조용했다. 한편은 강노인과 건영이, 그리고 이씨였고, 또 한편은 남씨와 박씨와 인규였다. 강노인은 우선 할머니를 불러냈다.

"여보! ……여보!"

할머니가 달려왔다. 그러고는 남씨를 보며 말했다.

"늦게 왔군. 술상을 봐 줄까?"

"물론입니다."

대답은 박씨가 했다. 할머니는 다시 밖으로 나가고 윷놀이는 즉시 시작되었다. 처음으로 윷을 던진 사람은 정마을의 최고 연장자인 강노인이었는데 도가 나왔다. 다음은 반대편인 남씨가 걸, 다시 강노인 진영에서 이씨가 먼저 개를 던져 남씨 쪽의 말이 잡혔다.

이씨는 처음으로 등장하자마자 공교롭게도 스승인 남씨의 말을 잡은 것이다. 재미로 하는 놀이에서는 별일은 아니었지만 순진한 이씨는 좀 머뭇거리고 있었다.

"……."

건영이가 조용히 말을 옮겨 남씨의 말을 처리했다. 이어 강노인이 말했다.

"또 던지게!"

이씨는 윷을 거두어서 다시 던졌다. 결과는 도, 말은 네 칸 째에 진출했다. 이때 옆방에 있던 여자들이 우르르 몰려들어왔다.

"안녕하세요."

숙영이가 남씨에게 먼저 인사를 건넸다.

"음, 숙영이로구나……."

남씨는 앉은 채로 숙영이 손을 잡아주고는 숙영이의 어머니에게 눈인사를 보냈다. 그러자 숙영이 어머니도 미소로 인사를 받은 뒤 남씨 곁에 앉았다. 이어 정섭이도 그 옆에 앉았는데, 이는 박씨를 응원하겠다는 뜻이었다. 박씨가 자신의 아버지였으므로 당연한 일이었다.

숙영이와 임씨 부인은 강노인 진영에 앉았다. 물론 건영이를 응원하겠다는 뜻이 있는 것이다. 이로써 응원도 편이 짜여졌다. 할머니는 심판 겸 음식 조달 책임이 맡겨지고 윷놀이는 다시 진행되었다.

이번에는 박씨, 박씨는 얼굴에 미소를 가득 담고 윷을 던지려 하였다. 그런데 이때 할머니가 제지했다.

"잠깐!"

"……."

"승부에는 상벌이 있어야지! 그냥 놀기만 하면 왠지 싱겁지 않아요?"

할머니는 인자한 미소를 지으면서 말했다.

"그렇습니다. 무엇을 걸고 하지요."

이렇게 대답한 사람은 남씨인데 사뭇 진지해 보였다. 강노인도 고개를 끄덕이며 대답했다.

"그래, 무엇을 걸지? 현재 우리가 앞서가는데!"

"상관없습니다. 걸어 보세요."

남씨는 다시 한 번 결의를 표명했다. 남씨로서는 승부의 무게를 더하고 싶은 것이다. 이를 건영이가 파악하고 대답을 거들어 주었다.

"좋습니다. 단단히 걸지요. 저는 박씨 아저씨에게 읍내로 심부름을 청하겠습니다."

건영이는 자기 진영이 이길 경우 박씨에게 그 벌로 춘천엘 다녀오라는 것이었다. 박씨가 좋다고 대답하자 인규가 강노인에게 말했다.

"제가 이길 경우 할아버지에게 좋은 술 한 말을 청하겠습니다. 새로 담근 술 말입니다."

"음……?"

강노인은 대답을 못 하고 할머니의 얼굴부터 쳐다봤다. 술은 할머니가 담그는 것이니 당연히 허락을 받아야 했다. 할머니는 즉시 대답했다.

"좋아요. 당신이 지면 좋은 술을 새로 담가주겠어요. 당신도 남씨에게 조건을 말하구려."

"그래…… 무엇을 청할까……?"

할아버지는 잠시 생각하다가 남씨에게 말했다.

"나는 남씨에게 청하겠네, 자네 쪽이 지면 자네는 붓글씨를 큼직하게 하나 써주게."

"좋습니다. 그럼 박씨도 말하게."

남씨는 박씨를 돌아보며 상 또는 벌을 물었다. 박씨는 웃으며 건영이에게 말했다.

"나는 건영이에게 청하겠네. 주역 공부에 필요한 설명서를 만들어주게!"

"좋습니다. 아저씨도 말해 보세요."

건영이는 대답과 함께 이씨에게 물었다.

"나야 뭐……."

이씨는 대답을 안 하고 더듬거렸다. 이때 갑자기 숙영이 어머니가 나섰다.

"우리 쪽이 지면 내가 상을 주지! ……건영이에게."

"저에게요?"

건영이는 놀라며 숙영이 어머니를 바라봤고, 다른 사람들은 재미있게 되었다고 기대의 눈길을 보내며 기다렸다. 그런데 숙영이 어머니는 심각하게 대답했다.

"건영이가 이기면 숙영이와 하루 종일 지낼 수 있도록 해주겠네! 어때?"

"예? ……그것은."

건영이는 부끄러움을 타면서 할머니를 얼핏 돌아봤다.

"하하하……."

모두들 웃는 가운데 할머니가 말했다.

"그것 참 좋은 상이로군, 건영이는 숙영이를 위해 꼭 이겨야겠는데."

"……."

건영이는 심각한 미소를 지었다. 분명히 숙영이 어머니가 주겠다는 상에 만족해서 최선을 다해 싸우겠다는 뜻이리라!

"자, 그럼…… 이젠 그쪽에서 상 하나를 더 만들어야겠는데……."

할머니가 이렇게 말하면서 은근히 이씨를 바라봤다. 그러자 이씨는 망설임이 없이 대답했다.

"제가 내놓지요. 저는 서울에서 가져온 물건을 하나 골라보겠습니다."

"서울 물건? 그것 좋군. 자, 시작하세요."

할머니는 만족한 듯 윷놀이의 시작을 선언하였고 박씨는 다시 윷을 거두어 잡았다.

즐거운 긴장감이 감도는 가운데 박씨가 던진 윷이 멋지게 허공을 날았다. 박씨는 윷을 던지는 자세가 일품이었다. 던질 때 몸의 형태도 묘했지만 윷이 바닥에 떨어질 때까지 자세를 풀지 않았다. 마치 윷의 운명이 몸의 자세에 이끌리기라도 하듯이 정성을 들이는 것이다.

그래서 그럴까! 결과는 윷이었다.

"와 ──"

함성이 터져 나왔다.

상대방의 말이 잡히고 다시 또 한 번 던질 기회가 주어졌다. 박씨는 또다시 자세를 취했다.

"얏 ──"

이번에는 기합 소리까지 내며 득의에 차 윷을 던졌다. 그러나 결과는 보통인 개가 나왔다. 이럴 경우 말은 기로(岐路)를 넘어서는 게 상식이다. 남씨는 점잖게 말판을 쓰고 윷은 건영이 손에 넘어갔다.

"……"

가벼운 긴장이 감돌았다. 드디어 건영이의 차례가 돌아왔기 때문이었다. 그러나 건영이가 윷을 던진다고 해서 별다를 것은 없었다. 사실 윷을 던져 무엇이 나오느냐는 어디까지나 우연에 속한다. 하지만 마을 사람들은 건영이가 던질 윷에 대단한 흥미를 갖고 있었다. 결과는 무엇이 나오더라도 상관이 없었다.

건영이는 정마을에 들어온 이래 윷놀이는 처음이었는데, 건영이의 신통한 능력이 알려진 이후 지금 처음으로 마을 사람들과 승부를 하기 때문에 더욱 흥미를 느끼는지 몰랐다. 만일 정마을의 촌장, 즉 풍곡선이 이 자리에 참여하여 윷을 던진다면 분명 신기한 구경거리가 될 것이리라.

물론 아무리 신령스런 촌장이라 해도 윷을 던져 나올 것은 도·개·걸이나 윷·모 중에 하나가 나올 것이다. 그렇지 않고 윷이나 모만 계속 나온다면 이는 이미 정당한 놀이가 아니라 속임수에 지나지 않는다.

하기야 촌장이 오늘날 정마을에 있다 하더라도 이 윷놀이 같은 일에 참여한다는 것은 당치도 않을 일이다. 다만 촌장의 후계자로 공인되어 있는 건영이는 스스럼없이 마을 사람들과 함께 윷놀이에 참가하여 막 윷을 던지려 하는 찰나에 있는 것이다. 이것이 마을 사람에게는 유쾌한 구경거리가 되는 것이다.

윷을 던져서 무엇이 나온다고 해도 상관없다. 신통한 능력을 가진 사람이 평범한 마을 사람들과 어울릴 수 있다는 것이 마을 사람들로서는 퍽이나 즐거운 일이다. 건영이는 사뭇 진지한 표정으로 윷을 던졌다.

"딱 그락 ——"

윷은 서로 부딪치고 굴러서 모양을 이루었다. 결과는 도, 내용으로 보면 아주 싱거웠다. 가장 작은 도수가 나온 것이 아닌가!

마을 사람들도 잠깐 놀란 듯했으나 윷놀이라는 현실을 생각해 내고 이내 밝은 기분이 되었다. 건영이는 자신의 말을 올려놓고 상대편을 바라봤다. 이제는 인규 차례였다. 인규는 평범하게 윷을 모으고는 단정하게 던졌다. 서투른 솜씨였는데 그 결과는 개로 나타났다. 남씨는 먼저 출발되어 있는 말을 옮겼다.

이어 강노인의 차례로 이어졌다. 강노인은 눈을 한 번 지그시 감는 듯하더니 상당히 높게 윷을 던졌다. 아마도 속으로는 윷이나 모를 기대하고 있는 것이리라! 윷놀이의 결과가 운명이 아니라면 윷이나 모가 나와야 좋고, 혹은 상대방 말을 잡을 수 있어야 좋다.

'오늘의 결과는 어떻게 되는 것일까?'

'설마 윷놀이 정도도 운명적으로 정해져 있을까?'

'이보다 더 작은 일은……?'

만일 자연계에 일어나는 일이 아무리 작은 일이라도 모두 운명적으로 정해져 있다면 현재 속에 이미 우주의 종말도 포함되어 있다는 뜻이 될 것이다. 만약 이 우주에도 종말이 온다면 인간의 노력조차도 필요가 없게 된다. 시간의 흐름이란 단순히 차례를 기다리는 긴 행렬이며 또한 죽음의 행진일 뿐이다.

하지만 자연의 현상은 결코 그렇게 될 수는 없다. 아주 커다란 일, 예컨대 국가의 운명이나 위인의 숙명들은 이미 정해져 있을 수 있지만 윷놀이 같은 매우 작은 일이 미리 정해져 있을 수는 없는 것이다. 물론 윷놀이의 결과가 더 큰 운명과 결부되어 있다면 비록 자그마한 윷놀이일지라도 운명적이 될 수밖에 없다.

그런데 오늘의 윷놀이는 단순히 산 속 마을 사람들의 겨울철 놀이일 뿐이었다. 따라서 운명 같은 것이 있을 턱이 없었다. 각자 최선을 다하면 그만인 것이다.

"따 ── 닥"

강노인이 던진 윷은 도를 만들어 내었다. 강노인은 말을 포개놓았다. 건영이는 강노인이 말판 쓴 것에 대해 만족한 듯 보였고, 이씨는 그저 따를 뿐이었다.

윷은 다시 남씨에게로 넘어갔다. 결과는 개였다. 남씨는 멀리 나가 있는 말을 전진시켰다. 당연한 귀결이었다. 만일 새로이 말을 진입시켰다면 상대방에게 기회를 줄지도 모르는 일이었다. 상대방이 도나 개가 나와도 잡을 수가 있는 것이다. 그러므로 이편에서는 오직 걸이 나와야만 피할 수 있으므로 새로운 말을 써서는 안 되는 것이다.

이번에는 이씨가 윷을 던졌다. 그런데 그 결과는 공교롭게도 도가 나왔다.

"……"

어떻게 말을 쓸 것인가? 보통의 경우라면 말을 또 달아서 세 개를 묶을 것이다. 그렇지 않고 말을 전진시켜 놓으면 개자리에 가게 되는데 그것이 잡히게 되면 어차피 그동안의 결과가 무산된다. 그럴 바에는 도자리에 세 개를 묶어놓고 기다리는 것이 좋다. 만일 무사히 넘어간다면 그 다음부터는 움직이기가 쉽다.

상대방이 만약 도를 넘어서면 다음에는 잡을 기회가 생기며 또 먼 곳의 말을 움직이면 세 동아리는 무사히 전진할 수가 있게 된다. 이를 인식했는지 강노인은 새로운 말을 손가락으로 집었다. 포개놓으려는 것이었다. 그런데 이때 건영이가 조용히 제지했다.

"할아버지……."

"……."

건영이가 분명한 태도로 강노인을 제지하자 모두들 건영이에게 주목했다. 건영이는 이에 전혀 개의치 않고 두 개로 포개져 있는 말을 한 칸 전진시켰다. 그러자 남씨의 눈이 잠깐 예리하게 반짝거렸다. 남씨가 보기에는 건영이의 말판은 매우 불합리하게 보였기 때문이었다. 만일 새로운 말을 포개놓으면 세 개의 말이 도의 자리에 머물러 있게 되지만 지금처럼 전진을 시킨다면 개의 자리에 두 개의 말이 포개져 있는 것이 된다.

이를테면 두 가지의 경우를 비교해 보면 하나는 세 개의 말이 포개어져 있는 것과 다른 하나는 두 개의 말이 개의 자리에 있는 것인데, 이는 확률적으로 보아도 두 번째보다는 첫 번째의 경우가 유리한 것이다. 왜냐하면 모와 윷은 각각 16번 만에 한 번씩 나오는 것이고, 개는 여섯 번이 나오며, 도와 걸은 각각 네 번씩 나오기 때문이다. 그러므로 첫 번째의 경우는 잡힐 확률이 4/16이고, 두 번째의 경우는

6/16이다. 그뿐만 아니라 첫 번째의 경우, 즉 도의 자리에 세 개를 한데 묶으면 경제적으로도 이득이다.

이 모든 것을 세세하게 따지지 않는다 하더라도 상식적으로 누구나 말 세 개를 도의 자리에 묶을 것이다. 그런데 문제는 건영이가 어리석게도 두 개의 말을 묶어 개의 자리로 진출시킨 것이다. 그것도 강노인이 노인답게 잘 알아서 말을 쓰는 것을 굳이 말리면서까지 말이다. 그것을 보고 있던 남씨의 눈이 날카롭게 빛났다. 남씨는 차가운 미소를 머금고 건영이를 한 번 흘낏 쳐다보고는 윷을 천천히 쓸어 모았다. 그러고는 말했다.

"한 번쯤 순서를 바꾸면 안 되겠나? 어차피 우리 편끼리 바꾸는 것인데……."

"음? 그럴 필요가 있어? 그래도 되겠지!"

강노인은 할머니를 바라보며 물었다. 할머니가 이 자리에서는 심판이기 때문이었다.

"마음대로 하시게."

할머니는 남씨에게 한 눈을 감아 보이며 허락했다. 할머니가 보기에 남씨의 행동에는 뜻이 있어 보였기 때문이었다. 그것은 건영이를 어지럽히는 것이 되는데, 아주 재미있는 일이었다.

남씨는 태연스럽게 윷을 가다듬었다. 그러나 속으로는 흥미와 각오가 함께 일어났다. 건영이가 불합리하게 말을 움직인 것은 분명 그 나름대로 무슨 뜻이 있어서 옮겼을 것이라는 생각이 들었다. 그렇다면 건영이는 상대편이 윷을 던져서 개가 나올 확률은 전혀 없을 것이라고 기대를 했거나 예지했다는 뜻이 된다.

'그런 일이 가능할까?'

남씨는 윷을 손에 쥐고는 한동안 섞었다. 이렇게 해서 우연을 극대화하려는 의도에서였다. 그렇게 함으로써 건영이의 예지를 빗나가게 하기 위함도 포함되어 있었다. 남씨가 윷을 던지지 않고 뜸을 들이고 있었기 때문에 다른 사람들도 상황을 충분히 이해했다.

"……."

흥미 있는 긴장이 잠깐 흐르고 있었다. 그 침묵 속에서 남씨는 윷을 왼손으로 잡았다. 이는 또 무엇을 의미하는 것일까? 평소 오른손을 사용하던 남씨가 이번에는 왼손으로 던지려는 것이다.

이것도 흐름을 방해하려는 의도인지는 모른다. 남씨는 어색한 자세로 윷을 높이 던졌다.

"획 ——"

윷은 공중으로 높이 날아올랐다. 그런데 이때 한 가지 사건이 발생했는데 윷이 너무 높이 올라가 방의 천장에 부딪힌 것이었다.

"타당 ——"

윷은 천장에 부딪힌 뒤 어지럽게 바닥에 떨어져 내렸다. 이렇게 떨어진 윷은 바닥에 떨어져서도 구르고 그 위에 또 다른 윷이 서로 부딪쳐 상대를 바꾸고 최종적으로 한 모양을 이루었다.

이러한 상태는 누가 보아도 우연이었다. 이를 미리 알 수 있다는 것은 불가능한 일로 여겨졌다. 아무튼 남씨가 던진 윷의 결과는 걸이 나왔다. 남씨는 속으로 아쉬운 탄식을 질렀다. 이왕이면 개가 나와 건영이의 말을 잡아 그 반응을 보고 싶었던 것이다.

건영이는 미리 개가 나오지 않으리라는 것을 예측했던 것일까? 혹은 걸이 나올 것을 예측했을까? 만약 건영이가 이를 예측했다면 말을 세 개 포개어서 도의 자리에 놓아두어야 했을 것이다. 왜냐하면 남씨가 던진 윷은 어차피 도가 나오지 않았기 때문이다. 단지 건영이가 쓴 말은 현재 잡히지 않고 건재하고 있었다.

이에 대해 강노인이 미소를 짓고 있었다. 세 개의 말을 도의 자리에 포개놓았다면 더욱 유리했을 테지만, 잡히지 않은 것만으로도 다행이었고, 이는 건영이의 배려에 의한 것이었다. 물론 남씨는 이 모든 일을 우연으로 생각했다.

이제는 말판을 써야 할 때였다. 방법은 두 가지 중의 하나이다. 이미 진출해 있는 말을 전진시키거나 새로운 말을 걸의 자리에 달아놓는 것이다.

이런 상황에서는 누구나 첫 번째의 경우를 선택하게 되어 있다. 만일 두 번째의 경우를 택했다면 상대편이 도나 걸, 둘 중에 하나만 나와도 잡히는 것이니 매우 위험한 일이다. 그렇기 때문에 모두들 먼저 나간 말을 전진시킬 것으로 생각하고 있었다.

그런데 남씨의 생각은 그들과는 전혀 달랐다. 남씨는 이때 속으로 재미있는 궁리를 하고 있었는데, 그것은 일종의 도전이나 시험이었다.

'새로운 말을 달아볼까? 불합리한 일이지만……. 그러나 건영이도 그렇게 하지 않았는가! 나도 걸자리에 달아놓고 어떻게 되나 봐야겠어! 어디……!'

남씨는 속으로 이렇게 생각하며 새로운 말을 판 위에 올려놓았다. 걸의 자리였다. 만약 상대방 편에서 도나 걸이 나온다면 잡히는 자리였다. 남씨의 생각으로는 건영이도 좀 전에 이런 방식을 썼으므로 자신도 그렇게 못할 것이 없고, 또 윷놀이가 운명과 통해 있다면 그것을 시험해 보고 싶은 것이었다. 그리고 또한 윷놀이가 운명이라면 왜 누구에게 승리가 돌아가는지 궁금하기도 했다.

"……."

윷은 조용히 이씨 손으로 넘어갔다. 원래 차례는 건영이였지만 상대편 쪽에서 남씨가 던졌기 때문에 이씨는 무심히 윷을 거두어 잡았을 뿐이었다. 건영이는 별다른 생각 없이 구경만 하고 있었다. 지금 상황에서는 윷을 던지는 차례가 바뀌었다는 것은 별로 중요한 일이 아니었다. 오직 건영이와 남씨의 흥정이 흥밋거리일 뿐이었다. 이씨는 무심히 인규를 한 번 바라봤다. 인규는 이때 남씨의 생각에 대단한 흥미를 느끼고 있었다.

'좀 전에 사용했던 건영이의 방식 그대로 말판을 쓰는군! 무슨 뜻이 있을까……?'

인규가 이렇게 생각하는 동안 이씨는 윷을 던졌다. 결과는 무엇일까? 남씨가 떨어지는 윷에서 눈을 떼지 않고 있었다. 도냐 걸이냐? 아니면 무엇일까……?

남씨는 속으로 개가 나오기를 기대하고 있는 것이었다. 그렇지 않는 한 윷은 상대방이 또 던지게 되어 있다. 오로지 개! 확률은 지극히 적었다. 하지만 남씨는 크게 바라고 있었다. 물론 불합리한 생각이지만 흥미가 이성(理性)을 능가하고 있는 중이었다.

"타 —— 닥"

윷은 바닥에 단순하게 떨어져서 개를 만들어 놓았다.

"와 —— 아"

인규가 환성을 질렀다. 인규는 남씨의 생각이 맞은 것을 좋아하고 있는 것이었다. 한편으로는 건영이의 신통력이 빗나간 것도 재미있게 생각하는 것이리라. 사람들은 대부분 약자 편을 들기 마련인데, 인규가 보기에는 남씨가 바로 그 약자인 것이었다.

남씨는 입을 꼭 다물며 회심의 미소를 지었다. 이번 판은 남씨의 계획대로 된 것이었고 건영이가 말을 잘못 쓴 것도 확인된 셈이었다. 만일 건영이가 말 세 개를 도의 자리에 포개 놓았다면 지금 이씨가 만든 개로써 남씨의 말을 잡았을 것이었다.

그렇게 되면 한 번 더 던질 수 있는 기회로 말 세 개가 뭉친 것이 전진할 수 있게 된다. 이로써 절대 유리한 고지로 갈 수 있었다. 지금은 남씨 쪽이 다소 유리한 상태! 상대가 말을 전진시키면 남씨 쪽 말을 넘어서 도, 즉 한 칸의 위치로 가게 된다. 이는 두 개의 말이기 때문에 잡히는 경우 남씨 쪽이 단연 유리한 게 사실이다.

"말을 써봐⋯⋯!"

인규가 건영이를 향해 말했다. 이제 어떻게 하나 보겠다는 뜻이었다. 건영이는 새로운 말을 포개놓았다. 이제 세 개의 말이 개의 자리에 있는 것이다. 이로써 여전히 위험한 상태에 놓여 있는 것이다. 즉 개만 나오면 건영이의 말 세 개가 떨어지고 남씨 쪽은 더욱 유리해진다.

건영이가 말을 세 개로 포갠 것은 합리적인 일이었다. 두 개로 전진시키는 것보다는 세 개로 포개서 버티는 편이 낫다. 어차피 위험한 확률이 같은 경우라면 말을 세 개로 포개놓는 것이 훨씬 용이하다. 다만 사물의 이치가 그러한 것이라면 건영이는 맨 처음부터 도의 자리에 세 개의 말을 달아놓았어야 옳았다.

이제 와서 합리적으로 말판을 쓰다니! 다음 차례는 박씨였다. 박씨는 일품의 자세로 윷을 던졌다.

"타다닥 ——"

박씨의 윷이 멋지게 바닥을 휩쓸며 모양을 이루었다. 그런데 결과는 아주 공교로웠다. 이번에도 걸, 똑같은 결과가 두 번씩이나 겹친 것이다. 어쩌면 그렇게도 개가 나오지 않는 것일까? 분명히 이것은 우연일 것이다.

남씨는 별생각 없이 말을 들어 세 칸을 옮겼다. 바로 앞에 있는 말이었다. 이로써 남씨편 말은 건영이편 말과 네 칸 거리에 있었다.

만일 남씨가 말을 두 개 포개놓으면 그것은 단순한 고집에 지나지 않을 것이었다. 두 번씩이나 위험을 피하라는 법은 없기 때문이었다. 더구나 두 개의 말을 포개어서 위험에 노출시킬 필요는 없었다. 다른 선택의 여지가 없다면 세 개이든 두 개이든 포개서 버틸 수밖에 없지만 지금은 멀리 앞서가는 것이 상책이었다. 결국 남씨도 건영이처럼 합리적인 길을 선택한 것이었다.

이제까지의 결과를 보면 일진일퇴로 누가 낫다고 볼 수 없는 상태였다. 다만 건영이가 처음에 도를 포개놓지 않아서 유리한 결과를 놓친 결과였다. 윷은 다시 이쪽 편으로 넘어왔다. 이번에는 건영이 차례였다.

건영이는 그저 평범하게 윷을 던졌다. 그리고 그 결과도 평범한 걸이 나왔다. 말판은 당연히 세 동아리가 이동하여 모의 자리에 정착했다. 이제 건영이의 편이 확실히 유리한 상황이 되었다.

이런 상황에서 윷은 다시 인규의 손으로 넘어갔다. 만일 인규가 모라도 나오면 상황은 순식간에 역전이 된다. 인규는 이런 상상을 하면 윷을 던졌다. 하지만 결과는 낭패였다. 겨우 도가 나왔기 때문이다.

어떻게 말을 쓰는 것이 합리적일까? 혹은 합리적인 것보다 더 좋은 방법은 없을까? 남씨는 신중히 생각했다. 상대방은 세 동아리가 모의 자리에 가 있었다. 다음번에 윷을 던진다면 분명히 이 모자리에 가 있는 것을 이동할 것이 틀림없었다. 만일 걸이라도 나오면 말판의 중앙에 세 개의 말이 포개져 당장에 세 개가 먼저 결승점에 이르게 된다.

그러니 이것을 추적하는 작전을 펴야 하는 것일까? 하지만 겨우 도가 나왔으니 추격도 시원치 않다. 그러나 남씨는 이때 다른 생각을 하고 있었다.

'새로 하나를 달아야 할 거야, 만일 이것이 잡히면 적의 막둥이가 나가는 것이 되니 추적이 용이하겠지. 어차피 잡지 않으면 지는 것이니까……'

남씨는 단순히 먼저 간 말을 전진시키면 이미 지고 있는 상황을 고정화시키는 것뿐이기 때문에 별 의미가 없다고 생각했다. 그럴 바에는 차라리 먼저 말을 달아놓고 적이 넘어서기를 기다리는 것이 유리한 것이다. 만일 적이 넘어서지 않으면 그 때는 하나라도 추격전을 벌여야 하는 것이다.

남씨는 이모저모를 생각하고 도의 자리에 새로운 말을 올려놓았다. 윷은 다시 강노인의 차례가 되었다.

"엿 차……."

강노인은 기분 좋게 윷을 던졌다. 결과는 도였다. 상당히 좋은 결과가 나온 것이다. 이제 적을 잡고 한 번 더 던지게 되었기 때문이다. 강노인은 한 손으로 윷을 끌어 모았다. 다시 한 번 상대편 말을 잡겠다는 뜻이었다. 그런데 이때 건영이가 또 다시 만류했다.

"할아버지……. 제가 쓸게요."

"음? ……어떻게?"

강노인은 당연한 걸 무얼 어떻게 하겠느냐는 뜻으로 건영이의 얼굴을 바라봤다. 건영이는 웃으며 말했다.

"할아버지! ……잡지 마세요, 꺾는 게 나아요!"

"꺾는 게 낫다고? 그래! 좋을 대로 하지 뭐……."

강노인은 건영이 뜻대로 내버려두었지만 아쉬움이 남아 있는 것 같았다. 하지만 아쉬움보다는 건영이의 말판 쓰는 일이 더욱 흥미 있는 법, 구경하는 사람들도 모두 그렇게 생각하고 있었다.

그러나 남씨는 이때 건영이의 생각을 상당히 합리적으로 보고 있었다. 왜냐하면 만일 강노인의 말대로 도로 잡는다면 그 다음이 문제가 된다. 특히 그 이후 또 도가 나오면 아주 미묘한 상황이 전개된다. 이때는 개와 모자리에 말이 놓여서 두 말이 연결된다. 즉 개와 걸이 연속돼서 나온다면 적은 전멸하는 것이다. 이렇게 나오지 말란 법이 없었다. 건영이는 세 동아리의 말을 꾸부렸다. 이제 건영이의 진영은 세 개의 말이 안전권으로 도망가고 있는 것이다.

이 상황에서 윷은 또다시 박씨에게로 넘어갔다. 순서는 뒤바뀐 상태이었지만 단체전에서는 별로 상관없는 일이었다. 박씨는 현재의 상황이 매우 중요하다고 느끼고는 말을 감아 잡은 것이다. 좀 전에 남씨가 건영이를 훼방을 놓기 위해 윷을 잡은 것처럼 이번에는 위기를 극복하기 위해 박씨가 나온 셈이었다. 박씨는 자신이 윷이나 모를 잘만든다고 생각하고 있는 것이었다.

"얍──"

박씨는 묘한 자세로 기합을 질렀다. 박씨의 기합과 던지는 모양은 일품이었다. 그러나 내용은 싱겁게도 도가 나왔다. 말판을 쓰는 방법은 도의 자리에 두 개를 포기거나 하나를 전진시키거나 또 아니면 아예 먼 곳에 진출해 있는 말을 이동시키는 것뿐이었다.

상대편에는 말이 오직 하나가 남아 있을 뿐이었으므로 신중을 기해야 할 국면이었는데, 박씨는 자동적으로 남씨를 바라봤고 인규도 남씨를 바라봤다. 인규로서는 내용이 복잡하기 때문에 자신의 의견을 세우기 전에 남씨를 바라본 것이었다.

문제는 상대편의 말이 하나 남아 있고 우군도 하나의 말이 남아 있다는 것에 있었다. 다만 상대편은 세 개가 한동아리가 되어 모자리에서 한 칸 꺾어 오직 한 개의 말만 출행하면 끝나게 되어 있었다. 남씨의 편에서는 하나의 말을 남겨놓느냐 합치느냐의 문제였다.

남씨는 잠깐 생각을 했다. 답은 단순한 문제였다. 만일 남씨가 말을 새로 진출시켜 도의 자리에 한동아리로 한다면 적은 하나, 우군은 세 자리에 나뉘어져 있는 상태로 적의 차례가 돌아오게 된다. 누가 보아도 불리한 상태로써 겉으로만 따져보아도 도자리에 있는 말을 진출시키는 것이 합리적이다. 남씨는 그리 오래 생각하지 않고 합리적인 방식을 채택했다. 즉 말을 한 칸 전진시켜 개의 자리에 놓은 것이었다.

이는 반드시라고는 할 수 없지만 주어진 상황에서 아주 합리적인 생각이었다. 누군가 특별히 운명을 알 수 없다면 가장 폭넓은 선택이라고 할 수 있었다. 윷은 다시 건영이의 진영으로 넘어갔다.

차례는 건영이었지만 이미 순번이 빗나간 상태, 자기편 중에 누가 나와도 좋은 상황이었다. 강노인은 주장으로서 임의로 선택해도 좋았지만 일단 건영이부터 쳐다봤다. 오늘의 윷놀이는 아무래도 남씨와 건영이 사이의 미묘한 의식이 깔려 있어 승부의 결과가 중요하기 때문이었다.

그렇기 때문에 이왕이면 건영이 쪽, 즉 자기편이 이기는 것이 나을 것이라고 강노인은 생각했다. 물론 그것을 건영이가 바라는 것으로 생각한 것이었다. 처음부터 심각한 사람은 남씨였는데, 건영이는 남씨의 투지에 호응하고 있는 셈이었다. 그렇다고 해서 남씨가 무작정 호전적이라는 것은 아니었다. 남씨로서는 단지 건영이의 판단과 자신의 판단을 견주어 보고 싶었을 뿐이었다. 이는 공부를 하는 도인의 입장 이외의 다른 것은 전혀 없었다.

건영이는 화평한 모습으로 강노인에게 윷을 건네주었다. 강노인은 윷을 받아들고는 남씨를 흘끗 바라보면서 윷을 던졌다. 남씨는 무엇인가 골똘한 모습이었다. 이 때 윷은 바닥에 떨어졌다. 결과는 개였다. 드디어 남씨 진영의 말이 잡히게 된 것이었다. 그러나 강노인은 이를 잡지 않고 세 동아리를 황중(黃中)으로 전진시켰다. 이에 대해 이씨는 무심한 상태였고, 건영이는 만족한 듯 보였다.

이제 전체 상황은 강노인 진영이 세 동아리가 결승점에 임박해 있었고 하나는 아직 출발을 안 하고 있는 상태였다. 남씨 진영은 두 개의 말이 각각 먼 쪽으로 돌아가고 있었고 하나는 개의 자리, 하나는 아직 진출도 안 하고 있는 상태였다. 누가 보아도 강노인 진영이 매우 유리한 상황이었다.

윷은 다시 남씨의 진영으로 넘어갔고, 이를 인규가 던졌다. 남씨는 여전히 말판을 들여다보고 있었다. 그래서 인규가 윷을 잡은 것이었지만 남씨는 무엇을 저토록 골몰할까? 어느새 전세가 불리한 것을 생각하고 있는 것일까?

그 원인은 무엇일까? 이윽고 윷이 바닥에 떨어지고 개가 나왔다. 포개느냐, 전진하느냐? 인규는 결심한 듯 윷을 전진시켰다. 남씨가 상관하지 않는 것으로 보아 생각이 같은 듯했다. 이번에는 이씨가 던졌다.

결과는 도였다. 건영이는 중앙에 있는 말을 꼬부렸다. 이로써 중앙의 세 동아리는 안전권에 들어간 셈이 되었다. 무엇이 나와도 잡히는 위치에 있지 않았다. 이때 남씨는 고개를 저으며 윷을 거두어 박씨에게 건네주었다.

던지는 자세만이라도 시원하길 바라는 것일까? 과연 박씨는 시원스레 윷을 던졌다. 그런데 결과도 아주 시원했다. 바로 윷이 나온 것이었다. 남씨의 눈이 반짝거렸다. 하지만 이로써 크게 상황이 개선될 수는 없는 문제, 이미 패색이 짙은 국면이었다.

하지만 박씨는 씩씩하게 다음 윷을 던졌다. 결과는 개, 남씨는 가볍게 웃었다. 특별한 전기가 마련된 것은 아니었기 때문이었다. 이제 나가 있는 말을 전진시키거나 두 개의 말을 포개어서 기로(岐路)를 건너는 수밖에 없었다.

어느 경우라도 승리는 이미 놓친 상태였다. 상대편은 하나 남은 말을 서서히 이동시킬 것이다. 그리고 첫 번째 관문에 들어선다면 간단히 끝나고 말 것이었다. 어차피 불리한 상태였다. 남씨는 하나의 말을 남겨놓은 채 개를 전진시켰다.

윷은 또 건영이에게로. 건영이는 정성스레 윷을 던졌다. 결과는 최상인 모가 나왔다.

"와 —— 짝 짝 ——"

강노인이 환성을 지르고 구경하는 여인들은 박수를 쳤다. 강노인 진영에서는 이제 하나 남은 말을 관문에 올리고 다음 나온 것으로 무조건 꺾으면 된다.

"타 — 닥 ——"

윷은 무정하게 떨어지고 결과는 걸이었다. 이보다 더 좋은 결과는 없다. 강노인은 당연하다는 듯이 마지막 남은 말을 황중에 진출시켰다. 남씨 편에서는 완전히 의기가 꺾였다. 결과는 최악이었기 때문이다.

한 가지 길이 있다면 똑같이 모와 걸이 나와서 지금 달아놓은 말을 잡는 길뿐이었다. 그렇게 된다면 바로 앞에 놓여 있는 상대편의 세 동아리를 노릴 수 있게 되기 때문이다. 만일 그것마저 잡으면 상황은 역전, 기막힌 결과가 창출되는 것이었다.

남씨는 박씨에게 그 중요한 임무를 맡겼다. 박씨는 두 손으로 윷을 잡고 그것을 머리에 댄 채 잠시 정신을 집중했다. 속으로는 모가 나오기를 기대하였고, 가능하다면 이어서 걸마저 나오길 바라는 것이었다.

"야 —— 압"

멋진 기합 소리와 함께 윷은 공중으로 날아올랐다.

"……"

무엇이 나올까? 이로써 판이 끝나거나 기적처럼 역전의 상황이 벌어질 판이었다.

"와 —— 짝짝 —— 짝짝 ——"

숙영이 어머니가 소리를 치면서 박수를 쳤다. 기대했던 모가 나온 것이었다. 남씨의 얼굴에는 미소가 떠올랐다. 강노인은 일순간 긴장하였다. 이제 걸이 나오면 남씨의 진영이 역전의 기회를 잡게 되는 것이었다.

박씨는 천천히 윷을 끌어 모았다. 강노인은 건영이를 빤히 쳐다보고 있었다. 이는 상황이 위험하지 않겠느냐고 묻는 뜻이 있었지만 건영이는 그저 웃고만 있을 뿐이었다. 이때 하나의 목소리가 갑자기 울렸다.

"잠깐……"

정섭이가 나선 것이었다.

"······?"

박씨는 행동을 멈추고 의아스럽게 정섭이를 바라봤다. 정섭이는 건영이를 향해 말하고 있었다.

"아저씨, 나하고 내기해요."

"내기? 지금?"

건영이는 미소와 함께 흥미를 보였다. 정섭이는 주위를 한 번 둘러보고는 심각하게 말했다.

"그래요, 우리 아버지가 던지는 윷이 저 말을 잡는지 못 잡는지 말이에요."

"그래? 그것 참······."

건영이는 미소를 지으면서도 난감한 표정이었는데, 정섭이가 계속 재촉했다.

"하실래요? 안 하실래요?"

"글쎄······."

"글쎄가 뭐예요, 나는 자신 있단 말이에요."

"허 참······. 꼭 내기를 하고 싶니?"

건영이는 정섭이의 기분을 생각해서 성의껏 상대하고 있는 것 같았다. 그런데 이때 임씨 부인이 나섰다.

"한번 해 보세요. 재미있잖아요······."

"글쎄요······. 자신이 없는데요."

건영이는 고개를 갸우뚱해 보였다. 그러자 할머니가 또 나섰다.

"작은 촌장, 해 보게······. 마을 사람들이 원하지 않나!"

"예? ······그럼 저, 해 볼까요."

건영이는 조용히 말했다. 정섭이는 큰 목소리로 기세를 올렸다.

"나부터 말하겠어요, 우리 아버지가 저 말을 잡으실 거예요. 아저씨는요?"

"음? 나? ……잠깐만."

건영이의 얼굴은 갑자기 차가워졌다. 이를 인규도 유심히 바라보고 있었는데 섬뜩한 느낌이 들 정도였다. 건영이는 잠시 동안 깊은 생각에 잠긴 듯 보였다.

"……."

마을 사람들은 긴장을 하며 기다렸다. 건영이는 이 집중력으로 필경 우주의 신비한 영역을 살피고 있을 것이리라. 앞으로 일어날 일을 미리 살펴보는 문제였다. 윷은 아직 던져지지 않은 상태였다.

윷은 이제 건영이의 말이 끝난 후에 던져지게 되는 것이다. 이는 이미 던져진 결과를 맞추는 것보다 훨씬 더 어려운 일이었다. 이미 던져진 경우에는 지난 일을 맞추는 것이 되고 아직 던지지 않았다면 미래의 일을 맞추는 것이 된다.

미래는 아직 정해지지 않았으므로 더 어려운 일임은 당연한 이치였다. 하기야 보통 사람들이 볼 때는 미래의 일이나 과거의 일이나 보지 않고 맞춘다는 것은 양쪽 다 마찬가지로 어려운 일이다. 이제 이 문제는 오직 건영이에게만 국한되어 있을 뿐이다.

"……."

건영이는 조금 더 시간을 들이고 나서 마침내 고개를 들었다. 그러고는 정섭이를 향해 부드럽게 말했다.

"무슨 내기를 할까?"

"저요? ……제가 지면 서울까지라도 심부름을 할게요, 아저씨는요?"

"나? 내게 무엇을 원하는데?"

건영이는 다정하게 물었다. 정섭이는 당당하게 대답했다.

"저에게 주역을 가르쳐 주세요."

"뭐? 주역을?"

건영이는 놀라서 자기도 모르게 목청이 커졌다. 그뿐만 아니라 주위의 모든 사람들도 놀라고 있었다. 특히 박씨는 아주 놀란 표정으로 건영이와 정섭이를 번갈아 보고 있었다. 건영이가 대답했다.

"좋아, 하지만 내가 이길 거야……."

건영이는 매우 심각한 표정으로 말했다. 건성으로 하는 말이 아닌 것이 분명했다. 정섭이는 다짐하듯 다시 물었다.

"좋아요, 아저씨는 뭔데요?"

"음, 나는 잡히지 않을 거야."

건영이는 이제 웃으면서 말하고 있었다. 그러자 강노인이 긴장을 풀고 한 가지를 덧붙여 물었다.

"그럼, 우리가 이기는 건가?"

"예."

건영이는 간단히 대답했다. 남씨는 건영이를 잠깐 쳐다보고는 박씨에게 말했다.

"박씨, 자네의 임무가 크군……. 어디 한번 던져보게."

"……."

박씨는 고개를 끄덕이고는 윷을 다시 머리에 대었다.

정마을과 연계된 사람들

박씨가 윷을 머리에 대고 신중을 기하는 모습은 매우 진지했다. 박씨는 오직 걸이 나오기를 고대하면서 온 정신을 집중하여 기도하였다. 옆에 있던 정섭이도 입을 꼭 다문 채 박씨의 행동을 주시하였다.

과연 운명이 인간의 의지에 따라 바뀔 수 있는지, 아니 단순한 윷놀이에도 운명이 작용하는지…….

건영이의 태도로 보아 어쩐지 윷놀이 판에도 운명이 작용하는 것 같았다. 마을 사람들은 앞으로 벌어질 일에 대해 흥미를 느끼며 긴장하고 있었다. 그러나 건영이는 마을 사람들의 긴장된 표정은 아랑곳하지 않은 채 평화로운 모습으로 기다리고 있을 뿐이었다. 드디어 윷이 공중으로 날아올랐다.

"얍 ——"

윷은 하늘로 솟구치다가 적당한 높이에서 바닥을 향해 차례로 떨어지기 시작했다.

"타 — 닥 ——"

세 개의 윷이 거의 동시에 바닥으로 떨어졌는데 모두 배부분이 하늘을 향하고 있었다. 이 순간의 상황을 살펴보면 현재는 걸, 그러나 아직 하나의 윷이 더 남아 있었기 때문에 쉽게 예측할 수 없는 상태였다.

"탁 ——"

마지막 남은 하나의 윷이 이미 바닥에 놓여 있던 윷 위로 떨어졌다. 그 결과 바닥에 있던 윷은 뒤집혀졌고 마지막으로 떨어진 윷은 바닥을 몇 바퀴 데구루루 뒹굴었다.

"……"

이윽고 멈추어 선 윷은 등을 하늘로 향하였다. 그러므로 최후의 결과는 개가 되었다. 개! 걸에 비해 한 단계 낮은 수이다. 그러나 이 한 단계는 대단한 차이로 이미 승부는 판가름 난 셈이다.

이제 상대편이 던질 차례, 윷은 강노인의 손으로 넘어갔다. 아직도 승패의 여지는 남아 있다고 볼 수 있다. 강노인이 도나 개 둘 중 하나가 나오고, 이어 상대편이 도, 다시 건영이 쪽이 도가 나와 그것이 잡히면 된다. 그러나 세상의 일이 이처럼 마음먹은 대로 맞아떨어지기는 어려운 법이다.

강노인은 단숨에 윷을 던져 걸을 만들어 놓았다. 이로써 모든 상황은 끝이 난 것이다. 다만 박씨 편에서 모가 열 번쯤 나오면 모를까……? 박씨가 윷을 거두어들이며 정섭이를 향해 말했다.

"네가 한번 던져보렴. 계속 모가 나와야 돼……!"

"예, 이리 주세요!"

정섭이는 윷판 쪽으로 다가서며 윷을 받아들었다. 그리고는 순식간에 천장을 향해 윷을 던졌다.

"얏 ——"

"타 — 탁 ——"

결과는 도, 이로써 상황은 완전히 끝이다……. 상대방은 이제 어느 것이 나와도 된다. 아니 던질 필요조차도 없다.

"끝났군……. 할머니, 술이나 주세요!"

남씨가 호쾌하게 말하며 윷판을 치웠다. 여자들은 남자들이 윷놀이에 빠져 있는 동안 마련해 놓은 음식을 내왔다. 밖에는 함박눈이 조용히 쌓이고 있었다.

정마을의 한가한 승부는 건영이 쪽의 승리로 결말이 났다. 물론 이 승부는 대수로운 게 아니다. 그저 마을 사람들의 친목을 다지고 길고 지루한 겨울을 보다 재미있게 보내기 위한 하나의 오락일 뿐이다.

그러나 그 과정에서 펼쳐지는 절묘한 흥정이 관심을 끄는 것은 사실이다. 특히 남씨는 자기 나름대로의 생각을 구사해서 승리에 기대를 걸었고 정섭이는 최후의 순간 건영이에게 예측 도전을 시도했다.

오늘의 이 윷놀이에는 합리적인 판단·예측, 그리고 신통력 등이 뒤엉켜 있었다. 한동안 말없이 술을 마시던 박씨가 의미 있는 질문을 던졌다.

"윷놀이에도 운수가 있나?"

마을 사람들은 박씨의 말이 떨어지기가 무섭게 건영이를 바라봤다. 이 물음에 대답할 사람이 건영이밖에 없다고 생각했기 때문이었다. 건영이는 박씨의 질문과 마을 사람들의 시선을 거의 동시에 느꼈다. 하지만 곧바로 대답할 성질의 내용이 아니기 때문에 잠시 망설였다.

그러자 박씨가 다시 한 번 되물었다.

"그런 건가?"

건영이는 이 말을 들으며 술을 한 잔 들이켰다. 그러고는 마지못해 대답했다.

"그럴 때도 있겠지요……!"

"그럴 때? ……그럼 항상 그렇지는 않다는 말인가?"

강노인이 고개를 갸우뚱하며 물었다. 강노인은 박씨가 건영이에게 물을 때부터 윷놀이에도 운수가 있다고 믿고 있었다. 말하자면 모든 것이 운명에 의해 좌우된다는 생각이었다. 즉, 인간에게는 인간의 운명, 우주는 우주의 운명, 정마을은 정마을의 운명, 윷놀이에는 윷놀이의 운명이 있을 것이라는 생각이었다.

건영이는 마을의 최고 연장자인 강노인이 묻는 바람에 술잔을 내려놓고 진지한 태도를 취했다. 이 일에는 숙영이도 관심이 있는지 진지한 표정으로 건영이를 바라봤는데 건영이는 애써 그녀의 시선을 피하며 일부러 남씨를 쳐다보고 설명하기 시작했다.

"우주의 모든 현상들은 거의 우연히 일어납니다. 이는 운명적인 것이 아니어서 인과율에 따라 미래로 퍼져나가는 현상들입니다……."

"……."

"그러나 자연 현상 중에서도 어떤 일들은 다분히 운명적이어서 미래의 목표들이 과거를 끌어당기듯 현상을 일으키기도 합니다……."

"……."

"물론 이때도 누군가가 그 운명을 방해할 수는 있지만 가만히 내버려둔다면 그 운명은 마침내 예정되었던 일을 이루게 됩니다……."

"……."

마을 사람들은 각자 생각을 정리하며 건영이의 말뜻을 이해하려고 애썼다. 이때 임씨 부인이 나섰다.

"나도 물어볼 것이 있어요!"

"……."

"저…… 우리 아기 아빠 말이에요, 돌아올 운명인가요?"

임씨 부인에게는 자취를 감춘 남편의 행방이 가장 큰 관심사였기 때문에, 운명이 화제에 오르자마자 당장에 남편의 문제를 거론한 것이었다. 어떻게 보면 운명을 논하는 자리에 가장 적절한 예를 든 것인지도 모른다.

건영이의 표정이 굳어졌다. 마을 사람들도 임씨의 문제가 거론되자 내용의 심각성을 깨닫고는 숨을 죽이고 건영이의 말을 기다렸다.

"예, 돌아올 운명입니다……. 그렇기 때문에 아저씨는 반드시 돌아옵니다."

"어머, 그래요? 그럼 언제쯤 돌아올까요?"

임씨 부인은 얼굴 가득 미소를 머금으며 다시 물었다.

"돌아올 날짜는 운명이 아닙니다. 운명은 기간을 정할 뿐 그 날짜를 정확히 지정하는 것은 아닙니다."

"예, 알겠어요……. 그런데 아기 아빠가 돌아오는 것은 누구의 운명이죠? 나의 운명인가요?"

"아닙니다."

"예? 그럼 누구의 운명인가요?"

임씨 부인은 불안해하면서 반문했다. 건영이는 약간 어두운 표정이 되었다. 그리고는 잠깐 생각에 잠기는 듯하더니 다시 말했다.

"임씨가 이곳에 돌아오는 것은 아기의 운명도 임씨 아저씨 자신의 운명도 아닙니다."

"……."

마을 사람들은 건영이의 말을 듣는 순간 긴장하기 시작했다. 임씨가 돌아오는 것이 임씨 자신의 운명도 아니고 부인이나 아기의 운명도 아니라면 도대체 어느 누구의 운명이란 말인가……?

건영이의 말이 다시 이어졌다.

"임씨가 돌아오는 것은 바로 정마을의 운명입니다……."

"음? 정마을의 운명이라고?"

한동안 아무 말 없이 듣고만 있던 남씨가 나섰다. 마을 사람들은 상당히 흥미를 느끼며 건영이를 바라봤다. 그러자 건영이는 안색을 바꾸며 말했다.

"자, 술이나 들지요."

"잠깐……!"

강노인이 심각한 표정을 지으며 나섰다.

"정마을의 운명이라고 했지……? 임씨가 그토록 정마을과 관계가 깊다는 뜻인가……?"

"그렇습니다, 임씨는 정마을과 불가분의 관계로 연결되어 있습니다. 그리고 이곳에 모인 모든 사람, 정섭이나 이씨 아저씨까지 모두가 정마을 그 자체입니다……. 모두들 이곳에 있을 운명입니다, 우연히 이곳에 머물고 있는 사람은 단 한 명도 없습니다……."

"……."

마을 사람들은 고개를 끄덕이며 미소를 지었다. 모두들 마을에 대한 애착과 긍지가 이는 순간이었다. 이때 이씨가 나서서 건영이를 향해 말했다.

"고맙습니다, 제가 한잔 올리겠습니다."

이씨는 자신이 정마을의 일원일 뿐 아니라 운명적으로 정마을에 오게 됐다는 것이 무척 즐거웠다. 정마을에는 신비로운 인물인 건영이와 천하의 명필인 남씨가 살고 있다. 뿐만 아니라 마을 사람들은 모두가 선하고 슬기롭다. 이곳은 진정 지상 낙원이 아닐 수 없는데 이씨 자신도 그런 마을의 한 부분으로 포함된다는 것이 매우 기뻤다.

건영이는 이씨가 권하는 술을 두 손으로 정중히 받았다.

"자, 우리도 마시지……."

강노인도 기분 좋은 얼굴로 술잔을 들었다. 정마을의 한가한 자리는 이렇게 이어지고 있었다.

정마을의 숨은 인재들

여느 해나 마찬가지로 올 겨울에도 많은 눈이 내려 마을 곳곳에 수북이 쌓였다. 그러나 마을 사람들의 내왕은 여전했고 다만 외지인의 출입이 불가능해져 겨우내 외부와 고립될 뿐이었다. 그렇지만 정마을에서 지금 상황을 답답하게 여기는 사람은 하나도 없었다.

글씨 공부를 하기 위해 정마을로 찾아들었던 이씨도 어느새 정마을 사람이 되어가고 있었다. 겨울철이라 특별히 농사일 같은 것은 없었지만 그래도 시골 살림이라 도시 생활과는 아주 다를 텐데도 이씨는 도시 사람답지 않게 정마을 생활에 잘 적응할 뿐만 아니라 능숙한 면마저도 보였다.

이씨의 성격은 아주 진지하여 농담조차 하지 않을 정도인데 만일 임씨가 있었다면 아주 대조적이었을 것이다. 물론 임씨의 성격은 쾌활하고 즉흥적이어서 후련한 면이 있는 반면 이씨는 신중하고 조심성이 많았다.

마을에서 이씨가 주로 하는 일은 남씨의 생활 주변을 보살펴 주거나 글씨 공부에 몰두하는 것이다. 이외에도 이씨는 마을의 궂은일에 제일 먼저 나서곤 했다. 때로는 집집마다 찾아다니며 할 일을 묻곤 했는데 마을 사람들 간의 물품 운반, 전달, 심부름, 눈 치우는 일, 물 길어다 주는 일, 땔감 마련해주는 일 등 여러 가지 일에 열심이었다. 특히 남씨의 빨래나 집 안팎의 일 등을 완전히 도맡아 했으므로 숙영이 집에서 남씨를 위해 할 일이 거의 절반이나 줄어들었다.

이제 정마을 사람들에게 이씨는 친숙한 이웃일 뿐만 아니라 진지한 성격을 가진 정다운 사람으로 여겨졌다. 평소 과묵한 이씨는 자신의 생각을 거의 표현하지 않았는데 인규가 몇 번 물어본 끝에야 겨우 정마을에 대한 이씨의 마음을 알 수 있었다.

이씨는 정마을을 지상 낙원으로 생각했으며 자신의 인생에 있어 가장 보람 있고 희망이 넘치는 때를 맞이했다고 느꼈다. 건영이가 이씨에 대해 정마을의 일부라고 말했던 것처럼 이씨는 정마을에 들어온 이후에야 비로소 세계가 넓다는 것을 깨달았다.

넓은 세계……? 그것은 뜻밖의 표현이었다. 정마을은 깊디깊은 산중에 묻혀 있는 작고 고립된 마을이 아닌가……! 넓은 세상이란 마땅히 서울처럼 사방에 거대한 건물과 사람들로 넘쳐나는 큰 도시를 말해야 옳을 것이리라.

그러나 이씨의 생각은 달랐다. 서울은 넓고 사람도 많지만 거의 모두가 평범한 사람들이고 생활 방식도 전혀 여유가 없다. 거기에 비해 정마을은 그야말로 비범한 사람들로 가득 차 있으며 저 높은 신선의 세계와도 섭리가 통하고 있는 것이다. 이씨는 촌장이나 혹은 능인, 그 밖의 선인들을 직접 만나보지는 못했지만 정마을에 들어온 지 얼마 지나지 않아 곧 그러한 분위기를 몸으로 느꼈던 것이다.

어쩌면 이씨야말로 정마을을 가장 예리하게 평가하고 있는지도 모른다. 인규는 자신이 기록하고 있는 정마을의 역사에 이씨의 의견을 많이 수록하고 있었다.

이씨의 표현에 의하면 건영이는 신비하고 존귀한 도인이고 남씨는 신선이다. 그리고 박씨는 하늘이 낸 인물로 착하고 근면한데다 하늘의 섭리를 담고 있다는 것이다. 강노인은 인자한 성품에 속세를 떠나 유유자적한 인물이고 인규는 부지런하고 강인하여 날로 발전할 것이라고 했다. 그러면 앞으로 보게 될 임씨에 대해서는 어떻게 표현할까⋯⋯?

정섭이에 대해서는 이렇게 말했다. 천재이며, 끈질기고 장래에는 현대의 도시 세계와 산 속의 신선계를 두루 섭렵할 수 있는 사람이라고⋯⋯.

"제가 뭘 알겠습니까? 더 이상 묻지 마십시오!"

이씨는 인규의 집요한 질문에 난처해했다. 그러나 인규는 억지로 한 가지를 더 물어보았다. 인규는 도시인의 한 사람이었던 이씨가 보는 정마을의 느낌이 무척 궁금했던 것이다. 인규 자신도 도시인이지만 아직 나이도 많지 않은데다 처음부터 정마을에 깊게 동화되어 있어서인지 이제는 도시인의 감각을 잃었던 것이다.

이씨가 할머니는 은거하는 도인 같고, 숙영이는 천상의 미인이라고 말했다.

"하하하, 그렇습니까?"

인규는 이씨의 말을 아주 재미있게 생각하고는 고개를 끄덕이며 유쾌하게 웃었다. 그 모습을 본 이씨는 손을 저으며 저 멀리 사라졌다.

인규는 이씨의 말을 상세히 적으면서 자기 자신에 대해 새삼 강한 자부심을 느꼈다.

강인하다고⋯⋯? 인규는 지금까지 자신을 그렇게 생각해 본 적이

한 번도 없었다. 다만 모든 일에 위축됨이 없이 끝까지 한번 해 보자는 마음뿐이었다. 어쩌면 인규는 강인한 사람인지도 모르겠다. 특히 요즘에 와서는 무술 수련으로 육체마저 강인해지고 있으니……

인규는 하루하루를 나름대로 생각도 하고 책도 읽으면서 지냈지만 다른 사람들이 보기에는 무술 수련을 하는 것으로 보였다. 인규는 누가 무술을 가르쳐 주는 것도 아닌데 스스로 터득할 만큼 똑똑하고 강인했다. 더구나 근래 들어서는 무술 수련에 더욱 박차를 가할 뿐만 아니라 달리기와 등산 등으로 체력을 끊임없이 보강하고 있었다.

인규의 무술 동작은 무척 숙달되어 있어 무술의 고수 같은 풍모마저 보였다. 하지만 인규 자신은 무술의 묘리를 터득하지 못했을 뿐더러 동작도 자연스럽지 못하고 순발력도 부족하다고 말했다. 아무튼 무술 동작에 관해서는 급격히 향상되어 박씨조차도 그저 감탄만 할 뿐이었다.

박씨와 인규는 매일 아침 함께 무술 수련을 하였지만 박씨가 인규에게 배우는 중이라고 말하는 게 옳을 것이다. 박씨에게는 무술 동작이 문제였고 인규에게는 체력이 문제였다. 그래서 두 사람은 자신의 부족한 점을 메우려고 열심히 노력하는 중이었다.

건영이는 인규의 무술 동작을 보고 참되고 유익한 동작이라고 말한 적이 있었다. 인체의 섭리에 완전히 부합된다고……

건영이는 무술을 알고나 얘기한 것일까? 인규는 무술을 아는 그 이상일 것이라고 생각하였다. 천지자연의 섭리를 통달한 건영이가 왜 무술을 모르겠는가……! 건영이 자신이 몸소 수련을 안 했을지라도 눈으로 살펴보고 평가하는 데 있어서는 무술인 이상일 수도 있다.

남씨도 인규의 무술에 대해 언급한 건영이의 생각에 찬성한다고 말했었다.

건영이나 남씨의 말은 결국 인규가 스승 없이 혼자 배우고 있지만 무술이 제대로 되고 있다는 뜻이었다. 인규는 능인이 남겨놓은 무술 책자를 남김없이 습득했으며, 지금은 부분 부분을 아주 정밀하게 연구하고 있었다. 그렇게 함으로써 자신의 동작이 과연 정확한 것인가를 알고 또한 동작의 숨은 뜻을 깨닫고자 하는 것이다. 정마을의 인규는 이렇게 나날이 발전해 가고 있었다.

한편 남씨는 은밀한 일이기는 했지만 얼마 전 하늘에서 신선이 내려와 그 몸을 획기적으로 향상시켜 주었다. 그것은 남씨에게 주어진 임무, 즉 황정경을 써서 하늘에 바치는 일에 대한 배려였다. 남씨는 기대 이상의 축복을 받고 기뻐했지만 자신의 임무에 대해서는 비관하고 있었다.

글씨가 자신의 뜻대로 훌륭히 써지지 않기 때문이었다. 그의 제자인 이씨가 보기에 남씨의 글은 완벽하여 더 이상 흠잡을 데가 없었지만 남씨는 자신의 글씨에 대해 아주 혹평을 하였다.

'틀렸어, 이것은 마음 깊은 곳에서 우러나오는 글씨가 아니야……!'

남씨는 얼굴을 찡그리며 눈을 감았다. 남씨는 글을 종이에 직접 손으로 쓰기보다는 대개 혼자 마음속으로 썼는데, 여기에는 아주 신비한 일면이 있었다. 마음속으로 쓰는 글은 눈을 감고 상상으로 쓰는 것이다. 물론 허공에다 손으로 쓰는 상상을 하는 것이다.

원래 상상이란 흔들리는 법인데 남씨는 그 상상 속에다 아름다운 글을 써놓는 것이다. 비유하자면 흐르는 물 위에 글씨를 쓰는 것처럼 쓰는 즉시 지워지는 것은 당연한 일이다. 지워지면 다시 쓰고, 다시 지워지고 그렇게 계속 반복하는 것이다.

남씨는 끊임없이 지워지는 상상의 무대에 글을 쓰면서 그 힘이 자신의 근원과 일치되기를 바라는 것이다. 이른바 운명의 힘으로 글을 쓰는 것인데 먼 과거의 영혼과 현재의 영혼, 그리고 현재의 육체가 하나로 관통되어 천지의 흐름으로 글을 쓰는 것이다.

남씨는 언제나 잠자리에 들 때면 눈을 감은 채 상상으로 허공에 글을 쓰고 또 썼다. 그러다가 지쳐 잠이 들곤 했지만 꿈속에서조차 구슬땀을 흘리며 글을 쓰면서 자신의 영혼을 일깨웠다. 또 어느 날은 불빛 한 점 없는 어둠 속에서 글을 쓰기도 했는데 이는 눈에 의존하지 않고 손과 마음의 흐름을 터득하기 위해서였다.

어둠 속에서 글을 쓰는 것이나 눈을 가리고 쓰는 것이나 보이지 않는다는 점에서는 마찬가지였지만 정신적인 면에서 조금 다른 점이 있다. 어둠 속에서는 눈이 거리를 느끼고 있지만 눈을 가리면 자신의 몸이 갇혀 있다는 느낌이 든다. 글씨란 자유와 구속이 한데 어우러져 이루어지는 것이니 남씨는 손으로 하는 모든 일을 글씨와 결부시켜 놓았다.

그렇기 때문에 생활 속에서 이루어지는 단순한 손동작도 저 영혼 속에서는 붓을 움직이는 것과 같다고 생각했다. 남씨는 자신의 글이 아직 손끝에서 맴돌거나 혹은 혼백이 깃들어 쓴다 해도 현재의 힘으로 쓰여진다고 느꼈다. 이러한 생각이 남씨를 괴롭혔다.

남씨는 때로 별을 바라보며 천공에다 글을 쓰기도 했는데 이때는 무한대의 섭리가 자신의 몸과 마음에 깃들이기를 바랐다. 먹을 갈 때는 이것이 천지의 현액(玄液)이라는 생각을 가졌다.

'하늘이 가장 어두운 현액을 내려 이로 하여금 글씨를 이루게 한다. 만일 한 글자라도 잘못 쓰면 그만큼 하늘에 죄를 짓는 것이다.'

남씨는 가끔 자신의 무능력을 한탄하며 자기도 모르게 눈물을 흘렸다.

'내 글씨가 어쩌면 이토록 타락했단 말인가……! 이제 나의 글은 영영 회복되지 않는 것일까?'

현재 남씨의 육체적인 힘은 예전에 비해 초월적으로 증강되어 있었다. 따라서 글씨는 날로 안정되어 갔지만 문제는 저 깊은 근원과 통하지 않는다는 점이었다. 글은 살아 있지 않고 판에 박혀 있을 뿐이었다.

글씨가 숨을 쉬지 않는다! 처음부터 죽은 글을 썼던 것이다…….

남씨는 자신의 글을 이렇게 형편없이 평가했다. 다만 이씨가 공부를 위해 남씨가 써놓은 글을 가져가도 좋으냐고 물으면 언제나 이렇게 말하고는 허락했다.

"잘된 글은 아닙니다. 벽에 붙여놓고 단점을 발견하도록 하세요……."

이씨는 말없이 고개만 숙일 뿐이었다.

계절은 겨울의 절정을 넘어 봄으로 향하고 있었다. 남씨는 신선에 의해 몸이 향상된 이후 추위를 거의 느끼지 못했으며 날씨가 점점 풀리자 실제로 먹을 갈아 종이에 직접 글을 쓰는 일이 많아졌다.

날씨가 추우면 붓과 먹물이 어는 등 불편함이 많았기 때문에 겨울에는 거의 글씨를 쓰지 않았던 것이다. 그러나 거기에는 또 다른 뜻이 있었다. 모든 사물은 태어나서 성장하여 결실을 맺고 나중에는 쉼이 있다는 것이 남씨의 생각이었다. 그렇기 때문에 항상 붓을 잡고 있으면 오히려 내면이 막힐 우려가 있다는 것이다.

또한 천지의 운행은 봄에 낳고 여름에 자라며 가을에 완성되고 겨울에는 자취를 감추는 까닭에 겨울에는 글씨를 쓰지 않는다는 것이다. 물론 겨울에도 남씨는 비록 마음속으로였지만 꾸준히 글씨를 써왔다. 다만 종이 위에 옮기는 일을 삼갈 뿐이었다.

그리고 남씨는 글을 쓸 때는 심각한 표정을 짓지 않고 될 수 있는 한 편안한 마음으로 썼다. 정성을 들이는 것은 좋지만 지나칠 경우 한정된 마음에 갇힐 우려가 있기 때문이었다. 진지하기로 말하자면 이씨가 그런 편이었는데, 한 번은 남씨가 이렇게 말했다.

"마음이 해이하면 흩어지고, 몰두하면 뭉치게 됩니다……. 마음을 항상 흐르도록 해 두세요……."

이씨는 늘 그렇듯이 고개 숙여 경청할 따름이었다.

정마을의 겨울은 몸이 부자유스러운 반면에 마음은 누구나 활발하다. 할머니는 오늘 또 한 차례 술을 담갔다. 술이란 원래 가을에 담가야 제격이지만 요즘 들어 두 차례나 술을 만들었다.

강노인이 이를 의아하게 생각하며 물었다.

"술이 부족한가? 아직 많은 것 같은데……."

할머니는 미묘하게 대답했다.

"부족해요. 금년에는 술 마실 일이 많을 것 같아요!"

"음? 무슨 말이야?"

"……."

할머니는 미소를 지을 뿐 대답하지 않았다. 강노인은 더 이상 캐묻지 않았지만 그렇다고 할머니의 말을 가벼이 넘기지도 않았다. 지난 십여 년을 함께 살면서 부인이 담근 술이 남아돈 것을 단 한 번도 보지 못했다. 일부러 마신 것도 아닌데 마을이 화목하다보니 많은 사연이 생겨 다 마셨던 것이다.

술이란 대개 즐거울 때 마시는 것인데 할머니가 술을 많이 준비하는 것으로 보아 올해에는 분명히 좋은 일만 생길 것 같았다.

할머니한테는 신통한 면이 있었다. 예전에 촌장이 있었을 적에는 촌장의 범상치 않은 면을 제일 먼저 발견했을 뿐만 아니라 건영이의 출현 이후에는 건영이에게 작은 촌장이라는 별명을 붙여 주었다.

정마을에서 할머니의 말은 상당히 권위가 있었다. 물론 건영이가 그만큼 신통한 데가 있긴 했지만 할머니가 붙인 별명이 가장 결정적이었다. 그래서 요즘 마을 사람들 사이에는 건영이를 작은 촌장이라고 부르는 일이 많아졌다.

사실 순리대로 하면 박씨가 촌장이 되어야 한다. 촌장이 모든 것을 박씨에게 맡긴다고 하지 않았는가……! 인규도 처음엔 박씨를 촌장이라고 불렀지만 지금은 그런 말을 쓰지 않았다. 이는 할머니가 건영이를 작은 촌장이라고 부른 데 기인하고 있었다. 이제는 마을의 부인네들조차 건영이를 감히 학생이라고 부르지 않았다.

건영이로서는 아무 일도 아니겠지만 마을 사람들에게는 이런 일들이 상당히 의미가 있었다. 하기야 촌장이라는 직위가 중요하게 된 것은 최근에 와서였다. 예전에는 단순히 가장 나이 많은 뜻으로 풍곡선을 촌장이라고 불렀지만 어느 날 갑자기 풍곡선의 정체를 알고 나서부터는 촌장의 의미가 커진 것이었다.

물론 촌장이란 마을의 수호신이라는 뜻으로도 통한다. 나이로 보면 당연히 강노인을 촌장이라고 불러야 하겠지만 강노인은 그저 평범한 노인일 뿐이다. 아무튼 최근에 할머니가 술을 많이 만들고 있는 것은 재미있는 일이다.

가까운 앞날에 마을에는 무슨 일이 있을 것인가……? 세월은 끊임없이 흘러가고 있었다.

— 9권에 계속 —

인지
본사
소유

대하소설 주역 ⑧

1판 1쇄 발행 2015년 10월 20일
1판 3쇄 인쇄 2019년 02월 20일
1판 3쇄 발행 2019년 02월 30일

지 은 이 김승호
편집주간 장상태
책임편집 김원석
디 자 인 정은영

펴낸이 김영길
펴낸곳 도서출판 선영사
주 소 서울시 마포구 서교동 485-14 영진상가 지층
TEL (02)338-8231~2 **FAX** (02)338-8233
E-mail sunyoungsa@hanmail.net

등 록 1983년 6월 29일 (제02-01-51호)

ISBN 978-89-7558-208-0   03810